Yanai Takumi
柳内たくみ
ゲート0《ゼロ》
GATE:ZERO
自衛隊 銀座にて、斯く戦えり
〈前編〉

伊丹《いたみ》耀司《ようじ》
陸上自衛隊三等陸尉。32歳。オタク。
同人誌即売会へ向かう途中、
『銀座事件』に巻き込まれる。
主な登場人物
Main Characters
心寧《ここね》
5歳の三つ編み少女。
両親と買い物中、
『銀座事件』に巻き込まれる。
沖田《おきた》聡子《さとこ》
銀座四丁目交番に勤務する
女性警官。21歳。
周囲からはしっかり者に見られがちだが、
本来は不器用で気弱かつ初心。
POLICE

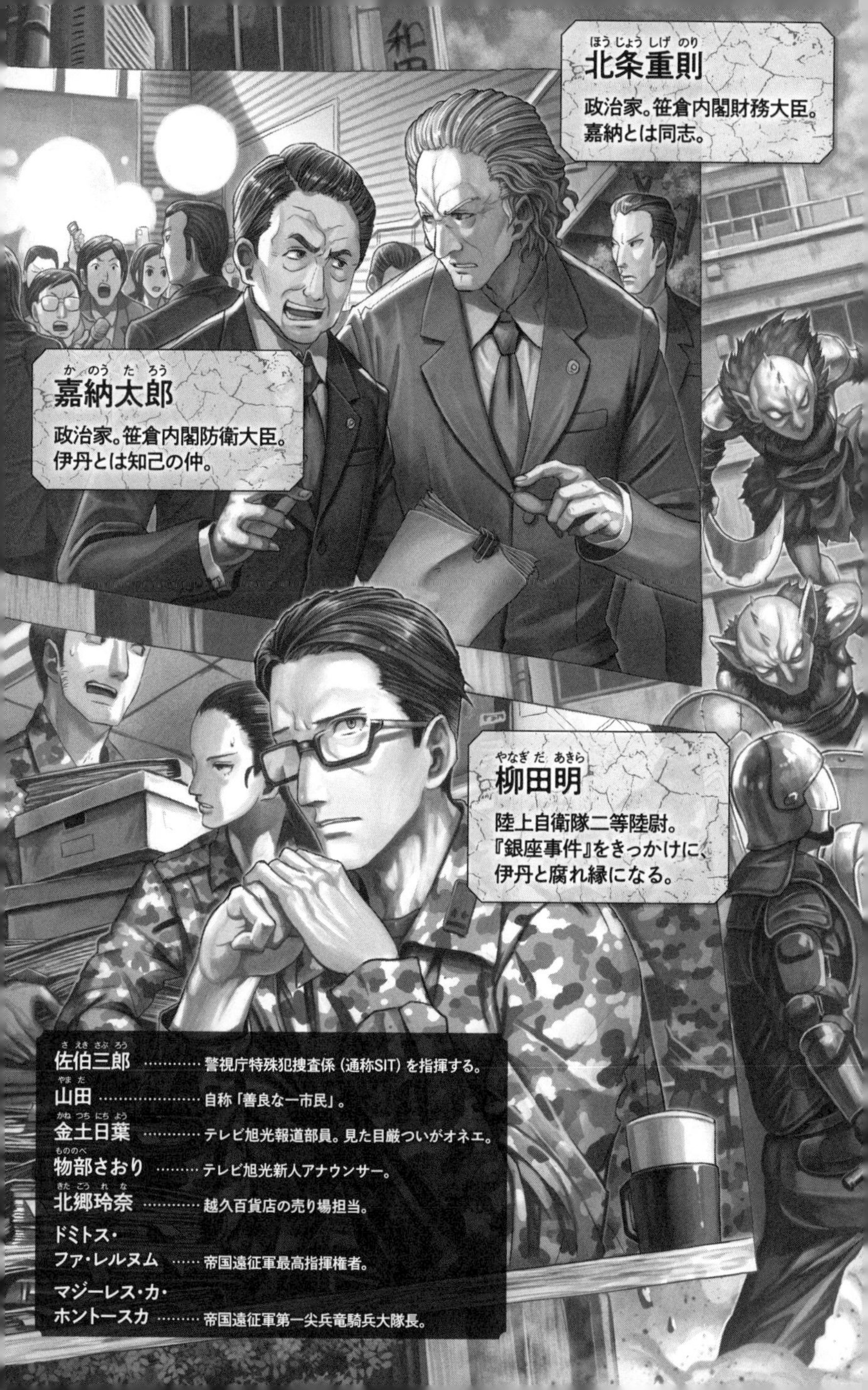
北条重則《ほうじょうしげのり》
政治家。笹倉内閣財務大臣。
嘉納とは同志。
嘉納太郎《かのうたろう》
政治家。笹倉内閣防衛大臣。
伊丹とは知己の仲。
柳田明《やなぎだあきら》
陸上自衛隊二等陸尉。
『銀座事件』をきっかけに、
伊丹と腐れ縁になる。
佐伯三郎《さえきさぶろう》 ………… 警視庁特殊犯捜査係（通称SIT）を指揮する。
山田《やまだ》 ………………… 自称「善良な一市民」。
金土日葉《かねつちにちよう》 ………… テレビ旭光報道部員。見た目厳ついがオネエ。
物部《もののべ》さおり ……… テレビ旭光新人アナウンサー。
北郷玲奈《きたごうれな》 ………… 越久百貨店の売り場担当。
ドミトス・
ファ・レルヌム …… 帝国遠征軍最高指揮権者。
マジーレス・カ・
ホントースカ ……… 帝国遠征軍第一尖兵竜騎兵大隊長。

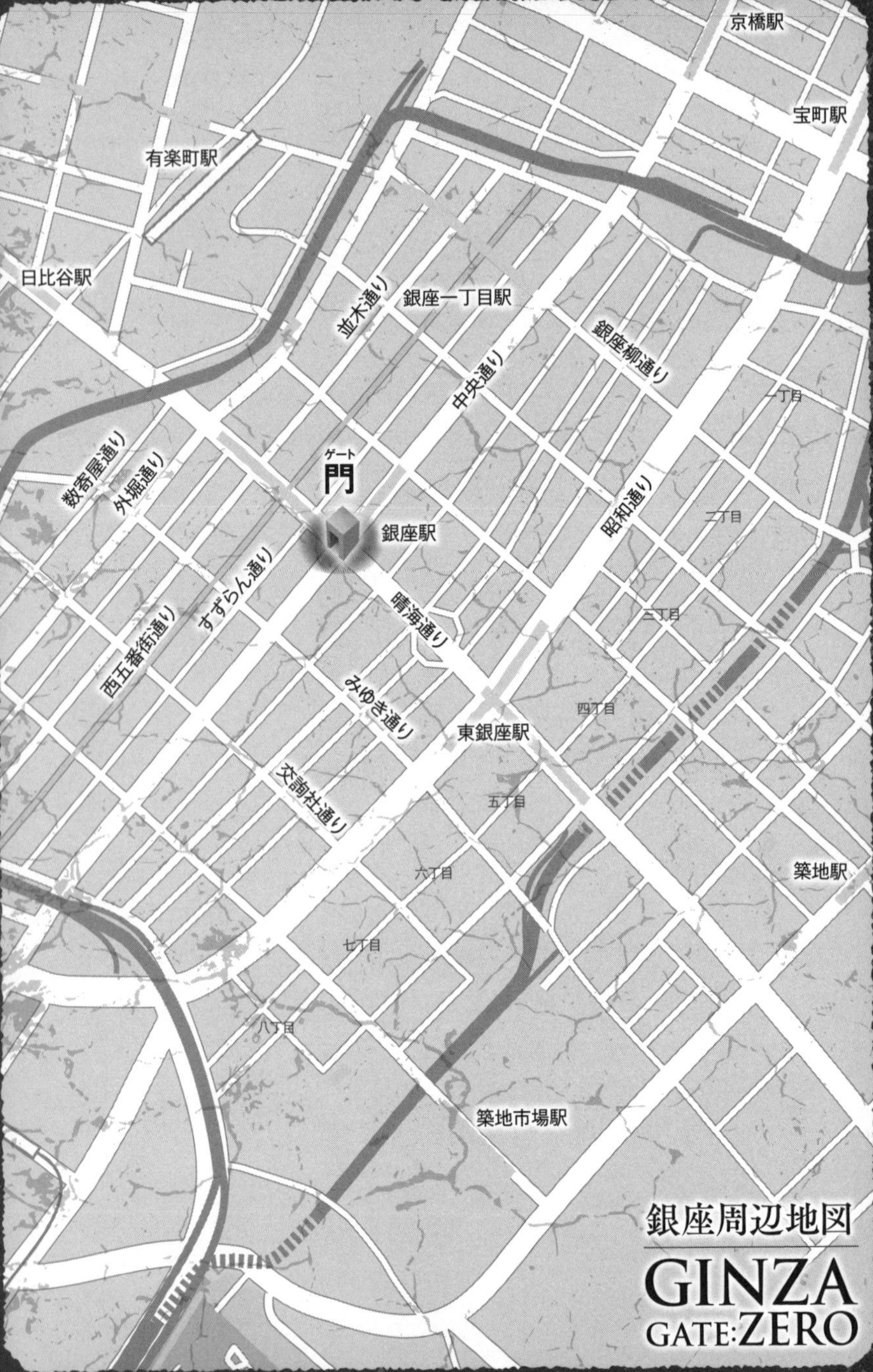

京橋駅
宝町駅
有楽町駅
日比谷駅
銀座一丁目駅
並木通り
銀座柳通り
中央通り
一丁目
数寄屋通り
外堀通り
門《ゲート》
銀座駅
昭和通り
二丁目
すずらん通り
晴海通り
三丁目
西五番街通り
みゆき通り
四丁目
東銀座駅
交詢社通り
五丁目
六丁目
築地駅
七丁目
八丁目
築地市場駅
銀座周辺地図
GINZA
GATE:ZERO

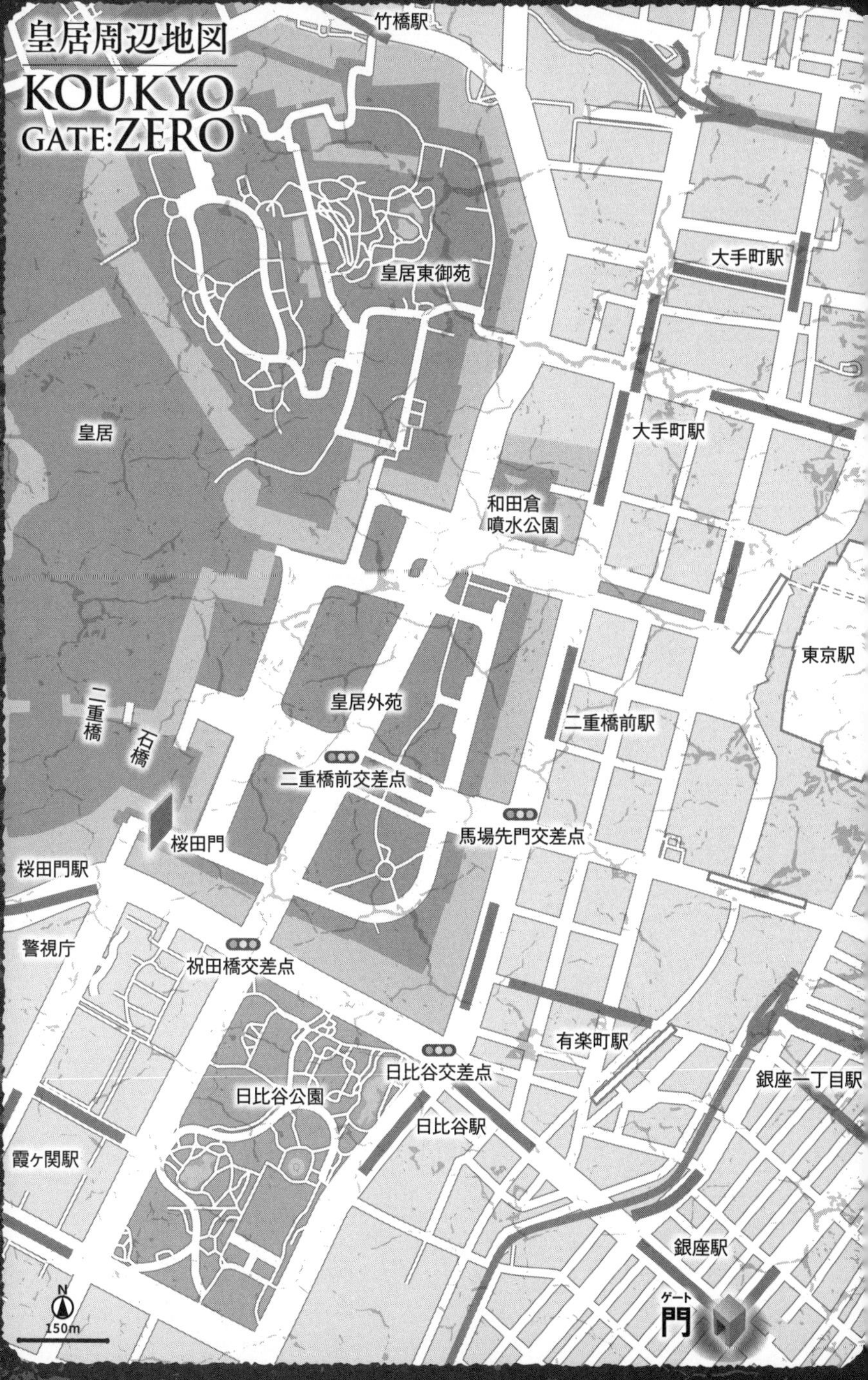
皇居周辺地図
KOUKYO
GATE:ZERO
竹橋駅
皇居東御苑
大手町駅
大手町駅
皇居
和田倉
噴水公園
東京駅
皇居外苑
二重橋
石橋
二重橋前駅
二重橋前交差点
馬場先門交差点
桜田門
桜田門駅
警視庁
祝田橋交差点
有楽町駅
日比谷交差点
銀座一丁目駅
日比谷公園
日比谷駅
霞ヶ関駅
銀座駅
門《ゲート》
N
150m

序章一　前夜

D－1　二〇五時《午後九時五分》

見上げると、明日の快晴を約束するような鮮やかな星空であった。

そんな空の下、男は足早に進む。

三十路《みそじ》街道に突入していよいよという風体《ふうてい》の男は、ほくほく顔で快活に歩いていた。

変である。

まことに変であった。

何しろ今夜は暑い。熱帯夜の空気は、陽が落ちた後でさえ肌にじんわりと汗を滲ませ、鬱陶《うっとう》しいほどだ。こんな夜は、布団に入っても寝苦しくて、何度も何度も寝返りを打ってしまう。エアコンのリモコンに手を伸ばし、翌月の電気代のことを思い煩《わずら》いつつも、冷房をガンガン効かせてようやく眠りに入ることが出来る。そんな暑さなのだ。にもかかわらず男の足取りは軽かった。

しかも男の両手には、ズシリと重そうな紙袋がぶら下がっている。その重さはなかなかのもののはずだが、男は指に食い込むヒモの苦痛すらも心地好く感じているかのようだった。

仕事帰りのビジネスマンは背を丸め、足を引きずるようにして家路を急いでいるというのに。夏休みの今日を元気いっぱいに遊び呆《ほう》けた学生や子供達ですら、とぼとぼと溜息交じりに歩いているというのに。

なのにこの男と来たら、鼻歌すら聞こえてきそうな足取りなのだ。

世の中には、罵《ののし》られながら鞭で打たれたり、溶けた蝋《ろう》を肌に垂らされたり、ハイヒールで踏まれたりすることをご褒美として受け止める者がいると聞くが、おそらくきっと、この男もその類《たぐ》いの人間ではあるまいか——そんな風に思ってしまう。

だが、よくよく見れば、この男が着ているTシャツにはアニメキャラクターのイラストがプリントされている。両手にぶら下げている紙袋には、可愛らしくはあるけれど、一部の描写が攻撃的女権拡張運動家からヒステリックな抗議を受けそうなイラストが大写しされている。

そしてその中に入っている重さの根源が、大小様々な薄い冊子の束《たば》であり、かつ今日という日が、毎年夏と冬に催される同人誌即売会の初日であったとなれば、理解の前提条件も変わってくる。

しかも、この男の名が伊丹耀司《いたみようじ》だと聞けば、大抵の者は「ま、奴ならばおかしくあるまい」と納得するに違いない。

仮に彼の名を知らぬ者でも、左記のように紹介すればきっと理解の一助となるだろう。
『この男はオタクである』と。

そう、伊丹耀司（三十二歳）はオタクである。

『オタク』といっても、自分でファンフィクション《二次創作》小説や漫画を描いたり、あるいはフィギュアや球体関節人形を作って愛《め》でたりするという、クリエイティブなオタクではない。

もちろん、某・音声合成技術を用いて歌わせたりもしない。他人が創ったり描いたりしたものへの批評や評価を掲示板に投稿するという、アクティブなオタクでもない。

誰かの書いた漫画や小説をただひたすらに読み漁《あさ》るという、パッシブな消費者としてのオタクであり、斜陽化しつつある現代日本の経済を陰で支える中心的な存在なのである。

この物語は、伊丹耀司という主人公が、同人誌即売会初日をしっかり堪能し尽くし、上機嫌で帰宅して、自宅アパートのドアの前に立ってドアノブを握った瞬間から始まるのである。

＊　＊

さて、伊丹はドアノブを握ると、開けるのを一瞬だけ躊躇《ためら》った。

扉を開いた直後、目に入ってくる光景がどのようなものか概ね予想できていたからだ。

腐乱死体が床に転がっていて、甘酸っぱい腐臭を漂わせている――なんてことはないのだが、ある意味腐乱死体よりもタチの悪い、腐りきった怪物めいた存在がいることは確信をもって断言できた。そのためにちょっとばかり勇気を奮い起こす必要があったのだ。

「ただいま」

案の定と言うべきか。

部屋の中心に置かれたテーブル、その上に置かれたパソコンモニターを一人の女性が親の仇《かたき》がごとく睨み付けていた。

睨み付けているというよりは、真っ赤な目をして、落ちそうになってくる瞼を持ち上げるのに眼《がん》瞼挙筋《けんきょきん》の力では足りないので、眉を持ち上げる皺眉筋《しゅうびきん》や額の筋肉である前頭筋《ぜんとうきん》も総動員し、必死になってこじ開けているといった感じだ。

顔色は墓の下から這《は》い出てきたかのごとく悪く、髪はぼさぼさに乱れ、服もしばらくは替えていないだろうなと傍目でも分かるほどに薄汚れてしまっていた。

頬はこけ、唇は乾いてカサカサ。そしてその隙間からは、何やらブツブツと言葉にならぬ音声が常時漏れ出ている。時折、「くくくふふふしゅしゅしゅ」と薄ら笑みを浮かべながら不気味な笑いが零れることもあった。

動く死体とはこのような物体を言うに違いない。

このゾンビの名は、伊丹梨紗《りさ》。伊丹の幼なじみであり、オタク仲間であり、かつ嫁さんでもある。

そう、嫁だ。

ちゃんと結婚式も挙げたし、七号サイズのウェディングドレスに身を包んだ彼女と並んでひな壇に座った。披露宴の際には自分と彼女のオタク仲間達、そして伊丹の職業上の上司と同僚達という混成参列者達——一部は双方を兼ねる——によって盛大な祝福も受けた。

その際この女は、これまでの人生で一度たりとも見せたことがないと言ってもよいほどの最大限の美しさと愛らしさを纏《まと》っていたのだ。

なのに、なのにそれなのに。どうしてこんな酷《ひど》い有り様になってしまったのか。

最良だったあの頃と、最悪とも言える今。その落差を見れば、知らぬ間にどこかの秘密結社か陰謀組織の手によって、彼の女房が偽者とすり替えられてしまった——などというカプグラ症候群めいた妄想のほうが納得しやすい。

しかし、伊丹は知っていた。

こちらこそが梨紗の本性にして、本体にして、正真正銘の姿なのだと。

あの日あの時のあの愛らしくも儚げで美しい姿こそが、化けの皮の上に猫の皮を幾重にも被《かぶ》った、仮初《かりそ》めの姿でしかなかったのである。

そのことを伊丹は長い付き合いで知っていたし、分かっていたし、納得すらしていた。

「……おかえりぃ」

帰宅を報せる伊丹の声に遅れること数秒、その存在はモニターから決して目を逸らすことなく作業を続けていた。

「早かったねー」

「いや、遅いよ。今何時だと思ってるんだ？」

「午後五時くらい？」

「違う。今日は国際展示場を出てから知り合いと晩飯食いながら駄弁《だべ》ってたから、帰りが遅くなって今は二十一時過ぎだ。今日という一日の残りは三時間を切った。そして明日の同人誌即売会二日目の開催までおよそ十三時間。なのに梨紗は未だに作業中？」

「ううっ。まだ終わってないよーーーーー」

梨紗はモニターを睨みながら涙を滂沱《ぼうだ》と流す。漫画的表現ならば、その涙は蛇口から溢れ出る水のごとく描かれるに違いない。

「間に合うのか？」

「ううっ、ギリギリかもー」

梨紗は言いながらペンタブレットの表面を、綿棒を改造して作ったペン先で擦《こす》った。

モニターには、ク○トワ参謀が見たら『腐ってやがる。早過ぎたんだ』と罵りそうな怪しい映像が描かれていた。

「新刊のほうは出来あがってるんだろ？　その上にコピー本まで出したいだなんて欲を掻くからだ。そんなことしなきゃ今日の初日だって一緒に行けたのに」

「でもさあ今回のは合同本だからさあ、出来れば個人誌も出したいなーって」

「それで自ら茨《いばら》の道に向かって突き進んだわけね」

梨紗はううっと目を潤ませた。

「とりあえず三日連続徹夜して頑張ったんだけどダメでしたー何の成果も得られませんでしたー、じゃいけないの？」

「みんな期待してくれてるのにー？　裏切れないよー」

梨紗は皆の期待に応えたいという立派な建前を口にした。しかし伊丹は知っている。この類いの衝動は根源を追及しても意味はないのだと。

彼ら彼女らを突き動かすものの正体に具体的なものなど存在しない。彼ら彼女らは「ただそうしたい」という想いだけで動いているのだ。

もし理由を問い詰めて回答を得たとしても、それは大抵が後付けだ。だから別の方法ややり方でそれを満たすことは出来ない。従って伊丹に出来ることは、「そっか……」と頷いて優しく見守ることだけなのだ。

「そか、なら頑張れ」

「うん、頑張るう」

「初日の分は、買ってきてやったからな」

伊丹は片手の紙袋を持ち上げた。

彼の両手にぶら下がる紙袋の内、右手の分は全て梨紗が欲しいと言っていたものだ。

明日の準備で手の放せない梨紗に代わって、伊丹耀司は同人誌即売会の、あのだだっ広く大混雑する会場を文字通り東奔西走《とうほんせいそう》してきたのだ。

「ありがとー。そこに置いといて」

しかし梨紗は振り向きもしなかった。モニターを睨み、黙々と手を動かし続けていた。

仕方なく伊丹は荷物を置くと、椅子に腰掛けて、紙袋から本日の収穫物を取り出し、ページを捲《めく》り始めたのである。


薄い本を数冊読み終えたところで、伊丹はふと気になった。

「飯食った？」

伊丹の帰宅時間を十七時と勘違いしたくらいだ。時間の感覚は麻痺しているに違いない。

「食べたような……食べてないような……」

梨紗は上の空であった。

今している作業に全集中したいのだろう。脳のリソースの一パーセントも、この問いに答えるためには使いたくないといった感じだ。

仕方なく伊丹は梨紗周りを観察することにした。

「スキル『鑑定眼』を発動！」

伊丹の空想力が作り上げた脳内スカウターがピピピと反応を開始。すると伊丹の視界内で様々な数値が意味もなく表示されていった。

「戦闘力、たったの五か……ゴミめ」

屑籠の中身が五と表示されていた。

しかしその中の一つにコーションマークが表示される。それはカップ麺の残骸だ。『乾燥している』『四時間以上経過』といった文字が表示された。

梨紗はコピー本の作成作業を始めて三日間徹夜している。

昨日までの朝と晩の食事に関しては伊丹が都度都度食わせていたが、今日に関しては全く面倒を見てやれていない。

台所を見ても、『料理をした様子は見えない』と表示される。きっと梨紗は今日一日、このカップ麺を一個食べただけなのだ。

そこで伊丹は、同人誌即売会会場で売られていた焼きそばを紙袋から取り出した。

これは知り合いのいるサークルに差し入れようと購《あがな》ったもの。ところがそのサークルスペースは最初から最後までパイプ椅子が置かれただけの状態だった。何らかの事情で来られなかったのだろう。そのため渡しそびれてしまった。そしてそれをそのまま持ち帰ってきていたのだ。

「これ食うか？」

「あ、食べたいかも」

早速伊丹は焼きそばを電子レンジで再加熱した。そしてそれを彼女の傍らに置いたのである。


その後、伊丹は同人誌を読み続けた。

読み終えて積み上がっていく同人誌が二十冊程度になった頃、梨紗が口を開いた。

「終わった。で、出来た……」

「そか、出来たか」

見れば焼きそばは、透明なプラスチックの容器から消え失せていた。僅かに青のりと紅ショウガの残滓が張り付いている程度だ。きっと作業しつつ食ったのだろう。

プリンターは、ページプリンター独特の音と共に原稿を次々と吐き出している。

梨紗はと言えば、緊張の糸が切れてしまったのかタブレット板に突っ伏している。まだ、作業は終わっていないというのに。

「せ、製本……」

梨紗が残された工程を呻く。

そう、これで完成とはいかないのだ。続いて原稿をコピーし、ページごとに束ねて、ステープラーを打ち込んで、製本テープを貼るという作業がまだ残っている。

伊丹家にはコピー機などという立派なものはないから、近くのコンビニまで行かねばならない。

しかし時計の針はあと数分でてっぺんの二十四時に達する。

徹夜続きの梨紗をこの深夜に出掛けさせる？　無理だ、やめておいたほうがよい。同人誌即売会は疲労困憊した状況で生き抜けるほど甘い世界ではない。明日のことを考えるなら、最低でも六時間の睡眠をとらせる必要がある。そう、休息は義務なのだ。

伊丹は命じた。

「お前はもう寝ろ。明日早いんだから。後のことは俺がやっておく」

梨紗はこの言葉の理解に、数秒ほどの時間を必要とした。

「分かった。寝ます。百部……おなしゃす、ふーわ」

梨紗は欠伸《あくび》をしながらそう言い残すとベッドへと向かったのである。

「眠る用意！」

「ふぁい……」

伊丹の号令に応え、梨紗は着替えもせずに布団に潜り込む。

「三、二、一、眠れ！」

「すぴー……」

梨紗は本当に催眠術にかかったんじゃないかと思うくらい瞬く間に寝入った。

「コピー本で百部だって？　流石、壁際の常連……」

伊丹は小さく嘆息すると、彼女が今し方仕上げた原稿の枚数を数えながら束ねる。そして部屋を出た。コピー機のある近所のコンビニへと向かうのだ。

夜の住宅街をとぼとぼ歩く。

深夜だ。すでにどこの家の窓からも灯りは消えていて、街全体に夜の帳《とばり》が下りている。街灯だけが伊丹の足下を薄く照らしていた。

だが、二十四時間営業のコンビニエンスストアは、そんな中でも闇の中に浮かぶ絶海の孤島がごとく輝きに包まれていた。

金魚鉢かはたまた水族館の水槽かと見紛うようなガラス窓には、昼も夜もなくあたかも時が止まったかのように燦然《さんぜん》と輝くコンビニワールドが垣間見える。

扉を開いて入店音を上げながら中に入る。

伊丹はそこで一旦立ち止まって左右を見た。

左の奥のほうにATM、生鮮食料品、冷凍食品、パン、菓子類、正面にレジカウンター、右側に行くと日用雑貨、衛生用品、酒類とツマミ類、そしてソフトドリンク等の詰まった冷蔵庫がある。

窓に向かって雑誌の並ぶ本棚があり、その隣にはコピーのみならず、スキャン、ファックス、写真プリント、住民票や戸籍謄本、印鑑登録証明書の発行といった行政サービス、さらには各種イベントのチケット発行などなどの様々な機能を併せ持つマルチコピー機が置かれていた。

序章二　D-DAY

〇〇〇四時《午前〇時四分》（十一時間四十六分前）

『輝里《きらり》は戸籍謄本、忘れちゃダメだからね』

『どうしてあたしに言うの？　ちゃんともう用意してあるのに！』

『あんたが一番忘れそうだから。瞼を下ろすと見えてくるようだわ。机の上に置き忘れて、いざ提出となった時、手元にないと言って慌てふためくあんたの姿が！』

『ど、どうしてあたしにばっかり！　なんで聡子《さとこ》には言わないのよー？』

『しっかり者の聡子が、忘れるはずないからよ!!　そうよね!?』

沖田《おきた》聡子は、職場の同僚にして友人達のメッセージ――チャット式アプリの文字列を読むと二重の意味で舌打ちした。

二重の意味の舌打ち――まずは『しっかり者』という言葉への不快感だ。

その言葉を一番初めに聡子に向けて放ったのが誰だったかはすでに忘れて久しいが、その言葉は幼い頃から呪いと化して聡子を長く縛り付けてきた。

聡子は皆が思うほどしっかりしていない。

偉くもないし、強くもない。本来の聡子はドジでお間抜けで気弱なのだ。

他の誰よりも助けてもらいたがり、内心では誰かに支えられたいと願っている弱虫でもある。

注意力は散漫で正確性に欠けミスも多い。だから絶えず注意を喚起し、自分を点検し続けていなければならない。ミスを素早く見つけてすぐさまフォローをするために。

しっかりして見えるのはそれが理由なだけなのだ。

自分に絶えず鞭打つのはキツくて辛い。けれど聡子は涙を堪《こら》え、歯を食い縛り、胸を張って背筋を伸ばして懸命に頑張ってきたのである。なのにその代償が優秀、優等生等々の評価であり、大人や教師連中からは「こいつらの面倒はお前が見てやれ」と言われて、気を張らねばならない対象がますます増えていくのだから皮肉としか言いようがないのだ。

正直、聡子は気を張ることに疲れ果てていた。

もし誰かから『もう大丈夫だよ。これからは頑張らなくてもいいぞ』なんて囁《ささや》かれたら、力が抜けて身も心も委ねてしまいかねないほどだった。

けれどそんなことを囁いてくれる者はいたためしがない。きっとこれからも現れないだろう。そしてこんな毎日がずうっと続くのだ。聡子の中にある何かの容量が限界を超えてパンっと破裂するまで、絶えずひたすらに緊張を強いられ続けるのだ。

二重の意味の舌打ち——そのもう一つは、ミスをしたことへの慚愧《ざんき》だった。

今日もやっぱりミスをした。

近々、聡子の職場では海外への職員団体旅行がある。

聡子は海外が初めてだ。そのためパスポートの申請をしなければならない。

毎日が多忙な聡子達のために今回は旅行代理店が一括してそれを引き受けてくれることになっている。その締め切りは明日だ。なのに聡子は戸籍謄本の取得を完璧に失念していた。あのドジっ子の代名詞たる輝里ですら用意は済ませたと言っているのに！

時計の針を見る。すでに深夜二十四時を回っていた。

もし明日——いや、すでに今日だが——提出が出来なかったら、自分でパスポートセンターまで赴かなければならない。このままベッドに入って明日、仕事に行く途中で戸籍を取ることを失念したら、そうなってしまう。日頃のルーチンに含まれていないイレギュラーなことは脳みそメモリから消されやすいのだ。

「まいった、今行くしかないか」

すでにベッドに入るだけという格好になっていただけに億劫だった。

聡子は立ち上がると鏡に映った自分を見た。

ショートヘア。健康的に焼けた肌。

尖った顎、背丈は高くもなく低くもない。贅肉《ぜいにく》のない引き締まった身体付き。それでいて女らしい曲線もある。それらがコットンの生地で作られたゆるゆるとしたパジャマに柔らかく包まれているのだ。

実に扇情的だ。その気のない男であっても挑発しかねない危険な色香が匂い立っていた。

囮捜査でもあるまいし、流石にこの格好で外に出るわけにはいくまい。しかし今からきちんとした服装に着替えるのも面倒だ。

そこで数秒間考えた。手早く着られて手早く脱げるものがなかったか、と。

「あった」

そこでクローゼットの奥にぶら下がっていた、高校時代——今からおよそ三年前——に使っていた胸に南園学園高校と刺繍《ししゅう》されたジャージへと手を伸ばしたのである。

家を出てコンビニエンスストアまでは数分の道のりだ。

コンビニは燦然と輝き、闇夜に浮かぶ誘蛾灯《ゆうがとう》のよう。

絶海の孤島、砂漠のオアシスという表現も捨てがたい。DMZ《非武装地帯》にコンビニ——なんていう漫画もあったっけか。

ドアを押し開けて中を見ると、深夜だというのに数名の人影があった。

コンビニは商品の配置が決まっているから、お目当てのものはすぐに見つかる。彼女の求めていたマルチコピー機もすぐに見つかった。

しかしところが、である。見ると先客が使用していた。

何やらガーコガーコとコピーをしている。

その男性は大量の原稿を抱えていて、彼の作業が終わるまでには相当の時間がかかることが予想された。アニメキャラのイラストがプリントされたTシャツを着ている。その上、コピーしているのは何かの漫画の原稿らしい。

まいった。こりゃオタクだわ。

聡子は、自分の中にあるオタクと呼ばれる人種へのイメージを思い浮かべた。

軟弱者。

それが偏見であることは十分に承知しているが、それでも彼女がこれまでの人生で溜め込んだ、オタクと称する人々へのイメージを総括するとそのようなものとなる。

彼ら彼女らには、克己心《こっきしん》など欠片もない。

自己の欲求に忠実で、進んで法を破ることはないが、とはいえ公徳心《こうとくしん》もなく自己の権利の追求にのみ熱心。つまり他人の迷惑を顧みることがないのだ。

当然、コピー作業に長い時間がかかったとしても、自分のニーズを満たすことを最優先し、後ろに並んでいる者を待たせることに躊躇いはないだろう。というか、配慮の必要性など思い付きもしないのだ。

そんな生き方、聡子には到底できるものではなかった。全くもって羨ましくなるほどだ。そこまで緩く柔軟かつ自堕落になれたとしたら、聡子もきっと幸せな人生が送れるに違いない。

別のコンビニへ、という案が即座に浮かぶ。

しかしそこまでの距離を歩くことと、外に出ただけでじわっと汗の浮き出てくる暑さを思い返すと、冷房のよく効いた涼しい店内にいることのほうがマシに思えてきた。

そう。実に腹立たしく苛つくが、待つことのほうが正解なのだ。

さて、待っている間、何をするべきか。

致し方なく聡子は雑誌に手を伸ばした。

漫画雑誌、週刊誌、ファッション誌等々、様々な冊子がずらりと並んでいるが、可愛い色合いの目立つファッション誌を手に取ってその数ページに目を走らせた。

すると白髪交じりの年嵩《としかさ》の男がやってきて囁《ささや》いた。

「こんな時間なんだ。もう、家に帰りなさいよ」

その初老の域に達した男性はよれよれにくたびれたスーツ姿であり、吐く息からは若干のアルコール臭が漂っていた。

「……」

思わず聡子は天を仰いだ。善意厨はどこにでもいるな、と。

彼らは日頃の鬱憤《うっぷん》やストレスのはけ口として、他人の中に欠点や失敗、素行の不良といった弱点を見つけて論《あげつら》う。要らぬお節介をしないではいられないのだ。

「言うこと聞かないと警察呼ぶよ。君は未成年だろ？」

そして彼ら彼女らの行動は、往々にしてトラブルを呼ぶ。

どれほど言葉を慇懃《いんぎん》に整えようとも、その指摘の裏にあるのは優越感を満たそうという欲求、他人を蔑《さげす》むことで悦に入る蔑視感情、お前は俺より下なのだというマウンティングの追求だ。それらはしっかりと相手に伝わってしまうのだ。

否、それらの優越感情は言葉を上手く操れない人間、弁舌が巧みでない人間ほど敏感に感じ取る傾向がある。だからこそ反発を招いてしまう。

なのになのにそれなのに、指摘した側はこう考えてしまう。

え、どうして反発される？

どうして自分の善意が伝わらない？

「こっちを向いて話を聞きなさい！」

彼らは考える。自分は正しいことを言っている。だから相手はその言葉をありがたく受け取り、自分の親切に対しひれ伏すように感謝の態度を示すべきなのだ、と。

そう、そこにこそ問題の根源がある。

やっていることは善行のように見えるが、内実はカツアゲや辻斬りと全く変わらない、他人を用いて自分を満たそうというマスターベーション。強盗や痴漢ならぶん殴っても正当防衛になるが、こっちは善行の皮を被っているだけにタチが悪い。

こんな相手に言い返したら必ずトラブる。無視していてもトラブる。まるで罠にはまったようなものなのだ。

こりゃマズいよね。誰か助けて。

聡子が心の中で祈った瞬間、それまでコピー機を使っていたオタクが振り返った。

「先にコピーする？　俺、もうちょっとかかりそうだから」

そこには、人をほっとさせるような笑顔があった。

「あ、はい？　ありがとうございます」

聡子はこのオタク、思ったよりいい奴じゃん、と評価を改めつつマルチコピー機の前に立った。

「おい、無視するな」

聡子はコピー機に向かったまま酔客《すいきゃく》に応えた。

「わたし、高校生じゃないんですよね」

「なんだと？」

「これでも成人なんです」

その証拠とばかりに、『住民基本台帳カード』を取り出すと、指で住所を隠しつつ生年月日部分を見せつける。そしてマルチコピー機に載せて戸籍謄本請求の操作を始めた。種別を選んで暗証番号を入力して……

「そ、それは高校のジャージだろ⁉　そんなもん着てるから！」

白髪交じりの男のほうは、羞恥によるものか怒りによるものかは知らないが顔を真っ赤にして言った。

他人の欠点を指摘して悦に入るタイプの人間は、自分が間違っていたとなかなか認められない。誤りを認めると、自分が下になってしまうからだ。だからどんな方法を使ってでも自分の行為の正当化を図る。そう。善意を笠に着る者と、正義を建前にする者、そして警察官は、過ちを絶対に認めない人種なのだ。

聡子は嘆息しつつ言った。

「ええ、ですから勘違いなさったことは仕方ないと思って黙って聞いてました。が、これから先はただの迷惑行為なのでご遠慮ください」

「なんだと！」

「迷惑行為防止条例違反になりますよ」

「き、貴様！　俺は善意で！」

「待った」

その時、男が言った。

男といっても白髪交じりの酔客のことではない。先ほどまでコピーをしていたオタクのほうだ。

それが一触即発状態の聡子と中年親父の間に割って入ると、コピー機の下にあるトレイに手を伸ばそうとしたのである。

しかしそこには聡子の戸籍謄本がすでに吐き出されようとしていた。それはプライベートな個人情報の塊だ。

「な、何するんですか、やめなさい！」

当然、奪われてはなるまいと、聡子はオタクの腕を押さえ付ける。軟弱者と思った男の腕が、触れてみると案外逞《たくま》しいことに気付いた。

「いや、俺がさっきまでコピーしてた原稿がトレイに残ってるの忘れてて！」

「待って。それならわたしが取りますから、待ってください！」

「でも、それは新鮮な女性（腐ってないという意味）にはとても見せられ……」

聡子は男が言うのも聞かずにコピー機のトレイから紙束を取り出す。そして一番上の自分の戸籍謄本を素早く取り除いた。

当然、その下にあった二枚目以降の『腐りきったそれ』を間近で見ることになる。

「ひっ！」

聡子は『それ』を見た瞬間、悲鳴を上げた。

聡子は職業柄かあるいはもともとそういう性格なのか、一般に言う猥褻《わいせつ》物には動揺しない傾向があった。男社会の職場にいると、セクハラ発言があちこちからポンポン飛んでくるが、だからどうしたんです？　と平然と言い返せてしまう。押収品の猥褻図画を突然見せつけられるようなことがあっても、「ふーん、男ってこういうのが好きなんですねー」と肩を竦めるくらい余裕なのである。

そもそも女の裸なんか風呂に入れば毎日見るではないか。なのにたかだかオスとメスの交尾場面にどうして動揺するんだろうか？

とはいえ今回ばかりはその聡子をしても悲鳴を上げてしまうほどのショックを受けた。

大いに心を揺さぶられ平時七十回程度の心拍数が、二百近くにまで跳ね上がった。動揺してしまったのだ。

何しろそこには、見目麗しい裸の男が二人、淫《みだ》らにも肢体を妖《あや》しく絡め合っているという、ベーコンレタスな光景が広がっていたからなのである。

○七一五時《午前七時十五分》（四時間三十五分前）

「ったく……あの馬鹿オタクを猥褻物陳列罪か、猥褻図画販売目的所持で逮捕してやればよかった」

身支度を終えた聡子はそう吐き捨てると、スチール製ロッカーの扉を力任せに閉じた。

当然のことながら甲高い音が響き渡る。すると更衣室内にいた女性達三人が手を止め、談笑を止《や》め、何事が起きたのかと振り返った。

三人ともスポーティかつオシャレな下着姿で、Tシャツを纏い、その上から剣道着、袴《はかま》を身に着けようとしている最中だったりする。どうやら制服を身に纏う仕事に就いていると、女性のオシャレ欲はその下に隠されているものに向かってしまうらしい。

「あ、ごめんなさい」

聡子は驚かせてすまないと皆に告げる。すると皆は中断した着替えと談笑を再開した。

「あんた警察官でしょ。そこまで言うならどうして逮捕しなかったのよ」

聡子なら出来たはずだと同期かつ同僚の長髪女性は言った。

「だって、そんなことしたら面倒臭いことになるじゃない！『特練』だってあるのに！」

あのオタクをとっ捕まえて管轄の警察署から警官を呼んで引き渡したりしたら、当然ながら聡子は所轄署まで同行を迫られたはずだ。理由は調書を作成するためだ。

問題は、これがとにかく時間がかかるのである。

聡子自身も警察官となって三年、調書の作成には何度も携わったが、あれはちょっとやそっとでは終わらないのだ。

きっと解放されるのは朝になったはず。つまり聡子は徹夜する羽目に陥り、一睡も出来ないままこの辛く厳しい早朝特別練習に参加しなければならなかったのだ。

しかも今日という一日は稽古で終わりではない。その後の彼女には通常通りの交番勤務が待っている。

「徹夜して、そのまま剣道の朝稽古だなんてゾッとするわ」

「ま、非番中のことだったならほうっておいていいんじゃない」

「別に実害があったわけじゃないんでしょ⁉」

「何をもって猥褻とするかの判断はいろいろと難しいしねえ」

聡子の同僚達は口々に言った。

猥褻図画は基準が曖昧で面倒臭くて、担当者によっても判断が分かれるくらいだ。

最近だと大きな同人誌即売会は運営が自主規制しているため、多くの作品がその基準内に収まるように描かれている。ならば、担当者からも問題なしのお咎めなしと判断される可能性もあった。

聡子個人が主観的に「猥褻物と感じました」ではダメなのだ。

「でも、男が裸で……」

聡子はその目に焼き付いた光景を思い浮かべて顔を赤らめた。

「そんなんで禁止してたらミケランジェロのダビデ像すらダメになっちゃうわよ」

「ミケランジェロは芸術でしょうが！」

「似たようなもんでしょ！　さ、時間よ。モタモタしてると置いてくからね！」

「ちょ、ちょっと待ってよ」

皆が聡子を残して更衣室から出ていってしまう。聡子も置いていかれまいと慌てふためいて後を追ったのだった。

築地《つきじ》警察署の剣道場では、こんな朝早くから竹刀同士がぶつかる軽快な音、打突《だとつ》時の掛け声、床を踏み撃つ音が響き渡っていた。

すでに防具を着けて地稽古に励んでいる者がいるのだ。天井の高い道場だが内部には彼らの放つ熱気が充満していた。

聡子と違い警察署の寮に住んでいる連中は、通勤時間を要さないので朝の六時くらいから始められる。もちろん聡子も警察官になりたての頃は寮に入った。しかし女子寮の部屋数が少ないこともあって、実家が近くにある者は二年かそこらで出ることが求められる。

聡子達はすぐに準備運動を始めた。

通常なら指導員から何をモタモタしていると叱咤《しった》の声を浴びせられるところだ。

しかしここではそれがない。

叱咤されなければ気合いが入らないような人間は、そもそも特練に招かれないからだ。ここに集まるのは警察剣道の全国大会への出場を狙う猛者達だけなのである。だから聡子は自分で自分を叱咤した。

「おらおら、もっと気合いを入れろ！」

身体を十分にほぐして筋を伸ばし、顔をぱしんと叩いて竹刀を握り、素振りをして防具を着けた。

面を着け籠手《こて》を嵌《は》めると、挨拶もせずに道場中央の練習の列に加わる。

かかり稽古で面、胴、籠手をひたすら打ち続け、打たれ続けていく。そうして汗が一絞りほども流れると、ようやく身体が本調子になってくる。

練習に特別なものは存在しない。相手を変えつつ、ひたすら竹刀を構え、撃つ、打つ、撲《う》つを繰り返すだけだ。

身体が動く限り撲ち、隙がなくても打つ。

早く、速く、疾《はや》く。相手の動きに、呼吸に、剣の先端の動きに注意を払い、爪先に力を込め、掛け声と、打突の音と、床を踏み打つ音の三つが見事に揃った瞬間の爽快感は、魂が震えるほどだ。

「突き！」

研ぎ澄まされた剣尖の一撃が、対戦相手の喉垂れに突き当たった。

その威力は小柄な彼女をして大男を大きく仰け反らせる。

時には相手が尻餅ついてぶっ倒れるほどだ。この瞬間、日頃の勤務で溜め込んだありとあらゆる種類の不平不満・ストレスがすっきりすっかり抜けていく。

「これだから剣道って辞められないのよね」

もやもやとした思考の滞りが薄れていく中、聡子は竹刀を振りながらそう考えていた。

○八二五時《午前八時二十五分》（三時間二十五分前）

早朝の特練が終わると、シャワーで汗を流し、制服を身に着ける。

女性警官としての服装を整え終えた聡子は、所属する地域課へと向かった。

「よおっ、昨日はどうだった？」

「なかなか面白かったぜ」

見ると男性警官が二人、廊下で談笑している。

その姿を見た聡子は二人の距離の微妙な近さが気になった。二人の距離が不自然なまでに近く感じられたのだ。

互いに向かい合って微笑み合っているだけだというのに、それを見ている自分の身体が突如何やら熱くなってくる。昨夜、不意に見せつけられてしまった男同士の組《く》んず解《ほぐ》れつする漫画の一コマが何故か想起されてしまった。

「……」

そんな聡子に同僚達が声を掛ける。

「どうしたの聡子、顔が赤いわよ」

「もしかして熱中症？　ちゃんと稽古が終わった後、水分取った？」

「流した汗の分だけ、水分を取っておきなさいよ」

三人はそれぞれ担当する課へと別れていった。

「聡子、行くわよ」

そして同じ課の同僚が早く行こうと誘う。

聡子が所属する地域課は、要するに交番にいるお巡りさん達がいる所だ。彼らは一旦ここに集合して、それから各交番へと赴くのである。

「本日は土曜日です。銀座中央通りは歩行者天国が予定されています。大勢の行楽客が予想されており、晴海《はるみ》通りとの交差点付近の交通整理は特に注意が必要かと思われ……」

朝、勤務の開始時刻になるとまず上長から指示を受ける。

「本日の夕方には、旅券申請をまとめますので、団体旅行に参加する者は申請の各書類を担当者まで提出すること」

課長補佐からは雑務についての連絡を受け、そして最後に課長からの訓示めいた言葉を受ける。

「天気予報によりますと、本日も気温が高くなりそうです。当然のことながら熱中症で倒れる行楽客も多く発生することでしょう。諸官は助ける側です。それが助けられる側に回っては恥だと思ってください。水分の補給等しっかり自己管理をして、職務に当たってください」

「はいっ！」

全員が声を合わせて返事をする。

「さ、行くよ」

聡子は同僚達の声に笑顔で応える。

こうして今日という一日が始まったのである。

昨日の築地警察署は、一昨日とほとんど同じであった。

ならば今日もまた昨日と同じような一日になるだろう。忙しなく働き、そして時間が来たら交代して一日を終える。

警察官を職業とした彼らは、そんな毎日を一年、三年、十年と続けていくことになる。

やがて時を経て定年の時を迎えるのだろうが……そこまで先のことはあまり深く考えてはいない。少なくとも今日という一日は、そんな遠くない過去から、そんな遠くない未来まで続くと約束された人生の中で、それほど大差のない連続した一コマに過ぎないはずなのだ。

聡子をはじめとするここにいる警察官の多くは、今日一日の始まりをそんな漠然とした感覚で捉えていたのである。

＊　＊

道と道が交わる一点を、交差点ないし十字路、あるいは四《よ》つ辻《つじ》と呼ぶ。

互いの往来を妨《さまた》げ合いつつも、同時に、進むべき先を唯一無二の一つから三つへと広げる可能性の接点に、古《いにしえ》の人々は様々な意味を見出し与えてきた。

その一つが「四つ辻は異界に通ずる」というものだ。

人々が往来し、賑わい、そこを起点に街が発展して賑やかになっていく。そんな人々を引き寄せ、富をもたらす道には、何か不思議な力が備わっていると昔の人は考えたのだろう。そのため葬列が四つ辻に差し掛かると銭を撒き、厄払いとして人々に拾わせた。

平安時代においては、陰陽師や、霊的に力があるとされる者が結界を張り、あるいは力士などが四つ辻で四股《しこ》を踏んだ。それらは『辻』を起点に邪《よこしま》な何かが都《みやこ》へと侵入することを防ぐためだったのだ。

銀座中央通りの名で呼ばれる道がある。

地図で見れば、この通りは国道十五号線が北東部から南西へと向かっているに過ぎない。そんな通りならば日本全国どこにでもある。

しかし偶然かそれとも何かの目的あってのことか、この通りが鬼門から裏鬼門へと真っ直ぐに敷かれ、直交する道によって七つの四つ辻が構成されていることに気付くと、この通りが日本でも特別な存在になったのも然《さ》もありなんと思えてくる。

銀座とはそもそも江戸時代、銀を用いた貨幣の鋳造《ちゅうぞう》を行っていた場所、〈座〉のことだ。それが明治維新以降、人々の往来を妨げていた木戸が廃止されると、一躍繁華街の代名詞となるほどに発展し、現代日本で最も地価の高い場所となったのである。

銀座が本来の意味を離れて繁栄する商店街の象徴となり、その名を借用した街があちこちに作られることになったのも、この四つ辻の連なりに何か特別な力があったからだろう。

この七つの辻の連なりの中心、全ての中心に位置しているのが、銀座四丁目交差点であった。

この四つ辻は東西南北に位置する四つの建物によって構成されている。北に輪堂本館。東に越久《えつひさ》百貨店。西に藍光ビル。南に銀座ビアホール・ビル。

この四つの建物によって作られた四つ辻こそが、銀座の重心点——異世界へと通じる接点なのである。

序章三　いつも通りの朝

○九四五時《午前九時四十五分》（二時間五分前）

越久百貨店売り場担当、北郷《きたごう》玲奈《れな》は自分の担当するマタニティ用品のコーナーに立つと、小さく舌打ちした。

先月の末に売り場担当課長が、この八月の売り上げを先月の倍にするというとんでもない目標を打ち立ててくれたからだ。

八月は夏休み期間がある。しかも天気がよくて暑い。冷房をガンガン効かせたデパートの中に涼《りょう》を求める客が入ってくる。来客数は普段の一・三倍は軽く超えるはずであった。

そんな時にお金を使ってくれるお客の割合を一・三倍にし、そして使ってもらう額も一・三倍にすれば、売り上げはトータルでおよそ倍になる。上役の機嫌のことばかり考えて現場を見ようとしない中年男はそう言い放ったのだ。

なるほど計算上は確かにその通り。実際に、来店した客に声を掛けて、売り上げ増に結びつけることに成功している販売員は少なくない。しかし、百貨店で扱う品物の全てが同じように売れるわけではないのだ。

ただでさえ彼女の担当するマタニティ用品の売り上げは昨今の少子化の影響をもろに受け、需要曲線は右肩下がり。しかも水着、衣類などの季節ものと違って、夏休み期間中だからと需要が向上することもない。それどころか、酷暑のこの時期にお腹の大きな妊婦が常に混んでいる銀座なんかにやってくるだろうか？　いや、あり得ない。売り上げはかえって下がってしまうのだ。

顧客数の減少に対しては、高級品志向、売り上げ単価の増額でなんとか凌いでいるが、それだって限界というものがある。「売れ。もっと売れ、もっともっと売れ」と耳元で怒鳴られたところで出来ることには限界があるのだ。

「さあ、今日も頑張るぞ～」

「おおっ！」

通路を挟んで反対側にある子供服、そしておもちゃ売り場に立った榊原妙子《さかきばらたえこ》と神木佐知《かみきさち》が笑顔で気合いを入れ合っている。半分遊んでいるようにも見えるが、場の空気が明るくなることもあって周りも微笑ましそうに眺めている。

「頑張らなくたっていいのに」

しかし玲奈はその顔を見ると少しばかり不愉快になった。

今は夏休み。子供を連れてやってくる家族客が多い。だからきっと売り上げも上がるだろう。そして彼女達が上手くやればやるほど、中年課長のお小言を聞かされることになるのは成績の振るわない玲奈になるのだ。

実際、昨日、一昨日と、玲奈は課長から嫌味を言われていた。

「君ね、少しは熱意というものを見せたまえよ！」

「そんな！　これ以上は無理です」

「無理というのは嘘吐きの言葉です。このまま非協力的な態度が続けば、雇い止めもあり得ると思っておきなさい」

「雇い止めって、脅す気ですか？　わたしが契約社員だからってそういう態度をとっていいんですか？　課長のような人がそんな態度だから、回り回って子供を産む女性が減ってマタニティグッズの売り上げが減っていくんじゃないですか！　マタニティグッズ売り上げの低迷は、要するに課長のせいなんですっ！」

「なんだと！　御託《ごたく》は売り上げにもう少し貢献してから言いたまえ！」

そんなやりとりが二日も続き、うんざりしたものだ。

「転職……しようかな？」

越久に勤めて二年。居心地が悪くなってきただけに転職という言葉が脳裏《のうり》を過《よぎ》る。

大学を卒業して最初の職場は半年で辞めた。今は二つ目の職場だ。最初が短かっただけに、せめて三年は続けたいのだが、息苦しさもここまで強くなると考えてしまう。そろそろ限界かもしれない。

腕時計をちらりと覗き込むと、午前十時まであと数分となっていた。気の早い客達はビル一階ドアの前に集まってきている。

いっそのこと大地震とか起きないかなとか思ってしまう。そうすれば売り上げだの接客だのと喧《やかま》しく言われなくて済むからだ。なんなら戦争とかでもよい。半島のほうからミサイルが飛んでくるとか……。だが、たかが彼女の希望を叶えるためだけに北の将軍様が破滅のボタンをポチッと押してくれることもないわけで、重苦しい気分の今日が、昨日と全く同じようにして始まろうとしていたのである。

一〇一五時《午前十時十五分》（一時間三十五分前）

「かおりちゃ〜ん。トッターに何か新ネタあった？」

電話が鳴り、人々が忙しくバタバタと歩き回っている。

上司がモニターに向かう部下を呼び付け、部下が返事をして駆け寄っていく。

キーボードがやかましく叩かれ、コピー機が音を立て、プリンターが紙を吐き出している。

そんなオフィス独特の喧噪に包まれたテレビ旭光《きょっこう》報道部の金土日葉《かねつちにちよう》は、新人アナウンサーの物部《もののべ》さおりに問いかけた。

「かおりじゃなくって、さおりですよ、キンドーさん。トッターじゃなくって浪速のカサノバ殺人事件なんですが、アレ、被害者目線で取材し直したいんですよね」

さおりは後ろ髪を掻きながら応えた。

すると見た目は厳つい中年男なのに、口から出てくるのはオネエ言葉の金土が赤鉛筆を手にブンブンと腕を振った。

「それはダメダメよ。そんなのもう記事になんないんだから。それからあたしの呼び方はキンドーじゃなくて、かねつちちゃん、よっ！」

「えー、ダメなんですか!?」

すると聞き耳を立てていた部長の名川《ながわ》が言った。

「そんなカビの生えたネタより、さおりは国有地払い下げ不正問題を取材してこい」

「また、それですか？　そっちのほうこそ粘ったって何も出てきませんよ」

「いいから叩き続けろ。まだ使ったことのないおろしたての雑巾だって、叩いてれば毳立《けばだ》って繊維が千切れて埃が立つだろ？　そうしたら埃まみれだったと批判できる。そうだろ？」

「あんまり突《つつ》くと碌《ろく》なことにならないと思うんですけどねえ」

さおりは呆れたように嘆息した。

実を言えば、テレビ旭光には触られたくない古傷がある。

テレビ旭光の本社ビルのあるこの築地は、かつて海上保安庁――つまり国有地だったのである。

しかし日中国交正常化関連で関係の深かった時の総理大臣に、お友達とも言える関係を作っていた当時の社長が依頼して格安で譲り受けた――と言われている。

その説が正しいとすると、今国会で追及されている国有地払い下げ問題以上に闇の深い癒着構造があったことになる。なのにそれを批判していたら目くそ鼻くそと言われかねない。

しかしまあ、名川や金土にとっては、その程度の疑惑は大したことではないようだ。

世の中で起きていることの何が問題で何が問題ではないかの『審判』は、マスメディアの専権事項だからだ。

時の総理大臣が二千円かそこらのパンケーキを食べているのをマスコミが声高に批判すれば、大問題な悪事になる。一方で、一万円もするような昼食を食べたとしても、流石総理大臣だお大尽だと持て囃せば、景気を回すための善行ということになる。言わば善悪認定権――それこそが、彼らの持つ特権なのだ。

「かおりちゃん。総理に直撃取材なんてどうかしら？」

金土はふふんと鼻を鳴らしながら、さおりに投げ掛けた。

「さおりです。わたしに総理官邸に乗り込めって言うんですか？」

「まさか!?　実はね、今日これから笹倉《ささくら》総理が銀座に来るらしいのよ」

「誰に聞いたんです？」

「それは内緒。長年かけたあたしの人脈作りの賜物よ。笹倉総理が着てるあのスーツ、なんでも銀座ニューテーラー製で、一着百五十万円もするんだって。羨ましいわね」

「へえ。そう言えばうちの社長のスーツは二百万とか聞きましたけど？」

「社長はいいのよ。なんたってウチの社長なんだから。問題は笹倉総理よ。スーツなんかにそれだけのお金をかけられる政治家に、あたし達庶民の気持ちが分かるかよーって叫びたくならないかしら？」

「そりゃまあ、羨ましいなあとは思いますけど……」

「その笹倉総理が今度のサミットに備えて、新しいスーツを新調するんだって。そこでかおりちゃぁんの出番ってわけ」

「さおりです。キンドーさん」

「あらあらあたしはかねつちちゃんよ！　貴女はこれからマイクを持ってカメラを引き連れて銀座で取材してきてちょうだい」

「銀座で何を取材しろと？」

「国民の政府や政策に対する批判の声を集めてくるのよ。街の声って奴ね」

「でも、今から声掛けても劇団員のサクラとか集まらないですよ」

サクラとは街頭インタビューのために劇団員などのエキストラを呼び集め、台本通りに答えてもらうことだ。

度々同じ人物が画面に登場するため、ネット界隈ではテレビ局の行う世論誘導の手口の一つとして看破《かんぱ》されていた。常連のエキストラは、写真がネットでまとめられていたりする。だがそれでもテレビしか見ないお年寄りには効果的なのだとか。

「いいのよ。どうせカモフラージュなんだもん。貴女は街頭取材という体で、銀座ニューテーラーの近くにいればいいの！」

「つまり、街頭取材をしていたら、たまたま総理がやってきたので突撃っていう流れですか？」

「そゆことよん」

「で、総理が来るのって何時頃なんです？」

「流石にそこまでは分かんなーい」

金土はおどけた仕草で言った。

「今日も暑くなりそうですよねー。天気予報じゃ猛暑に注意とか言ってます。なのにキンドーさんはわたしに、いつ来るかも分からない総理を待って外に出ていろって言うんですか!?　そんなの軽く死ねますから！　熱中症で！　日焼けで！　紫外線で！」

「でも、それが貴女の仕事でしょ？」

「もちろんキンドーさんも一緒ですよね」

「どうしてあたしが行かなきゃいけないの？」

金土は再度おどけた仕草をした。しかし聞き耳を立てていた部長の名川が言う。

「それがお前の仕事だろ？　キンドー、お前も行ってこーい！」

「あらあらあたしはかねつちちゃんよ」

上司から言われてしまったら、否も応もない。

「一ノ瀬《いちのせ》ー行くよー」

金土はカメラマンに声を掛け、さおりは天を仰ぎながら出掛ける支度を始めた。

一〇三二時《午前十時三十二分》（一時間十八分前）

伊丹耀司は、目覚ましの手を借りることなく自然に目を覚ました。

その時の室内は、エアコンがほどよく効いていて涼しかった。しかし、カーテン越しに差し込んでくる日差しは強く、壁一枚隔てた外は灼熱《しゃくねつ》地獄——とまではいかないが、それに近いほどの暑さであろうことが感じられた。

「ううっ、今何時なんだ……」

目や思考の焦点が定まってから時計を見てみる。すると、午前十時半を回った頃だと分かった。

「マジ？　……なんてこった」

流石に明け方まで製本作業をしていたのが効いたらしい。ちょっとひと休みと思って横になっただけなのだが、普段ならあり得ない時間まで眠ってしまった。

「梨紗の奴はもう出掛けてるよな……」

伊丹は自分が横になる寸前のやりとりを思い出した。

すでに日が昇って窓の外が明るくなった頃、梨紗はベッドから起き出した。シャワーを浴び、身支度を整えた彼女は、朝食を取ると伊丹が製本したコピー本を「ありがとう」と言って受け取ったのだ。

きっとそれを抱えて元気溌剌、希望に満ちた面持ちで出発したに違いあるまい。

「今から行ったんじゃ遅いよなあ……」

本日は同人誌即売会の二日目だ。

伊丹自身も、本来ならば会場内に突入し、お目当てのブース目指して足早に進んでいた頃である。だが、今から家を出たのでは、会場への到着は昼を過ぎてしまう。

欲しかった『ウス異本（薄い本＝同人誌）』もそんな時刻では手に入りはしない。一応こんな機会でもなければ会えない知り合いに挨拶したいと思うから、出掛けようとは思うけれど、このがっかり感は半端ではない。身体がずっしり重く感じられるほどであった。

「まいった。やらかした」

しかしスマホが小さく、短く鳴った。

これはチャット式メッセージアプリの着信音だ。

スマホを手に取り起動させてみると、たくさんのメッセージが入っていた。

クリックしてスワイプしてメッセージアプリを立ち上げると、そのほとんどが梨紗から伊丹に向けた戦果報告だった。

「お？　おお⁉　おおおおおおお！」

それを見ると、梨紗は自分が欲しがっていたものをきちんと確保しつつも、さらに伊丹が購入を予定していた同人誌すらも手に入れてくれていた。

「流石、梨紗だぜ！　ウチのかみさん、俺の奥さんだ！」

どうやら梨紗は、伊丹に代わって買い集めに奔走してくれているらしい。今日はブースで売り子をしなきゃならんだろうに、その隙間時間を縫って会場を駆け巡っているのだ。

「ありがたや。ありがたや」

なんと気の利いたことか。流石長年付き合いのある同志である。

おかげで伊丹の意欲は瞬く間に蘇った。

これならば、昼過ぎに会場へと到着しても二日目を十分に楽しめる。いや、開場直後の混雑を避けられた分、かえって気が楽かもしれない。

早速起き上がった伊丹は、シャワーを浴びて肌にこびりついた汗や脂を洗い流した。そして髭を剃り、朝と昼を兼ねた食事をとって空腹を満たしていく。

職業柄、体力には自信があるが、取れる時にはしっかりと食事を取っておくことの大切さは身に染みている。いくら午後からの参戦とはいえ、同人誌即売会という戦場は慢心即退場の憂《う》き目《め》に遭いかねない過酷さがあるのだ。

携行する備品に遺漏《いろう》がないか、持ち物を確認する。

「カタログの携行……ヨシ。身分証明書……ヨシ。財布と中身の千円札と百円玉の小銭……ヨシ。携帯食として固形型バランス栄養食のチーズ味&チョコレート味……ヨシ。スポーツ飲料一リットルのペットボトル……ヨシ。タオル……ヨシ。ハンカチ……ヨシ。ちり紙……ヨシ。瞬間冷却剤……ヨシ。制汗スプレー……ヨシ。お宝を入れるための紙袋……ヨシ。スマホのバッテリー、フル充電のものを二つ……ヨシ。スマホ用片耳マイクイヤホン……ヨシ」

後から『何を見てヨシと言ったんですか？』と詰《なじ》られないよう対象をしっかりと見て、対象物の名を呼称しつつ、右手を耳元にかざし、本当に問題ない状態なのか改めて確認し、右手を振り下ろしつつ声を出して告げる。

「家の火元、水元のチェック……ヨシ」

その際、若干右足を上げるとなおよい。理由？　様式美である。

「戸締まり……ヨシ。全てヨシ。チェック完了」

こうして準備を完璧に整えた伊丹は、心身共に充実し意気軒昂として家を出たのである。

今日はとても充実した一日を過ごせそうな予感に満ち満ちていた。

一一二〇時《午前十一時二十分》（三十分前）

その日は、蒸し暑い日であったと記録されている。

気温は摂氏三十度を超え湿度も高く、ヒートアイランドの影響もあって街は灼熱の地獄と化していた。にもかかわらず、土曜日であったために、多くの人々が銀座へと押し寄せ、行楽や買い物を楽しんでいた。

マイクを向けられた行楽客の一人が言った。

「そりゃ、当然なんじゃない？　日本を代表して海外の首脳と会う総理大臣がさ、そこらにある吊しの既製品を着るってわけにはいかないでしょ？」

金土日葉と物部さおりは、カメラマンの一ノ瀬らと共に銀座中央通り六丁目付近に来ていた。総理の着ているスーツがテーラーメイドの高級品であることを告げ、それに対する生の反応を収録しようとしていたのだ。

当初の予定では囂々《ごうごう》たる批難――例えば「贅沢だ」「俺達の税金で食ってるくせに」といった感情的な発言、嫉視《しっし》や怨嗟《えんさ》の声が聞けると思っていた。しかし問いかける相手の悉《ことごと》くが、期待とは全く方向性の異なる回答をしてくれたのだ。

「でも、百五十万円もするんですよ」

「それだけの収入のある人がさ、お金使わないでどうするのさ？　みんながケチケチしたら経済が回らないでしょう？　金のある人には盛大に使ってもらわないと」

「スーツなんかにそれだけのお金をかけられる人に、あたし達庶民の気持ちなんて分かるかーとか思いません？」

「あんた、可哀想な人生を送ってきたんだね。僻《ひが》み根性で心が歪《ゆが》んでる」

さおりや金土に対して、可哀想な子でも見るような目を向ける者までいた。

「もう、やめましょう」

流石に辛くなったのか、金土は深々と溜息を吐くと収録をやめようと言い出した。

「でも、せっかく出てきたのに」

「そもそも銀座で買い物をするセレブ相手にこんな質問するほうが間違ってるのよ！　誰よ、銀座で街角取材しようだなんて言い出したの！」

「キンドーさんじゃないですか！」

「しょうがないでしょ!?　あたし達と世間とで、まさかここまで受け取り方が隔絶してるだなんて思ってもみなかったんだから！」

「浮き世離れしてるのはわたし達のほうだったたんですねー」

「違うわよ！　もっと批判的な番組を作って、権力に従順なだけの蒙昧《もうまい》な子羊達を導いてあげなきゃいけないのよっ！」

「そうなんですかねえ？」

「世の中を正しい方向へと導くこと。それがあたし達の使命なの！　それくらい分かってちょうだい！」

「正しい方向ですか……」

序章四　五分前

一一四五時《午前十一時四十五分》（五分前）

「婦警さん。迷子っぽい子供がいるよ」

聡子が担当する銀座四丁目交番に、通行人の中年男性がやってきて声を掛けた。見たところ休日を家族と過ごすサラリーマンといった装いだ——が、妻や子供の姿は見えない。

「どこですか？」

「あっちのほう。一つ向こうの道を幼女がママーって泣きながら歩いてた」

そこまで聞いて聡子は頬を引き攣《つ》らせた。

「そこまであからさまに迷子だったら、交番まで連れてきてくださいよ」

「いや、無理だから」

「無理なことないでしょう!?」

「いいかい。今の時代、俺みたいな中年男が迷子っぽいとはいえ幼女に声を掛けたりしたら、それだけで事案扱いだ。そうだろ？」

「あ、えっと……」

「ネットで警察署のホームページを見てみろ。あの通報事案を見てみると、本当に不審者だったのか分からないものも多いだろう？『おはよう』と朝の挨拶をしただけとか『駅はどちらですか？』と尋ねただけの通報例がずらりと並んでいる」

「で、ですけど常識的に考えて……」

「常識!?　転んだ少女に『大丈夫かい？』って声を掛けただけで長時間の事情聴取を受けてしまった不幸な報告まであるんだぞ！　君達はちょっとばかり事情を詳しく聞いただけのつもりだろうが、善良な市民にとっては、警察に時間を奪われるという意味で立派な刑罰だ。事情聴取という名の拷問三時間？　取調室に禁固半日ってわけだ。もし幼女を保護して交番に連れて行くつもりだったとしても、君達は誘拐する意図を持った不審人物として扱うだろう!?　誤解が解けたとしても警察は自分が間違っていたとは絶対に認めない。それどころか、こっちに疑われても仕方がない振る舞いがあった云々、李下《りか》に冠を正さずというありがたい訓戒まで偉そうな口振りで説く始末だ。せっかくの善意も精神的なダメージという形で返ってくる。貴重な休日が失われるばかりか、近所や親戚中に変質者という噂が流れて人生が危うく破壊されそうになったとなれば、たとえ目の前で死にそうな人がいても、金輪際触れまい近付くまいと思うようになって当然じゃないか！」

「……う」

男性の妙に生々しい話を聞いて、聡子は冷や汗が流れるのを感じた。

この男性、実際にそういう体験をしたことがあるに違いない。親切が仇《あだ》になって返ってきたという手痛い経験が……。しかもそれには警察が深く深ーく関わっている。

にもかかわらず、交番にこうして通報してくれているのなら、それだけでも大変に親切な献身行為だと思わなくてはならないだろう。

「す、すみません」

昨晩のコンビニで、高校生の装いをしていた自分に注意してきた男性に対して、自分が何を思ってどんな対応をしたかまで思い出した聡子は、やり場のない羞恥の感情が湧き上がり思わず謝ってしまった。

「おかげで我々は、子供が路頭に倒れ、迷子が助けを求めて泣いていたとしても手出し出来ないのだ。そうなったのも、警察が善意で行動した人を『不審者扱い』という処罰で遇してきたからだと自省したまえ。君はこれから猛暑の中、迷子となった幼女を捜してあっちに行ったりこっちに行ったりと大変な思いをするだろう。しかし、それは全て君達のこれまでの所業が原因なのだ。全ては自業自得なのだ！」

「わ、分かりました。早速駆け付けます。それで場所は……」

「あちらの方向だ。三つ編みが外見的な特徴だ」

聡子は通報者の指差した方角から、幼女が彷徨っているのは五丁目のすずらん通り、あるいは西五番街通り辺りだろうと目星を付けた。

銀座の街並みは碁盤《ごばん》の目のような造りになっていて、見通しがかなり先まで利く。幼い少女が一人でうろうろしているのは大変目立つからすぐに見つかるだろう。

「三つ編みの子ですね？　わたし、見てきます」

こうして聡子は、勤務中の同僚に告げると交番から飛び出したのである。

聡子は外に出た途端、額にじわりと浮かんだ汗の滴を拭《ぬぐ》った。

夏とはいえ今日は例年にも増して暑い。強い日差しが、大地を覆うアスファルトとビルのコンクリートの表面に反射して四方八方から襲ってくる。普段は硬い感触のアスファルトが、溶けかかっているのか何となく柔らかく感じるほどだ。

「よろしくお願いします」

晴海通りでは写真の入ったビラを配っている人達がいた。

この付近で消息を絶った若い男女の情報提供を家族や友人達が呼びかけているのだ。もちろんそのビラは界隈の交番にも貼ってあるのだが、今のところ状況は芳しくない。

「……いけない、今は幼女を捜さないと」

聡子は晴海通りを数寄屋橋方向に進みながら、すずらん通りや五番街通りを見やった。

しかし大勢の買い物客の陰に隠れているのか、それとも建物の影で見えないのか、一人で彷徨う小さな子供を見つけることは出来なかった。

「心寧《ここね》！　心寧！」

三十歳前後の女性が子供の名前を連呼しながら焦った表情で晴海通りの歩道を歩いている。きょろきょろと左右を忙しなく見渡す姿を見れば、誰でも子供を捜す母親だろうと察するに違いない。聡子は迷わず声を掛けた。

「迷子ですか？」

「は、はいっ！　五歳の女の子です！　三つ編みのお下げをしています！」

母親は警官姿の聡子に呼び止められると、縋《すが》る勢いで走り寄った。

「名前は『ここね』ちゃんですね？　一緒に捜しましょう」

「はい、ありがとうございます！」

聡子は母親と一緒に行動を始めた。

「見失ったのはどの辺りですか？」

「四丁目交差点から駅に向かって歩いていて、数寄屋橋交差点辺りで心寧の姿が見えないことに気付きました。今、夫があちらのほうを捜しています」

母親はそう言って数寄屋橋方面を指差す。

「ならば、私達は……」

聡子は西五番街通りを重点的に捜すことにした。

往来している自動車の多さに怖さを覚えつつも、幼児の目線で駐車している乗用車、トラックの下や背後、物陰などに気を配って進む。

それと、ビルとビルの隙間も要注意だ。

銀座のビルは隣との隙間が狭い。幅にして五十センチから一メートルほど。そしてそこは人が入り込むことを防ぐため、高さ二メートルほどの格子や鉄板で塞がれていた。しかしその鉄板も、道路から一歩ないし二歩ほど奥まった所にあるため、小さな子供等がそこに立つと姿が全く見えなくなってしまう。そのため確実を期するならこの一つひとつを必ずチェックしなければならないのだ。

「心寧！　心寧！」

しかし母親は焦っているためか、娘の名前を叫びながらどんどん進んでしまう。

この様子だと、これまで捜してきたとしても往来する車の陰や死角などに子供がいたら見逃していたに違いない。

「お母さん、もっとよく捜さないと！」

聡子は声を掛けて母親を引き留めた。ここまで粗い捜し方しかしていないとなると、もう一度、戻って捜し直したほうがよいのではないかと思われたのだ。その時である。

「あ、心寧！　心寧！」

母親の我が子の名を呼ぶ声に喜びが混ざった。

遠くを見やるその視線の先、みゆき通りの向こう側の歩道に、五歳くらいの幼女がいた。黒髪を三つ編みのお下げにしている。

「ママ！」

「待った、呼んじゃダメ!!」

聡子は慌てて母親を止めた。

何故なら自動車の往来する道路の向こうにいる子供を呼び付けるのは、絶対にしてはならない禁忌行為だからだ。しかし子供を見失い、動転していた母にはそれが分からない。一刻も早く我が子を抱きしめたいという想いだけで暴走していた。

そしてまた、小さな子供も小動物と同じだった。

不安の中で彷徨い、ようやく見つけた母親しか見えない。正面しか見えないのだ。

そのため、みゆき通りを往来するトラックに気が付かない。今にもトラックが来ようとしているのに、エンジンの音も耳に入らず車道へと飛び出してしまった。

急ブレーキ。

アスファルトがタイヤを削る音が銀座の街に響く。

聡子や母親、そして周囲にいる人々全てがその音に視線を引き寄せられ、事の結末を予感し、目を瞑って顔を背けた。誰もが激突音が続くことを予想していた。

しかし――

「馬鹿野郎！」

停止したトラック運転手の怒声が響く。

「へっ⁉」

そしてトラックが走り去った後に、歩道に立っている幼女の姿があった。

傍らには中年男性がいて彼女の細い腕を掴んでいる。彼が咄嗟に手を伸ばし、間一髪、最悪の事態を防いだのだ。

その男性に――

「結局、助けてあげたんですね」

聡子はニヤリと微笑みかけた。

そう、交番までわざわざやって来て迷子がいるぞと通報した中年男性だった。あれほど何も出来ないし、しようとも思わないと主張していたというのに。

男性は聡子の視線から逃れるように顔を背けた。

「知らん。俺は何もしてない。幼女なんか触ってもない。ノータッチだ。事情聴取なんて絶対にゴメンだからな」

「いや、触ってるし。っていうか腕を掴んでます」

「こ、これは不可抗力だ！」

男性は幼女から手を放すと、今にもこの場から立ち去りそうな気配を見せた。

あちこちから何があったんだ？　と野次馬が集まってきているせいもあって、視線に耐えられないのだろう。

「ありがとうございます！　ありがとうございます！」

しかし今度は母親が彼の手をしっかり握りしめて、何度も何度もペコペコと頭を下げた。流石の偏屈男もその手を振り払って立ち去ることは出来ないらしい。

「あの、一応お名前を聞いてもいいでしょうか？」

聡子はおずおずと尋ねた。

「ぜ、善良な一市民とでも名乗っておく」

「はあ……善良な一市民さん……ですか？」


「ひっ！」

その時、野次馬の人垣が割れた。


「え？」

不意に野次馬の一人が倒れたのだ。

一体、何が!?

女性は崩れるように地に膝を突き、その後うつ伏せに倒れた。そして周囲の地面に、水たまりのように赤黒い液体が広がっていった。

聡子はしばしの間、状況を理解することが出来なかった。

野次馬が倒れた。それをみんなが取り囲んで見ている。

倒れた人は、背中から血を流している。だから事件なのだろう。きっとそうに違いない。

っていうことは、傷害事件？　通り魔⁉

聡子の脳裏に、様々な単語が流れていく。

しかし加害者と思われる存在がいささか現実離れしていた。

まるでファンタジーアニメに登場するモンスターがごとき醜悪な姿だったのだ。

これは確か『ゴブリン』と言ったか。指輪をどうこうする映画で、俳優がサターン助演男優賞をとったアレともよく似てる。確かあれはＣＧだったけれど。

そのゴブリンは、映画の特殊効果用の着ぐるみを纏っているとしても背丈が低かった。一～一・二メートルといったところだろう。聡子はその昔ニホンザルによる猿回しを見たことがあるが、それくらいの体躯なのだ。

猿との違いは、体毛が全く生えていないことだ。

そもそも肌の色は岩に絵の具でも塗ったのかと思われるほどの暗緑色で、その質感は動物園にいるゾウかサイにも似ていた。

頭部には、小さい角が数本生えていた。

「な、何よ！　これ！」

「え、これって映画の撮影か何か？」

野次馬達が囁き合った。

映画の撮影⁉　そう、それならば理解できる。

そうか、これは映画の撮影に違いない。無許可で、どこかの誰かが勝手にロケをしている。そうに違いないと、聡子はその考えに縋った。

しかしゴブリンはニタリと笑った。

表情豊かで、とても作りものとは思えない野性味ある獣の雰囲気を放ったのだ。

そしてそれは、手にした両刃のナイフ――人によっては、短剣あるいは剣と呼称するだろう、錆と血に汚れたナイフをかざして、傍《かたわ》らの野次馬に襲いかかった。

そして二人目の犠牲者が発生した。その短剣は、野次馬の男性の腹部に容赦なく突き刺さったのだ。

もう、疑っている余地はない。

聡子は特殊警棒を抜くと、左手で構えてゴブリンの正面に立って対峙した。

「持っているものを捨てなさい！」

言葉も通じない獣相手に何やってるのよ、わたし！　と思ったりする。

「グルゥ？」

ゴブリンが聡子を敵と認定したらしく、剣先を向けてきた。

「逮捕しますよ！」

聡子はゴブリンの目を見据えると、下腹部に力を込めて宣言する。そして周囲に告げた。

「誰か怪我人を下げてください！」

「お、おうっ、任せておけ」

善良な一市民とそれに続く数人が、背中を刺された女性と、腹部に刺し傷を負った男性を引きずって下げていった。

「こんな大怪我、どうしたらいいんですか？」

怪我人を助けた人の問いに、善良な一市民が答える。

「とにかく手当だ。その間に誰か救急車を呼ぶんだ！」

「きゅ、救急車は俺が！」

誰かがスマートフォンを取り出しながら答えた。

「よし、救急車は任せた！　こっちは救急車が来るまで止血だ！」

「し、止血って？」

「傷口の上から力尽くで押さえるんだよ！」

善良な一市民さんは周囲の協力を得ながら対処をしていった。

その適切ぶりは、これならば何とかなると思わせるほどだ。あとは、聡子がこの奇怪な生き物をどうにかすればいい。

しかしこの獣、見たところ獰猛《どうもう》そうだし、刃物を道具として使うことが出来る程度に知恵があって実に厄介そうだ。それでも、一頭だけならば聡子でも対処できる。

聡子は特殊警棒の柄を改めて左手に握ると、左半身を前にして構えた。

するとゴブリンは、持っている剣の刃を寝かせた。それは剣刃を突き立てる際、肋骨《ろっこつ》に阻まれないようにするための殺意の籠もった構えであった。

「ギイッ！」

ゴブリンが気合いらしき唸り声を上げると、剣を振りかざして突っ込んできた。

身のこなしは剽悍《ひょうかん》そのもの。しかしながら聡子はその上を行った。

特殊警棒をゴブリンの剣に軽く当てて払うと、そのまま踏み込んで警棒の剣先をゴブリンの喉へと突き出した。

「突きっ！」

剣道で鍛え上げた鮮烈な一撃が、ゴブリンの喉元に突き刺さる。いや、一度の突きのように見えたが実は三度突いている。三段突きこそが聡子の特技なのだ。

自ら突き進んできた勢いも加味したのか、ゴブリンは大きく後ろに吹き飛ぶ。そして喉元を押さえて激しく転げ回っていた。おそらく喉頭の打突で気管が潰れ、呼吸困難に陥ったのだ。

「おおっ！」

「流石お巡りさん！」

野次馬達の喚声が上がる。そこには通り魔が、殺人鬼が、危険な怪異が制圧されたのだという安堵と歓喜が混ざっていた。

しかしその悦びは長くは続かなかった。

アスファルトで舗装された道路にのた打つゴブリンの向こうから、もっと大きな『何か』の『群れ』がやってきたからだ。

「えっ？」

そこにはゴブリンなんか比較にならない大きさの怪異がいた。

「ト、トロル？」

その内の一種類は、体長二・八メートルとも言われるヒグマを超えるほどの巨体で、毛むくじゃらなのだ。そして巨大な棍棒を手にしていた。

「こ、これって、オークって言うんじゃない？」

そしてもう一種類も、体長が二メートルを優に超えていた。その外見は、牙のある豚を直立させたマウンテンゴリラのような体躯であった。

こちらの肌の質感もゾウかサイのそれとよく似ている。色彩は黒あるいは暗褐色。そんなのが錆斧を手にしているのだ。

「ねえねえあんな生き物、見たことある？」

「ねぇよ、初めてだよ」

それを見た野次馬達が囁き合っている。

しかし問題はそれではない。そこではない。

数が半端ではないのだ。

一頭や二頭ではない。数えている暇などないから正確な数は分からないが、少なくとも中央通りから西五番街通りまでの、二ブロック分約五十メートルを埋め尽くしているのだから、十頭や二十頭ではないはずだ。

こうなると、聡子一人でどうにか出来る数ではない。

聡子はもう迷わなかった。右手で拳銃を抜くと、上空に真っ直ぐ向けた。

威嚇射撃を一発。

この炸裂音一つで怪異の群れの動きが止まる。

「皆、逃げて！」

聡子が叫んだ。

すると周囲にいた野次馬達が弾かれたように一斉に逃げ出したのである。

獣というのは、逃げる者を見ると追いかける。それは本能なのだと聡子は誰かに教わったことがある。実際その通りで、野次馬達が逃げ出すと、そこにいたオークやトロルやゴブリンが後を追おうとした。

しかし聡子は道路の真ん中に立って最初に飛び出したゴブリンに銃口を向けた。

拳銃に装填された執行実包を二発、迷わず発砲。ゴブリンの胸部と腹部に命中し、ゴブリンは倒れた。すると怪異達の群れは凍り付いた。

聡子が持つ小さな拳銃の発砲音とその威力に、怪異達の群れが一時的にせよ圧倒されたのだ。

「なんとかなるかもしれない」

人々が逃げ切るまで頑張り通せば、被害は最小限に留められるのだ。

しかしその楽観的過ぎる希望はすぐに消えた。

鞭が地を打つ音がする。

革を編《あ》んで作られた鞭は、達人の手にかかるとその先端部の速度は音速を超える。空気を切り、衝撃波を伴って地を打つ音は、拳銃の発砲音にも似ている。

「Abmmiolle!! juguftte!!」

女の声と炸裂音。

叱咤するようなその声に、尻込みしていた怪異達は背中を突き押されるようにして走り出したのである。

きっと聡子の拳銃以上の恐怖が彼らを支配しているに違いない。そして怪異達は聡子を避けるように、左右に分かれて走り抜けていった。

「ま、待ちなさい！」

聡子は再び威嚇射撃する。

しかしその発砲音も怪異達を止めることは出来なかった。

怪物達は巨大な棍棒や斧、剣を振りかざして手当たり次第に通行人に襲いかかっていった。

ビルの入口を破って内部に乱入し、乗用車の運転手を引きずり出し、逃げ惑う通行人に襲いかかった。

気が付けばあちこちから悲鳴が鳴り響いていた。

銀座の街は怒号、金切り声、悲鳴、絶叫——老若男女、人間が発することが出来るありとあらゆる種類の声で満ち溢れていった。

すぐに凶行をやめさせなければ。

指令センターに報せて対策してもらわなければ。

今、聡子がなさなければならないことは山ほどある。それらのことが聡子の脳裏に次々と浮かんでいった。

「Guiitemmono ottlo bugarria!!!」

しかし聡子はその場を動くことが出来なかった。緊張のあまり身じろぎ一つ出来ないのだ。

何故なら聡子の前に、ＳＭの女王みたいな黒革鎧を纏った褐色肌の女が現れたからであった。

序章五　発報

一一五二時《午前十一時五十二分》

東京都千代田区霞が関。

皇居――すなわち江戸城の桜田門前。内堀通りと桜田通りが合流して、晴海通りに名前が変わる位置に日本の首都東京の治安を守る警視庁庁舎がある。

その深奥部に『通信指令センター』は存在していた。

通信指令センターは、小学校の体育館ほどの広さを持つ空間で、正面には東京都の地図を映し出す巨大なスクリーンがある。そして向かって右側には二十台の一一〇番受理台が設置されており、一日二十四時間、絶え間なく入ってくる約四千八百件の通報をさばいていた。

指令センターの左側には指揮ブースが五つ。こちらは受理台で受け付けた通報に基づいて、現場の警察官に出動を指示するのが仕事だ。

また指令センターの後方、若干高くなっているブースには、通信指令官の席があり全体を見渡せるようになっている。

通信指令本部長は、正午近くから正面の巨大スクリーンに表示される通報一覧のスクロール速度が、いつもより若干速くなっていると感じていた。

「通報の件数がいつもより多いか？」

武田《たけだ》指令課長らが振り返って答える。

「夏休みですし、週末ですし……」

「昨日からお台場でイベントが行われてます」

「その上、そろそろ一般企業の昼食タイムです」

人の動きが多くなる時こそが、一一〇番の通報も増える時間帯だ。

朝の通勤時間、昼、そして夕方から夜。逆に通報が少なくなるのは人の動きの少なくなる深夜三時から四時頃と言われている。

「これから通報件数が跳ね上がるぞ。しっかりと準備しろ」

本部長の言葉にオペレーター達が頷いた。

しかしその直後、覚悟していた以上に通報が増えた。二十台ある一一〇番受理台が一斉に鳴り響いたのだ。

「事件ですか、事故ですか？」

落ち着いた声で喋っていたオペレーター達の顔色が変わる。

慌ただしく機械が操作されて、緊急通報が入ったことを意味する赤ランプが一斉に点灯する。全てのブースで、だ。正面スクリーンの表示もたちまち真っ赤になっていった。

本部長が問いかけた。

「おいおい、一体何があった⁉」

受理台オペレーターの一人が振り返った。

『銀座で怪物が暴れてます』

『緑色の化け物に刺された⁉』

『ゴブリンみたいな奴⁉』

『通り魔事件発生。化け物が棍棒を振り回して通行人を襲ってます！』

しかも左側の指令センターのスピーカーにも、巡回中の警察官、交番から悲鳴にも似た声が入っていた。

『至急至急至急！　数寄屋橋PB《こうばん》より警視庁！　暴動が発生。大勢の人が走り回っている！』

『至急至急、銀座八丁目PBより警視庁！　行楽客が走り回って衝突して怪我人多数！』

『銀座中央通り付近より、ヒグマないしゴリラに似た体躯の生物が大量に出現、行楽客に襲いかかっている。パニック状態になった行楽客が逃げ惑い収拾が付かず、すでに多数の怪我人が発生している模様！　その中の一頭が……あ、こっちに来た！　わああああ！』

拳銃の発砲音が続く。

「警視庁から八丁目ＰＢ！　落ち着いて繰り返せ。何が暴れてるって⁉」

『ば、化け物！　………』

「おい、どうした！　何があった？　化け物って何だ⁉」

『……』

警視庁の無線システムは、一斉に発された『至急至急』の呼び掛けでたちまち飽和した。

意外なことだが警察の指揮通信システムは脆弱である。かつて秋葉原でたった一人の通り魔が暴れた事件でも、通信システムはキャパシティーを超えてしまい警察官は個人所有の携帯電話を使用しなければならなかったのだ。その教訓から『Ｐフォン』という警察用携帯電話が導入されることになったのだが、それとて民間の携帯電話回線を使用している。従って数分の内に、千を超える勢いで同時に発された一一〇番通報でたちまちパンクした。そして指令本部長の頭の中も、通信システム同様に真っ白となった。

事態がさっぱり理解できなかったのだ。

何かただならぬ事件が起こっている。通り魔事件という報告もあるし、間違いない。とはいえ通報内容に意味不明な単語が多過ぎるのだ。

「化け物とは一体何なんだ？」

混乱した市民が訳の分からないことを電話で叫んでしまうというのはよくある話だ。

動転した人の目には、凶悪な犯人が怪物に見えてしまうこともあるだろう。しかしそうであったとしても、順を追って説明させ耳を傾けていればディテールは掴めてくることが多い。しかし今回に限っては、全体像が全く掴めないのだ。

『群盲象《ぐんもうぞう》を撫でる』という逸話があるが、各所から入ってくる情報は全くそれに近い。

一体何が起きているのだろう？

通り魔事件ならば、直《ただ》ちに犯人を検挙しなければならない。しかし獰猛な野生動物が銀座で暴れているだって？　それならば犠牲者を救助し、害獣駆除をしなければならない。しかし一頭、二頭どころではない数となると、何故、どうしてと考える必要がある。人為的な事象とすると、一体誰が？　もしや動物を用いたＧ《ゲリラ》事案？

「お、おい、すぐに現場近くの防犯カメラの映像を出せ」

武田指令課長が言った。

「そ、そうだ。映像を見れば理解できるかもしれない」

するとすぐに銀座中央通り各所にある防犯カメラの映像が、正面スクリーンに映し出された。

そこに映っていたのは、猿、熊、そして猪を直立二足歩行させたような生き物の大群が――その数は歩行者天国を埋め尽くすほどだ――もの凄い勢いで駆け抜けていくというものであった。

「な、なんだ……これは？」

指令本部長は、スペインで行われている牛追い祭りを連想した。

それは石造りの古い街並みの中、約十頭の牛に追われて人々が逃げ惑うという「お祭り」で、毎年多くの怪我人が出る。今、監視カメラによって映し出されたのは、その規模の比ではない数のわけの分からん動物が、銀座にいる人々を追い回しているというものであった。それらが、停まった乗用車とトラックの間を駆け抜けていくのだ。

「なんだ、この生き物は？」

「遠目だし、動きが速くてよく見えませんね」

しかもそれらが通り去った後には大勢の人達が倒れている。

倒れた人々は血を流し、救いを求めているようにも見えた。すでに事切れているとしか思えない者の姿まであった。

「ど、どうなってるんだ？」

事態は、本部長の理解力を完全に超えていた。彼に出来たのは、目の前で起きている事態を納得するため、現実を確かめることだけだ。

「すぐに調査させろ」

本部長の指示で、オペレーターの一人がコンソールに向かう。

「了解しました。『警視庁各局、築地管内調査方、銀座中央通り近い局どうぞ』」

『築地五は単独で警察署《PS》から』

「警視庁、了解。築地に願います。銀座中央通り付近通行人より一一〇番、ヒグマ、ゴリラ、化け物などが通行人を襲っている云々の内容です。事態が判然とせず掴めないため、最優先で調査願いたい。ただし対象生物が獰猛と予想されるため十分注意せよ。どうぞ」

『築地五、了解』

「築地宛一一〇番整理番号一五八九番、十二時〇二分、担当望月《もちづき》どうぞ」

『築地了解。担当長崎《ながさき》どうぞ』

「警視庁、了解。以上、警視庁。続いて一一〇番入電……」

「本部長、配備を令しますか？　銀座付近からの一一〇番通報、同様の内容でひっきりなしです」

「分かっている。いずれにしてもこれだけ大量の通報が入った以上はただならぬ事態だ。通り魔事件にしろ、凶暴な動物が暴れているにしろ、怪我人が大量に出ているなら消防から救急車も出してもらわねばならんが、必要量が読めん。関係各所に動員をかけるにしてもどこまで広げたものか。動物が相手なら、猟友会に来てもらう必要もあるな……」

すると、武田指令課長が進言した。

「本部長。今回ばかりは民間に頼る余地はありません。警察が全力で挑むべきです。戦力の逐次投入は不必要な犠牲を生みます。過剰警備だと批判されたら回れ右して帰ってもらって、あとでごめんなさいでいいじゃないですか」

「つまり、いざとなったら貴様が腹を切るというのだな？」

指令本部長の強い言葉と視線に、武田はしばし躊躇った。何を考えているのか額に脂汗を流している。これまでの警察官人生、これからの余生、そして家族のことなどを考えているのかもしれない。しかし数瞬の後には、眼光を鋭くして大きく頷いた。

「は……はい！　自分が責を負います！」

「分かった、君の意見具申《ぐしん》を採用する。警視庁各機動隊はもちろん、特別機動隊、方面機動隊、関東管区機動隊にも応援を要請しての特別編成だ。銀座を中心に周囲の道路を完全封鎖しろ！」

「機動隊は、新見《にいみ》警備部長の指揮命令がないと出動できないかと」

「だから機動隊運営規程の但し書きを利用する。第一方面本部長から出動の要請を出してもらえばよい。警務部の大野《おおの》参事官（兼第一方面本部長）は今日勤務しているはずだ。それと各県警には内々で伝えておいて、正式な要請で後から整えてもらえばよい。それと、おい！　上野動物園に、動物が逃げ出してないか問い合わせろ」

「ど、動物園にですか？」

「突如として銀座のど真ん中に凶暴な動物が大量に現れるだなんて、動物園あたりが原因としか思えんだろうが⁉」

「ならば他の動物園にも問い合わせたほうが。動物の移送中に逃げ出したという可能性もあります」

「そう言えば昔、サーカスだか競争馬だかの移送トラックが、高速道路を走行中に横転して馬が街を逃げ回るという事件がありました。あり得る話です」

それら予想できる可能性の全てを排除していけば、後に残るのは――人為的かつ意図的なものとなる。

「よし、手分けして問い合わせろ……それと武田、お前は私に代わって大急ぎで警視総監を呼び出すんだ。他県警の協力を求める以上は、対策本部を立ち上げて、指揮を一元化する必要がある。そもそも総監は今日どこにいる？」

「本日は土曜なので、お偉いさん達とゴルフだったかと……」

「ゴルフ？　どこだ」

「小金井《こがねい》です。確か涼しい早朝からのラウンドだったはずです。きっとハーフが終わって、クラブハウスで食事をなさっている頃かと」

「小金井なら立川からヘリを飛ばせばすぐだな。お偉い方々が揃ってるならなおさら都合がいい。早急に事態をお知らせしてくれ。それとだな武田……」

「はい？」

「お知らせした際、総監から様々な指示があるはずだ。その一切を貴様が仕切れ。その間に俺は参事官に事情を説明して、機動隊の出動要請を出してもらって、あと地域部長と警務部長にも事情の説明をする！」

「は、はいっ！」

武田は総監の随行員を呼び出すべく受話器を取り上げた。

本部長は指令センター中に響き渡る声で告げた。

「銀座中央通り……四丁目交差点を中心に半径一……いや、二キロ圏内の配備を発令だ！　どの程度の数のゴリラ共が暴れているかよく分からんが、直ちに鎮圧するんだ！」

「はい！」

「警視庁指令本部長より全所轄署に達する。築地管内、銀座中央通りで発生した一連の凶暴な動物複数が行楽客を襲撃している事案につき、十二時八分、銀座五丁目七番地二号中心の二キロ圏全力配備を発令する。なお回申《かいしん》は省略、以上。警視庁」

＊　＊

「Guiitemmono ottlo bugarria!!!」

聡子はその場を動くことが出来なかった。緊張のあまり身じろぎ一つ出来ないのだ。

それは聡子の前にＳＭの女王みたいな黒革鎧を纏った、褐色肌の女が現れたからだ。その蛇に似た金色の視線に睨まれていたからだ。動いたらやられるという警戒心で、身が震えていたからであった。

女？

そもそも聡子はどうしてその存在を女だと思ったのだろう？

それは聡子ですら嫉妬心を抱かずにいられない蠱惑《こわく》的な肢体があったからである。

人間に照らし合わせると、年の頃は二十代中盤だろうか？　細過ぎず太過ぎずで背丈は聡子とそう大差はないのだが、様々な部位が聡子のコンプレックスを刺激していた。

簡単に言えば、胸が大きく膨らみ、腹部はぎゅゅうっと引き締まっていて、再び腰回りは滑らかかつ魅惑的な曲線を描きつつ、すらりとした下肢へと続いているのだ。

しかも胸部の先端部は、日本人女性ではあり得ないほどの角度で上方を向いている。

こんな容姿を持つ存在は、聡子の認識では生物学的なオス・メス分類とは関係なく、明らかに女なのである。

だがしかし、その外見は人間ではなかった。

あるいは、人間の女がそのように装っているだけかもしれないが、様々な特徴が人間とは全く異なっているのだ。

例えば、その女が聡子を見る瞳は金色に輝いており、瞳孔は縦に割れていた。

もしかしたらコンタクトレンズで擬装しているのかもしれないが、瞳孔のサイズが、感情や表情の変化に合わせてくるくる変わるようなレンズがあるなど聞いたことがない。

その上、褐色の肌は蛇かトカゲのような爬虫類系の鱗で覆われていた。

革鎧の隙間から覗く腹部や肩、腕やうなじ、腿《もも》といった肌、顔貌《がんぼう》の縁などに細かな鱗が見える。

蛇やトカゲの類いと同じく、腹部は人間のそれとほとんど変わらないきめの細かさだが、側腹部や背中にサイズの大きい鱗がある。

あるいはもしかすると、それはボディスーツの類いかもしれない。

しかし被服というものは、人体の凸部をぴったり覆うことは出来ても、腹筋の隆起が作る谷間や臍《へそ》の凹みにまでは張り付かないものだ。とすれば、自前のものと考えてよい。肌にペイントを施してそのように見せている可能性もあるが、染料で染めただけではこのワニ革《がわ》感は出ないはずだ。

さらに髪や眉は薄紫だ。

髪はうなじから後頭部や耳の傍らまで、大胆かつ精悍に刈り上げている。そのためバイキングの女戦士かアマゾネスといった印象になっていた。

腰には、細身の長剣を鞘に納めてぶら下げている。

右手には鞭。長さ四～五メートルはあろうかという革紐を編んだもの。

左手には手綱が三本。その先は、三頭の双頭の犬――獰猛そうに牙を剥き出しにした大型犬に繋がっていた。

そんな女が瞳に好戦的な色を湛えて聡子をじぃっと睨み付けている。そして薄桃色の唇の隙間から、先端部が二つに分かれた舌が現れ、唇をペロリと舐めた。

「舌の先が二股に割れている？」

現代では、舌の先端をファッション感覚で二つに裂くスプリットタンという人体改造手術を施した者もいる。なのでこれもまたこの女が人間ではないという証拠にはならない。

とはいえ聡子は、その女をこう名付けた。

「蜥蜴女《とかげ》」

「Guiitemmono ottlo bugarria!!!」

蜥蜴女は聡子と十メートルほどの距離の所で対峙すると再び舌舐めずりした。

しかし不意に聡子から意識を逸らすと、鞭を大きく振って大地を打つ。そして同時に、左手に繋いでいた三頭の内、二頭を放した。

すると二頭の双頭犬はアスファルト上を疾駆《しっく》した。

聡子は襲われると思って思わず警棒で身構えた。この犬が噛み付いてきたら、口に左手の警棒を突っ込み、右手の拳銃で撃とう。そう考えた。

しかし二頭の双頭犬は聡子には目もくれず両脇を駆け抜けていった。

「えっ!?」

振り返ると双頭犬は、銀座の各所にある高級ブランド店のショーウィンドウから宝飾品を略奪しようとしているゴブリンやオークに激しく吠えかかった。

双頭犬に吠えられたゴブリンやオークは、略奪した宝飾品を投げ捨てると銀座の街へと散っていく。あちこちに隠れている人々を見つけ出し襲いかかっていく怪異達の群れに参加していったのだ。

その様子を見た聡子は、双頭犬が羊の群れを追うシープドッグの役目を果たしていると考えた。

だとすれば、この女はサーカスの猛獣使いか？　要するに今銀座で暴れているゴブリンやらオークやらトロルの群れは、この女が操っているということになる。

「そうか。そういうことか。……あんたが犯人ってわけね？」

聡子が声を震わせながら問いかけた。

「Fuyooslli Mttduiidu!!」

するとニヤリと嗤いながら、蜥蜴女が答える。

意味は分からないが、それが侮辱あるいは見下しの籠もった言葉であることは不思議と理解できてしまった。

拳銃の弾は残り一発。

そして特殊警棒が一本。

実に心許ないが、これだけあればこの女をなんとか出来る——かもしれない。

今、銀座で起きている惨劇がこの女一人のしでかしたことであるならば止められる——かもしれない。

否、それが出来るのは聡子だけだ。聡子こそが何とかしなければならないのだ。

本音を言えば、しゃがみ込んで悲鳴を上げたいところだ。「誰か何とかして」と叫んで目を瞑り、耳を塞いでいれば、きっとこの事態は過ぎ去っていくだろう。そうしたかったのだ。しかしここでも『しっかり者』という呪いが聡子を縛り付けた。

「至急至急、築地二四から警視庁……」

聡子は警察無線で呼びかけた。

『至急至急……こっちが至急だ！　みんなとりあえず黙ってくれ！　……報告はＰフォンを用いること。繰り返す、報告はＰフォンを用いること！』

しかし同時にあちこちから至急の付いた呼びかけがなされていて、聡子の声は指令センターどころか、誰の耳にも届かない。負傷者の発生報告、悲鳴にも似た救援の要請が警視庁の使用する電波帯域全てで飛び交っているのだ。

この瞬間聡子は、自分は誰にも支えられていない、一人きりだ、孤独だと感じた。あまりの心細さに、目尻からは涙が零れそうになった。

だがそれでも聡子は続けた。誰も聞いていなかったとしても、聡子は誰かが聞いてくれていると信じるしかなかったからだ。

「銀座で発生している凶暴な動物複数が行楽客を襲撃している事案について報告。動物を使役していると思われる身長一六五センチ、褐色の肌を持つＳＭ女王風の女を確認。意思疎通不可能な言語を使用しており、外国人と思われる。当事案は、これらによって意図的に引き起こされたものと思慮される。これより築地二四はマル被《ヒ》の検挙に着手する――」

『……』

当然のごとく返事はない。

しかし聡子は、組織に属する一ユニットとしてなすべきことはなしたと理解した。後は個人として出来ることをするだけだ。

「あんたは、このわたしが刺し違えてでも止めてみせる……」

聡子は親指を使って、右手の拳銃の撃鉄を引き起こす。

そして左手の警棒を蜥蜴女へと向けた。

＊　＊

銀座七丁目の交詢社《こうじゅんしゃ》通りとすずらん通りの交差点付近で街の声を取材していたテレビ旭光報道部アナウンサーの物部さおりは、カメラマンの一ノ瀬が構えるレンズの前に立っていた。

銀座ニューテーラーを背景にする形で撮っていたのだ。そのためカメラやマイクといった機材を扱うスタッフ達の背中越し、つまり六丁目交差点のほうから、道路を埋め尽くすほどの怪異の群れが大海嘯《だいかいしょう》がごとく押し寄せてくるのを真っ向から見ることになった。

「わたしが、銀座の街角で大勢の方々にマイクを向けたところ、街の声の多くが、強く厳しいものばかりでした。この言葉を、一着百五十万円のスーツを仕立てに来た総理が、どのように、どの、どのどのように受け止め考えるのか注目し続け……って、何、何、何何何あれ何よ、きゃああああああああああああああああああああ！」

仕事を放棄して突如叫ぶさおり。

その血相の変わりぶりに何事かと振り返った金土日葉は、逃げ惑う人々、そしてそれを追う異形の怪異達を認めた。

「カメラ、あれ撮って、あれ撮って！」

一ノ瀬は訳が分からぬまま、金土に言われた通り肩に担いだカメラごと振り返った。

そして直後、彼は怪異達の襲撃を真っ向から受けてしまう。

その際、報道カメラマン一ノ瀬が撮った映像は、歴史に残ることになる。その映像は、彼が振り返った瞬間、画面一杯を無数のゴブリンの群れに埋め尽くされたというものであった。

そしてその内の一頭が大映しとなり、それに突き出された短剣によって、一ノ瀬カメラマンは刺され、踏み倒される。やがてそのまま天を仰ぐように倒れた。

画面には、快晴の空が広がっている。

その上をゴブリンの群れが駆け抜けていった。


取材クルーは、怪異達の群れに瞬く間に呑み込まれた。

「い、一ノ瀬さん！　一ノ瀬さん！」

「かおり、行くわよ！」

金土は、一ノ瀬を助けようともせず、カメラを素早く拾い上げた。

プロ用の撮影機材は民生用のそれと違って高価だ。金土はそれを知っていたからか、あるいはこれまで撮りためた映像を守るためか、反射的に拾い上げた。

「でも、みんなを放ったままではっ！」

「もう助けようがないわっ！」

この時、物部さおりと金士日葉が助かったのは、小さな偶然が重なったからだ。

マイクなどのクルー達が防波堤になってくれたおかげで、数秒ほどの時間が稼げたこと。そして二人が慌てて逃げ込んだのが、銀座ニューテーラーだったからである。

金士とさおりは、店に飛び込むと扉を閉めた。

「お客様、どうかされたのですか？」

はあはあぜいせいと肩で息をする二人を見て、店内の女性店員が訝《いぶか》しがった。

さおりと金士はなんと説明したものかと答えに窮してしまった。今、目の前で突然起きたことを簡潔にまとめる方法が思い浮かばなかったのだ。

しかし結局二人が説明する必要はなかった。直後、トルソーの飾られたショーウィンドウが叩き割られ、ゴブリンが店内に乱入してきたのだ。

「な、何ですか!?」

ゴブリンは女性店員に向かって襲いかかった。

「ぎゃあ!!」

首を横に裂かれて喉から憤血が飛び散った。そしてゴブリンは次の獲物を物部さおりに見定めると襲いかかった。

しかしその瞬間、横合いから黒服の男が現れ、腰から特殊警棒を取り出して振り下ろした。

その一閃はゴブリンの頭部を叩き割り、床面に叩き付けることになった。

頭部を割られたゴブリンは、痙攣《けいれん》したのか床を激しく転げ回り、その後、動かなくなった。

「一体何があった？」

内閣総理大臣笹倉泰治《やすはる》と銀座ニューテーフーの店長が採寸室から顔を出した。

その瞬間、何を思ったのか金土はカメラを構える。総理の姿を撮影しようとしたのだ。

「や、安見《やすみ》君！」

すると店長が、首を切られた女性店員に歩み寄った。

金土は血だらけになって床に転がる女性店員の遺骸と、それに駆け寄る店長の姿にカメラを向けた。

店長が痛ましそうな表情で、倒れた女性店員にスーツの上着を掛けた。

ところが、金土は邪魔だと言わんばかりにスーツを取り払った。そして無残な姿となった女性店員を撮り続けたのである。

「キンドーさん、それは流石に……」

「うるさいわよ！　一ノ瀬がいない以上、あたしが撮るしかないでしょ!?　涙を堪えてカメラを回し続ける。それがジャーナリストの使命なのよ！」

金土は思いの丈を言い放った。

しかし店長はそんな意見に同意できないようだった。大切な店員の無残な姿を曝し続けることは、彼にとっては害悪だからだ。だからなのか店長は、金土を睨み付けると再び女性店員にスーツを被せた。

そして金土も、今度ばかりはそれを邪魔できなかった。

金土は冷たい空気から逃げるようにしてショーウィンドウの外へとカメラを向けた。

すずらん通りでは、大勢の人々が逃げ惑って悲鳴を上げている。そして怪物達がそれを追い回している。その光景をカメラに収めようとしているのだ。

黒服のSPは、金土の肩越しに外の様子を一瞥すると総理に向き直った。

「総理、直ちに身支度をなさってください。どうやらこの騒ぎは銀座全体で起きているようです。裏にお車を回します。急いで官邸へと戻りましょう」

「分かった。ただし店長も一緒だ。いいね？」

採寸のためにワイシャツ姿になっていた笹倉総理は、ネクタイを締め直しスーツに袖を通した。

そして呆れ顔をして金土に問い掛けた。

「君達は一体何なんだ？」

「テレビ旭光の者よ」

金土の突《つ》っ慳貪《けんどん》な態度に眉根を寄せたさおりは、総理にぺこりと頭を下げた。

「局アナの物部さおりです！　こっちは主任の金土日葉です」

「我々は脱出する。君達はここに残るのか？　撮影なんぞしとらんでとっとと避難したほうがいいんじゃないのか？」

「逃げるなんて出来るわけないでしょ!?　最高の絵が撮れてるのに！」

「雲仙普賢岳《うんぜんふげんだけ》の惨劇を、またここで繰り返すつもりかね？」

「うんぜん？」

　さおりが首を傾げると笹倉は続けた。

「君などは生まれたか生まれてないかくらい昔の出来事だ。九州長崎県の雲仙で噴火が起きた。その際に迫力ある映像を撮ろうとマスコミが避難勧告を無視して麓《ふもと》の街に居座った。注意を促しても報道の自由を振りかざして拒否した。住民の不在をよいことに近くの民家に勝手に入り込んで勝手に電気を使用する者までいた。おかげで地元消防団、警察官は、警戒と監視で現場から避難できなくなった。マスコミが移動のために借り切っていたタクシーの運転手も巻き添えになった口だな。そんな時に火砕流が発生した。マスコミ関係者らは自分の意志で残ったのだから殉職も本望だろうが、合計十八名もの人間が彼らの巻き添えとなったのだ」

「そ、それってマスコミが消防団、タクシーの運転手さん、警察の人を殺したってことですか？」

「君もジャーナリストなら言葉を正しく使いたまえ。殺すというのは明確な殺意を持って、その意図を達成するために合理的な方法を行使することだ。だから殺したわけではない。しかしながら彼らの無作法と無見識と無謀さが、警察官とタクシー運転手、そして消防団員の死に繋がった」

笹倉の言葉に衝撃を受けたさおりは金土を振り返った。

「ちっ……」

金土は舌打ちすると言い返した。

「けどね、その時に死んでいったあたし達の仲間の残した映像が、火砕流の恐ろしさを語る時に使われているのよ！　あの映像は人類の貴重な財産となって永遠に残り続けるわ！　彼らはジャーナリストとしての使命に殉じたのよ！」

「君も残念だろ？　その他大勢の巻き添えを作ってさえいなければ、その言葉にも毛の先ほどの説得力はあったろうからな」

「くっ……」

「まあ、いい。それが使命だと言うのなら、それに殉じればよい。私も総理としての使命を全《まっと》うしよう。では行きましょう、店長」

総理はそう言うと、店員の傍らに膝を突いていた銀座ニューテーラーの店長を誘って店の奥へと向かった。

「ま、待ってよ！　どこに行くって言うの？　あたし達を置いていく気？　日本国民の命を見捨てようって言うの!?　ちょっと待ちなさいよ！」

金土は慌ててカメラを下ろすと、さおりと共に総理の後を追ったのである。

「総理。お車が参りました」

銀座ニューテーラーの裏口前に、総理の私用車が停まった。その後ろには、ＳＰ達が乗る警護車も続いていた。

まずはＳＰ達が裏道に出て私用車周辺を警戒する。あちこちで騒ぎが起き、人々が逃げ惑っているが、裏口周囲にはゴブリン共の姿は見えなかった。

「すぐに危機対策会議を招集したい。官邸に急いでくれ」

「よし。今です！」

合図を受けて総理は私用車に向かった。

笹倉は銀座ニューテーラーの店長を先に乗せた。そして自分がそれに続く。

「あ、あたし達はどうすればいいのよ？」

「来るのならとっとと乗りたまえ！」

総理が嘆息し、仕方なさそうに許可する。すると金土とさおりはそれぞれ助手席、後部座席に乗り込むためドアを開いた。

しかしその時、ゴブリンの群れが彼らの前に現れた。ゴブリン共の数頭が、さおりと金土に目を付けると襲いかかってきたのだ。

総理の私用車はあっという間に怪異の群れに包み込まれた。

ＳＰが運転手に向かって叫んだ。

「は、早く車を出せ！　早く出せ！」

総理の運転手はフロントガラスに張り付いたゴブリンの姿を見た瞬間、恐慌に捉われてアクセルを踏み込んだ。

「うわーーーーーーーーーーーー！」

結局、総理の私用車はドアを開いたままシートに腰を下ろしてすらいない金土やさおり、そしてＳＰとゴブリン共を周りに纏わり付かせたまま、銀座の裏道を走り出すことになった。

「うわわわわわわわわわわわわわわ！」

ゴブリンの群れから逃れるために最初の交差点で右折を試みて、一方通行を逆走してゴブリン数頭を撥《は》ね、そのまま付近のビルに衝突した。

金土やさおり、ＳＰ達、そして群がったゴブリン達はその衝撃で弾き飛ばされた。

「そ、総理！」

何とか立ち上がったＳＰの一人が叫んで私用車に駆け寄る。

ゴブリン達もダメージを受けながらも立ち上がろうとし始める。そして物部さおりもだ。

さおりは擦り傷だらけで立ち上がると周囲のゴブリン達から逃れようと足を引きずりながら前に進み始めたのである。

銀座ニューテーラー裏口前には、ＳＰの警護車だけがエンジンをかけたまま残されることになった。

＊　＊

聡子は意を決すると蜥蜴女に向かって走った。

聡子は拳銃射撃がそれほど巧くない。必中を期するならば距離をとことん詰める必要がある。

それを無謀な特攻と見たのか、蜥蜴女はニヤリと嗤う。そして鞭を振り上げた。

右手のスナップを利かせて振り下ろす。その鞭の先端部は音速を超えて聡子に向かって襲いかかった。

しかし聡子は左へのサイドステップで軽やかに躱した。

鞭の先端は腕を振り下ろした方向に飛ぶように出来ている。つまり腕の動きに少し遅れて追従するだけなのだ。ただその距離が長く、遠いからその先端部は音速を超えるのである。ならば鞭の先端ではなく手の動きを避ければよい。つまり原理としては、竹刀の先端を躱すのと全く同じなのだ。

紙一重で鞭を躱した聡子は拳銃を蜥蜴女へと向けた。

蜥蜴女は鞭を再度振りかぶったが、彼我《ひが》の距離はすでに三、四メートル。この距離ならきっと命中する。命中して欲しい。

しかし聡子の足に、双頭犬がその顎を大きく広げて喰らい付こうとしていた。

「くっ」

蜥蜴女が手綱を放していたのだ。

聡子も警察官だ。その教育課程で警察犬・警備犬の恐ろしさは十分に学んでいる。そこで知ったことは、一対一ならば人間より犬のほうが強いということ。その獰猛な牙はいかに気を強く持っても人の心を怯えさせる。

意識を足下に割いた聡子の拳銃の銃口は、蜥蜴女から大きく逸れることになった。聡子の放った最後の執行実包は、付近にある商用ビルの壁面を抉《えぐ》って終わった。

「ちっ」

双頭犬の二つの頭、二つの口が大きく開かれ、聡子に喰い付こうとしていた。

犬に喰い付かれたらもう戦い続けることは出来ない。もう蜥蜴女を止めることは出来ない。

聡子の口内に悔しさの味が広がる。その味はどこか血の味に似ていた。

しかしその時、突如として横合いから黒塗り乗用車が現れた。それは全く減速することなく双頭犬を押しのけて、そのままビルの壁面に追突したのである。

ガラスと金属の砕ける甲高い音。続くクラクション音。

あっという間に高級車が一台、廃車となった。

ボンネットから噴き出すラジエーター水の蒸発する湯気。壁とボンネットの間に挟み込まれてぺしゃんこになった双頭犬。

車内を見れば、エアバッグが膨らんでいた。

「婦警さん！」

運転席から中年男性――善良な一市民が飛び出してきた。

「あ、貴方は⁉」

「早く、逃げるぞ！」

男は聡子の手を取って引っ張った。

「こ、この車、どこから……」

真っ黒な高級車。どう見ても堅気《かたぎ》の一般市民が乗るような車ではない。これは警視庁のＳＰ達が使うような車なのだ。

「エンジン掛かったまま停まってた」

「他人の車を勝手に⁉　しかも一方通行を逆走？」

「今は細かいこと言ってる場合じゃないだろう⁉」

見れば、周囲からゴブリンやオーク達がわらわらと集まりつつあった。そして蜥蜴女は背中を向けて遠ざかろうとしていた。蜥蜴女は聡子の相手をゴブリン達に任せて逃げようとしているのだ。

あの女を捕らえるチャンスは、今しかない。今しか残っていない。

しかし、善良な一市民は聡子の手を引っ張った。

「婦警さん、早く！」

聡子は後ろ髪を引かれる思いで、引っ張られるままにその場を後にしたのである。

第一章　平事の能吏《のうり》・有事の能吏

二二一時《午後十二時十一分》

新橋駅――

『雑踏』という単語がある。

大勢の人々がひと所に集まり行き交う様子を、漢字二文字だけで見事に表現した、言語の発達史に残る名発明とでもいうべき単語だ。

そこからイメージされるのは、目的地の異なる雑多な人々が行き交う光景、そして人々が大地を踏みしめる音が無秩序に入り交じる様。その大地が土かあるいはアスファルトか、それとも石畳かの違いはあろうが、この二文字から人々が得る印象にそれほどの大差はない。つまり無秩序とは言いつつも、漠とした秩序がそこに形成されていることを意味する。全てが「ある程度」「ある範囲」に収まるのだ。故に、そこから少しでも逸脱した事柄が交ざると、人間はそれを異常現象として認知するのである。

伊丹耀司がその日、その時の異常発生を悟ったのは国際展示場へと向かうため、新橋駅で乗り物を乗り換えようと、第一京浜を横切る橋を渡っていた時のことであった。

常時耳に飛び込んでいながら、無意識という名のフィルターによって被覆《ひふく》処理される雑踏の音の中に、微かな悲鳴、響《どよ》めき、怒号、叫び、そして人々の逃げ惑う足音が感じられた。

「ん？」

今現在新橋にいて、これからゆりかもめ東京臨海新交通臨海線に乗り換える、といった趣旨のメッセージを梨紗に送り終えたちょうどそのタイミングで、伊丹は顔を上げて周囲を見渡した。

「何、あれ？」

異常を感じ取ったのは伊丹だけではない。多くの人々が足を止め、手元のスマホや進行方向、同行する友人の顔から視線を外し、音のする方向、すなわち橋の北側窓へと顔を向けた。

そして目に飛び込んできた、理解を超越した事態に言葉を失い、あるいは愕然と凍り付くことになった。

「な、何あれ？」

「猿？」

「違うだろ？」

「んじゃゴリラ？」

彼らの見たものは、彼らがこれまでの人生で実際に見たこと聞いたことのある既知の物体のいずれともかけ離れていた。ＳＦ、あるいはファンタジーと呼ばれる、想像力の豊かな者が脳内に結実させ、イラストやＣＧという形で映像化したような代物ばかりであった。

それらの怪異は、群れをなしてやってきて、通り魔がごとく行き合う人を殺傷していた。剣で刺し、槍で抉り、あるいは棍棒で殴り倒して大地を鮮血色に染めていた。

皆その非現実的光景をどう受け止めていいのか分からずにいた。

伊丹はふと、ビル壁面を横切った影に誘われ視線を上げる。すると青い空を背景に、コウモリのものによく似た翼を広げて飛翔滑空する生物がいた。

「ワイバーン⁉」

この瞬間、伊丹は他の誰よりも早く硬直状態から解放された。

「ヤバイ！　ヤバイヤバイヤバイ！　このままでは……同人誌即売会が中止になってしまう！」

おいおいこの瞬間に口から出てくるのがそれかと誰もが突っ込みたくなるセリフである。しかし彼はそのことばかりを考えていたわけではない。裏では多くの思考が――この事態についての推測、予測、さらにこの後の展開等々の憶測が渦巻いていて、その結果、彼個人にとって最悪と思われる結末がそれだったというだけのことなのだ。

「みんな、逃げろ。逃げろ。すぐに！」

「逃げろってどこに？」

問われた伊丹は即答できなかった。

舌打ちした伊丹は、すぐに駅構内に設置されている近隣の案内図に飛び付いた。

「怪物が現れているのはここ。奴らは北方から現れた。とすると――」

この時、伊丹の思考を支配したのは、怪物の進行方向に逃げてはいけないということだ。

「真っ直ぐ南に逃げるのはマズい。奴らの進路を躱さないと――とすると、誰もがよく知っている地形地物と言えば、ここからだと浜離宮《はまりきゅう》か日比谷公園か？　だが浜離宮に向かうには幹線道路を横断しないとならない。それだと化け物の進路を横切る形になるからダメ。行くなら西だ。一番近いのは日比谷公園だが無防備過ぎるから避難場所にならない。安全地帯を作れるのは、警察署と警視庁に囲まれて、お堀と土塀に囲まれたココ。皇居だ！」

伊丹は振り返ると、パニックに包まれた人々に向けて叫んだ。

「みんな、西方向だ！　皇居に逃げろ！」

「皇居なら安全だぞ！」

「警察署もすぐ側だ！」

伊丹は繰り返して声を上げた。新橋駅近辺にいた人々もその声を抵抗なくすんなり受け容れられたのか、速やかに駅の西へと向かって走り出したのである。

皆が戸惑った様子を見せつつも走り去っていく。

それを見た伊丹は満足げに頷く。

「これでヨシ」

目の届く範囲、声の届く範囲への働きかけは終わった。しかしまだまだ不十分だ。声の届かない範囲、目の届かない範囲ではもっと大勢の人々が逃げ惑っていることだろう。しかし彼ら彼女らを救うには、伊丹だけでは手が足りない。

伊丹は新橋駅方向へと向かうと駅構内でパニックを起こしている人々に、「皇居へ逃げろ」と声を掛けた。そして同時に周囲を見渡した。新橋ほどの大きな駅ならば、必ず交番がある。そこに行けば警察官がいるはずなのだ。

交番は見つからなかったが警察官の所在はすぐに知れた。

拳銃の発砲音が響いたのだ。

聞き慣れない者にとっては、爆竹、花火、あるいは自動車のバックファイヤー音との区別すらつかないだろうが、日頃から銃砲火器を取り扱う伊丹にとってその違いは明白だ。

伊丹は音のした北側方向へと向かった。

すると警察官三人が、日本猿サイズの怪異複数とゴリラサイズの怪異一頭と向かい合っているところだった。制服の一部を引き裂かれた警官が、怪我をした女性を助け起こそうとしている。そしてそれを守るように、警察官二人が立ちはだかって拳銃を向けていた。

警察官達は拳銃を連射。小型の怪異数頭が倒れ、他の小型怪異はその威力と音に驚いたのか逃げ散っていった。

しかしゴリラサイズの怪異は獰猛だった。一発二発の弾丸が当たっても怯むことなく突き進み、警官の一人に肉迫して斧を振り下ろした。

「ぐあっ！」

制帽が吹き飛び、警察官が殴り倒された。

「くそがぁぁっ！」

慌ててもう一人の警官が拳銃を連射する。その一発が頭部を掠めると、ゴリラサイズの怪異もようやく悲鳴を上げて逃げていった。

「大丈夫か？」

伊丹は倒れた警官に駆け寄る。

斧の一撃を食らった警官の左側頭部からは、どす黒い血液が溢れている。砕かれた頭蓋骨の隙間から、白い脳の一部が見えていた。今すぐにでも手当が必要だろう。

しかしその時、黒い影が大地を走った。

風を切る音と共にワイバーンが突っ込んできたのだ。

見ればワイバーンの背には、人間が跨がっている。コスプレまがいの古代式甲冑《かっちゅう》を纏って、長い槍を手にしているが、明らかに街で暴れている怪異達とは一線を画した人間の姿であった。

「来るな、止まれ。止まらないと撃つぞっ！」

警官が拳銃を乱射。しかしすぐに弾が尽き、空撃《からう》ちの音に変わってしまう。

そしてすれ違うようにしてワイバーンは警察官の傍らを通過していった。残った警察官は胸部を槍で深々と貫かれ膝を突くと、仰向けに倒れていった。

しかしその警察官とて、ただやられてばかりではなかった。一矢報いていたのだ。

警官の放った拳銃弾は、ワイバーンに跨がった兵士——竜騎士の身を掠めたらしく落馬ならぬ落竜させていた。

飛び去っていくワイバーン。背から地に落ちた竜騎士。

地に落ちた竜騎士は、素早く受け身を取ると、立ち上がって腰から剣を抜いた。

その竜騎士が最優先で倒すべしと見做《みな》したのは、怪我をした民間人女性を救おうと肩を貸している警察官だ。腰から抜かれた剣の切っ先は紛れもなく彼を指向している。瞬《まばた》きするほどの時間があれば竜騎士は数歩の距離を詰め、その剣身を警官の脇腹ないし胸に埋め込んでしまうだろう。

そう悟った伊丹は考えることすらしなかった。訓練で身に付けた動作が条件反射の速度で自動的になされた。

地に落ちていた小型怪異の短剣を拾うと、竜騎士の側方から膝を蹴る。膝が折れて前進が止まったところを背後から羽交い締めにし、掌で顎を上げさせる。そして右頸部側面から刃を差し入れ、そのまま前方へと押し出す。

この竜騎士の肉体が人間と同じなら、これで諸々の筋肉、食道、気管、そして二本の頸動脈が切断されたはずだ。

よく映画や漫画表現で、喉の正面からカミソリなどを押し当て横に掻き斬る描写があるが、それでは人は死なない。喉の喉頭隆起の下にあるのは気管であり、切断したとしてもそこを流れているのは空気だからである。モチなどの食べ物を喉に詰まらせた際、応急処置で喉を切って空気の通り道を作ることがあるくらいなのだから、この程度で人は窒息しないのだ。従って致命的な一撃を狙うなら、分厚い筋肉の下に隠されている頸動脈を切断し、失血死を狙わなくてはならない。

心臓の一回の鼓動で送り出される血液量は平常時約七十CC。一分間で約七十回鼓動するので毎分約五リットルになる。興奮時や運動時なら、さらに多くなってこの五倍の二十五リットルに達するという。その三~四パーセントが頭部に配分されて頸部を通過しているのだが、それを途中で断たれれば血液は噴水のごとく溢れていって生命活動は停止する。

伊丹は、盛んに抵抗していた敵兵から次第に力が抜けていき、ずっしりとした肉の塊と化してその重みがのしかかってくるのを感じていた。

やがて十分に重くなったところで、その肉塊を地面に転がす。

アスファルトには真っ赤な血だまりが広がっていく。伊丹はおもむろにスマホを取り出すとその姿の写真撮影を始めた。

「あ、あああ、あんた、なんてことをしたんだ！」

伊丹は倒れた竜騎士の身体を弄って、それがいわゆる死んだフリではないことを確認すると、手にしていた剣――ファルカタを拾い上げた。

「これは君とその女性を守るためにした正当防衛だよ」

伊丹はファルカタの柄の感触、重みを確かめながら答えた。

「せ、正当？　明らかに過剰だろうが！」

警察官は責めるような目を伊丹に向けた。

日本の警察官の感覚としては、伊丹の行動の中で正当防衛だと認められるのは『必要最小限』――つまり横合いから膝を蹴って背後から羽交い締めにしたところまでだ。

犯行を抑止するにはそれで十分であり、首に剣を突き刺して死に至らしめるのは明らかに過剰なのだ。

しかしそれは平時の常識である。

非常時においては『必要最小限』の基準は大きく変わる。

民間人の安全を脅《おびや》かす敵は、この竜騎士一人ではない。今現在、あちこちで武装した無数の怪異が暴れ回っており、大勢の人々が犠牲になっている。そんな大きな状況の中での一局面、犯人一味の内のたった一人を制圧検挙したとしても、事態の進行は止まらないのだ。

犯人に手錠を掛けて連行する暇も人手もない。となれば、これ以上の被害者の発生を防ぐには加害者達を『無力化』する――即ち『死体』にする――という選択肢しかないという場面も多くなる。

今回などは特にそれに当てはまると言えた。

「君の仲間にはすぐに手当が必要だ。そちらの女性も怪我をしているだろう？　なのに君は犯人に手錠を掛けて連行したほうがいいと言うのかい？　犯人の逮捕連行を優先し、代わりにまだ助かるかもしれないこの二人を危険に曝すのかい？　君は今、この場で何を優先したい？　誰を救うという選択をするんだい？」

伊丹は問いながら、頭部を割られた警察官を振り返る。そして大きめのハンカチを取り出すと三角巾代わりに頭部を被覆保護した。

「そ、それは……」

警察官は迷うように周囲を見渡した。

こうしている今現在も、新橋駅周辺からは悲鳴や絶叫、そして救いを求める声が上がっていた。目の前では同僚の警官二人が地面に転がっている。

一人は頭蓋骨に斧をくらって虫の息、一人は胸を刺され死亡してしまった。いや、死んだように見えるのは彼に医学知識がないからで、今救急車に乗せて救急病院に運び込んで医者の手当を受ければ、まだ助かる可能性はあるかもしれない。しかし、この新橋駅周辺はそれが出来るような状況ではなくなっている。助けるか否か、手を差し伸べるか見捨てるか、そうした選択が強いられる局面なのだ。

いや、優先すべきは公僕たる同僚ではなく民間人だ。

こうしている今、この瞬間にもどこかで白い杖をついた人が安全な場所に連れて行ってくれと叫んでいるかもしれない。車椅子の男性が、段差でひっかかって動けなくなり、車椅子ごと担いで運んでくれと泣き叫んでいるかもしれない。

逆に、自分を救おうとして譲らない孫娘の手を叩き、先に行け、走れと振り払った老婆がいるかもしれない。孫娘は後ろ髪を引かれる思いで泣きながら走っているかもしれない。そんな地獄のような事態の真っ最中に、犯人の確保？　逮捕？　連行？　寝言は寝て言えだ。

「彼は俺が運ぶ。こちらの彼は——殉職した」

伊丹は槍で胸を貫かれた警官の胸に彼の制帽を乗せるとしばし瞑目。その後、頭に傷を負った警官を担ぎ上げた。

「君はその女性を運べ」

神ならぬ身に出来ることは、その時その瞬間、手の届く所にいる者を救うことだけなのだと伊丹は行動で示した。

「でも、運ぶったってどこに？」

「皇居さ」

「皇居!?」

「そう。皇居を避難場所にする。可能なら、緊急の救護所も開設させたい。君にはみんなが速やかに避難できるよう誘導を手伝って欲しい」

「けど、そんなこと勝手にやったらマズいだろう？」

「今は大勢の人を助けることが全てに優先される。なあに、後々問題になったところでせいぜい懲戒免職になるだけさ。命まで取られるわけじゃない。そうだろ？」

「あ、ああ、あんた一体何者だ？」

「俺の名は伊丹耀司。陸上自衛隊の幹部自衛官をやってる」

伊丹は身分証を見せながら、目の前の警官に、そろそろ考えを平時のものから緊急時のものへと切り替えるよう求めた。

一二三一時《午後十二時三十一分》

立川・第四機動隊——

完全装備で集合を命ぜられた本日の当番隊第二中隊の七十名は、白と青のツートンカラーで塗装された人員輸送車に乗り込んだ。

出動要請から僅か二十分で完全装備を終えているのは、日頃の訓練の賜物と言える。

輸送車が動き出すと、隊員の一人中西昇《なかにしのぼる》巡査が呟いた。

「一体何が起きてるんだ？」

同僚の宮川数馬《みやがわかずま》巡査が答えた。

「通り魔事件って聞いたけど」

「いや、G《ゲリラ》事案だろ？」

するとバスの後ろ側に座っていた巡査が会話に割って入った。

「俺はゴリラが銀座で暴れているって聞いたぞ！」

「つまりGはGでもゴリラのGか？　そんなもののために俺達四機が出張るのか？」

「なんでも一頭や二頭じゃなくって、もの凄い数のゴリラが動物園から逃げ出して暴れ回ってるんだと。トッターとか、ネットちゃんねるに映像が出てるぜ」

後ろの巡査がスマホを取り出す。

ＳＮＳの普及により、今銀座で何が起きているのかはたちまち日本中に知られていた。あまりにたくさんの情報が流されたため、メールやチャット式メッセージアプリなどはなかなか相手方に届かなくなっているが、トッターや掲示板などに上げられた情報は辛うじて見ることが出来るのだ。

それらの動画を見ると、ゴリラとはいささか様子の異なる動物が群れを成して、行楽客に襲いかかっている様子が映っていた。

「これは……酷いな」

そのあまりの惨《むご》たらしさに機動隊員達の口は重くなった。

「これってゴリラなのか？」

「新種だろ？」

「毛皮の毛を全部剃《そ》ったらこんな感じになるかも」

するとと通路向かいの機動隊員が身を乗り出し、自分のスマホ画面を差し出した。

「おいおいおい、これ見ろ！　これ、なんか空飛んでるぞ！」

「わ、ワイバーンって奴じゃないか？」

その動画の中には、ファンタジー世界か白亜紀に生息していたとしか思えない生き物が、空を飛び交っているところまで映っていたりする。よく見ると人間が乗っているようにも見えた。

「それ違う。ファンタジー映画かなんかの映像と交ざってるぞ」

「そうかなあ？」

「おい、お前達！」

彼らの小隊長が、腰に提げた拳銃を押さえるようにしながら立ち上がった。

「すでに知っている者もいるだろうが、今、銀座に凶暴な動物が多数現れて人々を襲っている。我々の任務はこの動物の群れが周囲にまで広がらないよう銀座地域一帯を封鎖し、その上でこれらの動物を捕獲、事態を鎮圧することだ。我々機動隊こそが国民の楯、治安の最後の砦なのだということを忘れるな！」

「はいっ！」

「しかし、ヒグマやゴリラ相手に、我々の装備でどうにか出来るんでしょうか？」

心配性気味の性格を持つ中西が尋ねた。

警察官が所持している拳銃程度では、大型の野生動物を制圧するのは難しいというのはよく知られている事実だ。ましてや大楯や警棒でどうしろと言うのかという気持ちになるのも当然のことだろう。

「警視庁はこの事態に文字通り全力で対処する。聞くところによると、銃器対策部隊とＳＡＴにも出動がかかっているそうだ。我々は自動小銃、機関拳銃、ガス筒発射器、放水等々あらゆる装備を駆使して事態の沈静化を図る」

「ＳＡＴか……奴らが出るなら安心だな」

「俺達は楯役に徹すればいいってわけか」

「そうだ。我々は楯を並べて、民間人を守る壁となる。持てる全ての装備を用いて危険な害獣の群れを押さえ込み、犠牲者の救出を図れ。その間に攻撃的な装備を有する銃器対策部隊が鋭い矛となって害獣を排除していく。そうすれば、事態は片付く――まあ、時間はそれなりにかかっちまうだろうが、埼玉、千葉、神奈川、茨城、栃木、山梨、長野と周辺の県警にも応援を要請しているからな、彼らが駆け付けてくるまでは我々が頑張る。それだけの話だ、分かったな！」

小隊長の言葉で自分達の役目が理解できた機動隊員達は、それぞれに頷きながら気合いの籠もった返事をしたのだった。

＊　＊

東京都小金井市にあるゴルフ場。

小金井は現在、閑静ながら都心へと向かうのにも便利な住宅街として知られている。そのため、そんな場所にゴルフ場があるだなんて実に無駄な――と、住宅問題に真剣に取り組む人々は思うに違いない。ゴルフなどという娯楽のための施設なんかとっとと郊外に移転させ、でっかい営団住宅か団地群でも作れば大勢の庶民が駅近で快適かつ便利な住まいを得ることが出来るのだと。

しかしゴルフ場運営からすれば、ちょっと待てと主張したいところである。

例えば、だ。そもそもここにゴルフ場が出来たのは、この地域が住宅街なんかになる前。周囲には畑や田んぼが広がっていた時代なのだ。

知っている人は知っているかもしれないが、新宿御苑だって元は御皇族専用のゴルフ場だった。その昔は、新宿という街がこれほどの繁華街になるとは誰も思っていなかったからだ。そして今日のようなビル群の建ち並ぶ街となると、コンクリートの中に浮かぶ緑のオアシスは貴重な存在とされ、都民の憩いの場となっている。それを今更壊して商業地区にしろ、ビル群にしろとは誰も言わないはずである。それも全ては、都心の真ん中にこれだけ自然豊かな空間があるということの有用性を、人々が認めているからだ。

ならばその価値をこの小金井市にあるゴルフ場に求めてもよいはずだ。

実際、隣接する自然公園ともども市民達の憩いの場所となっている。

万が一の災害時には、避難場所にもなる。近隣住宅においては日照権、騒音、光害の問題等々を解消してくれるありがたい存在にもなっている。これを取り潰せという主張はあまりにも功利主義・商業主義に走り過ぎてはいまいか、と。

といっても会員権価格は高騰し、今では政官財の重鎮達ばかりとなりつつある。つまり、ここを利用できるのは『上級国民』あるいは『そういう世界の住民』であり、そうなると市民の憩いの場という話もいろいろと怪しくなってしまうのだが——とはいえ小金井市にあるゴルフ場は、こうした議論の均衡の中でなんとか生き残ってきたのである。

さて、そんな小金井市のゴルフ場に警察庁長官北原《きたはら》と、警視総監内藤《ないとう》はいた。

否、二人だけではない。今日は政治家や各省庁の高級官僚達が集まるゴルフ会が開かれていた。

彼らにとってゴルフとは遊びではあるが、同時に政治——すなわち仕事としての意味もある。

ちょっとした立ち話などの合間に、それぞれが掌握する省庁の実務や人事における利害損得、意見の調整をするのである。特に八月は人事の季節。ほとんどの異動、昇進等々は内定まで進んでいるが、細かな調整が必要なこともある。

午前中のラウンドが終わって昼食時間。警視総監の内藤は昼食のカレーライスを口にしながら警察庁長官の北原に、人事についての話題を振った。

「問題は、清河《きよかわ》の奴をどうするかですな。今は副総監ですが、そろそろどこかの県警本部長はどうかという声も聞こえます」

「何を言ってるんだ？　ダメダメ、奴こそ無能な働き者の典型じゃないか？」

「無能な働き者とは言い得て妙ですね」

「確かに奴は、物事をそつなくこなすことには長けている。しかし肝心な場面で守るべきものを間違いかねない危うさがある。平時の官僚としては実に優秀だが、危険な現場に身を置いている警察官を束ねる者は、それじゃいかん。奴に宛がう次の役職は——警察大学校長がいいところだろうな」

その時、警視総監の随員として参加していた伊東《いとう》参事官のスマートフォンが鳴った。

「どうした？　はあ？　ゴリラの大量脱走ぐらい、そっちでなんとかならんのか!?　何？　大量の犠牲者が出ているだと!?」

伊東参事官が電話口で報告された内容に血相を変える。そして懇談中の警視総監に「失礼いたします」と断った上で、耳元で囁いた。

「何だと？　貸せ！」

伊東のスマートフォンをひったくった内藤は、通信指令センターの武田からの報告に絶句した。

傍らでは、警察庁長官もスマートフォンを耳に押し当てて顔色を変えている。察するに同様の報告を受けているようだ。

北原長官がスマートフォンを置くと告げた。

「総監。確か今日は、総理が銀座に出向いているはずなのだが……」

「総理が銀座に⁉」

内藤はスマートフォンに向けて叫んだ。

「貴様、武田と言ったな。直ちに総理の安否確認をしろ！　それと至急ヘリを寄越せ。警視庁で対策本部を立ち上げて、私が直々に指揮を執る！　それまでは貴様が必要と思う全ての処置を執るんだ。もちろん私の名前でだ！」

「総監。ヘリを呼ぶなら私も同乗させていただきたい。聞けば君の所の指令本部長が、周辺の県警に応援を要請したそうだね。察庁《さつちょう》としても、すぐに調整作業に入らねばならん」

警視庁、警察庁の建物は隣接している。そして銀座で事が起きているのならば、主要な道路は交通渋滞となっているに違いない。乗用車で移動していては、到着までどれだけ時間がかかるか分からない。

しかし護衛の警官が囁いた。

「長官と総監が同じヘリに乗ることはお勧め出来ません」

万が一の際、警察庁と警視庁の双方が、最高指揮官を失ってしまう。そんな事態だけは避けるべきというのが危機管理の基本だ。

「しかし今はそんなことを言ってる場合じゃないだろう？　とにかく時間が惜しい」

するとと内藤もその言葉に同意した。

「是非長官にもご同乗いただきたい。どうも、現場が先走って機動隊の特別編成を近県の県警に打診したそうです。断りもなく察庁の領分を侵してしまい申し訳ありません」

「いや、現場は必要な判断を下しただけだ。手続きやら体裁なんてもんは、後からいくらでも整えられる。我々はそのために存在するんだよ。そんな先走りは英断だと褒めてやってもいいくらいだ。それで？　一体誰の判断なんだ？」

「多分、電話をかけてきた武田という指令課長でしょう」

「私は怠け者なんでな、使える働き者は大歓迎だぞ。武田という名前、憶えておくことにしよう」

警視庁の航空隊は、立川に基地がある。そこからならば、小金井まで本当にすぐである。実際、まもなくヘリが現れた。離陸してすぐだったため、高度を十分に上げることなく辿り着いたようだ。そのためヘリの爆音が住宅街に響き渡り、付近の住民は一体何があったのかと窓から空の様子を見上げたほどだった。

「総監、ヘリが参りました」

「よし、すぐ行く」

伊東参事官の言葉に、長官と総監は慌ててテーブルのカレーライスを口に押し込んだ。

北原や内藤はキャリア組だ。しかしキャリア組としての苦労と下積みを経験して、それぞれの役所の頂点に辿り着いた者達でもあった。その道程は、エリートのために舗装されたなだらかな道だったわけではない。山も谷もある凸凹の荒れ地であった。そしてその経験が囁くのだ。この事態はちょっとやそっとでは片が付かないぞ、と。食える時に食っておかないと、次の食事はいつになるか分からない。

「よし！」

「うむ！」

皿を空っぽにした内藤と北原は、並んでクラブハウスのレストランを出た。

「伊東参事官、君は残れ」

「え、わたくしも一緒に連れていってはいただけないので？」

「君には私の荷物を任せる」

「荷物……ですか？」

「そうだ。そして君はそのまま立川総合庁舎に入れ」

「立川総合庁舎に？　……それが必要になるとお考えで？」

「この事件は相当にデカい。私を含め、多くの者がこの件にかかりっきりになってしまうだろう。そうなれば、他の事件への対応が疎かになりかねん。それを防ぐには、多摩指令センターの増強が必要だ。組織や指揮系統を乱すことなく、現場を整理する実力者の調整力に期待する」

「実力者の調整力――了解しました。全てはこの伊東にお任せください！」

その頃、クラブハウスのエントランスは混み合っていた。

ゴルフ会の参加メンバー達が慌ただしく帰り支度をしている。すでに銀座で何が起きているかを知ったらしく、着替えもせずに乗用車に乗り込んで行く者もいた。

「来たぞ」

そして警視庁のヘリが降りてきた。

猛烈なダウンウォッシュに砂埃が舞う。内藤と北原は、帽子を飛ばされないよう頭を押さえた。

ドアが開くのも待たずに、二人はヘリに歩み寄る。

警視庁と警察庁のトップ二人を乗せた警視庁航空隊のヘリは、こうして東へと向かって飛び立ったのである。

第二章　渦中の人々

一二四七時《午後十二時四十七分》

「はあはあっはあっはあっ！」

聡子は『善良な一市民』と名乗った中年男性に連れられて、銀座の街を全力で疾走していた。

男には、どこか目的とする場所があるようだったが、その途中でゴブリンの群れを見つけるとその都度右に左にと空いている方角へと走るため、同じ場所をぐるぐる回っているように感じられた。

「ど、どこに行くんです？」

「とりあえず、こっちだ！」

善良な一市民は、大通りから道の狭くなる十字路を右へと入った。

この辺りの区画はすでに静かになっていた。

とはいえ殺戮から逃れられたわけではない。あちこちに無数の死体が散乱していた。

それは土曜日の銀座を楽しむためにやってきた行楽客、あるいはあちこちの店舗で働く従業員、会社員達だ。彼らは突然現れた怪異の群れに驚き、恐怖に駆られて逃げ惑った挙げ句、この辺りで追いつかれて命を奪われたのだ。

「奴らはどうしたんです？」

怪異達はこの区画から立ち去ったのだろうか？

しかし頭上からガラスの割れる音。悲鳴が轟《とどろ》いた。

続いて死体が落ちてきて、地面に叩き付けられる。広がる血痕。

違った。間違っていた。殺戮は終わったわけではない。

今、この瞬間も続いているのだ。その場所が、路上からあちこちのビルの中へと移動しただけだ。

ゴブリンやオーク達は、建物に侵入して室内に隠れている人達を駆り出しては、追い詰め殺傷している。

時折ビルの屋上やテラスからも、叫びや悲鳴が轟く。

「ど、どうしたら……」

聡子は警察官としての任務や使命感に苛まれた。彼らを救わなくてはならない。しかし何をどうしたらいいのかがさっぱり分からないのだ。

突然、一つのビルの出口からゴブリンが姿を見せた。その数は三頭。その向こう側には——警察官が倒れていた。

「くっ」

聡子の頭に血が駆け上った。特殊警棒を振りかざして挑みかかった。

先手必勝とばかりに殴りつける。

ゴブリンは聡子の特殊警棒の一撃を受けて昏倒。

もう一頭のゴブリンには、善良な一市民が、置き看板を拾い上げて殴りかかった。

置き甲板の破片が飛び散り、ゴブリンはその勢いに圧倒されて尻餅をつく。すかさず善良な一市民が、ゴブリンが取り落とした短剣を拾い上げ腹部へと突き刺す。刺す、刺す、刺す、刺すをひたすら繰り返した。

「はあ、はあ、ぜいぜい」

ゴブリンの刃を躱した聡子が、三頭目の後頭部を割れたザクロへと変えた頃、善良な一市民は返り血を浴びた姿で立ち上がってニタリと笑った。

「や、やったぜ」

聡子は、息を整えると、イヤホンを耳に当て指令センターからの通信に耳を傾けた。

しかし流れてくる指令は先ほどと同じで、こちらからの送信は全く受け付けない。

『警視庁より築地管内全ＰＭに通達する。銀座中央通りで発生した一連の凶暴な動物複数が行楽客を襲撃している事案につき、十二時八分、銀座五丁目七番地二号中心の二キロ圏全力配備が発令された。当該地域内の全ＰＭは直ちに安全な場所に待避せよ。全ＰＭは救える限りを救い、安全な場所に避難誘導せよ。繰り返す、全PMは救える限りを救い、安全な場所に避難誘導せよ……』

救える限りを救えって何よ、救えなかったら見捨てろというの？

とはいえ、今の聡子には何も出来ない。拳銃の弾は撃ち尽くしてしまい、武器と言えるのは特殊警棒一本だけ。これでは、今この瞬間、あちこちで同時に起きている惨劇を一人で止めることは出来ないのだ。

「そもそも安全な場所ってどこなのよ」

その時、善良な一市民が言った。

「皇居だ」

「はい？」

「トッターを見てみろ。皇居に逃げろと書いてある」

聡子は慌ててPフォンを取り出した。

見ると、指令本部はおろか同僚達からのメールやメッセージの類いも全く入っていなかった。皆が一斉に通信を発したため届かないのだ。お台場でイベントがある時などは、モバイル通信を担う各社は大量の通信を捌くための中継車両を出している。そうしないと僅か数行のメールであっても届くのに時間がかかってしまう。

実際、東北の震災などでは、普段ならすぐに届くようなメールやメッセージの到着が半日以上遅れた。我々が普段便利に利用しているインフラなんてものは、実は簡単に麻痺してしまう。

しかしながら、ネットの掲示板やトッターは見ることが出来るようであった。

トッターが早い理由はその日本支社――つまりサーバー――が銀座のすぐ近くの日本橋にあるからだろうか？　『みんな、皇居に逃げるんだ！』というミスターIなる人物の書き込みがリトータされ、日本のトレンド一位に上がっていた。

「皇居……」

聡子も瞬間的に納得して頷いた。

確かに皇居ならば安全だ。

皇居は、古くは江戸城と呼ばれた軍事要塞である。その堀や城壁はゴブリンやオーク共を寄せ付けない。銀座にいる民間人全員を受け容れる広さもあり、そもそもすぐ傍らには皇宮警察、そして警視庁がある。警察は全力を尽くして防備を固めるはずだ。

「でも、ミスターIって……一体誰？」

問題はミスターIなる人物が誰かだ。聡子はそれが気になった。

その人物の過去の記述を読むと、オタク的書き込みしかない。

「こ、これって、信用していいのかしら」

イベントに行く。どのアニメが萌える。どんなキャラが推せる。……といった内容ばかりだ。聡子は急に心配になった。

「大丈夫だろ？　逃げるなら皇居、あるいは隅田川以南――。俺だって素直に頷ける。大切なのは、どんな奴が口にしたかじゃない。どんな内容かなんだ」

「それじゃ、すぐにでも皇居に駆け込んで……」

「もちろんだ。ただし、あの子達とな」

「はい？　あの子達？」

「あの迷子の幼女と母親だ。それと、たまたま居合わせた連中をこの近くのビルの屋上に避難させておいた」

その子達を助けるのに力を貸せ。善良な一市民は、そう言って聡子に笑いかけたのだった。


「ここだ……」

善良な一市民は銀座のビルの一つに聡子を誘《いざな》った。

「座銀ビル？」

座銀ビルは、七階建てでこれから解体工事でもする予定なのか、正面と側面の合わせて三面に足場が設置されていた。

しかしながら一階にはショーウインドウがあってブティックが営業中。

入り口脇の表札兼看板には、入居している会社の名前がずらりと並んでいる。どれも聞いたこともない名前の会社ばかりだ。

銀座の裏通りにある中・小のビルにはこういう会社が多い。

こんな日本一地価の高い、つまり家賃の高い場所にわざわざ事務所を構えなくてもいいだろうにと思うところである。都下や県外にオフィスを構えれば、経費を安く抑えられてしかも広々とした場所を確保できるのだ。

しかしながら営利活動を行うにあって、オフィスがどこにあるかはかなり大切な要素だ。

最近勢いを増しているネット通販事業などでは、外面を綺麗なウェブサイトでいくらでも飾れてしまう。

詐欺目的のサイトなんか、密林《アマ○○》かはたまた顔典《フェイス○○○》かと思うような外見を装っていながら、本社は僻地の森の中でプレハブなんてこともある。そのため熟《こな》れた利用者は、まずは会社概要からチェックする。ついでにグールルなんちゃらで、その立地やロケーションまで調べたりする。

電話番号がちゃんとした固定番号で、ついでにオフィスが銀座にあるとなれば、それなりに信用してもよいと思われるのだ。こういう築四十から五十年ほどのビル群は、そういう企業のために存在しているとも言える。

聡子はそんな座銀ビルの入り口から内部を覗き込んだ。

「あれは……」

奥にはエレベーターがあった。

ドアの開け閉めにガランゴロンと音を立てる、昇降途中で止まってしまわないかと心配になりそうな古いエレベーターだ。それが一階で何度も何度も開いたり閉じたりを繰り返していた。人がエレベーターの箱と地上階を跨いで倒れているため、扉が閉じないのだ。

何度も何度も扉に挟み込まれる遺骸を見て痛ましくなった聡子は、ビルへと入ろうとした。今更助けられるわけではないが、せめて場所を移動させてあげたいと思ったのだ。

「やめとけ」

だが善良な一市民が止めた。

「でも、あれを放っておくわけには……」

「平時なら確かにそうだろう。しかし今は有事。そういう時は何を優先すべきか決め、それ以外のこと、特に感傷に類することは切り捨てるんだ。今は生きている人間と自分とを優先するんだ」

「何を知ったようなことを言ってるんです⁉」

聡子は不満そうに善良な一市民を見た。

「あんたのその反応のほうが驚きだ。いいか？　遺骸があるってことは、奴らがその近くにいるかもしれないってことだ。今このビルの中で、奴らが暴れてる最中だったら？　そしてあんたがエレベーターの所でもたもたしている間に、奴らが上の階から下りてきたら？　また、その警棒一本で戦うつもりか？」

「でも、いないかもしれません」

「そうだ。いない可能性もある。でも、いる可能性だって同じくらいある。その賭けをすでに死んでしまった者のためにするのか？　それは犬死にという。そういう命をチップにするような賭けは、本当に大切なもの――生きている人を助ける時にするもんだ」

「……」

「俺みたいな奴でも分かる単純な道理に、どうしてあんたのような婦警が気付かないんだろう？」

「婦警じゃなくって女性警官です。略すなら女警《じょけい》と呼んでください」

「ははは」

善良な一市民は聡子の抗議を笑って無視すると、隣の建物との隙間に臨時に設《しつら》えたような扉に手をかけた。そしてポケットから鍵束を出して扉を開く。

「なんで貴方がそんなものを？」

「この座銀ビルは解体予定じゃない。改装の予定だったんだ」

「改装？」

「築五十年の建物だけどな、外面くらいは綺麗にしようってことだったのさ。俺の仕事は、その現場監督なんだ。さあ、入れ」

聡子が入ると、善良な一市民は扉を閉じ、錠を下ろした。

見ると、ビルとビルの隙間には、足場用の資材がそこかしこに積み上げられている。その隙間を縫うように、上の足場へと向かって設置された急角度の階段を伝って聡子は二階、三階へと上がった。

途中、窓からビルの内部が覗けた。

すると、血で汚れた剣をぶら下げたオークが廊下を徘徊しており、聡子は慌てて身を隠す羽目になった。

「やっぱりいただろ？」

「……」

緊張のあまり、返す言葉も思いつかない。

やがて聡子達は、足場の七階へと到達した。

隣の建物が四階や五階建てということもあり外界への視界が突然開けるのだが、工事のため足場周りに目隠し幌が設置されていて、聡子達の姿が周囲から見られることもない。

そこで立ち止まった善良な一市民は、足場のコルゲートメタル製のパイプを軽く数回叩く。何かの合図のようだ。

「誰だ？」

上方から誰何《すいか》の声が振ってくる。

「俺だ。山田《やまだ》だ！」

すると、上から梯子が下ろされてきた。山田と名乗った善良な一市民は、聡子に先に上れと言う。彼は後から続くらしい。

ちなみに聡子の制服はパンツルックなので、下からスカートの中が見えたりといった心配はなかった。

聡子がビルの屋上に上ると、そこには多くの人々がいた。

見れば男性が数名、鉄パイプや棒を手にしていつでも襲いかかれるように構えていた。

彼らだけではない。老若男女様々な人々が、屋上でそれぞれ不安そうな面持ちをしていた。怪我人を何とか救おうと介抱したり、小さな子供が不安そうに泣き叫んでいたり、相手の出ないスマートフォンを何回も何回もタップして連絡をとろうとしたりしていた。

その中には迷子だった心寧と、その母親の姿もあった。

「みんな、警察が来てくれたぞ」

山田の声に、人々の視線が集中する。皆、聡子の制服姿を見てほっとしたようであった。

「こうすれば、もうここには誰も上がって来られないってわけだ」

山田は自分が上がると、屋上への梯子を上げてしまった。

建物内から屋上に上がるための正規の出入り口は、扉の前に工事用の資材などが積み上げられている。外開きのスチールドアの外にこれだけの重量物があれば、巨体のオークやトロルとて開けることは出来まい。不可能とは言い切れないが、相当に苦労するはずだ。

つまりこのビルの屋上は、今の銀座では比較的安全な場所と言える。聡子もここにきて、ようやく安堵の溜息を吐くことが出来たのである。

屋上には大勢の避難者がいた。

ざっと見渡して、三十名ほど？　聡子はその人数を目で数えていたが、十三人を超えたあたりでスーツ姿のサラリーマン風の中年男性が詰め寄ってきた。

「おい、お巡りさん。あんた、何が起きてるか知ってるのか？　この騒ぎはビーガンのテロだという噂だが」

サラリーマンはスマホのスクリーンを指し示す。

そこには、この騒ぎは肉食を拒絶する主義者の過激派によるテロだと書かれていた。

それによると、この事件は肉食主義者を打倒するためのテロらしい。被害についても動物を虐げてきた食肉主義者への天罰なのだと宣言されていた。

「そんなの知りませんよ」

んなわけあるか、と思ったが、聡子としてはこう答えるしかなかった。

「この騒ぎはいつ収まるんだ？」

「いつ終わるかなんて分かりませんって」

「なんだと!?　貴様、警官のくせに何が起きてるか分からないと言うのか!?」

何が気に障ったのか、中年男は激高した。

それを聞いた聡子のほうが、誰かに説明してもらいたいくらいだと叫びたくなった。しかしその感情をギリギリのところで抑え込んだ。それを口にしたら、警察官としての節度を失ってしまうような気がしたからだ。

　すると善良な一市民こと山田某《なにがし》と大学生くらいの若者がやってきて、聡子との間に割って入った。

「待て待て待て、この婦警さんに怒ったってしょうがないだろ？　騒ぎが始まってまだ一時間かそこらだ。それで事態の詳細が分かってたら、そっちのほうが怖いぞ」

「ど、どうしてだ？」

「大きな組織が初めての出来事を理解するには時間がかかるんだ。もし短時間で事態の全容が把握できたら、何が起こるか少なくとも上層部はあらかじめ知ってたってことになる」

　例えば、かつて地下鉄サリン事件が起きた際、警察は一時間もかからずに致死性ガスによるテロ事件を前提とした警戒と対処を開始した。それが可能となったのは、もちろん長野でのサリン事件の経験が生きたからだが、交通機関を狙ったテロ計画の存在を、警察上層部はあらかじめ知っていたからだという噂もある。でなかったら犠牲者で溢れた地下鉄構内に無警戒の警官を投入してもっと大勢の犠牲者を出したはず、というのが論拠だ。

　警視庁は事件当日、関係各署にツボを押さえたピンポイントな指示を下している。そのため関わった人間の多くが、警視庁の上層部は『いつ』『どこで』こそ掴んではいなかったものの、事件発生の危険性は予知していたと考えている。

　大学生と思しき青年が聡子に問いかけた。

「お巡りさんは知らなかった？」

「も、もちろんですよ！」

「なんだよそれ。知らないって何なんだよ⁉　そんなんじゃ困るんだよ！　今日は大切な用があるんだよ！　俺は夕方には家に帰らないといけないんだよ！」

サラリーマン風中年男は崩れるように座り込んだ。

「何か事情があるみたいだな。おい大学生、すまんが話を聞いてやってくれ」

「分かりました」

山田はそう言うと大学生を差し向けた。

すると大学生は、中年男の隣にしゃがみ込んで話を聞き始めた。「うんうん」と頷きながら話を聞く姿は、手練《てだ》れのカウンセラーのようであった。

漏れ聞こえてくる声によると、今日は離婚した妻の所にいる娘との面会日だとか。今日を逃すと再来月になってしまうとか――そりゃ大切な用事ですね、と大学生は彼の嘆きに大いに同調していた。

「で、婦警さん。何か情報は入ったか？　指令センターから何か言ってきてないか？」

山田が問いかけてくる。

聡子は思い出したようにイヤホンを耳に当てた。ここに移動するまでの間に、プラグが耳から抜けてしまっていたのだ。

『警視庁より築地管内全ＰＭに通達する。銀座中央通りで発生した一連の凶暴な動物複数が行楽客を襲撃している事案につき、十二時四十五分、銀座五丁目七番地二号中心の三キロ圏全力配備が発令された。当該地域内の全PMは直ちに皇居あるいは隅田川以南に待避せよ。全PMは救える限りを救い、皇居ないし隅田川以南に避難誘導せよ』

警視庁の通信指令センターから流れてくる情報は、基本的に変化はない。いや、全力配備の範囲が二キロから三キロに拡がったことと、避難場所に皇居と隅田川以南という具体的な地名が出てきたことが変化と言える。

しかし銀座から三キロとなれば、国会議事堂どころか首相官邸も入ってしまう。もうその辺りまで怪異共の活動範囲が広がっているということか。

「大きな変化はありません」

「いや、とりあえずは警視庁が重い腰を上げたってことだけは分かった。それだけでもかなりの進展だ」

「けど、これからどうするんです？　ここに立て籠もるんですか？」

聡子はここを仕切っているように見える山田に向後《こうご》の方針を問いかけた。

すると杖を手にした老人男性がやってきて言った。

「そりゃ無理じゃろう？　水も食糧もないってのに」

「いや、水ならあるぞ」

すると山田は、屋上塔屋の上方を指差したのだった。

ガランと音を立てて貯水槽の蓋が上がる。

聡子が中を覗き込むと、透き通った清水がタンクの八分目ほどまで満ちていた。

「ありました。水がたっぷりです。しかも綺麗です」

「だろう？」

聡子の報告に山田は満足げに頷いた。

「これくらい古いビルだと、屋上には必ず貯水槽があるんだ。これ、憶えておいて損はないぞ。ただし問題は食糧だ。一日二日くらいなら水だけでなんとか持つだろうが、それ以上になるとちょっとヤバイ」

「ここ何日かは暑い日が続いてますからね。汗と一緒に失う塩分も何気にキツいです」

大学生は、額の汗を拭いながら青空を見上げた。

ここは屋上だ。猛烈な日差しを遮るものは、屋上塔屋程度。みんな日陰を求めて一カ所に集まり、窮屈そうにしている。日陰に収まりきれない者もいる。

老人男性が笑いながら言った。

「塩分が必要なら汗でも舐めるか？」

それは冗談のつもりだったのかもしれないが、大学生は真顔で返した。

「最悪それをしないといけないかもしれません。汗の他には涙、尿なんかも……」

「いやあああ！　そんなの嫌あああああああああああああ！」

スマホを手にした女性が、突如悲鳴を上げ、周囲が慌てて口を塞ぐ。

「静かに！」

「しぃー、しぃっ！」

すると、中年サラリーマンが脱出を提案した。

「やっぱり隙を見て皇居に逃げ込んだほうがいいんじゃないか？」

大学生に話を聞いてもらって精神的な立て直しが出来たらしい。しかし早く帰りたいという気持ちは捨て去れないようだ。

中年サラリーマンによると、トッター上に、いち早く皇居に逃げ込んだ人々による安堵の書き込みが次々上がっていると言う。

『自衛官だと名乗った男の人に皇居に逃げるよう言われた』

『なんかその人、機動隊と揉めてたみたいだけど、みんなが逃げてくると機動隊も守りを固めた』

見れば、警視庁の警官隊が機動隊装備に身を固め、皇居外苑のお堀や城壁を用いた規制線を敷き、そこから先は是が非でもゴブリン共を通さないと頑張っている写真が上がっている。

その頼もしさには各方面から続々と賞賛の声が綴られていた。それと同程度に「警察は何をやってるんだ」「さっさと制圧しろ」といった批判も書かれている。

すると、老人男性が言った。

「ここにいれば安全じゃろ？　助けが来るまで立て籠もっていたほうがいいんじゃないか？」

「あんたがそうしたいって言うのならそうすればいいさ。俺は止めないぜ」

山田の突き放したような言い方に、老人男性はムッとした。

「なんだそれは。貴様、儂らを見捨てるっていうのか？」

「正直言って、何が正しいのか俺にも分からんのだ。ここから出て皇居に向かえば、その途中で奴らに襲われる可能性も出てくる。ここにいたほうが生き残れるかもしれない。けどな、この騒ぎが果たして一日、二日で片付くのか？　三日も四日もかかってしまったら？　全員ここで熱中症と脱水でお陀仏だ」

「どっちが正解かは、終わって見なけりゃ分からんってことか？」

老人が項垂れた。

「こういう時の定石ってないんですかねえ？」

大学生がボヤく。

「これは誰かが作ったシナリオのあるゲームじゃないんだ。その時々に、各々が自分の判断で行動するしかない。どっちが正解かは後になって生き残った側だけが分かる仕組みだ」

「クソゲーですね」

「現実なんて、得てしてそんなもんだ。そんなことより、俺にはどうしても気になるものがある。ここに来るまで、あんなものがいるだなんて思いもしなかった代物だ」

「それは？」

「俺は何度も目の錯覚じゃないかと見直したんだが……あれを見てくれ」

山田は少し離れた所にあるビルを指差した。

するとそのビルの屋上周囲には、コウモリのような翼を広げた、しかしサイズはコウモリなんかとは比較にならないほどに大きい翼竜が数頭、飛び回っていた。

「あ、あれは……まさか!?」

「中生代白亜紀に生きてたっていうプテラノドン？」

サラリーマンが意外な博識さを示し、山田は苦笑した。

「名前なんぞ俺は知らん。だがあれが突然現れた怪物の仲間だってことには、皆も同意してくれるだろ？　要するに、俺達の敵は地面を這いずり回る奴らばっかりじゃなかったってわけだ。そしてあんな奴らが大空を舞っているってことは——この屋上も安全な場所とは言えなくなっちまったってことなんだ」

＊　＊

猛暑が大地のアスファルトやビルの壁面を炙っていた。

その照り返しによって熱された空気は、すでに四十度を超えた。こんな場所に小一時間も立っていたら、空から大地から、そして右や左にある建物から輻射熱《ふくしゃ》を浴びせられ、たちまち熱中症になってしまうだろう。

しかしながら、それは地面近くでの話だ。高度を少し上げ、二百あるいは三百メートルほどになると空気も流れて涼しくなる。

帝国遠征軍・タンジマヘイル群集団・第一尖兵竜騎兵大隊を率いるマジーレス・カ・ホントースカは、『門《ゲート》』を越えた直後から感じた耐えがたい暑さから逃れるため、騎乗する翼竜の腹を蹴って高度を上げるよう命じた。翼を羽ばたかせて限界に達するまで舞い上がらせたのだ。

すると翼竜も熱さに辟易としていたのか、力強く羽ばたいたのである。

高度が上がると、鎧に感じていた肌を焼く熱さも和らいでくる。建物から離れて空気が冷えてきたからだろう。直接照り付けてくる太陽の日差しはそのままでも、どうにか落ち着ける心境になったのだ。

そして冷静になって周囲を見渡した彼は、銀座上空から眼下に広がる東京の街並みを見て絶句することになった。視線を遠くへ向けると、巨大なビル群が、住宅群が、地平線に至るまで途切れることなく広がっていたからだ。

さらに遠くには、天にまで届くほどの塔が建っているのが見えた。

「なんて広大なんだ……！」

ようやく絞るようにして出てきた言葉がこれだ。実に陳腐な一言である。しかしそれしか出てこないほどに圧倒されていた。

「各隊はそれぞれ付与した任務に従って散開せよ！」

竜騎兵達が、三騎ごとの編隊を作って四方八方へ飛び散っていった。

帝国軍の竜騎兵部隊には様々な役目があるが、征旅《せいりょ》の初期段階においてとりわけ重要視されているのが、本隊から半径五リーグ圏（一リーグ≒一・六キロ）を担当する近斥候、半径三十リーグ圏担当の中斥候、半径百リーグ圏担当の遠斥候の偵察活動だ。必要ならば五百リーグ先を目指す大遠斥候すらも編組《へんそ》される。

まずは戦うことよりも、征服しようとする土地や敵のことをつぶさに調べ、それを報せることが竜騎兵には求められているのだ。

竜騎兵を率いるマジーレスの元には、三騎四組、合計十二騎の竜騎士が居残った。

副隊長、隊長補佐、伝令等々からなるこの十二騎が、総勢二百騎からなる竜騎兵部隊の本部を構成していた。

「隊長、こんな規模の都市を見るのは初めてです」

後衛竜騎士のジャマンスカが言った。

「ああ、その意見には私も同意だ」

マジーレスは帝国軍に属して以来、これまで幾つもの国家や民族の征服に参加してきた。その途中で様々な村落、城市を攻め落とし、略奪し、焼き払った。多くの女子供、職人を奴隷として、その地の富を悉く劫掠《ごうりゃく》した。

その中には何十万人もの人間が暮らす、大規模と呼んでもよい城塞都市もあった。その作戦を指揮した将軍は、生涯贅沢な暮らしが約束されるほどの財貨を得たくらいだ。しかしそれでもその規模は城壁という囲いの中に収まっていたのだ。

そう。どれほどの規模の都市でも、外側は荒野であったり、森であったり、畑であったり、あるいは山であったりする。彼の祖国である帝国の首都、帝都ですらそうだ。

なのに、ここはどうか？

遠く遠く、霞むほど遠くに山々の頂きが見えるが、そこに至るまでの大地を、途方もないほどの家や建物が埋め尽くしているのだ。

「凄いな……」

その人口、その富、その繁栄、その技術、その文化――とても計り知れない。

「圧倒されます。帝都よりも大きいことでしょう。建物だって立派です。我々には想像も出来ないような技術や魔法が使われているんだと思います」

『門』を越えた瞬間、彼の目に入ったこの都市の建物は、帝都でも見ることが出来ないような高層なものばかりであった。

無数の石造りの建物がどこまでも高く聳《そび》え、天の半分を覆っている――その圧倒的な光景は、大地に足を置いて見上げる者からすれば、摩天楼とでも呼ぶべき偉大さだった。この世界へと渡ってくる彼らの同胞、同僚達はこれから征服しようという異世界の蛮族の文明に、きっと魂が打ちのめされてしまうだろう。

しかし大空を舞う竜騎士にとってそれらの建物群は、所詮足下に見下ろすべきものに過ぎない。どれほど石を高く積み上げようと、それは大空を自由に舞う者——つまり空の支配者たる自分達竜騎兵への羨望の表明にしかならないのだ。ならばその竜騎士が、地を這う生き物の小賢《こざか》しさに動揺することなどあってはならない。

マジーレスは部下達を振り返った。

「この異境の地が、一部にしても我が帝国より優れた文化を有していることは認めねばならん。だが諸君、今日よりこの地の全てが我らのものだ。我ら帝国の血肉となる。そのことを忘れるな！」

「そうです。この地の果てまで、全てを征服し尽くしましょう」

騎士達は一斉に歓呼の声を上げた。

その時、右隣を進んでいた伝令士バラッキーノが大地に指を向けた。

「た、隊長！　あれは城壁でしょうか？」

「ふむ……」

兵士が指差したのは、銀座の西側を走る高速道路と鉄道の高架であった。

「おそらくあの向こう側に見える堀と城壁に囲まれた場所が、この国の中心たる王城に違いない。そしてその手前に広がっているそれは、多分城壁だった……ものだろうな」

「ですが、周囲の建物の背丈が高過ぎて、城壁としてはもう機能してません」

周囲の建物よりも低い城壁など、軍事的には言語道断と言える。

無論、往来を遮断することは出来るだろうが、守備する兵士は建物の窓や屋上から見下ろされ、弓箭《きゅうせん》や投石の攻撃を浴びてしまう。つまり防備の施設にはならないのだ。

「そうだ。故に『だった』と言った。この都市は長い歴史を持っているのだろう。かつて、この都市はあの外壁の内側に留まっていたはずだ。しかし都市が発展拡大し、城壁の外側にまで街並みが広がってしまったわけだ」

「そう言えば、そんな歴史が帝都にもありましたね」

帝国では、城壁に街並みが収まり切らなくなると、改めて外側に城壁を作った。そして古い城壁を壊し、その跡地を街道として利用したり、集会場などの公共施設を作ったりしたのだ。

この世界のこの国では、かつての城壁は高架の道路として用いるらしい。

「自分はあれを水道橋だと思ってました」

隊長補佐ビッコスが言った。

「上を荷車が走ってるのにか？」

「別に水道橋の上に荷車を走らせちゃいかんという法はないだろ？」

「確かにビッコスの言う通りだな。水道橋の上に荷車を走らせるのは、上手い手かもしれん。騒音に悩まされずに済むしな。帝都に戻ったら按擦官《アエディリス》（生活行政・公共造営事業など担当する高官）にでも提案してみるか？」

帝都では、石で舗装された道を鉄の車輪を履いた荷馬車が走っている。しかも車道と歩道が高めの段差で区切られている。その段差がなかなかに高いので、歩道から対岸の歩道へと渡るための踏み石が、横断歩道のように並べられているほどだ。

問題は、鉄や青銅で出来た車輪が直接、石畳に出来た轍の上を転がっていることだ。石の上を金属製の車輪が転がる際の騒音が凄まじくて、帝都に住まう人々をとても悩ませていた。その騒音から逃れるため、建物の多くが道路に対して背を向け――つまり窓のない分厚い壁を道路に向けて張り巡らせ、窓などは中庭に向けて開かれているほどだった。

「あんな水道橋の上までどうやって荷を上げたり下ろしたりするんですかねえ？」

「それを考えるのは俺達の仕事じゃない――ん、あれは？」

マジーレスは眉根を寄せた。

彼ら竜騎士だけのものであるはずの大空を、けたたましい音を立てる『何か』が侵そうとしていたからだ。

それは箱のような輿《こし》のような、あるいは舟と称すべきかもしれない飛行装置であった。

こんな乗り物をマジーレス達は見たことがない。他の竜騎士達も同様だ。となれば、それはこの世界で作られたものに違いない。

空を自由に使えるのは自分達だけでなければならない。そう信じる竜騎兵達は、長い槍を引き寄せるとその切っ先を敵に向けた。

一三一一時《午後一時十一分》

警視庁のヘリは小金井のゴルフ場を飛び立ってから二十分ほどすると、皇居を左側に見る位置まで進んだ。国会議事堂、首相官邸、そして警視庁の建物が見えてきている。

国会議事堂は当然、警視庁庁舎も、自己主張の強いアンテナ塔が立っているので空からでもよく目立つ。

「あと少しで到着します」

パイロットがヘリの高度を下げながら告げた。

「いや、その前に銀座上空を一周りしてくれ」

すると、皇居外苑側に目を向けていた警視総監の内藤が操縦席へと身を乗り出した。

上空から、皇居外苑に難を逃れた人々の姿が見える。

救急車が何台もやってきていて、怪我人のトリアージをしている様子も見える。ここでこの惨状だというのなら、銀座は一体どうなっているのかと心配になったのだ。

スマートフォンを通じて、市井《しせい》に流れる様々な情報が目に入ったが、あまりにも荒唐無稽な情報が多い。ロシアのテロ、反食肉主義者のテロ、宗教団体のテロ、サーカスの運搬車が転倒して動物が逃げ出したなんてものもある。そのため、自分の目で直接確かめておきたくなったのだ。

「うむ、報告と実情の違いを見ておくことは必要だな」

警察庁長官の北原も、またその意見に同意した。

彼らはそれぞれの組織のトップだ。そのため、現場から上げられてくる情報・報告の多くは、彼らの所に到達するまでに何人もの人間を通して取捨選択、要約整理される。

それぞれ名前を持つ犠牲者が無機的な数値に置き換えられ、事態の深刻度も文脈と修辞に変換され、実情から大きくかけ離れたものになっていることも少なくない。

そんな状況で、トップに立つ者が実態を把握する方法は一つ。それは自らの目で現場を見てみること。文章化された出来事や数字化された被害報告と、現実との差異をその目で確認しておけば、報告の過程で切り捨てられたものが多少なりとも見えてくる。そうすれば現実とのズレを自ら修正することも出来るのである。

「では、一旦、銀座上空に入り、築地署上空で引き返します」

「頼む」

そのためヘリは中途半端に高度を下げたまま警視庁屋上のヘリポート上空を通過した。そして日比谷公園、さらに有楽町駅上空へと入った。

眼下を見ると、機動隊がＪＲの高架下の隘路《あいろ》に規制線を敷き、獣達の襲撃を迎え撃っているのが見えた。

「あの猿みたいなのが、ゴブリンなのか？」

「その向こうにいる大型の個体が、トロルとオークでしょうか？」

楯を並べた機動隊が、ゴブリンやオークと対峙していた。といっても、放水とガスで追い払っているに過ぎない。怪異達は強烈な圧力の放水から逃れようとするものの、畳み込むように放たれた催涙ガスの強烈な刺激に耐えられず、逃げ散っていくようだった。

逃げていく怪異達の群れを見て何を思ったのか、機動隊の一部が追いかけ始めた。興奮のあまり足が前に出てしまうというのは、若い警官にはあることだ。

「いかん……若い隊員が先走っておる。アレはいかん！」

内藤が呟いた。

するとそれが聞こえたかのごとく、機動隊員がとって返していく。

中隊長に叱られて戻ったのだろう。瞬く間に乱れた隊列が組み直される。すると道路の端から端までを封じる完璧な隊形が出来あがった。

「よかった。指揮官連中は冷静なようだ」

北原が安堵の溜息を漏らした。

もし勢いに任せて進んだりしたら、隊列が崩れてそこが隙になるかもしれない。飛び出した機動隊員達も、脇道から現れた怪異共の群れに、四方八方から包み討ちにされてしまったかもしれない。

それを未然に防ぐのは、有能な指揮官の理性と判断力だけなのだ。

やがてヘリは数寄屋橋を抜けて、銀座上空へと入った。


「なんて酷い……有り様だ」

内藤は思わず口にした。

路上に大勢の人々が倒れたまま放置されていたのだ。

晴海通りでは乗用車が電柱にぶつかり、あるいは車同士でぶつかって煙を上げていた。

怪異達の襲撃によってこういった事故があちこちで起きたようだ。

「おい、内藤君、アレを見たまえ」

その時、北原がビルの屋上を指差した。

すると屋上に逃れている人々が懸命に手を振っていた。助けを求めているのだ。

しかしその隣のデパートの屋上では、ゴリラのような体躯のオークや、毛むくじゃらのトロルに人々が襲われて逃げ惑っていた。

「おい、アレをなんとか出来ないのか!?」

「誰かライフルか何か持ってないのか!?」

同乗している警護の警察官が答えた。

「ありません！　拳銃くらいです」

「拳銃で構わんから撃て、撃て！」

「ここからでは狙えません。流れ弾が市民に当たってしまう可能性も……」

「くそっ！　それでは我々には何も出来んというのか⁉」

逃げ場のない屋上に追い詰められた人々は、屋上塔屋へと登って逃れようとしていた。

しかしそれが出来ない人々は、屋上の隅に追いやられていた。

もはや右にも左にも逃げ道がない。そんな絶望的な状況の中、一人また一人と怪異達の振り下ろす棍棒や錆斧の餌食《えじき》になっていくのだ。

「なんてことだ⁉」

彼らには歯噛みして悔しがるしか出来ない。黙って見ているしかない警察官達の心境はいかばかりだろうか。

人々の内の何人かは屋上を囲うフェンスへとよじ登っていく。少しでも遠くに。そうすれば時を稼げるかもしれないと思ったのだろう。

しかしその先に逃げ場があるわけではない。他の人々の殺戮を粗方終えた怪異達は、フェンスを登る人々、あるいはそれを越えて屋上の縁にいる人々に目を向けた。

まるで面白いものでも見ているかのような、まるで楽しい遊戯でもしているかのような表情をして、槍先、剣の先で彼らをいたぶっている。

「待ってくれ！　痛っ！　やめてくれ、痛い、痛いから！」

若いサラリーマンが叫んでいる。錆びた剣先は意外にも鋭く、痛覚を強く刺激するようだ。

「いやだ、誰か！　助けて！」

デパートの店員が泣きながら救いを求めている。しかし怪異達は全く容赦がない。

脇腹や腕、足、腹部に剣を突きつけられ、そのまま強く押されたら、彼ら彼女らは、もう屋上から地面へと落下していくしかないのだ。

それを見ていることしか出来ない北原と内藤は叫んだ。

「くっそおお、今に見ていろ！　日本中から機動隊を掻き集めて奴らを叩き潰してやる！」

「全国道府県から航空隊を掻き集めろ。ＳＡＴを乗せて奴らを片付けるんだ！」

ひとしきり罵った後、内藤は興奮を収めようと深呼吸をしつつ言った。

「しかし、この目で確かめてよかったと思うことが一つだけある。ゴリラだの熊だのといった言葉を耳にしたせいか、私は奴らが知性の欠片もない野獣だと思い込んでしまっていた」

「ああ。全く違ったな」

北原もその意見に低い声で頷いた。

「奴らには、ナイフや棍棒を使う知恵がある。そして奴らは狩りでもするかのごとく人殺しを楽しんでいた」

「奴らをただの野獣だと考えると、手を焼くことになるぞ」

「そして、奴らは何者かの手によって、何らかの目的のために掻き集められ、銀座に解き放たれた。

ではその何者かとは誰だ？　目的とは何だ？」

その時ヘリが大きく揺れた。

「ど、どうした!?」

「でっかいコウモリが！」

内藤の警護官が、窓の外を指差す。

「コ、コウモリだって？」

だがそこにいたのはコウモリなどではなかった。

警察庁長官と警視総監の乗ったヘリに、突如として翼竜の群れが襲いかかったのだ。

「ド、ドラゴン!?」

次の瞬間、ヘリの風防《ふうぼう》を突き破り、竜騎士の長槍がパイロットの胸部を突き刺す。

「き、機長！」

慌てて副操縦士が操縦桿を握り、何とか姿勢を維持した。しかし左右から襲ってくる竜騎士の槍の先端が次々と機体に突き刺さった。

機体が受けたダメージに大したものはない。

風防が割れ、機体の外部に凹みや傷をつけた程度だ。しかしその中の一本が運悪く機長の胸部を傷付けたのだ。

機長が胸を押さえて呻くと、警護の警官達が彼の身を支えて槍を引き抜いた。

「傷は浅いぞ」

「しっかりしろ！」

ヘリに深刻なダメージを与えたのは、それらとは全く違ったものだった。

攻撃を変えて離脱しようとした竜騎士の一騎が、進路を誤ってヘリのローターブレードに翼竜を接触させてしまったのだ。

その瞬間、翼竜の翼や胴がズタズタに引き裂かれた。

だが同時にヘリもまた、ローターブレードに大きな損傷を負った。

ヘリのローターブレードは頑丈に作られている。しかし、後に高硬性《こうこう》と高靭性《こうじん》を兼ね備えた脅威の物質として注目されることになる竜の鱗を全身に鎧った翼竜相手ではひとたまりもない。ローターはひしゃげ、粉砕され、ヘリは揚力と安定を失い、大地に向かって猛烈な勢いで落下していったのである。

副操縦士が叫ぶ。

「メーデー、メーデーメーデー！」

操縦桿を操ってどうにか機体の安定を取り戻そうとする。

しかしローターに深刻な損傷を負ってしまっては、副操縦士の技術がどれほど優れていようとどうにもならない。

機体は重力に引っ張られますます地面へと加速していく。そこに副操縦士のどうにか機体を持ち上げようとする努力が加味された結果、ビル群の一棟の壁面を食い破って内部に飛び込んだのである。

機体がコンクリートに叩き付けられ、激しい衝撃が乗っていた者達を見舞った。

そして少し遅れて航空燃料が引火して爆発炎上。ビル側面に大きな炎が広がったのである。

こうして正・副二人の操縦士と、警察庁長官、ならびに警視総監、そして彼らの部下、警護の警官達合わせて十名が殉職することとなった。

『銀座事件』を記述する多くの記録が、この出来事を日本国痛恨の一撃と記している。

この出来事さえなければ、事態はあるいはかなり早い内に終息したかもしれなかったからだ。

しかしながら起こってしまった。そしてこの瞬間から、日本警察は混乱と混迷に包まれていくことになる。

＊　＊

おそらくは現地の人間が操っていた空を飛ぶ舟。

それを撃墜することに成功したマジーレスは、自分が敵将の首をまとめて二つ切り落とすほどの功績を挙げたことにも気付かぬまま、部下をまとめる場所を探した。

すると眼下のビル群の一つに、旗を持った騎兵像が見えた。

「よし、あそこに一旦集合するぞ！　近斥候を集めろ」

マジーレスは部下に対し、騎兵像を目印に集合するよう命じた。

やがて彼の直衛の騎兵だけでなく、近斥候を担当する分隊の代表達も集まってきた。

「各分隊は損害を報告せよ！」

「竜騎兵アントワ、敵に討たれ戦死」

「伝令士ササノヴァ、落命」

竜騎兵達が次々と被害報告をしていく。そして最後に隊長補佐のビッコスが右手を挙げた。

「竜騎兵ガリウスが戦死しました。あっという間に翼竜ごとズタズタに引き裂かれて……」

助ける暇もなかったと部下は語った。

「うむ。ガリウスの死も名誉の戦死として報告しよう。続いて状況についてだ！」

「はっ！　獣兵共は滞りなく活動域を広げています」

「原住民の抵抗はどうか？」

「この地の住民は、怯懦《きょうだ》にして柔弱《にゅうじゃく》です。ゴブリンやオーク共の襲撃に狼狽し、蹂躙されるがまま、逃げ惑うばかりで抵抗すらしようとしません。もしかしたら本隊の到着を待つまでもなく、我々第一尖兵竜騎兵大隊だけでこの地を征服できるかもしれません」

調子に乗ったような報告に竜騎兵達は一斉に笑った。

しかしマジーレスは笑わない。真顔のまま空気を厳しく引き締めると、事態を甘く見始めている部下達に気合いを入れるよう求めた。

「笑っている場合ではないぞ！　これだけ大きな都市を持つ優れた文明なのだ。組織的かつ効果的な抵抗は本当になかったのか？　それを調べることが貴様達の任務だということを忘れるな！」

帝国の侵略戦争には一定の段取りがある。

それは敵地に侵攻すると、まずゴブリンやオーク、トロルといった獣兵を放って原住民を殺戮、混乱させるというものだ。その隙に征服目的地の奥深くに足がかりを築くのである。

野蛮な民族は、部族単位で蟠踞《ばんきょ》し、互いに対立してまとまりを欠くことも少なくない。屈服させようにも中心となる王すらいないこともある。

だが、獣兵を送り込み、混乱と殺戮を引き起こすと、危機感を抱いた敵はそれまでの諍《いさか》いや啀《いが》み合いを忘れ、代表となる王を押し立ててまとまろうとする。

そうなれば征服も簡単になる。帝国としてはその王を屈服させればいいのだ。

従ってこの銀座の地で起こしている殺戮も、ただ単に住民を殺害、略奪することが目的ではなかった。難を逃れた住民達がどこに逃げ込もうとするか。この混乱の最中、組織的、効果的な抵抗をする集団がどこにいるかを探すためなのである。

そういう者のいる場所こそが、攻略すべき政治的中枢であり、軍事的な要衝《ようしょう》であり、打倒しなければならない敵と言える。

「有力な組織的抵抗は、西部にある城塞方面で行われています。敵は少数ながらも重装歩兵が整斉《せいさい》陣列を組み、燻煙《くんえん》魔法、水魔法を用いて粘り強く抵抗しています」

「魔導師と重装歩兵の数は多いか？」

「重装歩兵の規模は百人隊程度です。確認できたのはそれが三個。時間が経てばもう少し集まってくるかもしれませんが、あの数では薄っぺらな布きれで焼け石を包もうとするようなもの。さして問題ではありません」

それを聞いてマジーレスは初めて笑った。

「すると、やはりあの城塞が政治的・軍事的な要衝というわけだな」

「しかしながら隊長、敵の規律と装備はかなりのものと見受けられました。魔導師の放つ水攻撃は相当な威力ですし、燻煙魔法もなかなかの威力。油断はなりません」

「よろしい。私はその報せをもって将軍閣下をお迎えする。お前達はさらに偵察範囲を広げてこの世界の敵情を解明せよ。分かったな？」

「はっ！」

第一尖兵竜騎兵大隊は再び散開した。そしてこの銀座を中心に、活動範囲をさらに広げていったのである。

第三章　会議室の戦い

一三三八時《午後一時三十八分》

「航空隊のヘリが墜落したというのは本当か!?」

警視庁では大騒ぎになっていた。立川を飛び立った航空隊のヘリが、銀座上空でメーデーを発報。その直後に消息を絶ったのだ。

「なんでも、そのヘリに総監が乗っていたらしいぞ」

「それだけじゃないぞ！　察庁《さつちょう》長官も御同乗されていたそうだ」

庁舎の廊下では警官達が騒いでいる。

「二人揃って同じヘリに乗るだなんて、どうしてそんな馬鹿なことを！」

警視総監が戻り次第、総監直々の指揮により、対策本部が即座に活動できるよう関係者一同を呼び集めて調整作業を進めていた武田は、その報せを聞いて頭を抱えることになった。

総監が行方不明、おそらくは殉職、という事態の痛ましさもさることながら、この後どうすればいいのか全く分からなくなってしまったからだ。

「総監直々のご指示だったから、私が対策本部立ち上げを指揮しても、皆さん納得してくださったのに……。そうでなくなったら今後どうなるんだ?」

「新見警備部長が到着までなんとか凌げばいい。新見さんは話の分かる方だ」

「けど、他と揉めたりしないか?」

武田は同僚達とそんな言い合いをしながら対策本部の大会議室へと入った。


すでに対策本部では警備部参事官の近藤諫《こんどういさみ》が東京都の大地図を前にして機動隊の配置状況を確認していた。

週末の土曜である。警視庁の高級幹部の多くが非番となっていた。そのため現時点では近藤が警備部門の最上級者なのだ。

幸いだったのは、機動隊の指揮を担当する土方《ひじかた》警備一課長が勤務していたことだろう。昨日に続き、数十万人が参加するイベントがお台場で開催されていたため、勤務スケジュールを調整して出勤していたのだ。

別に彼は、このイベントに機動隊が出動する可能性があると危惧していたわけではない。全く逆の話で、このイベントを主催する運営側に蓄積された『大群衆を上手に整理する誘導ノウハウ』に着目し、調べ上げようとしていたのだ。

整列と待機を強いられてストレスの溜まりやすい大群衆が、運営の誘導にどうして素直に従い、大きな事故を防いでいるのか。ただ『参加者が特異的だから』とか『自らイベントを作り上げる参加者としての自覚があるから』とかではとても理解できないのである。

そのため土方をはじめとする警察の警備関係者達は、数年にわたって観察を続けていた。

土方自身も、私服を纏って参加者の中に交ざったこともあるほどだ。そしてその秘訣に『ユーモアある声掛け』があると気付いた。

大群衆の中に放り込まれ、急ぎたいのにそれも出来ず、行動を束縛されてストレスが昂《こう》じていくその瞬間、警備を担当する者から息抜きとなるようなユーモアが投げ掛けられる。

別に爆笑させる必要はない。ほんのちょっと、くすっとさせるだけでいい。それで十分だと気付いたのだ。そしてそれが後に、ＤＪポリスと呼称される警備手法へと繋がるのであるが――それはまた別の話である。

警備一課長の土方は、東京都の地図を指差しながら近藤に状況を説明した。

「第一機動隊第四中隊は、皇居外苑和田倉《わだくら》門に配備しました。ゴブリンを排除しつつ市民を皇居外苑に収容しています」

「第三機動隊第一中隊も、同じく皇居外苑の馬場先門を確保、避難民の誘導中」

「第四機動隊第二中隊は、晴海通りのＪＲ高架下にて規制線を敷設《ふせつ》。特機の放水車の支援とガス弾を使用して、ゴブリン、オーク、トロルの進出を防いでいます」

近藤は土方の報告を頷きながら聞いていたが、突如、思い出したかのごとく話の腰を折った。

「それだ！　そのゴブリンとかオークとかいう呼称、なんとかならんのか？　妙にファンタジー漫画っぽくていかんと思うんだ。例えば、害獣一号、二号、三号とかに変えるとかどうだ？」

すると、連絡の担当員が渋面を作った。

「参事官、これが末端まで一番通じやすいんです。今更呼称を変えると現場が混乱します。それにそっちのほうが今の漫画っぽいです」

「ふう……仕方ないな。そのまま報告を続けてくれ」

「第五機動隊第三中隊は、国会通り、外堀通りそれぞれのＪＲ高架下です」

「第八機動隊第三中隊は、永代通りＪＲ高架下に配置しました。しかしこちらにはゴブリン共の姿は見えません」

「第八機動隊は遊兵化しているな。位置を変えたほうがいいんじゃないのか？」

「現在の戦力規模で無闇に前進させますと、側背部を奇襲される可能性もあります。手が空いているなら東京駅の警備を担当させましょう」

「そうか。……次は？」

「第六機動隊の第四中隊は、第一京浜のＪＲ高架下にて規制線を張りました。こちらもガス銃と放水車で規制に成功していますが、手が届いていない路地や横道からゴブリンやオーク、トロルが溢れ出ており対応が後手に回っています」

「そっちは位置を下げたほうがいいか？」

「それだと、多くの住民を危険に曝すことになってしまいます。愛宕《あたご》署の踏ん張りに期待しましょう」

「銀座周辺の所轄署はどうだ？」

「第七機動隊第五中隊を築地警察署、第二機動隊第二中隊を中央署、第九機動隊第一中隊を丸の内署に配置して、警察署に避難してくる市民の保護を行っています」

それらを聞いて近藤は嘆息した。

「とりあえず現場に駆け付けてきたのは、当番隊の各一個中隊だけか……」

「一時間で各隊一個中隊が現場に到着なら上等じゃないですか⁉」

警視庁には機動隊が九個ある。それぞれが五個中隊で構成され、それぞれ中隊ごとに、常時交代で緊急出動できるよう待機している。そのためいざとなれば、最大九個中隊、つまり約六百三十人が動員できるのだ。

しかしこのような事態になってみると、その数では全く心許なかった。

皇居側については、ＪＲや高速道路の高架や皇居のお堀を用いた規制線を効果的に敷くことが出来ているが、銀座の北、東、南側では警備の傍らを怪異共がどんどんすり抜けている。好き放題の無法を許してしまっていた。

おかげで警視庁の通信指令センターは一一〇番通報で溢れていた。

住宅街の道路を奇妙な怪異が徘徊しているとか、恐竜が空を飛んでいるという通報は浜松町や日本橋周辺からも入ってくる。そのためパトカーを用いた巡回を強化しているが、それとて効果的とは言えない。

隣の家で悲鳴やガラスの割れる音がしたなんて通報が入ってきても、警官が駆け付けるまで戸締まりを厳重にして隠れているようにとしか答えられないのが現状なのだ。それが警察官達にとってどれほどの苦渋と屈辱かは述べるまでもない。

「現有戦力では、怪異の検挙はおろか怪異共の封じ込めも難しい」

「築地署に至っては、機動隊の増援こそ到着しましたが、怪異の群れの中に浮かぶ孤島状態です」

「参事官、ゴブリンとかオークはそもそも検挙の対象なのですか？」

「害獣ということで、ここはやはり駆除と言うべきかと？」

総務や警務の課長達がどうでもいいだろうと言いたくなることを口にした。しかし対象を示す言葉がちょっと違うだけで、適用する法令や規則が異なってくるし、誰がどう対応したか、なんと発言したかを記録に残さなければならないから、彼らとしてもこだわらざるを得ないのだ。

土方一課長は強引に話題を引き戻した。

「戦力の件ですが、機動隊は非番の隊員達を着々と非常参集していると報告されています。それぞれ準備が整い次第、現場に駆け付けてくるはず。また特別機動隊にも招集をかけて各機動隊を最大の七個中隊に増強すれば、奴らを封じ込めることも出来ます。各県警からの増援さえ得られましたら、きっと駆除してご覧に入れます」

「で、市民の避難状況はどうだ？」

パソコンを操作している係員が、近藤の問いに答えた。

「皇居に逃げろというメッセージがトッターに上がってから、難を逃れた市民が続々と皇居外苑に集まってきています。近隣の医療機関の協力で救護所も開設し、市民は皇居前広場に迎え入れられてホッと息を吐いています」

それを聞いた近藤は、安堵どころか嫌そうな顔をした。

「ったく、どこのどいつだ、皇居に逃げろだなんて言ったのは！　こともあろうに皇居だぞ！　あらゆる事柄で気を遣わねばならない場所だ。なのに誰の了解もとらず、根回しもせずにいきなり……。一機の原田《はらだ》も原田だ！　どうしてそんなことに賛同して、外苑を避難場所にすることを受け容れたりしたんだ⁉」

すると土方が囁いた。

「実は……皇居に逃げろとネットに書き込みをしたのは、たまたま現場付近にいた休暇中の幹部自衛官だったそうです。軽率な行為だとは思いますが、他組織の批判は出来ません。それに大勢の市民がその誘導に従って逃げてきたからには、追い返すことも出来ません。結果としては、受け容れを決断した原田は間違っていなかったと思われます」

土方は現場の判断を庇《かば》った。第一機動隊長の原田からそのあたりの経緯について報告を受けていたからだ。

どうしてそんなことをしたのかと問う土方に、原田は言い訳がましく言葉を並べたりせず電話口でこう答えた。

『あの時の屈辱を拭い去る機会を得る。それがあの男の差し出した取引条件だったんです』

幹部自衛官。屈辱。この二つのキーワードで全てが理解できた。

『屈辱』

この一言で括《くく》られる体験は、土方も原田もこれまでに一度しか経験していない。

それは一年半前のこと。土方と原田はSAT隊長であり、副隊長であった。そして、陸上自衛隊の同種の任務を担う部隊との合同訓練を行っていた。

当時の訓練課題の中に、立て籠もる武装テロリストを確保するという想定があった。

テロリスト役は、自衛隊側の幹部が演じた。

こうした合同訓練には、互いの能力や練度を測るという意味もある。

歴史的には、警視庁のSATのほうが古くて伝統が長い。そのため、当時新設された自衛隊の特殊部隊とやらがどこまでやれるかお手並み拝見、といういささか上から目線の構えでもあったのだ。

訓練は順調に進んで、SATは颯爽とビルに立て籠もったテロリストを急襲して想定を終えるはずであった。

手順としてはスタングレネードを投げ込んで、ガラス窓を蹴破って、内部に突入するという陳腐な戦術だ。しかし陳腐なのは多用されるからで、多用されるのはそれが効果的だからだ。

しかし結末は想定通りとはいかなかった。

突入したSATは、卑怯、ペテンとしか表現しようのない辛辣《しんらつ》な罠――クレイモアとか爆弾とかなら警戒していたのだが――床に油が撒かれていたり、ビー玉、パチンコ玉が滝のごとく転がり落ちてきたり、ねずみ取り用の強力な接着材が床に置かれていたり、燻煙殺虫剤が散布されたり、盥《たらい》が天井から落ちてきたりで迎えられたのだ。

結局、SATには大量の被害が出たと判定された。

しかも、結局テロリスト役は人質役と共に姿を消して、どこに逃げたか分からなくなってしまったのである。

どうやらSATと同じ服装をして待ち構えていたらしい。

人質と犯人は、罠に嵌まって怪我をしたSAT隊員を現場から運び出すなどと告げ、混乱する現場から逃げ去った。実際、滝のようにパチンコ玉が注がれてきた階段で足を滑らせた隊員が複数いたのだから、これもまた致し方がない。

とはいえ最終的にはテロリストの逃亡を許してしまった。もちろん大失敗の大失態で、土方も原田も、そして警視庁も、大いに面目を失った。

問題は奴だ――その犯人役の幹部自衛官とやらは、一体どこへ逃げたのか？

のである。


その男は人質役の警察官と共に、訓練場の片隅にあった機動隊の車両の中でのうのうと寝ていたのである。

ＳＡＴの隊員達が冬の寒空の下、不眠不休で消えた犯人と人質を捜し回っている中、たまたま駐車場に停められていた機動隊の輸送バスに乗り込み、エンジンをかけ、暖房をほどよく効かせた挙げ句、たらふく弁当を食らって、のうのうと温かいお茶を飲んで、ぐうすか鼾《いびき》を掻いて眠っていやがったのだ。

「まさか、あんな所にいようとは……」

これを知った土方と原田が、どれほど屈辱に思ったか。

以来、土方や原田はさらなる訓練に励んだ。

部下に厳しく鍛錬させ、海外の特殊部隊との訓練も積んだ。

突入前も、突入後も、犯人の位置や挙動を掴むための装備や技術の獲得に努め、専門家のグループを養成した。

そうして満を持して、土方と原田は自衛隊との合同訓練に再挑戦したのだ。

しかし、ＳＡＴに屈辱を与えた幹部自衛官をテロリスト役にした訓練が再度行われることは決してなかった。

申し訳なさそうな表情で特殊作戦群の当時の群長古畑《ふるはた》は告げた。

「前回は、あの野郎が大変失礼なことをして申し訳なく思っております。二度とあのようなことはしないよう厳重に注意いたしましたので、何卒、何卒ご寛恕《かんじょ》いただきたい……」

深々と頭を下げられると、土方としても笑みが引き攣らざるを得ない。

「いやいやいや。あの出来事以来、我々SATも考えを改めました。シナリオ通り、スムーズに運ぶことを前提とした訓練をして何になるかと思い知ったのです」

「そうです。常にトラブルを、悪意を想定してこそ訓練になる。そのことをご教示くださったお礼をするため、我々は厳しい訓練を積み重ねてきたのです。是非、もう一度彼とやらせてください」

「とは仰っても、各方面からあれやこれやと苦情が入りますと我々としても……」

結局、自衛隊側は言を左右にして、再挑戦の機会をくれなかった。

要するに、勝ち逃げである。

その後、土方も原田も昇進してしまったため、SATから離れ、現在の職位へと移ったのであるが——あの日、あの時の屈辱と無念だけは憶えている。そしてこの悔いだけはいつか晴らさねばならないのだ。

原田はその幹部自衛官と思しき男から、避難民を皇居外苑で受け容れてくれたら再挑戦を受けると囁かれたと言う。ならば、多少の無理やごり押しであっても引き受けるのが上司としての土方の役目と言えよう。

ましてや市民の生命を守ることに繋がるのだ。万が一その判断により上司から睨まれて出世の道が断たれたとしても、その程度のことならば全く惜しくないのだ。

近藤参事官はそんな土方の胸中を知ってか知らずか、話を先へと進めた。

「まあいい。それで、市民を西へ逃がす作業は進んでいるのか？」

警備部災害対策課の理事官が答えた。

「いいえ。多くの市民が皇居外苑から移動したがらないそうです」

「なんだって？」

「お堀と城壁、そして第一と第三機動隊に守られた皇居外苑よりも安全な場所は他にはないと」

「すでに都内の鉄道、地下鉄、バス等の公共交通機関は麻痺状態に陥ってます。無理に徒歩での帰宅を強行されるよりは、現場に留まっていてくれるほうが我々としてもありがたいと思います」

「機動隊の特別編成が号令されて、我々も人手が全く足りていません。そんな中で避難民輸送や交通整理に新たな人員を割くことも出来ませんし」

「しかしこの炎天下、屋外に居続けるのもマズくないか？」

「皇居外苑は緑も多く木陰が広がっています。下は土ですので照り返しもなく、ビルの谷間なんかよりもよっぽど過ごしやすいそうです」

「そうか、とすると必要なのは食糧と水の確保だな。これは政治マターだとは思うんだが、一応気配りしておいたほうがいいんじゃないか？」

災害対策課の理事官が頷く。

「都の防災監にコンタクトをとって災害対策用備蓄を供出できないか交渉してみます。都の備蓄ならば、都知事の単独決裁で対応できますので」

「他に報告はないか？」

「……」

答える者はなく報告と指示の嵐は止んだ。

そこで、土方一課長が問いかけた。

「しかし参事官、この後の作戦はいかがいたしましょうか？」

「新見部長のご到着を待つ。現場も増援が到着するまでは現状維持しかなかろう？」

「提案です。無線やスマホが全く繋がらない状況が続いてます。航空隊のヘリで、銀座にいる警官や人々に、避難場所についてアナウンスしてみてはどうでしょうか？」

「それはいい手だ。早速航空隊と図って実施してくれ」

「しかし総監達の乗ったヘリが墜落した原因も分からないというのに、銀座上空にヘリを飛ばすんですか？」

「いや、総監達のヘリの墜落場所を正確に知るためにも、空から見る必要があるぞ」

「場所が分かれば、救出チームを送ることだって出来る」

武田が対策本部に入ったのは、そんな議論がされている時であった。

近藤参事官は武田の顔を見て問いかけた。

「おお武田君。そっちのほうはどうだ？　総理は見つかったか？　総監や長官について情報は入ったか？」

「新しい情報は入っていません」

「まいったな。総理ばかりか、長官や総監までこんなことになってしまうだなんて」

するど、総務部広報課長が言った。

「参事官。長官や総監の墜落場所が分からないのは仕方ないとしても、総理が銀座のニューテーラーに行っておられたのは分かっているのでしょう？　ＳＡＴか機動隊の銃器対策部隊を捜索に送り込んでみてはどうでしょう？」

「いや、それはダメだ」

「どうしてですか？　ＳＡＴの装備なら、ゴブリンだのオークだのトロルだのに出くわしたって、あっという間に退治できるでしょうに」

相手が野獣に等しい怪異なのだから、射殺したところでマスコミからとやかく言われる心配はない。警視庁記者クラブの記者達に早く情報を出せとせっつかれている彼としては、警察はこれだけのことをやっていると答えられる事柄が欲しいのだ。

警視庁の最精鋭たる特殊部隊が行方不明となった総理を救出するために活動しているというアナウンスは、マスコミも関心を持つだろうし、何よりも説得力がある。

だがしかし近藤参事官は頭を振った。

「銃器対策部隊やSATとはそういうものではない。サーチ&デストロイという言葉がある。SATや銃器対策部隊は、その中でもデストロイの担当だ。彼らはそのことのみ集中的に訓練している。彼らが能力を十全に発揮するには、どこにどんな奴がいて、周辺にはどんな障害物があって、マル被（被疑者）はどんな武装をしているか、その全てが詳《つまび》らかになってからでないと……」

近藤のこの説明を土方警備一課長が補足した。

「それがはっきりしてないのに彼らを動かせば、殉職者を出すことになりかねない。合同訓練の時みたいなことはゴメンだ」

情報収集力を持つことの重要性は、土方も自衛隊との合同訓練で大いに身に染みていた。

あれ以来、そのための能力向上に尽力してきたのである。

しかしそれでもSATの保有する調査力は、高感度集音マイクや対人レーダーなどで建物一棟、あるいはその周辺を僅かに覗き込む程度に留まっている。街全体の中から目標がどこに隠れているかを捜し出すというようなものではない。

「しかし今は、殉職者を出すことを恐れている場合ですか？　総理が行方不明なんですよ？」

「だからといって、殉職者が出て当然といった作戦なんぞ立てたくはないぞ。非常時であるのをいいことに、そんな無責任な作戦を実行するのは絶対に反対だ」

「しかし、何もしてません、なんてアナウンスは私からはとても出来ません。どうしてもと言うのなら、警備部のほうでマスコミ対応をやってください」

「なんだそれは？　それをしてみせるのが広報課だろう？」

「ならば、とっとと暴れ回ってる怪異共を追い払って、銀座を解放してくださいよ。それをしてみせるのが機動隊の仕事でしょう⁉」

警備一課長と広報課長が睨み合った。

すると武田が割って入った。

「広報課長のお気持ちは大変分かります。しかし現在の人員数では、封鎖すらままなりません。怪物達を押さえ込んで銀座を解放するには、各県警からの増援を待つしかないんです」

「その各県警からの増援についてなんですが、各県警警備部の錚々《そうそう》たる方々が率いているようでして。そんな方々が我々の指揮下に素直に入ってくれるでしょうか？」

警備課の理事官がおずおずと疑問を呈すると、近藤参事官は頭を抱えた。

「確かにそうなんだよな……」

警視庁の最高指揮官は警視総監である。

その下に副総監があり、総務、警務、警備、公安、刑事、地域、交通、生活安全、組織犯罪対策……等々の部門の長がいる。

副総監をはじめとして、これらの部門長の階級は警視監ないし警視長。軍事組織で言うところの将軍（少将・准将級）の立場にあると思えばよい。

ちなみに参事官はその下にあって、部長を支える部下達の束ね役となっている。言わば『部』における主席幕僚。軍事組織の階級を当てはめると、大佐級の将校に相当するだろう。

問題は、日本の警察組織は、都道府県ごとにそれぞれの地方公安委員会の下、警察本部長を頂点とした独立組織だということ。形式的には、東京都だから神奈川県だからどちらが格上ということはなく、それぞれが同等なのだ。

なのに警視総監が日本全警察官の頂点と目されているのは、『警視総監』という警察官階級制度の頂点に立っているからだ。言わば、他府県のトップが中将なのに対して、警視庁だけは大将に相当する階級を持っているのである。だからこそ、各県の警察官達も（内心どう思っているかは別にしても）文句は口にしないのだ。

ところが指揮を執るのが警視庁の副総監やら警備部長になってくると話は変わる。

各県にもそれぞれ独立した組織で互いに同格という誇りがある。いかに首都東京とはいえ、その二番目以下の野郎なんかの風下にどうして立てるのかという思いも出てくる。

こんな時、その縦割り組織の調整役を担うのが警察庁なのだ。

そう、警察庁長官こそが誰に指揮を任せるかを決められるのだ。話がまとまらなければ、警察庁から指揮官が送られてくることもある。

ところが、この警察庁のトップまでもが行方不明になっていた。

おそらくは殉職という事態に陥ってしまっているのだろう。おかげで警察庁も現在二番目以下が慌てふためいて混乱状態。

こんな場合、警察庁次長がその責務を引き継ぐことになるが、これもまた階級が警視監なので、格別に抜きん出ているわけでもなかったりする。しかも今は東京を離れて北海道にいる。

こんな感じで特別に際立った者がいなくなって、同格の人間ばかりが上に並んだ時、その下にいる者はこんなことを考え始める。

「警察庁の次長は山南《やまなみ》さんだったよな。ってことは、これから幅を利かせるのは山南さんの派閥ってわけか……」

権限、責任、年次、組織間のアレコレ——総監亡き後、今月末発令の人事のいろいろやアレコレはどうなる？

内定していた人事は全部やり直しってことになったら、自分の今後はどうなる？

誰が昇進して、誰が出世レースから外れるんだ？　全く分からなくなってきたぞ。

内藤総監の派閥連中は、総監の庇護の下でこの世の春を謳歌していたけれど、それがなくなった今、揃って出世レースから弾き飛ばされるに違いない。そうなると、新見さんみたいに内藤閥にくっついていた俺ってヤバイ？

こうなったら絶対にミスしちゃいかん。誰がトップになるか分からない今、目立たないようにしていよっと。

おかげで彼らの口は、とっても重くなってしまうのだ。

武田が言った。

「と、とにかく、指揮は一元化すべきです。具体的な調整は各県の機動隊が到着してからということにして、当面は新見警備部長にお任せすべきかと」

「だが新見部長はまだ到着なされておらん。それなのに後々のことまで決めたら、越権行為だなんだと、あとでネチネチ詰られるのは俺なんだぞ！」

「しかし今、ここには近藤参事官しかいません。ならば、参事官が当面の作戦計画を立てるのは筋が通っていると思われますが？」

「筋が通ってるのか？」

「もちろんです」

各部門の参事官や課長達は、武田の言葉に頷いた。反論がないというよりここで変に目立って、あとで力を持つことになった者に睨まれたくなかったのだろう。

すると、それまで黙っていた総務部企画課長が言った。

「だが清河副総監には何をしていただくんだ？」

武田は即答した。

「副総監には政府対応と、東京都、それと警察庁との折衝等をお願いしましょう。清河副総監でなければ出来ないことが山ほどあります。特に、総理と連絡が取れない今、官邸がどんな態勢になるか分かっていませんし。警察庁とも歩調を合わせて対応する必要があると思うのです」

「うわ、面倒臭そう……」

「だが、誰かがやらねばならんのは確かだ。清河副総監なら適任と言える」

「で、マスコミにはなんて説明するんです？」

「当然、鋭意努力中だ」

「そんなんじゃ記者連中が納得しませんよう」

こうして、概ねの役割分担について各部門を実質的に仕切っている者達の間で合意がなされたのである。しかしその時だった。

「清河副総監がお見えになった！」

警視庁副総監清河が颯爽と登場した。

清河副総監は警視総監と書かれた名札の置かれた席の前で、一旦立ち止まる。そして名札を取り払うと回れ右して対策本部に集まっている者達を見渡した。

「私の許しもなく、勝手なことを始めたのはどこのどいつだ！」

皆の視線が武田に集まった。

「貴様か⁉」

「はい。し、しかし、私としては総監からご指示があってしたことでして」

「それをどうやって証明する⁉　総監は殉職なされたんだぞ」

「で、ですが」

「大体だなあ、猿やゴリラが逃げ出した程度のことで、どうして余所の助けを乞わねばならんのだ？　こんなことは、警視庁だけで対処できるはずだ！　そもそも避難民を皇居に誘導するとはけしからん！　前代未聞の独断専行だぞ！　この責任は一体誰がどうやって取ってくれると言うんだ！」

「しかし、犠牲者は膨大な数となっていると推測されます。そもそも暴れているのはゴリラや猿なんかではなく、とてつもなく凶暴なゴブリンやオークという報告も……」

「いい加減にしろ。トルーキンのファンタジーじゃないんだ！　そんな生き物が実際に存在するわけないだろ⁉　混乱した者の言うことをいちいち真に受けよってからに！」

「し、しかし、多くの犠牲者が出ているのも確かなんです。相手が何であれ、早急に問題を収束させませんと……」

武田は副総監を説得しようと言葉を尽くした。しかしこの場にいる者は、警視庁の最高権力者になりおおせた副総監を恐れ、誰一人として武田に賛同する言葉を発することが出来なかった。そのため武田は、孤軍奮闘空しく言葉がだんだんと小さくなっていった。

ついに見かねたのか、近藤参事官が口添えした。

「副総監。戦力の逐次投入は、愚策中の愚策と言われています。事態の早期収束のため、戦力を出来るだけ多く掻き集めようとした武田の判断は、間違っていなかったと思います」

「うるさい黙れ！　いいか。警視庁の最高責任者は私だ。従って私の許しを得ていない指示や命令は全て無効となる！　いいな！」

「し、しかし」

「もういい。近藤参事官と武田指令課長の両名は、ここを出て行け。二人とも謹慎――いや、多摩指令センターにでも行ってろ！　あそこは今、普段の倍以上の対応を強いられて猫の手も借りたいはずだ！」

皆は驚き顔で近藤と武田を見た。

武田はまだしも、近藤まで外されるとは思ってもいなかったのだ。

副総監は多摩指令センターへ行けと言い換えたものの、地域部の武田はまだしも、警備部の近藤には多摩で出来る仕事などない。実質は謹慎と同義だ。

すると、総務部の広報課長がぽつりと漏らした。

「全てが無効ということは……他府県への機動隊支援要請もなかったことにするということでしょうか？」

「当然だ！　今後の全ての命令は副総監たる私が発する！」

「し、しかし各県警の機動隊も出動して一時間――千葉や神奈川からだと、すでに都内に入ってきている頃かと。それを今更取り消すからUターンして帰れだなんて……」

「だから何だと言うんだ!?　私がここにいる限り、勝手な真似は断じて許さん。総監が殉職されて、貴様ら緩んでいるんじゃないのか？　以降は、統制というものの重要性をしっかりと理解して事に当たるように！」

この一言でこれまで積み上げてきた武田達の準備は全てご破算となったのである。

「では……この対策本部も解散ということでしょうか？」

「いや、これだけの準備をしたんだ。ここはこのまま利用させてもらおう。では、今何が起きているかを説明しろ」

「い、今から……ですか？」

「そうだ。一から全ての状況を説明しろ。何しろ私は休日なのに突如叩き起こされて取るものも取りあえず駆け付けてきたんだからな。それと、ゴブリンだのなんだのという呼称は聞いていて不快だから改めろ！」

「は、はあ、ではなんと？」

「特殊害獣の『甲』『乙』『丙』がよかろう」

「では、これまでゴブリンと呼んでいた個体を特殊害獣『丙』、オークを『乙』、トロルを『甲』ということでいかがでしょうか？」

「甲乙丙を区別する条件はなんだ？」

「とりあえず個体の大きさです」

「うむ。それでよし」

部下達は殊勝な態度になって指示に従い出した。

清河副総監はそれにより警視庁の全てが自分の統制下に収まったと実感できたのか、非常に満足そうに頷いたのである。

対策本部を追い出された武田と近藤は、長い廊下をとぼとぼと歩いていた。多摩指令センターへ行けと言われたからには行くしかない。それが組織というものなのだ。

「近藤参事官、巻き込んでしまったようで申し訳ありません」

「気にするな……」

「しかし清河副総監はどうして……。あのような人柄ではなかったと思うのですが……」

武田の知る清河はもっと温厚で、周囲に対する気配りの出来る人であった。

「清河副総監はな、副総監止まりと目されていた人だったんだ。次の人事異動では警察大学校の校長職を宛てがわれ、その後は退官という流れだった。しかし北原長官や内藤総監が行方不明になって欲が出たんだろうな。このまま自分がこの事態を解決してみせる。そうすれば次期総監は自分だ。いや、警察庁長官の座も狙える。そのためには、同輩達から一歩でも二歩でも突出しなくてはならない。そう思っていらっしゃるんだろう」

「つまり手柄を焦ってらっしゃる、と?」

「気負っていらっしゃることは確かだ。とはいえ詳しい状況説明を受けて実情を理解されれば、副総監もこれまでの準備が理に適っていると分かってくださるはず。我々はそれまでの辛抱だと思って待っていればよい」

「しかし一旦不要だと言って追い返した県警が、また来てくれますかね？」

「仕方ない。今の内にそれぞれに連絡をしておけ」

「はい？」

「指揮系統に若干の混乱が生じている。そのため、わけの分からん連絡が行くかもしれないが、それで警視庁を見限ったりせず、途中で待機していて欲しいとな」

近藤はそれがお前の仕事だと言って、武田の肩を叩いたのであった。

＊　＊

伊丹は、警視庁のヘリコプターが墜落したビルに来ていた。

第一機動隊の原田を説得し、皇居外苑を避難場所とすることに同意させた彼は、その後銀座で逃げ惑う人々に皇居に向かうよう告げつつ、ここまでやって来たのである。

「皇居にまで逃げて！」

「機動隊がすぐそこまで来ています」

「頑張ってください。慎重に動けば助かりますよ」

銀座の街は、今や累々たる屍で埋め尽くされている。場所によっては足の踏み場もないほどだ。

そんな中で伊丹は自動販売機の陰に隠れて震えている女性、停止しているドイツ車の下に潜り込んで息を凝らしていた男性――彼女や彼らを見つける度に、勇気を奮い起こしてあと少しの距離を走るよう告げていったのである。

やがて墜落場所が見えてきた。

銀座の大通りに面したビルだ。

外壁に横合いから突っ込む形で激突したのだろう。ビルは大破し、ガラスの破片やコンクリートの破片が散乱していた。そして大きく口を開いた激突口から、大量の黒煙が噴出していた。

ヘリの乗員やビルにいた買い物客、店舗の従業員がどうなったのか大いに気になる。

正直、絶望の二文字しか脳裏に浮かばないが決め付けてはいけない。奇蹟というのは、いつだって起こり得るのだから、実際に確かめるまでは希望を失ってはならないのである。

それに火災の具合も見ておく必要がある。

もし発生した火災が収まらずにどんどん周囲に延焼していくようなら、対策を講じる必要があるのだ。

こうした調査は、本来ならば警察官や消防官がすべきことだろう。

しかし事件発生直後から、警察と消防は混乱しきっていた。

警察官は周辺地域へと広がろうとしている怪異の活動域を押さえ込むこと、消防官は怪我人の救出と移送で手一杯なのだ。

そんな中で誰かが事故現場の様子を覗いてこなければならないとしたら、手の空いている伊丹が一番よい。

伊丹は現場に近付くと、静かに息を凝らして周辺を警戒しつつ進んだ。

周囲を見渡すと、行楽客の遺骸だけでなく、瓦礫、ガラスの破片等を全身に浴びたゴブリンやオークの骸《むくろ》なども横たわっていた。

辺りを徘徊する怪異達の姿が少ないのは、きっとそのせいだろう。

ビルに近付くと、航空燃料の強い刺激臭が満ちている。嗅覚に鋭い怪異などは近付くことを避けているのかもしれない。

実際、少ないながらゴブリンの一頭や二頭がうろついているのを見かけたものの、非常に嫌がる表情をしていた。周辺に誰か隠れていないかを探索しているようだが、その作業もいい加減で、傍らに隠れている伊丹すら見つけることなく遠ざかっていった。

伊丹はそんな現場の様子をスマホカメラに収めながら、黒煙の噴き出すビル内へと足を踏み入れた。

そのビルの一階には、チェーンの薬局が入っていた。

入り口の表示を見ると、二階には女性向け衣料品、三階にはパーティーグッズ、高級酒類、四階には輸入雑貨、海外製煙草類などを取り扱う店舗が入っているらしい。

二階に上がって目に入ったのは、スプリンクラーの吐き出す水によってびっしょり濡れた衣服だった。ハンガーラックにかけられたそれらの商品は、高熱に曝されたことを示すように真っ黒に焼け焦げていた。

床も上の階から流れてくる大量の水で水浸しになっていた。

階段などはちょっとした小川のようだ。伊丹はそんな水に足を取られないよう慎重に階段を踏んでいく。

三階、やがて四階へと到着。五階より上の階へは、熱と煙が凄まじくとても上れそうにない。

「マズいな……」

伊丹は舌打ちした。

この状態ならば、スプリンクラーが停止したら火災が広まっていく可能性もありそうだ。

ヘリの機体は四階のフロアで見つかった。

激突の衝撃で天井が破れたのか、煙突のように上方へと向かう煙越しに、五階や六階の床が見えた。

天井が破壊されたせいで四階はスプリンクラーも働いていない。壊れた配水パイプから大量の水が零れ出て床に流れていくだけとなっている。

四階にあるのは強烈な力で引きちぎられたコクピットとその一部、焼け焦げた搭乗員の姿であった。パイロット、それと同乗していた警察官達に違いない。

そのあまりの惨たらしさに、伊丹は思わず両手を合わせた。

「苦しむ暇もなかったろうな」

墜落の衝撃と爆発時の炎の威力が感じられた。長く苦しまなかっただろう。それだけが救いかもしれない。

伊丹はそれらの写真を撮るとトッターにアップしていった。

もちろん、こんなセンシティブな画像を一般に向けて公開しているわけではない。鍵を掛けクローズドにした、ごく一部の者にしか閲覧できないアカウントだ。

このアカウントは伊丹とその仲間達が、ある種の訓練をする際、あるいは任務を遂行する際に使用している。獲得した情報資料を共有するためだ。

「あのう……」

その時、背後から伊丹を呼び止める声があった。

女性か、あるいは変声期を迎えていない少年か、あるいは未知の怪異か。

伊丹は咄嗟に腰からファルカタを抜いて振り返った。

しかしそこにいたのは子供だった。小学校高学年くらいの男児だ。

こんな危険な所にたった一人で？

伊丹は首を傾げたが、事件発生まで銀座は家族連れの行楽客で賑わっていた。親からはぐれた子供が一人でいたとしてもおかしくないのだ。ここはよくぞ無事だったと褒めるべきところだろう。

怪異達は燃料の臭いと煙を嫌がっていた。そのおかげで、炎と煙に包まれたこのビル内は、たまたま安全地帯になっていたのかもしれない。

伊丹はファルカタを収めると周囲を見渡しながら問う。

「君は？　一人なのかい？」

「みんないます。いえ、大人の人が五人、僕ぐらいの子供が四人です」

子供が礼儀正しく答えた。

躾の厳しい家庭で育った様子が見受けられる丁寧な口調だった。何かに怯えているらしく、妙にキョドっているがこんな危機的状況では当たり前だろう。

「で、その人達は、今どこに？」

「天井が崩れてしまって、あの瓦礫の山の向こう側に閉じ込められてるんです」

少年は傍らに聳えている瓦礫の山へと視線を向けた。ヘリが激突した際に崩れ落ちた五階、六階のコンクリ破片、鉄骨などが積み上がっている。

「僕がどうにか通れるくらいの隙間があって、母さんからこの瓦礫を何とかするために助けを呼んでこいって言われて。でも、外は化け物達がうようよしていて、僕、どこにも行けなくて……」

「ああ、そういうことだったのか……」

伊丹は納得し、大人五人と子供四人を閉じ込めている瓦礫の山を見上げたのだった。

第四章　戦場の霧の向こう側

一四〇四時《午後二時四分》

銀座四丁目交差点の中央には、今日の正午近くまでは確かに存在していなかった巨大な物体が鎮座していた。

大理石で作られたその構造物の外観は、『グランダルシュ』に酷似している。グランダルシュとは、フランスのパリ北西部にある建造物だ。新凱旋門とも呼称され、フランス革命二百年を記念して建造された記念碑的性格を持つビルである。

しかし突如、銀座に現れたそれは、外観を除けば、パリのグランダルシュとは明らかに異なっていた。

まずサイズからして違う。

グランダルシュは三十五階もあるオフィスビルだが、銀座四丁目のそれは交差点に収まる程度のサイズでしかない。

しかも表面には、非常に緻密で何かの電子回路にも似た紋様が刻まれている。

そして何よりの違いは、四丁目のそれが記念碑でもなければオフィスビルでもないということだ。人間やそれ以外が出入りする、文字通りの『門』の機能しか持たないようだった。

ただし、『門』といっても銀座三丁目方面から五丁目へと往来するためのものではない。五丁目方面から三丁目方面へ向かう途中で潜るための門扉でもない。

それは、この銀座ではない、この世界のどこでもない、『どこか』と往来するためのものだったのである。


『門』から、あたかも映画のエキストラかと思わせる集団が続々と現れていた。

彼らは古代ローマ帝国の兵士に似た装備に身を固めていた。

揃いの大楯を持ち、剣を腰にぶら下げ、ピルムと呼ばれる投げ槍を二本担いで背嚢《はいのう》を背負っている。そして軍の徽章を先頭に隊列を組んで次々とやってくるのだ。

しかし彼らは古代ローマ帝国兵ではなかった。

よくよく観察すると随所に違いが見られて、そうとも言いきれないのだ。

例えば装備や武器は古代のものよりはずっと洗練されていたし、騎兵の馬具には鐙が設置されていたりする。

要するに、古代から中世期のローマ兵に似ているかもしれないが、あくまでも別の軍隊なのだ。

言うなれば、キリスト教が誕生しなかったがため、共和制ローマ、そして帝政ローマがそのまま続き、その系譜を引き継いで発展してきた軍勢。それが彼らだった。

『門』から現れたこの軍勢は、銀座中央通りを五丁目の方向へ、あるいは三丁目の方向に、四列の縦隊を作って軍鼓とラッパの音に合わせて進んでいった。

彼らが来るまでの中央通りは、多くの遺骸で埋め尽くされていた。しかし彼らより前に『門』を越えた先遣隊がそれらを脇に寄せて道を拓いたのである。しかしそれは兵士である彼らのためなどではない。彼らと共に『門』を越えた帝国遠征軍最高指揮権者のためであった。

帝国遠征軍最高指揮権者ドミトス・ファ・レルヌム将軍。齢二十九でありながら、帝国の名門レルヌム一族の領袖《りょうしゅう》にまで上り詰めた者。

公爵家当主にして現皇帝であるモルト・ソル・アウグスタスの娘の婚約者。

元老院議員。

次期執政官候補者。

皇帝モルトの皇子ゾルザル・エル・カエサルやディアボ・ソル・カエサルを差し置いて軍権の頂点に立つ者であり、陰ながら彼のことを帝国の副帝と呼ぶ者すらいる。

「な、何だこれは……」

四頭の白馬に牽かれる戦闘用馬車《チャリオット》に立っていた将軍は、驚きの表情を隠すことが出来なかった。

『門』を越えた途端に目に入った銀座の街並み、ビル群の威容に圧倒されたのだ。

「す、凄いですわね、閣下《かっか》」

彼の傍らに寄り添う若い妖艶な金髪貴婦人もまた、同様に瞠目《どうもく》していた。

とはいえ彼女がもっぱら目を奪われているのは、ビルのショーウィンドウに飾られた女性用衣装の華やかさ、装身具の美しさ、腕時計の絢爛《けんらん》さなのだが。

「グローリア。お前が気に入ったのなら、あの全てをお前に贈ってもよいぞ」

「まあ、閣下。そのお気持ちだけで感激ですわ」

グローリアと呼ばれた貴婦人は、レルヌムに抱き付くとその頬に唇を寄せた。

「やめよ、兵士達が見ている」

「見せつけてやればよいではないですか？」

「ダメだ。私はゾルザルほど厚顔にはなれん」

「まあ!?　ゾルザル殿下が聞いたらお気を悪くされましてよ」

「それは大変なことになるな。黙っていてくれるか？　あんなんでも将来の兄上だからな」

「もちろんですわ。情夫の顔を立てるのも、愛人の役目ですから」

その時、御者の中年奴隷が震えながら傍らを指差した。

「旦那様……あれは何でしょうか？」

晴海通りの交差点で、信号待ちをしている最中に騒動に巻き込まれた乗用車やトラックの残骸が、彼にとっては禍々《まがまが》しい化け物の骸に見えたようだ。

「おいおい、気を付けろ！　見慣れぬものにいちいち驚くのも無理はないが、手綱から手を放してくれるなよ。こんな所で私は頓死《とんし》などしたくない」

「は、はい」

明滅する信号。ビルの壁面を覆う透き通ったガラス。この世界のありとあらゆるものが彼らにとっては珍しい。

やがてタンジマヘイル群集団第一軍団、第二軍団、第三軍団、第四軍団の各団長達と幕僚が、道の傍らに勢揃いしているのが見えた。最高指揮権者たるレルヌムを出迎えているのだ。

彼らの敬礼にレルヌム将軍は右手を挙げて応えた。

すると、戦闘用馬車に続く騎兵の一人が号令を発する。

「全体、停まれ！」

軍勢の隊列が一斉に立ち止まった。

「将軍閣下！」

「最高指揮権者《インペラトル》閣下、万歳！」

待ち構えていたように軍団長筆頭トラスクルム・ナ・ロンギヌス代将と、竜騎兵の大隊長《ピルス・プリオル》のマジーレスが前に出る。

「閣下のお越しをお待ちしておりました」

「どうだ、ロンギヌス。戦いの状況は？」

「極めて順調です」

「では、報告を聞こう」

「では将軍閣下、こちらへ……」

レルヌムは、ロンギヌスの案内に従って馬車から降りた。

もちろん女性も後に続く。その貴婦人のエスコートは、マジーレス大隊長がすることになった。


「こ、これは一体？」

最高指揮権者レルヌムが案内されたのは、『門』の傍らにある建物、越久百貨店であった。

越久百貨店であった建物は、すでにタンジマヘイル群集団の兵士達によって占拠されており、着々と宿営施設へと変えられつつあった。

といっても、工事をしているわけではない。商品や床面を埋め尽くしていた死体を片付け、血を拭き取って兵士が寝泊まり出来るように整理しているだけのことだ。

その作業途中で現れた最高指揮権者の姿を見た兵士達は、胸に拳を当て、その後手指を伸ばして突き出すローマ式敬礼で歓迎した。

「なんてことだ。外は強烈な暑さだったのに、中はまるで冬かと思わせる涼しい風で満ち満ちているではないか？」

レルヌムは建物内を満たしている涼しい空気に感嘆の声を上げた。

「それだけではありませんぞ、将軍閣下。こちらへどうぞ」

レルヌムはやがて建物内の階段と思しき物体の前で蹈鞴《たたら》を踏んだ。

「こ、これはなんだ？」

それはエスカレーターであった。もちろん、そんな名称をこの者達は知らない。

「階段のようです。魔法か何かの力で動いているようです」

自分の手柄でもないのに、ロンギヌスは自慢げだ。彫像かと思えるほどに美しい将軍レルヌムの驚き顔がよっぽど嬉しかったのだろう。

すると下級兵士の一人が続けた。

「要するに、動く階段ってわけです。これを使えば楽に上がっていけます。さあ将軍閣下、どうぞ私の真似をしてください！」

そう言って兵士ブローロは前に出た。

ブローロは仲間に楯を預けるとエスカレーターに足を乗せた。するとエスカレーターは彼を乗せてどんどん上へと上がっていった。

「ほら、便利でしょう⁉」

「なるほど……」

レルヌムもブローロに続こうとした。

次々と下からせり上がってくるエスカレーターをしばらく睨んでいる。やがて思い切って右足を乗せ、慌てて左足を引き寄せた。

一瞬、身体をふらつかせ転倒するかと思われたが、どうにか平衡《へいこう》を取り戻し、ステップに立つことに成功した。

「っほう、乗れた」

「お見事です」

その後、彼の幕僚、兵士、もちろん女性も含めて全員がエスカレーターに乗った。

皆初めての体験に恐る恐るであった。傍らにあるベルトの手摺りにちゃんと掴まれば、それほど警戒するようなものでもないと気付く者はまだいなかったのである。

さて、エスカレーターを何度か乗り換えて、建物の最上階――越久のレストランフロアに辿り着くと、レルヌムはその中で景色のよい窓際席へと案内された。

そこにはテーブルが複数並べられており、座り心地の好さそうなソファが並んでいた。

レルヌムは、貴婦人と共にソファに腰掛けると外を眺めた。

壁もなく外界に開放されているのかと思いきや、よく見ると透き通った大きな板が嵌め込まれている。意外にもしっかりとした造りで、手で押したくらいではびくともしない。おかげで転落の不安を感じることなく景色を楽しめる。

「この建物は一体何なのだ？」

「どうやら服かなんかを扱ってる商店のようでした」

兵士ブローロがレルヌムの問いに答えた。

衣類や家具の他に子供向けと思しきおもちゃも並んでいたと報告した。

「そんな衣類の店に、こんな食堂《タベルナ》のような場所まであるのか？　野蛮人の考えることは到底分からんな。衣服に食べ物の匂いが移ってしまうのではないか？」

「この国の奴らは、そういったことには気を遣わないのかもしれません。実際、俺達が乗り込んできた時、ここのテーブルには料理の食いかけとかが残ってましたから……」

「そうか……」

もちろんそれら食べ残しの類いは、フロアのあちこちに転がっていた遺骸と共にブローロら兵士達の手で片付けられていた。食べ残しについてはもっぱら彼らの胃袋に……だったが。

「さてと、ロンギヌス。まずは水や薪、食糧だが確保は出来そうか？」

ロンギヌス代将が前に出た。

遠征軍が敵地に踏み込んで最初にすべきことは、水、食糧、そして燃料の確保である。このことについて軍の最高指揮権者が問いかけることは儀式化されているほどに重要であった。

当然、ロンギヌスも回答の準備を終えていた。

「残念ながら、薪と食糧の現地調達は難しいようです。街路樹を全て切り倒しても、我が遠征軍全てをまかなうほどにはならないかと思われます」

「やはり難しいか。アルヌスも不毛の地だからな。遠方から運ばせるのは避けたかったのだが止むを得まい。我が遠征軍の活動を制約するのは、補給の問題になるかもしれんな。ここの連中は、一体どうやって煮炊きしていたのだ？」

　すると、ブローロが言った。

「階段をあんな風に上下させる奴らです。魔法か何かを用いてたんじゃないでしょうか？」

「それで、水は？」

　問えば、レルヌムの奴隷が水の入ったカップを差し出す。別に喉が渇いたから水の話題を口にしたわけではないのだが、レルヌムはそれを受け取って口にした。

「兵卒ブローロが水道の設備を見つけました。どうやらこの都市は水道施設がしっかりと整備されているようです」

「案内しろ、ブローロ。実際に見てみようじゃないか」

　ブローロは最上階フロアの奥まった所にある小部屋へとレルヌムを案内した。

「ここは？」

「どうやら便所らしいです。ここに手を洗うための新鮮な水が湧き出てくる仕組みが作られていました」

「なるほど……よくやった兵卒ブローロ。ロンギヌス、褒美をやれ」

水の確保は極めて重要だ。

帝国では信賞必罰《しんしょうひつばつ》が尊《たっと》ばれており、手柄を立てた者、貴重な情報をもたらした者には必ず褒美が与えられる。権力者や貴族達は尊大で傲慢であっても、決して吝嗇《りんしょく》ではないことを示し続けなければならないのだ。

ロンギヌスはレルヌムの指示通り革袋を取り出すと、ブローロに手渡した。

「どうしたブローロ。まだ何か用か？」

「実は、大変申し上げにくいのですが、俺の仲間が閣下にお願いしたいことがあると。俺はやめておけと言ったんですがね。せっかくの機会だから、閣下のご機嫌伺いがてら、頼むだけ頼んでみて欲しいと乞われまして……」

「なるほど。ふむ、とりあえず聞くだけ聞いてみよう」

「ありがとうございます」

ブローロは振り返って仲間に合図した。

すると、兵士達が嬉々として綺麗に着飾った女達を連れてきたのである。

この世界の女が五人、両手を荒縄で縛られている。

その内、三人の胸の名札には、「北郷玲奈」「榊原妙子」「神木佐知」と記されていた。

他二人は名札をどこかに落としたようだ。彼女達は、怪異の殺戮からは何とか逃れたものの、帝国の兵士達に捕らえられてしまっていた。

「お前達、この者達を一体どうしたのだ？」

兵士の一人が、将軍の質問に答えた。

「この奥の小部屋に隠れてました。どうですか、将軍閣下？　こいつらイイ女です。清潔だし、着ているものも上品だ。きっとこの国の貴族か金持ちの令嬢ってところですよ。髪も黒々とカラスの濡れ羽みたいに光ってます。せっかく異世界に来たんだ。一人や二人、夜のお供にどうです……」

もちろん、そのおこぼれは自分達にと、兵士は助平そうに笑った。

しかしレルヌムは怒りに満ちた表情で言い放った。

「何を馬鹿なことを言ってるのだ！　戦いは始まったばかりなんだぞ。捕虜の面倒は誰が見ると言うのだ？」

「そ、それは命じていただければ俺達が……」

「はっ！　貴様達には他にするべきことがあるだろうが。そんな捕虜などとっとと捨てるのだ！」

将軍に命じられてしまっては、否も応もない。兵士達は肩を落として女達を連れていった。

「兵卒ブローロ。これで用件は全てか？」

「はい。全てです」

レルヌムの機嫌を取ろうとした仲間がかえって将軍の気分を害してしまった。おかげでブローロも気まずそうだ。とはいえ、そこで怒りの矛先をブローロに向けるほど、レルヌムも狭量ではなかった。

のである。

「はっ！」

ブローロは胸に拳を当てる敬礼をした。そして軍隊式に回れ右すると、その場から去って行ったのである。


レストランの席では、金髪の貴婦人グローリアが街の景色を眺めていた。

「男って気が利かないのね。怪異達によって殺戮が行われ、死体が埋め尽くしている風景を楽しめるとでも思っているのかしら？」

「それが将軍閣下ですから。殺戮と流血を好む。武門の習いでございましょう？」

奴隷が肩を竦める。

レルヌム達が戻ってきたのはそんな時であった。

「ったく、しようのない奴らだ。野卑《やひ》な兵士共は財宝と女のことしか目に入らぬ」

「どうかなさったのですか？」

「兵士共がこの地の女を捕らえてな。その中の選りすぐりを、私の夜伽《よとぎ》にどうだと差し出したのだ」

「まあ、なんて無礼なことを!?」

グローリアは眉を逆立てた。

「お前もそう思うであろう？　戦いの足手まといだから、女達を捨てるよう命じた」

「それだけではダメです。その兵士達は死刑にすべきです！　ロンギヌス、直ちに部下に命じてその兵士を処刑するように！」

ロンギヌス代将は、驚きで目を瞬かせた。

「ああ、ええと……グローリア様。兵士達の処分は、将軍閣下がお決めになることでして」

「将軍閣下に女を差し出されては、あたかもわたくしが将軍閣下をご満足させていないかのようではありませんか？　これはわたくしに対する侮辱です。絶対に許しません」

「し、しかし……」

ロンギヌスから救いを求めるような視線を浴びたレルヌムは、グローリアに向かい合った。

「グローリア。軍務に口を出さぬという約束で連れてきたことを忘れたか？」

「閣下はわたくしが侮辱されたことを容赦なさるのですか？」

「これはお前への侮辱ではない。兵士達のしたことは確かに下品で野卑なことだが、私への気遣いであり敬意の念から発したことだ。故に私はそれを咎めることはしない」

「……」

グローリアは憤然とした表情で緘黙《かんもく》した。

「さて、儀式も終わったことだし、本当の報告を始めてくれ。我が軍は、これからどこに向かえばよい？　どの敵を倒せばこの地を征服できる？」

すると、マジーレス大隊長が前に出た。

「第一尖兵竜騎兵大隊のマジーレスがご報告申し上げます」

「うむ」

マジーレスは大きめの書字板を取り出すと、テーブルに広げた。

そこには竜騎兵らが解明したこの銀座付近の地形地物、そして機動隊の動向が記されている。

書字版とは、縁《ふち》を付けた板に、溶けた蝋を薄く流し込んで作ったもの、要するにメモ帳だ。先の尖った鉄筆で蝋を掻き削って字や図を描くのだ。

白い蝋を削って溝を付けただけでは文字が読みにくい。しかしこの書字板の底面は、黒く塗装されている。そのため蝋を削ると黒い底面が透けて、文字や図がくっきり黒く見えるという工夫がなされていた。

「『門』はこの位置。この国の政治中枢はこの城郭にあると思われます」

マジーレスは書字版の一点を指差す。それは銀座の西方に位置する皇居であった。

「我々とその城との間に城壁が二枚あります。しかしこの城壁には門扉がなく、隣接する建物よりも背丈が低いため、障害としての機能は概ね失われております。とはいえ、ゴブリン共の活動を制約するには十分で、獣兵のこの方面での活動は低調です。また敵の重装歩兵部隊が二個ないし三個守りに動いております。城郭には水堀があり、内部には木々が多数見られます。これらを得れば、将軍閣下を悩ませている燃料不足も幾ばくかは解消されるに違いありません」

「敵側に従軍魔導師はいるか？　数は？」

「水魔法、燻煙魔法を使う者が各部隊複数名、確認されています」

「敵の重装歩兵部隊の規模は？」

「それぞれ百人隊程度かと」

「政治中枢の守りに百人隊がたったの三個だと？」

「我々の出現に混乱しているのでしょう。あちこちを守ろうと欲張り過ぎて、ただでさえ寡兵《かへい》なのに散らばって配置され、その幾つかは遊兵化しています」

マジーレスは「他には、ここと、ここ」と指先で九つの機動隊が配置された場所を示した。

「たかだか百人隊九個で我々を包囲しようという心積もりなのか？　気概だけは壮大だな」

「敵は、ゴブリン共だけを敵と考えてるのかもしれません」

「なんと無様な。我が軍の指揮官ならとっくの昔に罷免《ひめん》しているところだぞ。しかし、我らの奇襲をあらかじめ知っていて待ち構えていたわけではないのだから、そのあたりのことは勘弁してやらねばならんかな。敵軍の装備や規律はどうか？」

「その二点についてはかなり優秀と見受けられます」

「ふむ、よくやったマジーレス大隊長。よい報告だったぞ。お前の報告で、敵は、我が軍の奇襲を予測してなかったにもかかわらず、僅か一刻ほどで九個の百人隊を動員することが出来る程度には優秀だと理解できた。きっと時間を追うごとに敵の数は増えていくに違いない。つまりは時間の経過は敵を利することになる」

ロンギヌスとマジーレスは声を揃えて同意した。

「その通りです。将軍閣下」

「我々は直ちに腰を上げて敵を撃破しなければならん。従軍魔導師を呼べ。ラッパを鳴らして兵を集めろ。軍鼓を叩くのだ。我らはこれより前進を開始する！」

帝国遠征軍最高指揮権者ドミトス・ファ・レルヌム将軍は、全軍に攻撃開始の指令を発した。

＊　＊

レルヌムに叱られた兵士達は、越久百貨店の裏側出入り口に集まっていた。

もちろん、捕虜にした女性達も一緒だ。

「だからやめておけと言ったろ？」

ブローロの姿を見ると兵士達は揃って項垂れた。

「これだけの女を捨てるなんてもったいないと思わないか？　奴隷として売りさばいてもよい値が付くはずだろうに」

「ま……確かになあ」

ブローロは女達を見渡して笑う。この男も本質はスケベであり女に目がないのだ。

「だろ？」

「だけど、将軍閣下から捨てろという命令が出てしまった以上どうすることも出来んぞ」

ブローロの厳しい眼差しを見た女達は、怯えたように互いに寄り添った。

言葉こそ通じていないが、兵士達の会話が自分達の安全や生存に関わるすこぶる厳しい内容であることは感じられるのだ。

「しかしなあ、ここで捨てたら、この女達はゴブリンやオーク達に殺されちまう。将軍閣下だってこいつらを殺せとまでは言わなかったのに」

「なら、どこかに閉じ込めておいたらどうだ？」

「閉じ込めておく……そうか。そうするか」

ブローロと兵士達は、回れ右すると越久ビルの地下へと向かった。

地下はすでに検索済みだ。財宝か何かが隠されていないかと思ったのが、幾つかの小部屋があっただけなのだ。そしてそこならばこの女達を隠しておける。

「ここに隠れてろ」

ブローロは彼女達を部屋に押し込むと、その一人に言い聞かせた。

言葉は通じないが、「隠れていろ」と繰り返すと、その女は頷いた。そして素直に自分で部屋の奥へと入っていった。

「ブローロ。俺達が離れたらこいつら逃げちゃわねえか？」

「なら逃げられないように蓋をしておけばよいだろ？」

「どうやって？」

「こうするんだ」

ブローロはそう言って戸口の前に荷物を積み上げていった。

そこらにあった衣類の入った段ボール箱などだ。それでも、兵士達が五人掛かりで積み上げれば、相当な高さになる。重量もある。中から開くことは出来ないだろう。

「水も飯もなくって、こいつらどれくらい生きられますかね？」

「水くらい置いてやればいいだろうが？」

ブローロの言葉で、兵士の一人が部屋から駆け出していった。

「こんなんでよいか？」

ほどなくして、バケツに水を汲んで戻ってきた兵士はそれを床に置いた。

それは一体どういう意味なのかと女達はこちらを見ているが、ブローロ達は改めて扉を閉めてドアの前に箱を積み上げていった。

「ま、俺達だって明日生きてるかどうか分からん立場だ。後のことは、神に任せるしかないだろ？」

「運があれば生きていられるさ。そうしたら飯も食えるし、女も抱ける。全ては神の思し召しってわけだ」

兵士達はそう言いながら地下を後にしたのだった。

再び地上に出てきた彼らの前に、亜人の獣兵使い達がいた。

獣兵使いはゴブリンやオーク、トロルといった怪異を操るのが任務だ。彼らは鞭で、あるいは双頭犬で、ゴブリンらを戦いへと駆り立てる。敵地を劫掠《ごうりゃく》する際は殺戮戦を展開し、会戦時は初っ端に怪異達を解き放って敵陣へと突入させる。

「何の用だ、ガレリー！」

兵士ブローロはそんな獣兵使い達の一人を呼んだ。

ガレリーは爬虫類系の鱗のある褐色肌と、扇情的なまでの肢体を黒革の鎧で包んだ女獣兵使いである。見れば、どこで手に入れたのか金ぴかの宝飾品でその身体を飾っていた。首飾りを首に何重にも巻き、全ての指に宝石を着けている。

手首、足首、そして耳朶に——じゃらじゃらと金銀赤青鮮やかな輝きの宝飾を着け、いささか悪趣味なほどだ。その全てが金で出来ているのなら「流石に重過ぎやしないか？」と尋ねたくなってしまう。

「おや、そこにいるのはブローロじゃないか。聞いたよ、あんた手柄を立てたんだって？」

ガレリーはブローロの顔を見て、蕩《とろ》けるような笑顔を向けた。

「ああ、ちょっとばかり幸運に恵まれてな。将軍閣下から直々にお褒めの言葉をいただいた」

「羨ましい。将軍閣下からお言葉を賜れるなんて出世を約束されたようなものじゃないか。あやかりたいねえ」

ガレリーはブローロに歩み寄ると、艶めかしく手を伸ばした。

日頃のブローロならこれだけの美人に擦り寄られたら助平そうに笑って腰に手を回しそうなところだ。しかしブローロは女の手を軽く払った。

「場所柄を弁えろ……」

「何さ。冷たい奴だね！　あたいら同じく、帝国に仕える戦友だろ！」

すると帝国の兵士達は鼻を鳴らした。

「馬鹿にするな！　俺達は貴様らと違うんだぞ」

「そうだ、そうだ！　これ見よがしに略奪品で身を飾りやがって」

「汚らわしいゴブリン使い共め！」

兵士達は獣兵使いを口汚く罵った。

帝国の兵士達はゴブリンやオークといった怪異種を汚らわしく、醜い野獣であると見下しているのである。

そしてそれらを使役する獣兵使いのこともまた見下していた。

その理由の一つに、獣兵使いには正規兵には許されていない略奪が認められているということがある。もちろん正規兵も略奪をするのだが、彼らは将軍の命令があるまで略奪はお預けなのだ。

なのに獣兵使いにそれが許されているのは不公平で狡《ずる》いというのが兵士の心理である。もちろん、それにはそれなりの理由があるのだが、兵士からすれば、自分達は我慢しているというのに早々とお宝をせしめやがって、そんな奴がどうして仲間と認められる、となってしまう。だからそんな連中から、共に命を懸ける仲間だなんて言われても、全く納得できないのである。

一四四四時《午後二時四十四分》

陸上自衛隊東部方面隊総監部——


『武装した機動隊員が出入り口を固める皇居外苑の様子をご覧ください！』

液晶モニター画面には、マイクを手にした女性が映っている。

彼女の背後に広がる芝生には、銀座のあちこちから逃れてきた人々が不安そうに座り込み、あるいは手にしたスマホ画面を食い入るように見つめていた。

『ご覧の通り、大勢の人々が避難してきています。警視庁の発表ではその数現在五万人超とのことですが、銀座駅を中心とした半径一キロメートルの昼間人口は四十万人とも言われております。ここまで逃れることが出来たのがその内の一割強だとすれば、一体どれほどの犠牲者が出たのかと愕然としてしまいます。新橋、日本橋、あるいは築地方面へと逃れた人々が多いことを祈るしかありません』

カメラが、皇居外苑の管理事務所とレストハウスへと向けられた。

ここでは臨時の救護所が開設され、怪我をした者への手当が行われていた。

もちろん既存の建物ではとても収容しきれないため、建物の外には集会用のテントがずらりと並べられ、そこも救護所とされている。

医師や看護師らが、血塗れとなった患者を取り囲み、必死に救命処置を行っている光景は、さながら野戦病院であった。

『どんなご心境ですか⁉』

アナウンサーが担架で運ばれてきた人にマイクを突き出すと、救命医らがすかさず間に入る。

『治療の邪魔です。出ていってください』

『こっちも仕事なんだ！　報道の自由を侵害するつもりか⁉』

『それを言うなら、こっちだって仕事です。あんた達救命活動の邪魔をしたいんですか⁉　患者を死なせたいんですか⁉』

カメラは強引に前に出て、現場の凄惨さの伝わる光景をレンズに収めようとしていた。しかし、白衣を着た救命救急士に力尽くで押し出されてしまう。

アナウンサーの気まずそうな表情が一瞬だけ流れた後、映像はスタジオへと戻った。

チャンネルボタンを押して他の放送局に合わせてみる。

すると、そこでは銀座の中央通りでゴブリンやらオークやらが行楽客に襲いかかる映像が流されていた。

画面右下に動画を撮影したらしい人の名前が記されている。

どうやらこの動画は、テレビ局の取材クルーが現場に駆け付けてカメラに収めたわけではなく、トッターやテューーバといった動画投稿サイトからの転載らしい。画像の解像度が低く、また動きが激しいため怪異がどういう生き物なのか今一つ見極めにくい。

チャンネルを次々と変えていく。

どうやら首都圏にあるキー局の全てが銀座で起きている事件のことを流しているらしい。

多少のことでは番組プログラムを変えず平然とアニメを流すと言われている東京ちゃんねるですら臨時ニュースを流しているのだから、相当に大きな出来事と言える。

『ただいま銀座上空です！』

東部方面総監部の柳田《やなぎだ》明《あき》二《ら》等陸尉はそれを見て呟いた。

「おいおいおい……警察のヘリが墜落して、すでに銀座上空は飛行禁止になってるはずだろう⁉

なのにテレビ局の奴ら、懲りずにまだヘリを飛ばしてるのか？」

テレビ局のヘリコプターが、銀座上空から撮影しようとしているのだ。

一応、警戒はしているらしく、高度は三〜四百メートルには見える。

画面に映る銀座の街はあちこちから煙が上がっていた。見える範囲だけで四筋の黒煙が立ち上っている。

『あの黒煙は火災でしょうか？　警視庁のヘリ、あるいは報道各社のヘリが墜落したとの情報も入っています。本来ならば、消防が駆け付けて消火と救命作業が行われるはずですが、今のところ全く行われている様子は見えません』

カメラが銀座の街並みを拡大して映す。

『動物園から逃げ出した凶暴な動物が銀座で暴れているという情報も入っています』

しかしながら電子的な望遠拡大のせいか細部がよく見えなかった。

画面には、中央通りとその周辺の道路に、ごま粒を撒いたかのごとく人々の遺体が散乱している様子が映し出されている。しかし画像が粗くリアリティに欠くため、見る者はそれほどの衝撃を受けずに済んでいた。

『カメラさん。あれを映して！』

アナウンサーの指示で、カメラはビルの一つに焦点を合わせた。

ズームがかけられると、屋上に難を逃れた人々がヘリに向かって手を振っている。救助を求めているのだ。

アナウンサーは、パイロットになるべく近寄れないかと問いかけている。しかし返ってきたのは「はい」や「いいえ」の返事ではなかった。

『あ、うわっ！』

『ワイバーンが！』

パイロットの叫びと同時にカメラの映像が突然乱れる。金属同士がぶつかるような衝撃音がしたかと思うと、ヘリの外の風景がぐるぐると回転を始めたのだ。

慌てふためくカメラマンとアナウンサーの、恐怖で引き攣った表情が大映しされる。そして大きな衝撃音と共に映像が暗転した。

『……ス、スタジオからです』

すぐに映像はスタジオに切り替えられたが、アナウンサーも冷や汗を額や鼻に浮かべており動揺を隠せないようだ。当然だろう、今の今まで話していた同僚が、死んだかもしれないのだから。

『きょ、巨大な鳥がヘリに衝突した模様です』

この出来事に動揺しているのは彼らばかりではない。

多くの視聴者が、放送事故そのものといえる映像を見せつけられ、心を抉られる体験をしたのだ。

「ったく……無茶しやがって」

柳田は額を押さえた。

そこで自分もまた冷や汗を掻いていたことに気付く。ハンカチを取り出してひと拭いすると、陸曹や陸士達に告げた。

「ありったけのテレビを並べて全てのキー局のニュースを流しっぱなしにしといてくれ。娯楽室のテレビも持ってこい」

「了解」

「それと隊員達の私物パソコンをＷｉ‐Ｆｉルーターごと掻き集めて、それぞれに担当者を付けろ。とりあえずトッターとテューバ、それとノコ生の監視だ。銀座周辺のライブカメラの映像なんかも拾え。とにかく銀座で起きていることについてホットな情報が掴めそうなら、掲示板サイトだろうと何だろうと構わんから、映像と写真を集めまくってくれ」

自衛隊が業務で使うパソコンは、情報保全の観点から『直接』インターネットに繋げられていない。そのため隊員の私物パソコンが集められ、ネットに出回っている現場からの報告やコメント、そして映像、動画が収集されていった。

「ビーガンがテロを起こしたとか、ロシアのテロだとか、そういう与太話はいらん。必要なのは見たまま聞いたままの情報資料だ。写真を見つけたら、撮られた場所と時間を明記して銀座の地図に貼り付けていけ。このアカウント主のコメントは続報を注視しろ。こっちの映像は情報元を記載してフォルダに突っ込んでおいてくれ。俺があとで確認して情報部長に提出する」

「柳田さん、テレビは見てなくていいんですか？」

「テレビなんかは流しっぱなしでいい。政府発表とか記者会見があった時だけ注目してくれ。そんなものより、今はネットだ」

今や偶然現場に居合わせた個人の発する情報の価値はテレビ局と同等、いや、すでにそれ以上と言えた。何故ならば、素人が撮る映像資料は『見えたまま』『聞こえたまま』であることが多いからである。

対して報道カメラマンのようなプロが掻き集める映像や動画は、加工されていることが多くて、取り扱いには注意を要してしまうのだ。

加工？　それはどういうことか？

それは映像ジャーナリスト達が持つ功名心の産物である。

偶然その場に居合わせた人が撮った動画や写真の速報性と迫真性は、それを飯の種にしている者の立場を大いに脅《おびや》かしている。報道関係者の足下は今、非常に危なくなっているのだ。

近年、新聞社、テレビ局の経営者達はこんな感じのことを考えている。

「局で専属のカメラマンなんか雇わなくても、事件現場の写真とか映像とかは、広く一般からの投稿を募れば、大幅なコストダウンになるんじゃね？」

もちろん全く無用とは言わない。

記者会見や調査報道、ドキュメンタリー等々、専属のジャーナリストやカメラマンの必要性は決してなくならないのだ。しかし、今ほど多くの人員を雇用し続ける必要はないのでは、というのは至極真っ当な意見だ。

もちろん、そのことは当事者達もよく理解している。危惧している。恐怖している。だからこそ必死で生き残りの努力を行っているのだ。

耳を澄まし、目を見開き、いかに素早く事件発生の情報を掴むかに苦心惨憺《くしんさんたん》している。

しかしどれだけ努力しても森羅万象、世間の全てに目が行き届くはずがない。たとえ事件発生の情報を得て他社を出し抜き現場に駆けつけたとしても、偶然現場近くに居合わせた人には敵わない。一歩も二歩も出遅れてしまうのだ。

そのため裏取りもしていないあやふやな情報であっても報道としてとんどん流さなくてはならなくなった。災害が起これば周囲からの冷たい視線も顧みず、避難所にずかずかと踏み入って被災者達を困惑激怒させることになったとしても、予備のガソリンや食糧も持たずに現場入りして、ガソリンスタンド前に出来た給油の列に横入りしてでも、カメラの電池が切れれば留守宅に忍び入って勝手にコンセントを盗用してでも彼らは撮れ高を稼ぐしかないのだ。

文句を言われたら、それがジャーナリストの使命だと言って押し通す。それしかないのだ。

当然、そんな必死の努力で得た映像には色が付く。意図しなくても付いてしまう。

どんな人間でも、自分の『仕事』を高く評価されたいという願いを持っているからだ。そのため取材・撮影の段階から、意識的にせよ無意識的にせよ情報を加工してしまうのだ。

どんな背景を入れようか?

どの角度から撮れば、被写体はより魅力的になるか?

よりセンセーショナルに、よりショッキングに映るタイミングは?

『現実』を『映像』にトリミングする際、嘘にならない範囲の演出を施す。

そうした写真の一枚として世界的に有名なのが「鉄条網越しの痩せた男」の写真だろうか。

鉄条網の向こう側に痩せたムスリム人男性がいる。その写真は見る者に、男性が鉄条網に囲まれた収容所にいるような印象を与える。

しかし実際はカメラマンこそが倉庫や変電設備を囲う鉄条網の内側にいた。鉄条網は男性を収容するためのものではなかったのだ。なのにカメラマンはあえて鉄条網を同じフレームに収めたのだ。そしてこの写真が『民族浄化』のワンフレーズと共に雑誌の表紙を飾られたことで国際社会は一つの決断を下す。セルビアを一方的な悪と決めつけたのである。

もちろん、それだけが理由では決してない。様々な広報活動《キャンペーン》が、広報のプロの手で作為的かつ巧妙に展開され政治家達の判断が歪まされた。結果として、NATO軍による空爆となった。言わば何千何万もの人々の運命が、この写真とその他によって捻じ曲げられたのだ。

以来、情報を取り扱う者達はメディアからの情報をそのままは受け取らなくなった。加工された情報には資料としての価値はない。あったとしても著しく低い。そんなものを大勢の命を左右する状況判断の資料とするわけにはいかないのだ。

「銀座で暴れている動物がはっきり映ってる映像を探してくれ。どれもこれもピントが合ってないから資料にならん」

その時、課員の一人がURLを書いたメモを差し出した。

「古畑幕僚副長から、このURLを参照せよとのご指示です」

「なんだと？」

「どうやら銀座に幹部自衛官がいるようですよ」

柳田はそのメモをパソコンの担当者に渡すと、画面にブラウザを立ち上げさせた。ＵＲＬから察するにどうやらトッターのようだ。

プロフィールの画像部分には、何故か『龍』のアニメ絵が表示されていた。

「柳田さん。こちらのアカウントは鍵が掛かってますけど」

「うーん、よし、うちの広報室のサブアカウントを使ってフォロー申請してみろ」

操作担当者がキーボードをカチカチと叩く。するとすぐに承認された。

「見られるようになりました」

「表示してくれ」

「こ、これって――統合幕僚監部運用部運用第一課特殊作戦室ってあります」

アカウントプロフィール自体には説明書きはなかったのだが、固定された呟きに簡素ながらプロフィールが書かれていたのだ。

「特殊作戦室ってことは特殊作戦群がネタ元ってことか」

幕僚副長の古畑陸将補は特殊作戦群の元群長だ。そして特殊作戦室の元室長でもある。

「なるほど、つまりはそういうルートで情報が下りてきたというわけか」

そのアカウントには、銀座で撮影したと思われる写真や動画が何枚もアップされていた。

それらはテレビなどで報じられているものと違って、資料価値の高いものばかりなのだ。

ゴブリン、オーク、トロル、ワイバーンの遺骸を正面から写したものと、側面から写したものが対比されて上げられている。

そのどれもが、SNSにおいてはセンシティブ云々の理由で閲覧制限を受けかねない惨いものだが、銀座で暴れている化け物の正体が何であるかはよく分かった。

特に注目すべきは、ワイバーンに騎乗していたという竜騎士の遺体写真だ。これは明らかに人間であった。

この写真こそが、銀座で起きている騒動が、ただ野獣が暴れている災害などではなく、何者かが仕組んだG事案《ゲリラ》、あるいはさらに進んで『何者かによる侵略活動』という可能性を示唆していた。

「このアカウントをフォローしているのは、今のところ統幕、陸幕、それと民間の研究機関ですね。あ、またフォロワーが増えた」

他には、内閣官房危機管理対策室、東大や京大の動物発生学、多様性起源学、進化系統学といった教室のアカウントが、現在進行形でリストに挙がってきていた。

つまりこの映像の分析作業も、各部門においてまさに現在進行形で進められているのだ。

その時、背後から部下の声がした。

「狭間《はざま》総監が、登庁されました！」

それは陸上幕僚長からの待機命令が入ってから僅か一時間ほどのことであった。

「柳田さん。総監がお呼びです。すでに古畑幕僚副長が先行しています」

「よし、すぐに後を追う。こいつを借りてくぞ」

柳田はノートパソコンのケーブル類を引っこ抜くと、それを小脇に抱え、総監室へと続く赤絨毯を踏んだのであった。


「入ります！」

「おう柳田か、入れ！」

陸上幕僚長からの非公式な命令を受けた狭間東部方面総監は、取るものも取りあえず駆け付けた。そのため、今まで何をしていたのか一目で分かってしまっていた。狭間はひとまず、釣り具片手の防水オーバーオールという出で立ちを素早く脱ぎ捨て、ロッカーから取り出した戦闘服に着替えようとしていた。

見れば、幕僚副長の古畑の背中もそこにあった。

「総監。今日は釣りでしたか？」

「埼玉の管理釣り場で、養殖マス釣りだ。そんなところに陸幕長から直電が入ったんだぞ。せっかく釣ったマスを生け簀《いす》に戻して、大慌てで帰ってこなきゃならんかったのが悔しかった」

「そりゃ大変でしたね」

柳田は狭間から釣り具を受け取って部屋の隅に片付けた。

「それで古畑、状況はどうなってる？」

古畑幕僚副長が答えた。

「まずは警視庁ですが、先方の腰は大変に重く、反応が芳しくありません。第一師団から警視庁に『治安出動の際における自衛隊と警察との連携要領についての基本協定』に基づいた対策会議を開くよう要請させていますが、相手方は『これは動物の起こした騒動に過ぎないから治安出動にはならない』と取り付く島がありません。内閣危機管理室からヘリ映伝を飛ばして欲しいという要請があったのは、総監にお報せした通りです。一機では不十分とのご指示でしたので、木更津や第一師団のヘリも動員しました。銀座、日本橋、浜松町、月島、霞が関、それと市ケ谷上空を計六機に担当させ、常時監視する態勢を作ります」

「怪物には、空を飛ぶ種類もいるそうだな？」

「なので、高度は六百メートル以下に下げないよう指示いたしました。また方面隊隷下《れいか》の各部隊にも、待機を下達《かたつ》しました。第一師団、十二旅団、東部方面混成団は尻を上げて、弾帯と半長靴《はんちょうか》のヒモを締め直している頃です」

「映伝機を飛ばしたなら、ほどなく現地の映像も入ってくるな。しかし警視庁がそういう態度なのは困るな。だとしたら、我々としても独自の偵察活動が必要だ。練馬辺りから第一偵察隊を差し向けたほうがいいんじゃないかと思うんだが、どうだ？」

　狭間方面総監は東大出身の俊英である。しかしながら、叩き上げの武闘派でもあった。そのため、発想や言動に行け行けドンドンなところがあり、幕僚副長の古畑や柳田などが手綱を握ってドウドウと宥めなければならない場面も少なくない。

しかしながら柳田は、この狭間の言動は一種のポーズ、演技ではないかと思っていた。腰の重い部隊を動かすエンジン役を担うため、あえてそういうキャラ付けを自分に課しているると感じるのだ。

古畑幕僚副長は姿勢を正して告げた。

「現段階では手控えるべきかと思われます」

「理由を言え！」

「これです」

古畑の視線を受けて柳田は素早くパソコンを開いた。

ワイバーンに乗っていたと思われる竜騎士の遺骸写真を狭間方面総監へと見せる。

「人間だと？　銀座で暴れているのはゴリラとか熊みたいな野生動物だと聞いてたぞ。報道でも相手が人間だなんてどこも言ってない」

古畑は答えた。

「これは数分前に入った一番ホットな情報です。どうも、ゴリラやらパンダやらも人間に操られているようです」

「そうなると問題は、その人間がどの国、あるいはどの組織に所属しているか、だな？」

「はい。どうしてこんな奇妙な風体をしているのかといったことも含めて、現段階では一切が謎となっています」

「銀座で動物が暴れているってだけなら災害派遣だろうが、人間が相手なら『治安出動』になってしまうか。ふむ、軽率な対応は危険だな」

「はい。陸路による偵察活動をすれば、敵との接触は必然。陸幕長から早々に待機のご指示が出たのもそのためかと思われます」

陸上幕僚長は事件発生の情報を掴むと、日本全国の各部隊に「待機せよ」という指示を伝えた。陸幕長と聞けば、陸上自衛隊の一番偉い人と誰しも思うところである。ところが実際には各部隊に命令を発する権限はない。この手の命令は、総理大臣から発せられなければならないのだ。

しかし政府の動きは何故か鈍い。

ここで陸上幕僚長は、準備が遅れれば遅れるほどよくない事態に陥ると考えたようだ。

銀座の混乱は、都内の交通機関の麻痺をもたらしている。報道機関の伝える情報は正確なものからデマとしか思えないものも含めて、混迷を極めている。曰く、総理が行方不明とか、銀座で暴れている野獣はロシアの生物兵器だとか、環境保護団体のテロだとか、中国が尖閣に上陸したなんてものまであったりする。

事態がさらに悪化すれば、いざ非常呼集がかかったとしても隊員が駐屯地に辿り着くことすら手間取るだろう。どのような行動になるかはさておいて、準備に取りかかるのは早ければ早いほどよいのだ。

だからこそ陸上幕僚長は、越権の批判を受けることも承知で指示を伝えてきたのである。いや、その指示すらも正式なものではないから、ここでは『依頼』と呼ぶべきかもしれない。

　問題はその内容だった。

「準備し、待機せよ」

　その依頼を素直に読めば、政府の決定が出たら間髪容れずに動き出せるようにしておけという意味に理解できる。しかし、深読みすると、政府の指示がない内は、早まった動きを見せるなという趣旨の「待機」とも受け取れた。

「ふむ――。危険な動物が暴れている中に、隊員を武装させずに送り込むわけにもいかんな」

　狭間総監は納得したのか頷いた。

「相手が人間だった場合は、正当防衛や緊急避難でも説明の難しい事態が起こると予想されます。銀座近辺のような都市部では、住民が混在し、流れ弾等の危険もあります。いずれにせよ、法的裏付けのある命令のない今は隊員は出せません。『治安出動下令《かれい》前に行う情報収集』でも、総理の裁《さい》可《か》が必要となります」

　戦闘服を着て武器を持って現場に赴けば、危険に遭遇している住民や行楽客は助けてくれと自衛官に縋ってくるに違いない。個々の隊員がそれらを見捨てることなど出来るはずがなく、統制されない形でなし崩し的に戦いが始まってしまうことも予想できるのだ。

　勧善懲悪物語やテレビドラマなら悪漢をやっつけたヒーロー万歳、めでたしめでたしで終わることだが、現実の中に身を置く指揮官はそれではいけない。その後に何が起こるかまで想像しなければならないのだ。

前世紀だがそれほど昔でもない頃に、猟銃を所持した人間が、瀬戸内海で乗員九名と乗客三十七名の乗ったフェリー・ボートをシージャックする事件が起きた。

この事件は、最終的に警察の狙撃班によって、猟銃を乱射する犯人を射殺するという形で終えたのだが、その後、県警本部長と狙撃手が弁護士によって殺人罪で広島地検に告発される事態となった。さらに国会では、野党がそれを理由に政府を激しく糾弾したのだ。

人間を射殺するのは、射手の心を痛め付ける重い行為だ。

死刑反対派などは、その理由の一つとして、死刑の執行が刑務官の心に重い負担となっていることを挙げたりもするほどだ。当然、狙撃も、相応のストレスを射手にもたらすことは想像に難くない。そして死刑を執行する刑務官の心情を慮るべきだと言うのならば、事件を解決に導いた警察官の穏やかならぬ心情も酌み取り、「貴方は大勢の人を救った」「貴方は間違っていない」とその心の負担を和らげるような配慮があるべきだろう。

なのに、この誰もが致し方ないと認める状況でも、これを自らの利益のために利用しようとする人間が現れた。安全な場所にいた事件と無関係な人間が、最高責任者たる県警本部長のみならず、狙撃手までをも『人殺し』と罵ったのだ。

マスコミもまた、狙撃した警察官の名前を突き止めて徹底的にバッシングした。そのため狙撃手は警察を退職せざるを得なくなったのである。賞賛を送られるべき人が世間の目を恐れなくてはならず、罵られることから逃れるため、隠れるように暮らさなければならなくなったのである。
この扱いを極悪非道と言わずして何と称すべきか――

「隊員達を、泥沼の法廷闘争に放り込むわけにはいかん」

狭間は深々と嘆息した。

この出来事は決して他人事ではない。『正義を自称する者』の放つ悪意の矢は、有事の際に身体を張って日本と日本人を救った自衛官の背中にも、必ず放たれると思わなければならない。

これまでその機会がなかったのは、自衛隊が人に銃口を向けたことがなかったからだ。

人々が目にしたことのある彼らの姿は、災害救助などで見せる『和魂《ニキタマ》』の表情だけだ。しかし彼らの本義は『荒魂《アラタマ》』にある。

その時、敵の血で汚れた彼らの姿を見た民衆が、これまでと同じ感覚、感情で接してくれる保証はない。その凄惨な姿にショックを受けて、近寄りがたく思う者もいるだろう。

そんな時に、正義の名を冠した後ろ矢が放たれたら、これまで味方してくれていた者達も支持を躊躇ってしまうかもしれない。そのことを恐れなければならないのだ。

「しかし敵情の解明は、是が非でも必要だぞ。知りたいこと《EEI》は『銀座で暴れている野獣と人間は、どこから来たのか？』『それらの狙いは何か？』だ」

おそらく似たような情報の要求は、統合幕僚監部や、さらに上に位置する内閣の危機管理対策室からも出ているはずだ。

すると、古畑は不敵に笑った。

「それについては、今頃、統幕の特殊作戦室の竜崎《りゅうざき》が動いているはずです。運がいいのか悪いのか分かりませんが、現場に自分の元部下がおりますので」

「その写真を載せている奴か？　使える奴なんだろうな？」

「もちろんです。奴に関してはいろいろな評判がありますが、それでも『特殊な奴ら』の一員であることは間違いありません」

「しかし、私服で非武装。本当に大丈夫なのか？」

「大丈夫です。少なくとも奴ならばへらへらした顔で生きて帰ってくることだけは保証できます」

「ほう、そこまでか……」

総監と幕僚副長のやりとりを横で聞いていた柳田は、思わず眼鏡を輝かせた。

特殊作戦群の群長だった古畑陸将補にそこまで言わせるなんて、その男は一体どんな奴なのかと興味を抱いたのだ。

＊　＊

——で、問題のその男である。

伊丹は、ビルの一階へと下りていた。

その一階にはチェーンの薬局が入っている。

店内を見渡すと、猛暑が連日続いてる今なら必ずあるに違いないと踏んだ商品――瞬間冷却剤が段ボール箱単位で置かれていた。

「使えそうなもの、はっけーん」

一本八十九円特売と表示されたミネラルウォーターの入った一リットルボトルも三、四本抱える。

薬棚には、無水エタノールの入った瓶が置かれているのでこれも確保。

紅茶色の油紙も見つかったので確保。ここまできて、両腕では抱えきれなくなったので買い物籠をゲットする。

続いてバックヤードを見れば、店員が使う掃除道具のバケツとホースとモップが置かれていた。

「よし、後は軽油さえあれば……」

ビルの外には、ドイツ製高級車が停まっている。

エコだクリーンディーゼルだなどで有名になったディーゼル車だ。流石銀座である。たまたま事件に巻き込まれた車も、その多くが高級外車であった。

ドアが開け放たれたままになっているところから察するに、運転手はかなり慌てて逃げたらしい。

伊丹はゴムホースとバケツを手に、周辺を警戒しつつドイツ車に近付く。そしてゴブリン共の姿がないことを確認して運転席に潜り込むと、給油口の開口レバーを引っ張った。

給油口にゴムホースを突っ込むと、大きく吸って、バケツに突っ込む。

サイホンの原理で、黄色い軽油が瞬く間にバケツを満たしていった。

伊丹は重いバケツを手に再びビル内の薬局に戻った。

そこで瞬間冷却剤の段ボールに手を掛けた。

瞬間冷却剤は、硝酸アンモニウム・尿素・水・その他で出来ているが、伊丹は硝酸アンモニウムに用があるのだ。

ミネラルウォーターの入ったペットボトルの蓋を開け、中身を捨てる。

全部捨てても水滴が残るので、そこに無水エタノールを入れて数回振る。そして蓋を開けておくとアルコールが水分と一緒にたちまち蒸発、内側は瞬く間に乾燥していった。

店のレジ脇にあったハサミを使って、掻き集めた瞬間冷却剤のパックを片っ端から破っていき、尿素等の入った小パックを取り除いて中身の粉末をペットボトルに詰めていく。そして軽油をそうっと注ぎ込んでいった。

続いて三階に上がる。

パーティーグッズを扱う店を漁り、パーティークラッカーを掻き集めた。ちゃんとビニール袋に入っているので、スプリンクラーの水を浴びつつも湿気てないものがあるはずだ。

夏なのが幸いして花火もあった。

そこで線香花火やねずみ花火、爆竹を確保。油紙にほぐした火薬を載せ、包むようにして紙縒《こよ》りにし、十分な長さを持つ簡易導火線とする。

伊丹は出来あがったそれらを抱えると、再び四階フロアを塞ぐ瓦礫の山の前に立った。そして積み上がった瓦礫の最も脆弱そうな場所へと押し込む。

伊丹は瓦礫の上にある隙間から内部の人々に呼び掛けた。

「これから爆破するからな。出来るだけ遠くに下がっているんだ」

「分かった！」

向こう側に戻った少年から、伊丹がこれから何をするつもりなのかの説明を受けたらしい大人がそう答えてきた。男性の声だ。

「爆破の影響で何がどれだけ崩れるかよく分からないから、十分に距離を取っておいてくださいいいですね？」

「あ、ああ……」

困惑した様子が感じ取れるが、説明している暇はない。

伊丹はさらにパーティーグッズのバズーカ砲のようなクラッカーを取り出した。

長い筒部分は要らないのでバッサリ切って発火部だけ残し、そこを導火線の端に押しつける。そして引き金をぐいっと引く。

だが無反応。一つ目は湿気ていたようだ。

落ち着いて二つ目を取り出し、胴を切ってもう一度引き金を引く。

するとパンという音と共に導火線に火が着いた。

油紙で出来た導火線を火が走って行く。

その隙に、伊丹はビルの階段まで下がった。導火線の火は途中で二股、三股に分かれてそれぞれペットボトルに向かっていく。

心配なのはちゃんと爆発してくれるかだ。

アンホ爆薬は極めて感度が低い。多少の熱や衝撃では爆発しないのだ。

しかしペットボトルの口部分には、花火をほぐした黒色火薬を詰め込んだ。

さらに爆竹も押し込めた。伊丹の計算では、爆竹が炸裂した際に生じる熱と圧力が黒色火薬を反応させ、その熱と圧力がアンホ爆薬を爆発に導くはずだ。

万が一それがダメだったら、別の方法を考えなければならない。しかしその必要もなく、甲高い爆発音が轟いた。

周囲に大量の噴煙が舞い上がり、瓦礫が崩れていく。

瓦礫の向こう側への道が開かれたのだ。

見れば、床のあちこちにワインボトルの破片や紅色の液体が、スプリンクラーのばら撒いた水と交じって散らばっていた。

「無事ですか!?」

伊丹が開口部から中を覗き込むと、生き残った人々が物陰から姿を現した。大人が五名、子供が四名。少年の報告通りであった。

第五章　各々の都合

一四四八時《午後二時四十八分》

首相官邸内は騒然としていた。

八月の週末、首相が出掛けた先で、騒動に巻き込まれて行方不明になったらしいという報告がなされたからだ。

直ちに副総理の呼び掛けで臨時閣議を開くべく閣僚達が招集された。しかし彼ら彼女らの多くは、地元選挙区へと戻っていたり、国外に外遊していたりと、一～二時間では集まれる状況ではなかったのだ。

もちろんだからと言って首相官邸が何も出来ないわけではない。万が一に備えて副総理や官房長官が待機しているためだ。

他にも、危機管理担当政務官や危機管理担当の官房副長官補らがいる。だから、当面の問題への対処を指示することは十分に可能なのである。

とはいえ、外交や安全保障等々と政治的に高度な判断が必要になってくると、彼らの手にも余ってくる。

災害やテロで怪我人が出ているなら助けるものだし、火事は消すべきだし、犯罪者は捕らえるべきだ。そういった、誰が考えても同じ結論になるような事案ならば判断レベルは低いと言えたし、現場で対処すべき問題になる。

しかし戦争が起きた際にどっちの国に味方すべきかといった、人間によって考えや結論が異なるもの、後々にまで強い影響の残る選択となると、その判断レベルはたちまち高くなる。

後に『銀座事件』と命名されるこの騒動は、当初は低レベルな案件と考えられていた。

銀座で野生動物が暴れている程度のことなら、確かにそうだ。だから内閣危機管理室も、初めの内は『事態を注視する』に留めていたのである。

しかし、警視庁のヘリが墜落し、総理が行方不明になったと聞かされたあたりから、話の色合いが次第に変わってきた。

「警察庁長官と警視総監の乗ったヘリが墜落した可能性が『高い』とはなんだ？　落ちたのか、落ちてないのか、はっきりしろ！」

首相官邸の地下で司令塔役を担っていた危機管理監の松平《まつだいら》は、次々と入ってくる情報を前に表情を厳しくしていた。

内閣官房副長官補の宮古《みやこ》（安全保障・危機管理担当）が、額に大粒の汗を流しながら答えた。

「わ、分かりません。現場は銀座のド真ん中でして……警視庁の屋上から遠望して、銀座方向に黒煙が上がっていたことは確認できたそうです。しかし現場には誰も駆け付けられず……」

「では、総理は？　総理の捜索は進んでいないのか!?」

「分かりません。少なくとも、警視庁からの報告にはありません。どうも担当者の口が重くて。警視庁に作られた対策本部が情報を出し渋っているみたいです」

松平は宮古の言葉の行間から、「貴方のほうが警察内部の情報は得られるのではないですか？」というニュアンスを感じとった。

確かにその通りである。松平は警察官僚の元キャリアなのだから。

松平は警視庁、警察庁の要職を経て警視総監となり、現内閣で危機管理監に任ぜられた。警視庁や警察庁に電話をかければ、かつての部下や後輩、知り合いが大勢いるのだ。たとえ強力な箝口令《かんこうれい》が敷かれていたとしても、「松平さんなら……」と多少のことは話してくれるはずだ。

「そもそも、銀座では何が起きているんだ!?」

「はっきりしているのは、危険な動物が銀座中央通りを中心に多数出現。四方八方に散って行楽客に襲いかかり、多くの犠牲者を出しているということだけです」

「動物園から熊や猪が逃げ出して街中を走り回ったとしても、こんな騒動が起こるのか？」

「熊や猪ではありません。警視庁では、それらを特殊害獣『丙』、特殊害獣『乙』、特殊害獣『甲』

と呼称しているそうですが、正体は不明だそうです。それがおそらく百頭や二百頭ではきかない――千を超える数で暴れているという報告です。警察官にも多くの犠牲者が出ている模様です」

「せ、千だと!?」

松平はその規模を聞くと、愕然とした表情で天を仰いだ。

現代の都市は、危険な野獣の存在を想定していない。そのため、近隣の里山から猪が一頭、ヒグマが一頭、日本猿が一頭やってきても大騒ぎになる。

警官隊は出動するわ、猟友会は駆り出されるわで、何時間もかけて追い回すのだ。そうしてようやく捕獲したり駆除したり出来るのだ。

なのに、それが千頭である。そんな数の獰猛な生き物が銀座の街中に解き放たれたら、都市機能なんて完全に麻痺してしまう。

「しかも千というのは誰かが数えた実数ではなく、現場にいる者がそのくらいだろうと希望的観測含みに推測したものでしかありません。実際にはもっと多い可能性が高く、『万』に達しているのではないかと、自分は予想しています」

「ま、万だと?」

「これをご覧ください」

宮古は、銀座周辺の地図を広げた。

「警視庁の通信指令センターに入った甲、乙、丙の目撃報告です。被害報告の外縁は、午後二時の段階で、すでに日比谷、新橋、日本橋、入船、築地とかなりの範囲にわたっています。怪異が銀座中央通りを中心に解き放たれ、何の誘導もなく、二時間あまりで同心円状に広がっていったとすれば……元数が『万』を超えていなければ、あり得ないかと思われます」

銀座四丁目を中心に現れた怪異の数が『一万』だったとして、中央通りと晴海通りの十字路で東西南北の四方向に同数ずつ分かれたとする。その場合、それぞれの方角に進むのは二千五百だ。

それが交差点に達する都度、三分岐して数を減らしていくとして、単純計算してみる。例えば三丁目の交差点で同数ずつ三つに分岐したとすれば、一隊は約八百三十になる。

二丁目交差点で約二百七十。

一丁目交差点で約九十。

銀座通り口の交差点で三分割して約三十。

高速道下を潜って京橋竹河岸通りの五叉路を通過したら、一隊の個体数は十以下だ。

しかし実際には、怪異の活動範囲の外縁は、銀座に留まらずその外側へ、さらに外側へと広がろうとしている。

しかも怪異達による殺戮は、往来のみならずビルの中でも起きている。

大きな群れから分岐した小さなグループは、銀座とその周辺のビルに手当たり次第押し入って、数に飽《あ》かして人間を追い詰め、狩り立てているのだ。

となれば、元数はどのくらいになるか？

「し、しかし万を超えるなんて、そんなことが起こり得るのか？」

「当然、自然にはあり得ません。誰も見たことのないような危険な動物を、万を超える単位で掻き集め、誰にも気付かれず東京まで運んできて解き放つなんてことは、作為的にしか起こり得ません」

「つまり、危険な野生動物を用いた何者かによるG《ゲリラ》事案ってわけか」

「警視庁の近藤参事官は、その可能性が高いのではと推測していました」

松平はそこで深々と嘆息する。そして、宮古を見据えた。

「とにかく総理の捜索と救出を急がせよう。それと何であれ情報が欲しい。宮古君は君の古巣を通じて、銀座上空に映伝機付きのヘリを飛ばしてくれ。銀座周辺のどこの辺りにまで怪物が広がっているのか、確かめておきたい」

松平はそう指示しつつ受話器を取った。

「私だ、内閣危機管理監の松平だ。そう、元警視総監だ！　すぐに対策本部の――近藤参事官に繋げ。なに？　今は、清河副総監が指揮をしている？　構わん。ならば清河に繋げ！」

ここでしばし待たされる。

その間、松平は宮古に問い掛けた。

「これは政治マターになるから、我々にどうこう出来ることではないが、防衛省はこの事案をどう考えている？　自分達に出番が回ってくると期待すると思うかね？　だとしても、先走った行動は控えるべきだと思うのだが……」

「先走った行動……ですか？」

「そうだ。皇居に避難しろという情報発信は自衛隊からなされたのだろう？」

「いやいや、別に防衛大臣や統幕長が公式に声明を発表したわけではありません。現場に居合わせた休暇中の自衛官が、個人としての意見をネットに書き込んだだけでしょう？」

「しかし、そのコメントが一人歩きして、警察や消防もそれに合わせて行動してしまっているじゃないか⁉　皇居外苑は、あたかも最初から避難場所に指定されていたかのごとく、救急救護所が設置され、機動隊が守りを固めている。国民の目には、すでに自衛隊が出動して、事態解決の主導権を得ているように映っている！」

そうなると松平も、警察出身の官僚として警戒しなくてはならない。警察は何をやっているのだという批判が上がり、政府内から「この案件は全て自衛隊に任せよう」という意見が出てくる可能性もある。それは防がなくてはならないのだ。

そんな松平の心理は、宮古とて重々承知だ。だからこう答えた。

「全ては時間が問題となります。警察力での事態収拾が手間取るようなら、早期解決のために自衛隊を出動させろという声が強く大きくなっていくことでしょう。当然、政府もそれらの声に抗いきれなくなります。しかも、――考えるのも嫌なことですが、総理の身に何か起きているなら、この事態を解決させればその功績は、政治家達にとって次期総理の座を獲得する早道となるはず。我々は嫌でもこの主導権争いに巻き込まれていくことになります」

要するに、政争に巻き込まれるのが嫌なら、手早く事態を収拾させるしかない。松平が警察の尻を叩いてなんとかしろ――そう言っているのだ。

「無論だ。怪物共を押さえ込む件然り、総理の捜索の件然り、全ては警察で対処できる。清河に対しては、私のほうできちっとネジを巻いておく！」

「では、その間に私は、防衛省に対して別の方向に注力するよう指示します。この件はそれとなく国民の間にも噂を流して注意喚起したほうがよいかもしれません」

「別の方向？　どういうことか説明しろ」

「今回の事案がいわゆるG《ゲリラ》事案なら、目的は何でしょうか？」

「ふむ。周囲の耳目を引き寄せるという意味では派手さがあるな。しかも人的、経済的被害も馬鹿にならないほど大きい。だが、爆弾を仕掛けたり、毒ガスを散布したりするのと違って、動物を捕らえて掻き集め、日本国内に運び込んで銀座まで連れてくる前準備まで考えると、コストや手間暇と、成果が釣り合っているとは思えん」

「そうです。しかし、これが国民の耳目を一定期間引き寄せるための陽動だと考えたらどうでしょうか？」

「より大きな何かを隠蔽するための準備というわけか？」

「策謀の中心が国内なら、思想団体、宗教団体等々、あるいは経済目的も含めた様々なことが想定できます。しかしもし外事だったなら……」

「北方、あるいは西方。その国境辺りで何かやらかそうと企ててる連中が背後にいる可能性もあるってわけか。分かった、私も国内外の問題に対する警戒を公安方面に呼び掛けておこう」

松平は傍らに立っていたスタッフの一人に視線で合図した。松平自身は、副総監との電話が繋がるのを待っているところだから、今自分で電話することは出来ないのだ。

するとスタッフは、それで全てを理解しましたと言わんばかりにデスクに戻って電話をかけ始めた。もちろん電話の相手は警察庁の公安部門だ。

松平は自分の意図が伝わったとみるや、再度嘆息した。

「これで日本は、核、化学兵器、生物兵器の全ての被害を経験した国になってしまったな」

「オウム真理教が、亀戸で炭疽菌《たんそきん》を散布しようと試みたことがあります。しかし成功しませんでした。これを含めて、日本はNBC兵器の被害を全て経験したとする者もいるようですが、そんなことは誇れることではありません」

「しかし、こういうのも生物兵器と言うのか？」

「生物兵器の定義は、ウイルスや細菌、その毒素を用いたものとされてますので違うかと。厳密には動物兵器と呼ぶべきだという学者が現れるでしょうね」

宮古の言葉の途中で、松平が失礼と手を挙げた。そして視線を逸らして喋り出す。清河副総監が電話口に出たのだ。

「あ、清河副総監か？　私だ。内閣危機管理監の松平である。君は一体何をやってるんだ!?　全てが後手後手に回っているじゃないか！」

その間に宮古は、松平の前を辞して自分の席に戻った。

電話をとって防衛省にかける。

立川駐屯地の飛行隊にある、上空で撮影した映像を直接官邸に送ることの出来る機材を積んだ偵察ヘリを飛ばすよう要請するためだ。

すると自衛隊側も異常事態を察していたらしく、すでに飛行準備を進めていると返してきた。通常なら一時間はかかる準備が、すでに終わっていた。

「ありがたい。たがそれだけ察しがよいとなると、そっちでも何か掴んでいたのか？」

問いかけると、民間ＳＮＳのアカウントの存在を伝えてきた。

「ＳＮＳ？」

災害時、電話が繋がらない、メールが届かないといった状況でも、ＳＮＳやネット掲示板は閲覧できる。このため、災害時の安否確認にＳＮＳが用いられることが多い。それを情報共有にも利用しているのだ。

宮古は指示されるままパソコンのブラウザを立ち上げて、指定されたＵＲＬを打ち込んだ。

するととあるトッターのアカウントへと繋がる。プロフィールには何も書かれてなくて龍のイラストが描かれたプロフィール画像だけがあった。

「鍵が掛かっているようだが？」

フォロー申請しろと言われたので申請する。するとすぐに許可されて、そのアカウントの写真が画面に現れた。

そこには特殊害獣『丙』――ゴブリンの遺骸とみられる写真がアップされていた。

地面に遺骸を寝転がらせて、正面、側面、背後から撮影。しかも、同じ映像内に比較対象としてＪＲのＩＣカードも並べてあった。

「おお、これは欲しかった情報だ。だが、誰がこんな写真を？」

銀座で事件が起きてから、様々な動画や写真がネットに上がっている。警視庁の監視カメラの映像も危機管理室では見ることが出来たが、怪異の形状を詳細に記した資料はなかなか手に入らなかったのだ。

どうやら、皇居に逃げろとアナウンスした幹部自衛官が撮ったものらしい。

ゴブリンの他には、オークやトロルの映像まであった。そしてそれらが使用している剣や槍、棍棒といった武器の映像まである。さらに、これらの怪異を、知恵のない野生動物と見做すのは危険だという警告も記されていた。

もし怪異がこうした武器を扱っているなら、確かにその通りだ。道具を使うだけの知恵があるということなのだから。

さらに驚嘆すべきは、翼竜の写真がアップされていたことだ。ビルの谷間を飛び交う翼竜には、それに跨がる人間の姿も映っていた。

「人間——だと？」

鎧を着た人間の遺体写真があった。

人種はヨーロッパ系？　喉が大きく切り裂かれ失血死していた。その人物の三方向からの写真があるのだ。着ている鎧、所持していた長い槍、そして剣などの映像が続いていた。

宮古は銀座で発生した事件の概要を聞いた瞬間から、これらの怪異を操る者がいると推測していた。しかしそれらは、遠くに身を潜めて事態の推移を見守っているのだろうと思っていたのだ。

だが、実際には予想以上に近い所にいた。もしかすると、騒動の中核にいるのかもしれない。

宮古は直ちに、危機管理室のメンバーにこれらの資料を見せると、動物学者や遺伝子関係に詳しい学者と連絡を取って、特殊害獣についての見解を問うよう伝えた。

「私が特に知りたいと思うのは、これらの怪異がどこの生き物かだ。チベットの山奥とかアマゾン原産とか、そういった話が知りたい。もしかすると、遺伝子改造技術で造られた人工生命体という可能性だってある。その場合は、そういう技術を持っている国はどこか？　それらを合わせて確認をして欲しい」

国家安全保障会議メンバーである大臣達が集まってくるまでに、宮古は大臣達が発するであろう問いかけの全てに答えられる準備をしておかねばならない。

「問題は、こいつらの目的が一体何なのか——だな」

それらを推察するには、様々な情報資料が必要だ。しかしそのための資料が圧倒的に不足しているのである。

宮古は電話の相手に尋ねた。

「この画像を載せている現場にいる幹部自衛官だが、使える奴なのか？」

「何？　微妙って、どういう意味だ？」

「性能がピーキー過ぎて、取り扱いに困る？　面白いじゃないか！　そういう奴のほうが今の事態には使えるかもしれん。頼みたいことがあるから、早速そいつに連絡を取ってくれ！」

＊　　＊

四階フロアを仕切っていた瓦礫が崩れ落ちると、そこに閉じ込められていた大人が子供達と共に逃げ出そうとした。

「さあ、逃げよう」

「皇居が避難場所になってるそうだ！」

しかし伊丹は、彼らの前に立ちはだかると、それを押し留めた。

「待った！　ちょっと待った！」

五人の大人の構成は、スーツ姿の中年男性が一人、若いサラリーマン風男性一人、店員らしき若

い男性二人、中年女性一人だ。子供は中学生女子一人、小学生高学年男児、低学年男児、低学年女児の合計四人。

中年女性だけは前に出てこない。どうやら怪我をしているらしい。とはいえ、膝を擦り剥いた程度らしいので、大したことはなさそうだ。

傍らにいる小学生男児達が心配そうな面持ちで立っているのを見ると、この女性が二人の少年の母親なのかもしれない。

「どうして避難しちゃダメなんだ？」

「今の爆発音が、奴らの注意を引いてしまったみたいだからです」

窓から覗いてみると、外を徘徊するゴブリンの数が明らかに増えていた。

「だったらすぐにでも逃げないと！　まだ数が少ない今なら逃げ切れるかもしれない」

「今からじゃもう間に合いませんって。ゴブリンはああ見えてすばしっこいんです」

伊丹は短時間の観察の中で、怪異達の特徴や行動パターンを掴んでいた。

小柄なゴブリンは、何か異変があるとそこへ移動する。

そして獲物と見るやとにかく襲いかかってくるのだ。そしてそれに足止めされると、少し遅れてやってくるオーク達にやられてしまうことになる。

たとえオークの攻撃を耐え凌いだとしても、続いてやってくるトロルには抗しきれず倒されてしまう。

路上では、何台もの乗用車がひっくり返されている。そのほとんどが、怪異をやり過ごそうとして車中に逃げ隠れたものの、隠れているのがバレて、トロルの怪力で車ごとひっくり返されてしまったものなのだ。

このまま外に出たら、間違いなくそのパターンに嵌められてしまうだろう。

「だったらどうしろって言うんだ？」

「武器が——何か奴らを足止め出来るような武器が必要です」

「さっき使った爆弾じゃダメなのか？」

「瞬間冷却剤は全部使ってしまいました し、そもそも咄嗟の時に武器として使えるものじゃない」

「それじゃあこのままここに隠れてろって言うのかよ!?」

「そんなことは言いません。ただ身を守る武器に使えそうなものを探さないと。ええと、何か使えそうなものは……」

伊丹は周囲を見渡した。

「あ、これなんかどうだろう……」

伊丹は高級酒店の冷蔵庫に積まれたスピリタスの瓶に手を伸ばした。

「これならいけます」

「酒なんて取り出してどうするんだ？」

伊丹はそれらの栓を片っ端から開けると、瓶の中にタオルや雑巾など布の切れ端を片っ端から突っ込んでいった。

「スピリタスは、ポーランド原産の蒸留酒です。麦やジャガイモを原料にして七十回以上の蒸留を繰り返し、アルコール度数はなんと九十六度！　もう純粋なアルコールと言っても過言ではありません。その瓶にこうやって布を押し込めば……モロトフ・カクテルの完成です」

モロトフ・カクテルとは、ソ・フィン戦争こと冬戦争で、ソ連軍の戦車すら苦しめた簡易火炎瓶である。

その時、スーツ姿の男性が前に出てきた。

「待て待て待て！　それって火炎瓶だろう？」

「そうとも言いますね」

「火炎瓶なんて作っちゃダメだろう！」

「もしかして貴方、法律にうるさい人？」

見ればスーツ姿の男性は、襟に弁護士バッジを着けていた。

「そうだとも。フィンランドがどうかは知らないが、我が国じゃ『火炎びんの使用等の処罰に関する法律』によって使用、製造、所持する行為が禁止されてるんだ！　悪戯や興味本位、実験目的であっても罰せられるんだぞ！」

「しかし状況が状況ですから、ここは一つ目を瞑ってください！」

伊丹は両手をパンと合わせると、弁護士男性を拝んだ。

「とは言ってもだなあ」

「そもそも、俺達のやった爆薬の製造と使用だって法令違反でしょう？　今更火炎瓶云々は目くそ鼻くそ、五十歩百歩ですって」

伊丹はさりげなく『俺達』の言葉を付け、弁護士男性を共犯扱いした。

「それはそうだが……しかしあれには、人命の救出という正当な理由があった。だから弁護のしようはいくらだってある」

「だったらこの火炎瓶の製造と使用だって、身を守るために必要だったたって言って弁護してくださいよ！」

「う、うーむ……」

弁護士男性は、腕を組んで考え込んだ。

その時、少年の声が響いた。

「伊丹さん！　奴らが来ました！」

伊丹をここまで案内した小学生が外を指差していた。

するとゴブリンの群れがこのビルへと近付いてきていた。

いくら臭いや煙を嫌うと言っても、そこに獲物がいると分かれば話は違うのだろう。

そこで伊丹は、ライターに手を伸ばすと早速、モロトフ・カクテルの二本に着火。そしてそれをビルの四階からゴブリン達に向かって投げ付けた。

火の着いた瓶は、空中で回転しながら放物線を描いてゴブリン達の群れに飛んでいき、アスファルトの表面に落下。

衝撃で破砕し、ガラスの破片と共に中身を周辺に飛散させる。そしてゴブリン達を巻き込んで盛大に炎上した。

アルコールの火炎瓶は、ガソリンを充填したそれと違って爆発的な火炎を巻き起こしたりはしない。しかし青白い炎が纏わり付き、ゴブリン達は慌てふためいて叫び、喚き、地面を転がり回った。

そのあまりの苦しみように恐怖心を抱いたのか、ゴブリンの群れもたちまち逃げていった。

すると見ていた店員達は瞠目した。

「おお、凄い威力だな」

「ご覧の通りです。奴らに命中させる必要はありません。足下に投げ付けるだけで燃え上がるので、足止めが出来ます。みんなこいつを二本ずつと、ライターを持ってください。それでみんなで固まって皇居まで逃げましょう。これが俺達の命を繋ぐ最後の武器です」

伊丹はもう一度説明すると、弁護士の男性や店員達にモロトフ・カクテルとライターを押し付けた。

店員達は積極的に瓶を受け取って、前掛けのポケットに押し込んでいる。ポケット内で瓶同士がカチカチとぶつかるのが気になるのか、ダスターで包んでいる者もいた。

二本じゃ不足だと言って三本、四本と受け取る者もいた。

「……し、しかしだな」

だが弁護士は、未だに不承不承といった体であった。

「生き残りましょう。みんなで幸せになりましょうよ」

「あとで訴えられても知らんぞ！」

「誰が訴えるって言うんですか⁉」

「それは……」

しかし最後には弁護士男性も、伊丹の差し出すスピリタスの瓶とライターを受け取ってスーツのポケットに押し込んだのである。

「それじゃ皆さん、行きますよ」

その時である。

「ちょっと待ちなさいよ！」

「ど、どうしました？」

「怪我をしているアテクシは、一体どうしたらいいのっ！　貴方達、少しは弱者に対する配慮ってものをしたらどうなの？　人間味が全く足りてないわよ！」

小学生男児に両脇を支えられた中年女性が、何故か知らないが、眉を逆立てた表情で伊丹に怒りを表明したのである。

一五一五時《午後三時十五分》

「ここから先は、化け物共が我が物顔で支配している領域だ。各位、注意して進め」

機動隊の遊撃放水車が二台、ゆっくりと進みながら、ＪＲの高架と首都高の高架が接するガード下へと入った。

ガード下は、剥き出しの鉄骨が柱代わりに並んでいて、さらにその外側には寿司や海鮮の飲食店があった。もちろんこんな状況下であるから、店内に人はいない。ガラスは叩き割られ、内部は見るも無惨に荒らされていた。

遊撃放水車がガード下から出ると、四方八方からゴブリンがわらわらと集まってきた。

「奴らが来たぞ」

警視庁捜査一課第一特殊犯捜査係——主に誘拐、人質立て篭り、ハイジャックなどに対応する通称ＳＩＴを指揮する佐伯三郎《さえきさぶろう》警視の目には、群れをなして集まってくるゴブリン達の姿が、凶悪な事件を起こした犯人を護送する際に群がる報道カメラマンのように見えていた。

特殊害獣『丙』——通称ゴブリンと呼称される怪異と報道カメラマンとの違いは、手にしているのがカメラか剣か槍かの違いだ。報道カメラマンは、フラッシュの明滅で捜査員の目を容赦なく痛め付けるし、ゴブリン共は剣や槍で遊撃放水車の車体を叩いたり突いたりする。

「丙というには、大きいのが混ざってますね」

「あれ、この遊撃放水車の高さくらいありますよ」

怪異達の中には、特殊害獣『乙』、警官達が仲間内で密かにオークと呼ぶ、猪を直立させたようなゴリラ体型の個体も散見した。ゴブリン十頭ほどの群れに、オークが一頭交じっている、そんな構成だろうか。

身の丈二メートルに達しようという巨体のオークが、錆びた斧で車体を乱打してくる。

しかし通常のボディに、急造ながら厚さ一センチの鉄板を溶接して強化を施した装甲型遊撃放水車の車体は、怪異の怪力をもってしても多少揺らぐ程度でしかなかった。

とはいえオークの斧が鉄板にぶつかる際の衝撃は凄まじく、遊撃放水車の車内にはその都度大音量が響きわたって耳が痛くなるほどだ。そのため、同乗する捜査員達も若干顔色を青くしていた。

捜査一課の捜査員達は、選抜され高度な訓練を受けたエリートばかり。根性も据わっている。中でも第一特殊犯捜査係は、荒事専門なだけに武器の扱いに長けている元SAT隊員も多い。みんな鎧のごとき防護服に身を固め、ライオットシールドとH&KMP5機関拳銃を手にしている。

もちろん弾倉に詰まっているのは全て実包だ。替えの弾丸を詰めた弾倉もたっぷり用意されている。ガス銃やスタングレネードなど、考えられる事態に備えてあらゆる装備を持ってきていた。

そんな彼らでも、鼓膜を引き裂くような音の連続は耐えがたいようで、みんな顔を顰《しか》めていたのである。

「あはははっ！　凄いな、これは！」

そんな中、佐伯は声を上げて笑った。

「本当ですね。凄いです」

すると部下達も、追従するかのように笑った。

不思議なことに、人間はこういう緊張状態の時、笑うのがよいらしい。笑うことで心の何かが守られるのかもしれない。そのため佐伯は、全員に声高らかに笑うよう誘った。

そんな笑いでひとしきり盛り上がり、静まった頃を見計らって佐伯は皆を見回した。

「流石の化け物共も、厚さ一センチの鋼板は貫けないようだ。大丈夫だ。このまま進む」

「は、はい」

佐伯の指示で運転手が、分厚い鉄板の隙間から外を覗きながらアクセルを踏んだ。

このまま、銀座五丁目と六丁目の境にあたるみゆき通りを進む。

西五番街通りとの交差点で右折すれば、総理大臣が警護のＳＰらと共に消息を絶った銀座ニューテーラーがあるのだ。

一方通行を無視すれば、もっと最短で進むことも出来るのだろうが、警察官はこういう非常事態でも交通規則を破るという発想が出てこなかったりする。

順調に進んでいたと思われたが、遊撃放水車はＪＲの高架下を抜けた先にある小学校前の辺りで停まってしまった。

『どうした？　何故進まない？』

カメラを通じてこちらの映像を見ているであろう清河副総監が無線で問い掛けてきた。

佐伯警視は、溜息交じりに答えた。

「ダメです。……路上に、犠牲者のご遺体がたくさん転がっているんです。このまま進むと、ご遺体を踏み付けることになってしまいます」

『別の道を進むのは可能か？』

「どこも似たような有り様です。車で目的地に向かうのは無理です」

『警備車から降りて道を開くことは出来んのか？』

要するに副総監は、ご遺体を手で運んでどけられないかと言っているのだ。

「今、我々は完全にゴブリンやオーク共に取り囲まれてる状態です。下車したら、ここでドンパチが始まって前に進めなくなりますよ」

『ならば致し方ない。そのまま進め』

「そのままって……まさかご遺体をタイヤで踏み付けろってことですか？」

『今は、総理の捜索が最優先だ』

「でも遺体損壊になってしまいます！」

『これは命令だ。命令でしたことの罪を問うことはないから、安心しろ』

「いや、これは罪に問われるとかそういう問題じゃなくってですね――」

『繰り返す。これは命令である』

清河副総監が命令と繰り返したので、佐伯は口を閉じた。

「……了解しました。おい、このまま進め」

佐伯は運転員に命じた。

「で、でも……」

だが、運転席の若い機動隊員は、青い顔をして頭《かぶり》を振った。出来ないというのだ。これは人間として当然の反応なので、佐伯にも重々理解できるし許容もしたかった。しかし、このままここにい続けることも出来ないので、命令して強制するしかない。

「前進せよ。我々にはしなければならない任務がある」

すると運転員は、「は、はい」と頷いてゆっくりと前進を始めた。

やがて車体が何かに乗り上げた。車体が軽く傾く。

「うっ……」

運転員は苦痛に表情を歪ませ、目をぎゅっと閉じた。

軽くアクセルを踏んだ程度では車体が進まないため、運転員は少し強めにアクセルを踏む。すると、ゴリッという独特の感触がした。

「わああああああああ！」

運転員は大きく叫ぶと、慌ててブレーキを踏んだ。そしてもうこれ以上は進めないと頑なに頭を振り続けた。

「ど、どうしましょう」

「これは流石に無理ですよ」

後方から部下達がおずおずと問いかけてきた。エリート捜査員といえども、これは神経に応えるのだろう。

「あのー、放水砲を使って、ご遺体をどけてみてはどうでしょうか？」

すると、警備放水車の天井に付いている放水砲の操作を担当する機動隊員が言った。

機動隊で使用している放水の威力は、ちょっとした建物の壁なら貫く力がある。暴徒と化したデモ隊の前進を圧倒し、押し返すこととて可能。ならばご遺体を水圧で脇に寄せることも出来るはずだ。

「それしかないか。よし、やれ」

「了解しました」

佐伯の指示で、放水銃が進路方向に向けられる。そして大量の水を噴出した。

その水の勢いで進路上にあるご遺体は少しずつ脇に押しのけられていった。

ついでに集まってきたゴブリンの一部も吹き飛ばされていく。その中の数頭は負けじと向かってくるが、ほとんどが追い散らされて水の届かない所まで逃げていった。

運転員が、水を浴びせられているご遺体を見て言った。

「こんなことをして、いいのでしょうか？」

佐伯としては、運転員の肩を叩いてこう告げるしかなかった。

「どうぞお許しくださいと祈れ。貴方がたの仇は、きっと取るから、それで勘弁してくださいって祈るんだ」

「か、仇を？」

「そうだ。痛かったでしょう。苦しかったでしょう。そんな無念の思いで死んでいった貴方がたの仇は、私がきっと取りますと。私達はそのために来ましたと。だからほんのちょっと不快な思いをさせてしまいますが、どうぞ、どうぞ我慢してくださいって祈るんだ！」

刑事として仕事に就けば、様々な事件の犠牲者と対面する。

警察官は、その亡骸を事細かに検査し、時に（検死医が）解剖する。

その行為はある立場から見れば冒涜であり、良心が咎めるものでもある。だが警察官は、それをしなければならない。

常人なら当たり前に持っている咎めの心を乗り越えるには、自分達の仕事が何なのかを思い出すことと、それが犠牲者にとってどんな価値を持つことなのかを自分に言い聞かせるしかない――と佐伯は学んできた。それを若い機動隊員に伝えたのだ。

「なんまいだぶ、なんまいだぶ……」

衛隊×異世界ファンタジーの決定版!
新巻好評発売中!!
ゲート
GATE
SEASON 2
自衛隊 彼の海にて、斯く戦えり
柳内たくみ 著
Yanai Takumi
既刊5巻
定価：各1870円⑩

月が導く異世界道中
Tsukiga Michibiku Isekai Dochu
あずみ圭
Azumi Kei
既刊16巻+外伝1巻
2021年7月より
TVアニメ化決定!!
神と人族から
見捨てられた男の
異世界世直しファンタジー
定価：各1320円⑩

佐伯の後ろでは、誰かがお経らしきものを唱えていた。

いささかふざけてるようにも聞こえるが、佐伯はそれを咎めるつもりはなかった。これもまたこの状況で心の平安を保つ方法の一つだからだ。

やがて進路が開かれる。

すると運転員の青年も、何かをブツブツと呟きながらアクセルを踏み込んだ。

どんな心境の変化があったのか、運転員は背筋を伸ばし、眦《まなじり》を決して前方を睨み付けていた。

もう迷う様子は全く見えない。

遊撃放水車は、周囲にゴブリンやオークを纏わり付かせたまま、徐行で前進した。

やがてご遺体が散乱するところで停止する。

すると再度放水を開始して、道を開かせた。それを繰り返しながら、彼らは銀座の深奥へと進んでいったのである。

一五五七時《午後三時五十七分》

「おい、あれってもしかして……」

今回の任務に使用された遊撃放水車のフロントガラスには、全体を覆うように鉄板が貼られている。もちろん完全に覆ってしまっては前が見えないから、運転手の視線の高さで僅かに隙間が作られている。その隙間から外を見ていた捜査員達の目に、警視庁のＳＰが使用している黒塗りの乗用車が映った。

「隊長、あれは警護第一係の車両です」

「ここは銀座ニューテーラーから割と離れてるぞ……」

遊撃放水車はゆっくりと進み、その車の出来るだけ近くに寄せて停まった。

見るとその乗用車は、ビルに正面から激突する形で停止していた。

ぐしゃぐしゃのフロント部分とビルの壁面の間には、大型の犬らしき動物が押し潰されている。

よく見ると、その怪異の頭は二つあった。

「これは……地獄の番犬ケルベロス？」

「いや、ケルベロスは頭が三つのはずだ。頭が二つならオルトロスという。おそらく、事件発生時に暴れていた怪異の一頭を、車で体当たりして止めたのだろう——誰か本部に報告してくれ。映像ですでにこちらの様子は見えているだろうがな」

「了解。こちらＳＩＴ。ＳＰの車両を発見」

後ろに乗っている部下が本部に対し、車両の存在と、ゴブリン、オーク、トロルに続いて発見された第四種目の怪異について報告を始めた。

「虎ないし、ライオンくらいのサイズの四足動物。形状は犬に酷似しています。頭が二つあるのが特徴なので、以後はオルトロスと呼称する。これよりオルトロスと呼称する」

すると、無線で不機嫌そうな返事があった。

『特殊害獣「丁」と呼称せよ』

「……了解。爾後、『丁』と呼称する」

そんなやりとりがなされている間、佐伯達は警護車とその周辺を観察していた。

「しかし隊長、妙なことにお詳しいんですね？」

「オルトロスのことか？　君だって、ケルベロスを地獄の番犬だなんて、もしかして押井の映画を見た口か？」

「ええ、まあ……」

「眼鏡が赤いほうか？　首都警のほうか？」

「両方です」

「おほっ……そうか。まさかと思うが、君が警察に入った動機はそれを見たからじゃないだろうな？」

「そう言う隊長はどうなんです？」

「俺か？　俺は……まあ、俺の場合はいろいろ混ざっての若気の至りって奴だ」

観察したところ、警護車の運転席ドアが開きっぱなしだ。おかげで車内の様子がよく見える。

フロントガラスは完全に割れていた。

車内では空気が抜けて潰れたエアバッグが飛び出している。そのあたりから察するに、相当な勢いで激突したに違いない。周囲には、銃弾で倒れたらしいゴブリンの姿もあるから、相当に激しい戦いとなったのだろう。

『よく見えん、カメラでちゃんと映せ！』

本部から無線を介した叱咤が飛んできた。

鉄板の隙間からでは視野も狭い。佐伯は部下に命じて、カメラの角度を変えさせた。

「ご覧の通り、誰も乗っていないようです」

佐伯の報告に対する副総監の返事は不機嫌そうだ。

『そんなことは言われんでも分かる！　近くに首相の私用車はないか？　ないなら、警護官達も首相の私用車に乗って逃げたとも考えられる』

「とりあえず、銀座ニューテーラーの方角に向かってみます。右だ、右に曲がれ」

佐伯の指示で、遊撃放水車は右折した。

ゆっくりと進んでいく。

やがて付近のビルの側面に激突して停止している黒塗りの車を見つけた。

『くそっ！』

「これが総理の乗っていた車ですか？　白ナンバーですけれど」

『首相の私有車だ。本来ならば、公用車で移動すべきところだが、スーツの仕立ては私用とも言える。なので首相は私用車を使われたのだ。ったく、公用車を使っていただけていれば今頃は……』

公用車なら防弾ガラス、ボディには装甲板が入っている。馬力もあるから、一気に官邸まで戻れた可能性もあったのだ。なのに私用車を使ったのが間違いだと副総監は呟いた。

首相ほどの公人となれば、私用ついでの公用、公用ついでの私用と生活は切り分けられない。労働基準法で勤務時間が定められている一般サラリーマンとは違うのだ。なのに重箱の隅を突くようにしてネチネチと文句を言う輩がいる。当然、批判されたくないから、ＶＩＰ側も無理にでも公私を切り分けることになるのだが、それで苦労するのはいつだって現場なのだ。

「ここで事故にあったようですね。しかし周囲にある死体を見ても、ＳＰらしきものは見当たりません。ってことは、全員逃げることが出来たと考えてよいでしょう」

『そうか。確かにそうだな。とりあえずは安心だな』

「問題はどこに逃げたかです」

『それを捜すのが貴様らの任務だ。首相は銀座のどこかに必ずいる』

「きっと難を逃れるため、どっかのビル内に立て籠もっているのでしょう。しかし、ビルの一棟一棟、中の一部屋一部屋を当たっていくのは大仕事ですよ」

佐伯と彼の部下達は、鉄板の隙間から周囲の建物を見渡した。

遊撃放水車の周囲には、相変わらずゴブリン共がいて、ガツンガツンと車体を叩いている。だがそれも、車内に籠もっている限り脅威ではないため慣れてしまった。

『スピーカーを使って、お前達がそこまで来ていることを周囲に呼び掛けてみろ！　向こう側から何か反応があるかもしれん』

「副総監。敵に聞かれてしまう可能性もありますけど、いいんですか？」

「そうです。声に引かれたゴブリン共が、ますます集まってくるかも」

部下達も、佐伯の進言に賛成した。

しかし清河副総監は、自分のアイデアのほうが、部下達の進言よりも遙かに優れた思い付きに思えたようだ。全く耳を貸さず、言うことに従うよう求めてきた。

『別に奴らが集まってきたって構わんだろ？　そのために、ＳＡＴと銃器対策部隊をいつでも出動させられるよう待機させてあるんだ』

「了解しました」

佐伯は仕方なく思いつつも素直に応じた。

命令に従うのが、彼の任務だ。それに、自分自身が思わず口にした日頃使い慣れていない単語の味に、少し動揺していたのもあった。

「敵……か」

彼らが普段、対象に使う言葉といえば、『犯人』あるいは『容疑者』といったものがほとんどだ。符丁としては『ホシ』や『マル被』になるだろうか。

しかしこの銀座で起きている事態は、犯罪なんてものではない。

まだ誰も口にこそしていないが、この事態が、何者かによる周到な計画に基づいて始められたものだというのは、もう一致した認識なのだ。

未だにゴリラや猿、二足歩行する猪が、動物園かどこかから逃げ出してきたなどと言い張っているのは、おそらく清河副総監くらいだ。しかもその清河とて、そのほうが自分にとって都合がいいからそう言い張っているだけで、内心では分かっているはずなのだ。

でなきゃどうして、ゴブリンやトロルのような怪異の大群が突如として銀座に現れる？

でなきゃどうして、怪異達が剣や槍で武装している？

棍棒や丸太だけならば山に行けばいくらでも手に入るだろうが、明らかに人を殺傷するために作られた武器なのだ。誰かが製造して配布しなければ、手にするはずがないのである。

そのことはこうして怪異達に取り囲まれてみれば、嫌でも理解できる。

今、銀座で起きている事件は、犯罪などと言い表せるような類いのものではない。すでに『戦争』なのである。

第六章　カルネアデスの船板

「暑いなあ」

座り込んだ沖田聡子は、額の汗を拭いながら周囲を見渡した。

今、彼女に見えているのは雲一つない青い空と、何日もその下にいたら確実に死ねるであろう強烈な日差し。銀座のビル群とその屋上。あるいはそれらに散らばる、怪異に襲われて死んだ人々——女、子供、サラリーマン、外国人観光客などの遺体、遺体、遺体、遺体、遺体、遺体……無数の遺体であった。

そしてたまたまこの商用ビルの屋上に駆け込んで難を逃れた人々——と、彼らが聡子に向ける様々な感情を含んだ眼差しだ。

彼らの一部は、聡子に対して憤りの念を抱いているようだった。

警察官沖田聡子巡査が、テレビドラマか映画の主人公がごとき超人的な格闘術をもって怪異達を薙ぎ払い、「もう安心よ」とみんなを安堵させせないことに苛立っているのだ。

彼らの一部は、聡子の職業意識や能力に疑いの念を抱いていた。

警察官沖田聡子巡査が、隣のビルの屋上であるいはそのまた隣のビルの屋上で繰り広げられた大殺戮を、ただ手を拱いて傍観していたと決め付けているのだ。

そして彼らの一部は、聡子が自分達を助けてくれると未だに思っている。

小さな子供を連れた母親、子供、そして年寄りが、今年二十一歳になったばかりの女が自分達を救ってくれるに違いないと信じているのである。

「んなの、無理に決まってるじゃない」

聡子は溜息と共にしゃがみ込んだ。

聡子のほうこそ誰かに助けてもらいたいくらいなのだ。

こんな時どうすればいいかなんて、警察学校でも習っていない。タレント俳優ハムカツが演じる鬼教官のいるテレビドラマだったら、もしかしてこういった事態を想定した解決法も訓練してくれたかもしれない。しかし現実には、そんなことあり得ないのだ。

無線機に入ってくる通信に耳を傾けてみる。

指令センターとの通信は未だ回復していない。

無線機は一方的に皇居、あるいは最寄りの警察署に避難せよと言い続けるばかりであった。もちろん、Ｐフォンを用いた呼びかけにも返答はない。メールもなかった。

ポタポタと頬や顎を伝って落ちる汗が、屋上のコンクリート面に小さな水たまりを作っていった。

「俯くな、若者よ。下を向いていたら、決して虹を見出すことは出来ないぞ」

突然、声を掛けられた。

っていうか、そもそもこれは自分に声を掛けているのだろうか？

聡子の記憶では、この声の主はお年寄りであった。「えっと誰だっけ」と声の主の名を思い出そうとしつつ、そのままの姿勢で言い返す。

「こんなドピーカンの空を見上げたって、虹なんか見えませんよ」

「儂はそういうことを言ってるのではない」

「格言か何かですか？」

「チャールズ・チャップリンの言葉じゃ。若干、アレンジが入っとるがな」

「『格言とは、自分の人生で実りを得られなかった人間が手折って差し出す隣家の枝花である』」

「随分と辛辣な格言じゃのう。誰の言葉じゃ？」

「わたしです」

ここでようやく聡子は、よっこらしょと立ち上がった。

「なんじゃそりゃ？　これでも儂は、花も実もある人生を送ってきたつもりなんじゃがな。警察の下っ端なんぞより、遙かに価値ある人生じゃぞ。国から瑞宝重光章《ずいほうじゅうこう》も貰ったしな」

「へえ、それだけの人生を送ってきたというのなら、他人を慰めたり勇気付けたりする時にかける言葉も、自分のものでお願いします」

「世には、儂なんぞよりも遥かに価値ある言葉を残している偉人が多い。適切な場面で適切な言葉を借りてくる技量もまた、重ねた年輪がもたらす才覚の一つじゃよ」

「もしかして、奥さんへのプロポーズの言葉も、どこかからの引用だったりします？　授章の言葉も誰かからの引用？」

「よく分かるのう。儂は口下手なのでシェイクスピアを引用した」

「口下手と仰る割には、自分の賛同者を増やすのに随分とご尽力なさっているみたいですが？」

「そりゃ、若者達が間違ったことをしてみすみす自滅するのを、人生の先達として見過ごすわけにはいかんからのう」

老人はそんなことを言いながら、屋上の一角を振り返った。

そこには災害にも等しいこんな事態の中で、自分を救えるのは自分しかいないと理解し、足場用のパイプを振り回しやすい長さに切り、あるいはスコップやらを手にとって戦いの準備を進めている者達がいた。

彼らは総じて自立心と克己心があり、聡子に対しても過剰な期待を向けることがない。当然、期待を裏切られたと勝手に失望することもない。

彼らは善良な一市民こと山田の提案で、周囲が暗くなった頃合いを見計らってここから皇居に向かって脱出しようとしているのだ。

これに対して老人は、この屋上に立て籠もって救出を待とうと主張して賛同者を募っていた。そしてどうやら自派閥を増やすための次のターゲットに、聡子を選んだらしかった。

「ここから脱出することが間違いでしょうか？」

「下には怪異共がうようよしとるんじゃぞ。そんな所に飛び込んでいったら自殺するようなもんじゃろが」

「けど、このままここに残っていたら、熱中症で死ぬか、竜に襲われて食べられるかですよ。それもまた自殺です」

「かもしれんという可能性――じゃろ？　じゃが下に下りたら、待っているのは確実な死じゃ。儂はここに残って救助を待つことのほうがマシに思えるんじゃ。ここにはホレ、水もあることじゃしのう。儂の言葉、どこか間違っておるか？」

もちろん、間違ってなどいない。

だが老人の言う『マシ』とは、この事態が今日明日中に収束するならば――という前提条件が付いている。

この事態が、もし三日、四日と続いてしまったらどうなるか。それが問題なのだ。

ここ数日、猛暑が続いている。

天気予報によれば、それは明日も明後日も続くとされていた。

そしてここには、水はあっても食糧がない。塩もない。屋上塔屋が作る日陰は狭く、全員が横になれるほどのスペースもない。

夜、陽が落ちてから横になったとしても、日中、太陽に炙られて熱を持った硬いコンクリートの上で十分な睡眠が取れないことは、夏を経験したことのある者なら言わずとも分かるだろう。つまり、明日以降はみんな栄養不足と睡眠不足、塩分不足と過剰なストレスの中で、強烈な暑さを耐え凌ぐことになるのだ。

それで果たして三日目、四日目を乗り越えられるだろうか？

自分や体力のある大人、大学生なら大丈夫かもしれない。

しかし目の前にいるお年寄りや子供はどうか？

聡子はチラリと、心寧と彼女を抱きかかえる母親に視線を向けた。

母親は大丈夫かもしれないが、五歳の幼女には無理だ。今ですら顔や耳を薄紅色にして周囲の人達に扇いでもらっているくらいなのだ。

逃げるか留まるか。この二者択一は、どちらも死に直結した言わばギャンブルだ。

いくら考えても正答は分からない。そうなると、どっちに賭けるかは個人の好みとも言える。そしてどっちを選んでも一か八かになるのならば、若くて健康で脚力に自信のある聡子としては、逃げることを選びたい。少なくとも心寧ちゃんと母親は脱出させたい。

「娘さん、あんた、あの少女を担いで走るつもりか？」

「必要ならそうします」

「あんた、自分の属している警察という組織はそんなに頼りないのか？　儂は警察の力を信頼しとるぞ。夕方か明日には機動隊が大勢やってきて、猿だのゴリラだのを駆逐して儂らを救い出してくれるはずじゃ。少なくとも儂はそう信じておる。じゃからあんたも一緒にここに残って助けを待ってくれ。老い先短い年寄りの頼みだと思ってこれこの通り」

老人はそう言って深々と頭を下げた。

しかし聡子は胡乱げに、目の前に下げられた白髪頭を見るだけであった。

「やめてくださいよ、老い先短いだなんて卑怯な言い方。今の状況、一時間後どうなっているのか分からないのは、わたしも貴方も同じなんですよ。貴方はここに立て籠もって救いを待つ。わたし達は脱出するでいいじゃないですか？　大丈夫です。皇居に辿り着いたら、わたしのほうから皆さんがここにいることを上に伝えます。貴方が勲章を貰うくらいの上級国民だって言うなら、警察の上の方だって、格別の配慮をしてヘリコプターで迎えに来てくれますって」

聡子がそんなことを言うと、少し離れた所で爆発音がした。

音のした方角に目を向けると、ビルから黒煙が上がっている。

「どうしたんです？」

聡子は、給水タンクのある塔屋で見張りをしている大学生に問い掛けた。彼はプテラノドンが近付いてきたら警報を発するのが仕事だ。

「なんかまた報道のヘリが墜落したみたいです。新聞社のかな？　テレビ局のかな？　ま、おかげでプテラノドンが近付いてこなくて助かるんですけどね」

警視庁航空隊の青いヘリコプターが墜落して以降、銀座付近ではすでに何機ものヘリコプターが墜落していた。

当然、報道ヘリの側も危険だと知っているはずなのに、迫力のある映像を撮ろうと欲を掻いて不用意に高度を下げ、プテラノドンの集団に襲われてしまうのだ。

一機目、二機目あたりまでは、聡子達も驚いて屋上の端に駆け寄って黒煙の上がる光景に目を向けていた。だが三機目、四機目と続くと、「またか」と思うだけで驚きもなくなっていた。

「えっと、今、何の話してましたっけ？」

ヘリで救出されると言った直後なだけに、聡子は決まりが悪くなって苦笑した。

老人は言う。

「じゃから！　それぞれの好みに任せてしまったら、ここに残るのは、年寄りばかりになってしまうと言ってるのじゃ！　年寄りばかりになったら、一体誰が儂らを守るんじゃ!?」

老人はようやく本音と思しき声を上げた。

「ようやく本音を吐いたようだな、爺さん」

すると、善良な一市民こと山田がやってきて告げた。

「しかしな、俺達がここに残ったからと言って、安心できるわけじゃないんだぞ」

「ど、どういうことじゃ？」

「こんな生きるか死ぬかの状況で、誰かに助けてもらえるとあんた本気で思ってるのか？」

年寄りは目をくわっと見開いた。

「な、何じゃと!?」

「こういう状況では、体調を崩した者、動けなくなった者はイの一番に見捨てられる。実際、もし今この瞬間、ゴブリン共がよじ登ってきたとしたら、あるいはプテラノドンに乗った連中が襲ってきたとしたら、俺は戦ったりしないでここから逃げ出すね。他の奴らもきっとそうするだろうさ」

老人は憮然とした表情で聡子に言った。

「あんた、警察官じゃろ。こ、こいつを逮捕しろ」

「なんの罪でです?」

「此奴は、儂らを見捨てると公言してるんじゃ。敵前逃亡罪とか脅迫罪とか何かにはなるじゃろ!」

「あーえーと、うーん、保護責任者遺棄になるのかなあ？　けど、今の状況ってカルネアデスの船板って言うんですよね」

「カルネアデスの船板?」

「古代ギリシアでのことです——」

聡子は逸話を語った。

船が難破して、乗組員Aが海に投げ出された。

Aは壊れた船の板切れになんとか縋り付いて溺死から逃れた。しかしそこにもう一人の男Bが波間から現れて、同じ板に掴まろうと手を伸ばしてくる。

しかし二人が掴まれば、こんな小さな板では二人とも沈んでしまうと考えたAは、後から来たBを突き飛ばした。

結果、Bは水死してしまう。

その後、救助されたAは、殺人の罪で裁判にかけられたが罪に問われることはなかった。

「相手を助けようとすれば自分が死んでしまう。そういう状況では、他人を見捨てることも止むなしとされる。これを緊急避難っていうんでず」

「つ、つまり……儂らは見捨てられても仕方ないと言うのか？」

年寄りは、身体を震わせながら崩れるようにしゃがみ込んだ。

「に、人間はな、助け合ってこそ人間なんじゃぞ。人という字を見てみろ、互いに支え合っているじゃないか……」

すると山田が嗤った。

「支え合ってないから。『人』という字は、右下側の小さい棒が、長い左側の棒を支えているだけだから。左側の棒は一方的に右側に寄りかかってるんだよ。もし左側が支えたら、それは『入る』って字になるんだよ。いるんだよなー、一方的に助けてもらうことを助け合いとか言う奴。『困った時はお互い様』ってセリフは、助けた側が謙遜して言うから美しく響くんだよ。救いを求める側、助けられた側は絶対に口にしちゃいけないんだよ！」

すると老人は、猛烈な勢いで立ち上がり抗議した。

「わ、儂は、十分社会の役に立ってきたぞ！　国の役に立ってきた！　それらは大勢の人の助けになってきたはずじゃ！」

「そうか？　でもその分の給料はたっぷり貰ってきたんだろ？　出世もしたし、七宝焼きの嵌まった輝かしい勲章も貰ったんだろ？」

「そ、それは当然じゃろう。それらは儂の能力や功績に対する評価じゃからのう」

「ならば、もう清算は終わってる。あんたは働きの対価を十分に貰った。国とあんた、社会とあんた、俺達とあんたの間には、もう貸し借りは存在しない。あんたの貸借対照表の『貸し方』には、もう何も残っちゃいないんだ」

「……」

老人はぱくぱくと口を開け閉めするばかりであった。

「なんてこと……なんてことじゃ。儂らがこれまで苦労して作り上げてきたこの国は、いつこのような冷酷で無慈悲な国になってしまったんじゃろうか？　一体どこのどいつじゃ。この国をこんな有り様にしてしまったのは？」

「それは、あんたらだろ？　あんただって、勲章を貰ったほどなんだ、組織の中でそれなりの地位に就いてたんだろ？　どんな奴を採用するか、部下の中からどんな奴を出世させるか、あんたが決めたんだろ？　上司の都合を重視する便利な奴、冷酷なまでに効率的な奴、情が響かないほどに合理的な奴、給料が安くても従順で仕事が速い奴を好んで採用し、組織や会社の中層、上層へと引き上げた。そしてそうでない奴は、足手まといとしてリストラした。その結果行き着いたのが、今の社会の有り様ってわけだ。よかったよなあ、狙い通りの結果じゃないか」

「わ、儂は別に……そんな、そんな……それなら、儂はこれまで一体何のために働いてきたと言うんじゃ！」

「もちろん自分のためだろ？　自分の幸せを願って、自分に気持ちのよい形を全力で追い求めた。その結果がこれなんだよ。しかも今になっても、その婦警さんや俺達を、自分のために働かそうと企てている。自分にとって都合のよい状況になるようにってな。しかもタチの悪いことに、それを相手のためだと体裁よく誤魔化してる」

「……くっ」

「そろそろ気が付けよ、爺さん。あんたが今必死になって握りしめてる栄光。それはこれからの選択次第で、簡単になくなっちまう程度のものなんだぞ」

「過去の栄光を大切にして何が悪い！　儂の人生は残りあと少しじゃ。あと少しだから思い出を大切にしたいと思っては何故いかん⁉」

「過去の栄光に浸った安逸な余生を過ごすのも、そりゃ楽しいだろうさ。けどな、そんなものは、ちょっとした間違いでなくなっちまうものだ。例えば今日、あるいは明日、自動車を運転してブレーキとアクセルを踏み間違えたらどうなる？　大勢を怪我させ、何人もの人を死なせることになる。そうなっちまったら、もうお仕舞いだ。どれだけ車の故障だったと言い張っても、誰も信じてはくれん。栄光ある華やかな人生も、人殺しと罵倒され続ける汚れと屈辱の人生に変わっちまうんだ」

「べ、別に……ブレーキを踏み間違えたりは……」

「まだ気付いていないのか？　あんたは必死になって、俺達にここに残れと言っている。けどそれはあの子を見捨てろと言ってるのと同じなんだぞ」

善良な一市民は、そう言うと五歳の幼女心寧を顎で示した。

「わ、儂は何もあの子を見捨てろとは……」

「確かに。確かにあんたは、あの幼女を見捨てろと直接口にはしていない。けど、ここに残ればあの子がどうなるか分かっていて、あえて無視している。それはあの子を見捨てろ、死なせろと言ってるのと全く同義なんだ。ホレ見ろ、あんた、ブレーキとアクセル、踏み間違えている真っ最中なんだぞ」

「そ、それこそ、カルネアデスの板じゃろが」

「誰しも自分の命は尊いから自分を優先する権利はある。けどな、それは本当にあんたを満足させる選択か？」

「……」

「俺はあんたと違って、これまで大したことはしてこなかった。しがない現場監督で、結婚も出来なかったし子供もいない。あんたから見れば、ちっぽけな虫ケラみたいな人生だ。けどな、だからこそ分かることもある。俺のこの人生に意味があったかどうかを価値付けるのは、今、これからの選択と行動だということだ。俺は少なくとも後悔しながら死にたくない」

「だから行くと言うのか？」

「ここに残れば、俺が助かる可能性は高い。多分俺は生き残れる。あんたらと違って、体力があるからな。けど、それはあの子を犠牲にする道だ。それは嫌だ。気に食わない。だからここから下りて、あの子も俺も両方が助かるかもしれない道を選ぶ。その結果、痛い思いをするかもしれないきつい思いもするかもしれない。けど、少なくとも、今際《いまわ》の際《きわ》に間違いをしちまったと後悔しないで済む。死んだ後に、地獄があるか天国があるかは知らないが、少なくとも彼女を助けようとした人生だったと胸を張れる。あんたはどうだ？　出世した、勲章も貰った、いい人生だったと過去を誇ってるだろう？　けど今この瞬間の選択で、あんたは晩節を穢《けが》す。幼女を見捨てた、見殺しにした鬼畜生と罵られるんだ。耳を塞いだって無駄だぞ。他でもないあんた自身の良心が罵るんだからな。そんな罵りを聞きながら、後悔塗れで人生の最期を迎えるのが、あんたの望みか？」

「くっ……」

「命の使い所を見誤るなよ、爺さん。死ぬその時、その瞬間までが人生のマラソンだ。これまでトップを走ってたからと、ゴールテープが見えてきたところで気を抜いたら、哀れなウサギになっちまうんだからな」

山田はそう言うと、老人の胸を人差し指で突く。すると老人は、そのひと突きに圧倒されたようにへなへなと座り込んだのだった。

その時である。

スピーカーからであろう、大音声が鳴り響いた。

『あーあー、我々は警視庁特殊捜査班。我々は警視庁特殊捜査班！』

聡子と山田が、声のしたほうに駆け寄る。

座銀ビルの屋上には手摺りがない。そのため屋上の縁からそっと頭を出して下を覗く。すると機動隊の警備放水車が二台、一列になって停まっているのが見えた。ゴブリンやオークらに群がられているが、鉄板で側面を覆っているからか、痛くも痒くもないようだ。

しかし山田は言った。

「ば、馬鹿野郎！　大声出しやがって！」

これまでせっかく注意を引かないよう静かにしていたのに、これでは敵に見つかってしまう。

早速、空を飛んでいたプテラノドンの三騎編隊が進路を変えた。異変を察知してこっちに近付いて来ようとしているのだ。

「みんな、物陰に隠れろ！」

屋上塔屋で見張りをしていた大学生が叫んだ。

しかし他の者達は従わない。日陰から飛び出して屋上の縁に駆け寄ると、地上の警察に向かって手を振り叫んだ。

「ここよ！」

「助けて！」

しかも、屋上からビル外壁の足場へと通じる梯子まで下ろし始めた。

「早まるな！　今は出て行こうとするな！」

山田、聡子、大学生、中年サラリーマンらは必死になって止めた。

しかし彼らがいくら静止しても、差し伸べられた藁にしがみ付こうとする人々を止めることは、もはや出来なかったのである。

＊　＊

「ここです！」

「助けてください！」

スピーカーでの呼びかけに対する答えはすぐにあった。四方八方から救いを求める声が飛んで来たのだ。

それはゴブリンやオークの襲撃から逃れて身を隠していた人がどれほどいたかを示していた。皆、警察が来た。助かったとばかりに、窓から、屋上から顔を出して、手を大きく振っていたのだ。

「ちっ、なんてこった」

だが、佐伯は舌打ちした。

遊撃放水車の周囲に集《たか》っていたゴブリン共の一部が、新しく獲物を見つけたぞとばかりに声のした方向へと進み出したからだ。

「隊長！」

「どうしましょう⁉」

佐伯は一瞬だけ迷った。自分達の任務は、総理大臣の捜索だ。民間人の救出は想定していなかったのである。しかし助けを求められて見捨てることなど、警察官に出来るはずがない。決断は速やかかつ反射的だった。

「よし、下車して助けに行こう。みんな用意しろ！　副総監の許可を得たら、すぐに出るからな」

佐伯の部下達は、いよいよ戦いだとばかりに顎紐に触れてヘルメットの装着を確かめ、防弾性能を持つ透明アクリルの面覆《バイザー》を下ろす。そして楯と拳銃、あるいは機関拳銃を引き寄せた。

「副総監！　ご指示を！」

そしてその間に佐伯は、民間人を救出せよという命令が下されるものと期待して、清河副総監に呼びかけたのである。

『……』

しかし返事はなかった。

「副総監、救出を求める多数の民間人を発見しました。直ちに救出したいと思います。許可を願います！」

繰り返したが、やはり返事はない。

「至急至急、本部、返答を願う。どうした！」

すると、若干のタイムラグがあって、慌てふためいた声が返ってきた。

『こちら本部。しばし現状で待機せよ』

声の主は、清河副総監ではなかった。

相手が誰か分からないまま、佐伯は言い返した。

「待機って、それどころじゃないことはそっちも分かってるだろう！　民間人が大勢助けを待ってるんだぞ！」

『んなこと知るか！　こっちだってそれどころじゃないんだ！』

「な、なんだって！　何があった⁉」

『機動隊が！　古代ローマの重装歩兵が大軍で襲ってきたんだ！　我々の相手は人《にん》げ……』

すると横からマイクをかっさらうようにして清河副総監が言った。

『警視庁特殊捜査班は直ちにその場から撤収せよ！　繰り返す、警視庁特殊捜査班は直ちに撤収せよ！』

「撤収⁉　民間人を見捨てろと言うのですか⁉　副総監、副総監！」

『……』

やはり返事はない。一方的に指示を伝えて会話は打ち切られてしまったのだ。

『直ちに東京駅に銃器対策部隊を送れ！』

『今からじゃ間に合わない！　九機は一体何をしてるか！』

代わりに無線の向こうから薄らと聞こえてきたのは、本部の混乱ぶりを表す怒号だ。そしてしばらくして、別の誰かが無線機のマイクを握った。

『副総監は今、有楽町東京駅方面の機動隊の指揮に集中されている。佐伯、お前達はすでに下された命令に従ってそこから撤収せよ』

「待ってください！　待って……」

『……』

「隊長！」

部下達の視線が佐伯に集まった。

流石の佐伯も、この時は逡巡した。命令に従って撤収すれば、大勢の民間人を見捨ててしまうことになるからだ。ギリッと音のするような歯軋りを一回した。

この時佐伯は撤退を命じるつもりでいた。刑事部でＳＩＴの隊長にまで出世した彼は、警察組織の中で命令遵守を骨の髄まで叩き込まれたエリートだったからだ。

組織のエリートは、個人の思いと行動を切り分けるけじめを身に付けているものだ。

しかしところが、彼の思いとは別のところにいる運転員が暴走した。

「うううううううううううううううううううう！」

突然唸り声を上げたと思うと、ギヤをローに入れ、思い切りアクセルを踏み込んだのだ。

遊撃放水車は、エンジンの咆哮と共に猛烈な速度で走り出した。

周囲に集っていたゴブリンやオーク達を薙ぎ払いながら、蹴散らしながら。

「な、何を!?」

たまらないのは、佐伯達SIT隊員だ。

加速の勢いで、車内の後ろに向かって大きく吹き飛ばされた。しかもすぐにブレーキが掛かって今度は前方へと吹き飛ばされる。

「わあぁっ！」

運転員はギアをバックに入れて叫んだ。

「死にさらせええええええええ！」

そして再びアクセルを床まで踏み付ける。

遊撃放水車は猛烈な勢いでバックした。

その進行方向には、弾き飛ばされ道路に転がったゴブリン、オーク達がいる。それら目掛けて車体の後部が突っ込んだのだ。

警備車の巨体がオークを弾き飛ばし、タイヤがゴブリン共を踏み潰す。

車体は少なからず動揺し、傾《かし》ぎながらも、それらを卵の殻がごとく踏み潰した。

砂利道と言うより小岩で出来た道を走り抜けたような衝撃と動揺の果てに、放水車は停止した。

「た、隊長！　やりました。みんなの仇を討ちました！」

運転員が満面の笑みで言った。

佐伯は通路に尻餅をついたまま言った。

「やっちまったか⁉」

「はい、やりました！」

全く陰のない運転員の笑みを見て何を思ったのか、佐伯もまた満面の笑みになった。

「やっちまったか⁉」

「はい、やりました！」

「それじゃあ、しょうがないな！」

もしかしたら自棄《やけ》になったのかもしれない。あるいはこの瞬間、彼は自分を縛っていたいろいろな制約から解放されたのかもしれない。佐伯は立ち上がると、命じた。

「よし、我々は民間人を救出する。第一班は、車両周囲に展開して、退路の確保だ。第二班は、俺と一緒に民間人の救出。ただし欲を掻くな！　手の届く範囲に限って救え。救えない時はまた必ず来るからと約束し、そのまま隠れ続けるよう告げるんだ。俺達は何度でも来る。いいな！」

「了解！」

この時、清河副総監が下した撤収命令が正しかったのか、それともそれを無視した佐伯警視の行動こそが適切であったのかは、後々までも議論となっている。

何故なら同時刻、警視庁は有楽町東京駅方面に出現した新たな敵によって、危機的状況に陥っていたのだ。

そんな状態では、現場に送り込んだＳＩＴ部隊に万が一のことが起こっても、支援も救出も出来ない。従って退却も止むなしというのが、危機管理や軍事的定石に詳しい者の意見であった。そしてその意見に賛同する側の者は、警察のような組織においては、上官の命令に従わないことなどあってはならないとして、佐伯を断罪したのである。

対して、民間人を見捨てるなど言語道断という意見もあった。

民間人を救出することが警察の使命であり、その点では清河副総監の判断は大きな誤りであったし、それを無視して民間人を救おうとした佐伯の決断こそが正しいとする意見は根強いのである。

後者については、マスコミや野党政治家などがもっぱらの発信源となっているが、そんな彼らは佐伯とその部下達こそが真の警察官だと称賛していた。

いずれにせよ、清河は現場指揮官として最低限必要な指示はしたと評価されたし、またこの時の佐伯警視の独断専行が、警察官が事もあろうに民間人を見捨てたと誹《そし》られることを防いだとも言えるのである。

「行くぞ！」

佐伯の合図で警備車のドアが開かれた。するとそこにいたゴブリンが、たちまち剣を振りかざして向かってきた。

錆びて刃こぼれの多い、いかにも安物と思しき剣。しかしその刃は妖しく輝いていた。人を殺傷するのに十分な鋭利さを持っていた。殺意を込めてそれらを振りかざされたら、どんな者とて恐怖に慄《おのの》くに違いない。

しかしＳＩＴの隊員達は冷静にして沈着だった。

正中線、喉や上胸部を中心に狙って拳銃の引き金を絞る。一発、二発、続けて三発、四発。するとし日本猿程度の体躯しかないゴブリンは、その衝撃で仰け反るように、あるいは腹部に弾を受けて尻をつくように倒れていった。

胸部に弾丸を受けて、吹き飛ぶように昏倒した個体もあった。

Ｈ＆ＫＭＰ５機関拳銃の軽快な発砲音はさらに続いた。

ゴブリン達は、遊撃放水車の周囲から枯れ葉を掃くように薙ぎ払われていった。

弾丸を逃れた怪異も、次々と倒れていく仲間を見て恐怖に駆られたのか、追い散らされるように逃げていく。幸いと言うべきか、周囲に集っていた怪異共は、運転員の暴走にも似た特攻ですでに半数以下にまで減らされていたのだ。

周辺はたちまち無人の野となった。

しかしそんな中でも、オークは残っていた。

その鈍重そうな巨体が、ゆっくりと振り返る。そして、手にした戦斧を掲げると、勢い任せに突っ込んできたのである。

佐伯は反射的に、ベレッタ九〇‐TWOの銃口を向けると引き金を絞った。

口径九×十九ミリ、重さ七・五グラムの弾丸が、秒速三百八十一メートルの速度で空気を切り裂きながら突き進んだ。

およそ五百四十四ジュールのエネルギーを与えられた弾頭が、七メートルの距離でオークの巨体に命中し、分厚い皮膚を破り肉を弾けさせる。

しかし――

拳銃の弾丸は、時に一発や二発では人間の突進を止められないことが多々ある。

そのことは海外警察官の法執行場面の動画を見てもよく分かる。三発、四発、五発、六発と立て続けに弾丸を撃ち込み続け、犯人あるいは容疑者はようやく膝を突き、呻き声を上げて寝転がり、他人を害することの出来ない安全な状態となるのだ。

ましてや、相手は人間が見上げるほどの体躯を持つオークだ。ゴリラかと見紛うほどの分厚い皮膚と筋肉で全身を鎧っている。体重も二百キロに達するだろう。日本猿程度のゴブリンと違って、弾丸の一発や二発では身を揺るがすことすら出来ない。

だから佐伯は、ひたすら引き金を引き続けた。

距離が五メートル、四メートル、三メートルと詰まっていく。

二メートル、一メートル。

ベレッタ九〇‐TWOに装填された十七発の弾丸を全て叩き込んだ。

最後の一発に至っては、オークの胸部に銃口を押し付けて発砲する形になった。

そこでようやくオークの前進が止まった。崩れるように膝を突き、その場に突っ伏したのである。

「はあはあはあ……」

佐伯は肩で息をしながら、空《から》になった弾倉を引き抜き、弾丸で一杯となったものと交換する。その所作は流れるように無意識だった。訓練の結果身に付いた鮮やかな動作だ。

「隊長！　クリアです！」

その声で、佐伯の意識が鮮明になった。色彩を失って霞がかかっていた思考がたちまち蘇る。

「クリア！」

「クリア！」

気が付くと、警備放水車の周辺から怪異達が駆逐されていた。

ＳＩＴの隊員達は楯を構え、拳銃あるいは機関拳銃の銃口を素早い身のこなしであちこちに向けながら、横隊を作って怪異達を寄せ付けない態勢を作り上げていた。

遊撃放水車の周囲から怪異が駆逐されたと見るや、佐伯は命じる。

「よし、第二班。前へ！」

後方の警備放水車から、ＳＩＴの第二班が降りてくる。そしてあちこちの建物に隠れた民間人を救出すべく前進を開始したのである。

第七章　機動隊員達

一五二五時《午後三時二十五分》

晴海通り・ＪＲ高架下――

伊丹は、救出した人々と共に、炎上するビルから逃れ皇居へと向かっていた。

彼らはある程度まとまって進んでいた。

一人や二人なら、息を凝らして静かに進むなんてことも出来るが、この数になると気配を抑えることは出来ない。そのため交差点、ビルの入り口といった所からゴブリンの一頭あるいは二頭が、様子を見に姿を現すのだ。

そしてそれらは、伊丹達の姿を認めると、叫んで騒いで仲間を呼ぶのである。

するとすぐさま高級酒店の店員が立ち止まった。

彼はオイルライターを取り出すと、エプロンのポケットに突っ込んであった火炎瓶に点火し投げ付けた。

瓶が甲高い音と共に割れ、火炎が一気に広がる。すると、仲間を呼んでいたゴブリンが火だるまになった。

炎で全身を焼かれる苦しみにのた打ち回って絶叫する。

すると、呼ばれて集まってきたゴブリン達は、それを見て凍り付いた。仲間の悲惨な姿に怯えてたちまち逃げ散っていったのである。

「見ろよ、効いてるぜ」

「これなら助かるかも」

火炎瓶の効果に勇気付けられた一同は足早に進んだ。自信が出てくると行動が大胆になり、決断も早くなる。彼らはゴブリンが出てきそうな交差点やビルの出入り口にあらかじめ火炎瓶を投げておくという手まで使うようになった。

そんな脱出者の最後尾に、中年女性がいた。

少年達二人の母親で、伊丹を詰った女性だ。救出した時から膝の苦痛を訴えていて、進みは遅く、皆から遅れがちであった。

「頑張って！　あともう少しです！」

伊丹は振り返ると、中年女性を励ました。

「で、でも……アテクシ、もう足が。もう走れないわ」

膝小僧が痛いと言って、女性は蹲《うずくま》ってしまった。この女性、子供が転んだ時に作るような膝小僧の擦り傷を、あたかも外科手術が必要な人怪我のように大袈裟に主張して痛がるのだ。

「大丈夫。痛いだけなら問題ありません。我慢すれば走れます！」

「我慢なんて出来るわけないでしょ！　だってアテクシ、苦痛に弱いのよ！　この子達を産んだ時だって、麻酔してもらって帝王切開で産んだくらいなんだから！　これまでずうっと蝶よ花よとチヤホヤされて育ってきたのよ。欲しいものがあれば何だって買ってもらえたし、したいことだって何だって出来た。我慢なんてしないでいられたのよ！」

自らそこまで言っちゃうとか一体どこのお嬢様だよ、と思ってしまう。

こんな我儘令嬢が登場するのは、漫画かラノベくらいだと思っていた。しかし、日頃接する機会がないというだけで、日本のどこかには必ずいるのだ。

とはいえ今、この状況の中では彼女の生まれも育ちも、そして家族だか旦那だかの財力すらも役に立たないのである。今のような状況で生死を分けるのは、走れるか否かだ。

「走るよう、努めて励んでください」

伊丹の回答は、冷淡であった。

「努めて励んでくださいって、どういう意味よ⁉」

「文字通りです。さ、君達も早く。行くぞ！」

「でも、お母さんが！」

「頑張って、お母さん！」

子供達まで母親を心配して立ち止まってしまう。少年達を助けるには、この中年女性を連れていくしかなかった。

「あんた男でしょ？　アテクシを背負って走りなさいよ！」

「ダメです。貴女を背負ってしまったら、咄嗟の時に動けなくなる」

「咄嗟の時って何よ!?　それってアテクシを運ぶよりも大事なことなの!?」

「ええ、そうですよ」

伊丹は言いながら、素早く腰のファルカタを抜く。そして少年達を背後から襲おうとしていたゴブリンを斬り付けた。

もたもたしている間に、ゴブリン共が追い付いてきたのだ。

「これが咄嗟の時ですよっ！」

伊丹はゴブリンを二頭ほど斬り捨て、三頭目は蹴倒した。

そして火炎瓶を道路の中央に投げ付け、炎の防壁を築く。これでしばらくは後を追って来られないはずだ。

「あんたを背負っていたら、こんなことは出来ない」

伊丹は告げた。

しかし中年女性は全く聞いていなかった。ゴブリンの死骸を見て悲鳴を上げ、返り血を浴びたのが気持ち悪いと叫んで一生懸命拭いているのだ。

「キャーキャーキャー　誰かとって、これとって、もういやあああああ！！！」

いくら宥めようとしても、悲鳴を上げるばかりで聞く耳を持たない。まるで少年達のほうが保護者であるかのごとく、母親の顔に付いた血を拭ってあげているのだ。

「仕方ないなあ」

伊丹は嘆息すると、中年女性に肩を貸すことにした。

「なんで背負ってくれないのよ？」

肩を貸したというのに、中年女性は不満そうであった。どうあっても、自分は走りたくないらしい。

「言っておきますが、さっきみたいな襲撃があったら突き飛ばしますからね」

「な、なんでよ？」

「今の見てなかったんですか？　貴女のお子さんが危なかったんですよ!?」

「この子達のことなんてどうでもいいじゃない！　アテクシのほうが大切でしょう!?」

「え!?　ええーー!?　いや、ええと、その……」

毒親一直線の発言を聞いた伊丹は、どう答えたらよいか分からなくなった。

確かに、最悪の事態に陥った時、人間には他人よりも自分を優先する権利がある。

自分よりも他人を優先して救うというのは確かに美談だが、それは通常ならあり得ない行為だ。だからこそ、崇高な自己犠牲として称賛されるのだ。

自分を優先したい、何がなんでも助かりたいと他人を蹴落とす行為は汚らわしく見えるが、死んでしまったらお仕舞いという現実の中では、それを非難することは誰にも出来ないのである。

とはいえ、母親が我が身を我が子よりも優先してしまうとは――いやいやいや、それもまたそれぞれの考え方で、尊重すべき価値観の多様性だ。伊丹には、干渉する権利はないのである。

伊丹は、脳裏にいろいろな言葉が浮かんだが、それらを全て引っ込めることにした。

少年達を恐る恐る振り返って見ると、そんな母親を心配そうに見守っていた。

今の発言に特段ショックを受けた様子がないところを見ると、この母親がこういう発言をするのは日常茶飯なのかもしれない。

伊丹は中年女性を支えて懸命に走った。

中年女性も助かりたい一心が苦痛を上回ったのか、とりあえず痛みを我慢して伊丹にぶら下がっていた。途中、オークが姿を現したので、伊丹は容赦なく中年女性を振りほどいて、火炎瓶に着火して投げ付ける。おかげでオークの襲撃を防ぐことが出来た。しかしその行為について、中年女性は憤りを表明し、抗議した。

あとで訴訟を起こすなどと罵っていたくらいだ。それならば、もう伊丹に頼るのはやめて自分で走るのかと思ったら、そうされるのが権利だとばかりに再び伊丹に頼ったのである。

伊丹も流石に頭に来ていた。

思わずこの女性をゴブリン共の前に置き去りにして、少年二人を抱きかかえて走ってやろうかと思ったくらいだ。同じ抱えて走るなら、そのほうが納得がいく。

とはいえ「そういう人達も守る」のが、自衛隊のモットーである。「忍」の一文字で口を噤み、走り続けた。

晴海通りに出て、皇居方面に向かう。

すると、前方に警官隊が見えてきた。

ポリカーボネートの楯を持ち、完全武装に身を固めた第四機動隊が規制隊形をとっていた。

「助けて！　誰か助けて！」

中年女性が叫ぶ。

すでに先行した生存者達の多くが辿り着いている。それでも警官隊はピクリとも動かなかった。

「どうして？　聞こえているはずなのに……」

「彼らはあの場所から動くなと命令されているんだ。助かりたかったら、こっちから行くしかない」

彼らは今、危険地帯と安全地帯とを隔てる生きた堀であり、生きた城壁である。故に動いてはならないのである。

きっとこちらを見つけて、救いに走り寄りたいと思っているはず。しかし本能と呼ぶべきまでに叩き込まれた規律が、それらの感情を抑え込んでいるのだ。

「あと少し！」

伊丹は中年女性にそれまでの辛抱だから頑張れと告げた。

「頑張れっ！」

機動隊員達も声を掛けてきた。

伊丹と中年女性、そして子供達はその声に押されたように懸命に進んだ。

やがて伊丹らは、彼らの元に辿り着いた。

機動隊員達が大楯と身体をずらして道を空けてくれた。

「よく頑張りましたね」

「ここから後ろは俺達が守りますから安全です。もう大丈夫です！」

警察官達が中年女性と少年達に声を掛けていた。

「あ、ありがとうございます」

先行した弁護士男性や店員達は、機動隊の隊列の後ろで寝転がっていた。幼い女児達も無事だったようだ。みんな肩で息をしており、全身汗だく。フルマラソンを走り抜けた選手のように消耗しきっていた。

しかし、第四機動隊の第二中隊長、島田《しまだ》警部がやってきて言い放つ。

「あと少しです。皆さん、もう少し頑張って、皇居外苑まで行ってください。そこに行けば臨時の救護所も開設されています。そこで手当も受けられます」

「は、運んでくださらないの？　怪我をしているのに」

中年女性は涙目で言った。しかし島田は顔を背けた。

「頑張ってください。それより伊丹さん、あんたに呼び出しが掛かってるぞ」

「えっ、俺に？　一体どこから？」

「さあ、俺には分からん。とりあえず、皇居外苑に辿り着いたら交番で電話を受けてくれ。全ては原田隊長に尋ねれば分かるようになってる」

「は、はあ」

その時、ビルの屋上にいる見張り員が、拡声器で報せてきた。

『オークとゴブリ……もとい！　特殊害獣『乙』『丙』が来ます！　数は四十～五十！』

「規制隊形！　楯中段！」

島田が叫んだ。

「おうっ！」

機動隊員はポリカーボネート製大楯を構えると、怪異との激突に備えた。

生存者達はそれを見て急かされる気分になったのか立ち上がった。

伊丹は座り込んでいる中年女性に言った。

「もうじき、ここも危なくなります。行きますよ」

「でも、もう無理なの。本当に無理なのよ！」

中年女性の悲鳴交じりの声を聞いて、伊丹は深く嘆息すると中年女性を担いだ。いわゆるお姫様抱っこでもおんぶでもなく、俵か土嚢《どのう》でも運ぶように肩に担ぎ上げたのだ。

「ちょ、ちょっとアテクシ、荷物じゃなくってよ！」

すると少年達が言った。

「お母さん、諦めてください。今日のお母さんは、どう見てもお荷物です」

「うん、お荷物です」

そんなことを言う少年達と顔を見合わせた伊丹は、苦笑した。そしてキーキーキーという叫びを聞き流しながら、少年達の手を取り皇居外苑へと向かったのである。

＊　＊

警視庁第四機動隊。またの名を、鬼の四機動。

彼らは日々苛烈な訓練を耐えた猛者の集まりとして知られている。

その第二中隊長の島田は、晴海通りの向かって左側の下り車線に、機動隊のバス三台をビルの壁面に接するまで詰めて並べさせた。

そして残った上り車線には、機動隊員達の大楯の壁を築く。

隊形は隣と楯をぴったりと接する密集した横隊だ。

しかしこれだけ道幅のある道路だと、第二中隊の七十名をもってしても横隊を三～四層作るのが精一杯となる。

問題はこの縦深の薄っぺらい陣形で、正面からの激突をどれだけ押さえ込めるか。いつまで防ぎ続けられるか、なのだ。

全ては機動隊員各個の気力と体力に懸かっている。中隊長の島田は声を上げた。

「お前達、気合いを入れろよ！」

「おうっ！」

機動隊員達から返ってくる声には力があった。

しかしながら、彼らがこの現場に到着してすでに三時間以上が経過していた。

彼らは昼食も取らずに出動した。テーブルの上に飯を盛り付けた食器を置いたまま飛び出してきたのだ。そして猛烈な暑さの中、重い楯と装備に身を固め、ずうっとこの道を守り続けているのである。皆だらだらと汗が流れるに任せていて、脱水状態に近く、すでに多くの者が体力の限界に達していた。

そう。日頃鍛えている彼らをもってしても、これ以上は無理という状況なのだ。

普段の訓練ならば、熱中症で倒れる者が続出するという場面であった。

しかしそれでも彼らは気合いの籠もった声、意気に満ちた表情、姿勢を保っていた。それが出来るのも、彼らの背後に無防備な民間人がいるからだ。

民間人を守るのは自分達しかいない。彼らが安堵できる場所を作るのは、自分達なのだという自覚が彼らを奮い立たせている。

「お前達……」

島田は、隊員達の健気な姿に感動すら覚えていた。最近の若い連中は軟弱だなんだと日頃文句しか言わない島田をして、鼻の奥がツンと刺激され、目に涙が浮かんでいた。

やがてＪＲ線高架を潜ってきたゴブリンとオークの群れが姿を現す。逃げてきた伊丹達の後を追ってきたのだ。

幅十八メートルの晴海通りは、トラックや乗用車が信号待ちのまま遺棄されている。そのためゴブリン共の群れは交差点に達する度に、左右に蛇行する。結果、有楽町の高架を抜けた交差点を通過すると、向かって右側、上り車線側に偏って密集していった。

「中隊長。ガスはどうします？」

中隊長付の伝令が、ガス筒発射機を手に問いかけてくる。

「ここぞという場面で使いたいから、準備だけはしておいてくれ。ただ、風向きが不安定だし、晴海通りを伝って民間人が脱出してくるかもしれんからなあ」

逃げてくる民間人にとっては、ガスに包まれた道は走り抜けるのが困難となる。

咳き込んで息が続かなくなり、目からは涙が溢れて視界が閉ざされ、鼻水が絶えず流れてくる。

そんな中でどうして全力疾走が出来るだろうか？

そもそも完全に道を塞いでしまってよいものなら、バスを並べて塞げばよかった。

実際、高架沿いの道路はそうやって塞いだ。晴海通りでそれをしないのは、怪異達の隙を突いて民間人が逃げてくるからだ。彼らのための逃げ道は、最後まで空けておく必要がある。

「グキィ！」

「ギツハャ！」

ゴブリン共の群れは、いかにも野獣を思わせる喚声を上げながら向かってきた。

手に短剣、槍を持ち、勢いに任せて突進してくるその様は、鉄パイプや旗竿を持って突貫してくる過激派とよく似ていた。

「うおおおおおおおおおおおおおおおおおお！」

第二中隊員達も、負けじと喚声を上げた。

声を出すと腹に力が入る。身体に気合いが籠もって、激突の衝撃にも耐えられる。

繰り出される槍の穂先、振り下ろされる剣、飛び掛かってくるゴブリンの肉体。

機動隊員達が、号令により一斉に楯を掲げる。ガツンという衝撃音は、指揮棒の一振りに呼吸を合わせたオーケストラが一斉に鳴らしたような音量だった。

剣が、ポリカーボネート製の大楯を引っ掻いて白い傷を刻む。

槍が、機動隊員のヘルメットを深く穿った。

ポリカーボネートの大楯が受け止めた衝撃が、腕から全身に伝わってくる。しかし隊員達は、足に、腰に力を込めて、それらを抑え込んだ。

「うりあああああああああああああ！」

振り下ろされる警棒。轟く叫喚《きょうかん》、喚声、怒声。

その直撃に、ゴブリンの頭蓋が割れた。頭蓋が割れて脳漿《のうしょう》と鮮血が撒き散らされる。

機動隊員が力任せに大楯を突き出し、その圧力にゴブリンが身体ごと吹き飛ばされた。

「まだまだっ！」

機動隊員が作り上げる壁は、怪異達にとって災厄と同義であった。

触れれば生きては帰れないのだ。機動隊の大楯の前に、ゴブリンの矮躯《わいく》が一つ、また一つと骸と化して積み上がっていった。

だがそれらを蹴散らすようにして、オークの一団が猪突してきた。

「右に増強！」

中隊長の号令で、四層の横列の背後に五層目、六層目が作られる。怪異の圧力の薄い左翼側が人員の供給源となる。

大楯を構えた機動隊員に、オークの群れが激突。その衝撃は大相撲史上最重量とされる関取、あるいは軽乗用車の突撃にも等しい。

必死に楯を支える機動隊員は、その勢いに圧倒される。衝撃で彼らが作る規制線は大きく後方に撓《たわ》んだ。

しかし二〜六列の隊員が十人掛かりで前の隊員の背中を支えてこれを押さえる。オークの衝力は、こうして完全に吸収され受け止められた。

「放水開始！」

足を止めたオークを押し返したのは、放水砲が放つ強烈な水流だった。

吐き出されるのは、ただの水でしかない。しかし十二気圧の勢いは、ドアやバリケードの類を破壊するほどの威力がある。つまりはハンマーの一撃にも等しく、これを浴びせられればいかにオークとて立っていることは出来ない。

当然ゴブリンなどでは抵抗すら出来ない。

怪異の群れは、前進の勢いを失った。

「よし、ガス発射！　二発だけ使用する！」

そうして動きを止めた怪異達を、なるべく狭い範囲を狙って発射された催涙ガスの白い霧が包む。

ゴブリンやオーク達は、野獣故に視覚や嗅覚に敏感なのだろう。鼻や目を押さえると、一斉に逃げていった。

こうして第四機動隊第二中隊は、延べ一七回を数えた怪異達の突撃を阻むことに成功したのである。

中隊長の島田は深々と溜息を吐くと、隊列の前列と後列の交代をさせた。さらに少人数ごとに冷房の効いたバスの中で休ませる等の指示をし、隊列から離れる。

そして後方に位置している指揮車に向かい、第四機動隊長の永倉《ながくら》に状況を報告して交代はいつになるのかと問いかけた。

「あいつらは、飲まず食わずで頑張ってくれてますが、これ以上は流石にマズいです。次の襲撃では突破されかねません」

第二中隊の隊員達は皆、意気軒昂、士気に満ちているように見える。しかし、ふとした瞬間に見せる表情、丸まった背中、引きずった足取り、深々とした溜息に、疲労の蓄積が見てとれた。それを見つけて早期に対処することも、中隊長級指揮官の役割なのだ。

「分かってる！　分かってるからちょっと待て！」

しかしながら、第四機動隊長永倉は額に汗しながら島田に言った。

非番で外出していた第四機動隊員達は、ニュースなどで事件のことを知ると、交通機関が麻痺している中、徒歩で、あるいは走って、さらには自転車で、タクシーを乗り合わせて三々五々非常参集していた。待機当番だった第二中隊、訓練中だった第四中隊はそのまま出動できたが、非番だった第一中隊や第三中隊は、全員が集まるまで待っていられないからと、とにかく集まった人員から、所属を問わずに編合《へんごう》されて送り出された。そのため、第一中隊には、第三中隊や第五中隊の者がいたりする状況なのだ。

しかし怪異達は、晴海通りだけでなく、東京駅、有楽町駅間にあるＪＲ高架下の通路、そして日比谷地下道を潜り抜けようとしてくる。

増援として駆け付けてきた第四機動隊第一、第三、第四中隊もまた小隊ごとに分割されてそれらの対処に回された。おかげで、第二中隊は休息を取れないのだ。

「第六中隊があと少しで到着する。それまで辛抱してくれ」

第六中隊とは、平時は所轄署で勤務する警官を掻き集めて編成した特別機動隊だ。

当然のことながら、常備の機動隊員より練度においては劣る。しかし質より量が求められる今のような状況では、主力の負担を軽減させるという意味では頼りになる。

しかし島田は、そんな永倉の楽観論に懐疑的だった。

「第六が到着しても、別の方面に回されるんじゃないですか？」

実際、現場からすると、警視庁内に作られた対策本部から下りてくる指示には一貫性がなく、弥《び》縫策《ほうさく》的に感じられていた。

初動時にあった素早さと果断さが消え失せたのだ。

当初は、状況を把握できない暗中模索の中でも、リスクを最大限に見積もった余裕のある対応が指示されていた。

何が起きているかよく分からないが、自分達は与えられた役割を適切に果たしていけばよい、次々と伝えられてくる大胆な命令と情報には、そういう安心感があった。

しかし今下りてくる指示は、見えている出来事に都度都度対処する、行き当たりばったりなものにレベルダウンしていた。

中隊を支援するはずだった各隊の銃器対策部隊は警視庁に集められ、自分達は孤軍奮闘を強いられている。そのくせ、些末でどうでもよさそうな指示ばかりが下りてくる。

ガス筒を使えと言ってきたり、使うなと言ってきたり、その場を断固死守せよと言ってきたと思ったら、臨機応変に対処しろと言ってきたり、コロコロと変わる。状況に対する対応が後手に回っているのだ。

「近藤参事官が立川に追いやられたそうですが、何か関係があるんですか？」

「そういうことは口にするな。隊員の士気に関わる。第六中隊は、上が何と言おうと絶対に手元から離さん。第二中隊に休息させるだけの時間は何とか確保する。そのことだけは間違いなくこの俺が約束する」

「飯は……どうなってますか？」

「今、買い出しに行かせている。第二中隊用にはとりあえず弁当百二十食分とお茶のペットボトル。あちこちのコンビニ、弁当屋と片っ端から回らせているところだ。だがな、流石に百二十食ともなると、掻き集めるのに手間が掛かってな……」

永倉は言い訳しつつ、作業の難航を匂わせた。

機動隊は、自衛隊のように飯炊きの機材を持ってない。そのため、食の確保を民間に委託せざるを得ないのだ。

しかも銀座を中心に交通機関が麻痺している状況下では、近隣のコンビニ、弁当屋の棚の品物はすでに空っぽとなっている。帰宅難民と化したサラリーマン、行楽客が一斉に手を伸ばしたからだ。しかも、警視庁の有する九個機動隊が、これまた一斉に食糧確保に走っている。おかげでどこかの弁当工場でも占領しなければ到底賄いきれない、などという冗談も飛び交っていた。

島田は、皇居方面に目を向けた。

「東京都の備蓄食糧を使って、皇居外苑で炊き出ししてるでしょ。あれをなんとかこっちに回してもらえませんかね？」

「都民のためのものに、我々が手を付けるわけにはいかんだろ？　国民の目ってものを意識しないとなあ。それよりも、あそこが使えたらなあ……」

見渡せば、ＪＲ高架下には寿司屋、焼き鳥屋、食事処と、赤提灯をぶら下げた飲食店がずらっと並んでいるのだ。

「従業員達も、もう当然避難してる。けどさ、あそこに飯の材料が山盛りにあるっていうのに、それらを使えないというのも、もったいない話だよなあ」

「ええ、そうですね」

晴海通りのＪＲ高架の向こう側から、足並みを揃えた軍靴《ぐんか》の音が聞こえてきたのは、島田と永倉がそんな愚痴を零し合っている時であった。

第八章　命令下達

一五五五時《午後三時五十五分》

皇居外苑交番――

『――ということで、この事件の根源が一体どこにあるのかを解明したい。内閣危機管理室のお偉方も、統合幕僚長もその情報を是非にと渇望しておられる』

伊丹は受話器の向こうにいる竜崎に向かって嘆息した。

「それを、俺一人で調べろって言うんですか？」

『現場近くにはお前しかいないんだからしょうがないだろう!?』

「もっと他に適任がいるでしょう？　アーチャーとか、キャスターとか、バーサーカーとかが。奴らなら嬉々として任務をやり遂げると思いますけど……」

誰が所属しているか知らされていない特殊作戦群の中でも、さらに秘匿されたグループメンバーの名を伊丹は挙げ連ねた。

『現時点では、武器を携行させた隊員を駐屯地から出すことは出来ない』

「私服で、非武装ならいいって言うんですか？」

『お前は休暇中だ。たまたま事件に遭遇して、個人的使命感に駆られて行動しただけだ。それならば、誰にも文句は付けられない。だろ？』

「そっちのほうが危ないと思うんですけどねえ。主に俺の命が——」

『お前ならば大丈夫だと判断した。《キルデス比計算不能の男》《逃げのアヴェンジャー》の異名が正しいことを証明してくれ』

「あー……はい。ところで、総理が行方不明という噂が流れてますけど、本当なんですか？」

『残念ながら事実だ。おかげで内閣が混乱していて、まとまるのにもう少し時間が掛かる。治安出動準備命令すら出てない始末だ。挙げ句、この事態に適しているのが、災害派遣なのか、それとも治安出動なのか、という訳の分からん議論まで飛び交ってる。我々はそんな状態で最善を尽くすしかないのだ』

伊丹は深々と嘆息した。

「了解しました。支援は期待していいんですよね？」

『ああ、マスター・サーバントシステムを稼動させた。これ以降は、担当マスターに説明を受けろ。

以上だ。爾後の指揮は、マスターメイガスが執れ！』

　するとその時、竜崎室長と伊丹との電話に女の声が割り込んだ。

『了解！　爾後の作戦指揮は、マスターメイガスが執る！　さあ、召喚直後の自己紹介タイムやで。うちの名はメイガス。もちろん芸名で、本名は内緒やで。知りたければ、防衛省のA棟辺りをじっくり捜してな、アヴェンジャーの兄ちゃん。日本の運命は今、うちとあんたの二人に懸かっとる。気合い入れて、あんじょう頼むでえ。今回は、内閣危機管理室や内閣調査室の肝煎りなんで、情報収集衛星を随時使えるちゅう贅沢さや。今、うちは情報収集衛星を通じて、交番入り口で、お巡りさんに囲まれとるあんたのおつむにある旋毛《つむじ》を眺めとる……』

「開口一番がそれかい？　これはまたとんでもないマスターに引き当てられたなあ、やれやれ、これは貧乏クジを引いたかな？」

『くすっ、その声色とセリフ。あんたもよー分かっとるやん』

「これがお約束というものさ。そうだろ？」

　伊丹は苦笑しつつ、後ろ頭を掻いた。

『あんたもかあ。うちが頭の旋毛を見とるって言うと、何故かみんな頭を隠そうとするんよ。別にハゲとるわけでもないのに。変な話やと思わん？』

「そりゃ、まあ、ねえ……」

　見られていると思うと痒くなるのだと伊丹は返した。

『さて、これからあんたには、銀座四丁目の交差点に向こうてもらう。そこには、不思議なことに今日の午前中にはなかったはずの建物があるから、その正体を調べるんや』

「銀座四丁目なら、警視庁の監視カメラがあるんじゃないの？」

『うちもそう思ったんやけどなあ、警視庁が映像を出したがらないんやて』

「もしかして、地獄の釜が映ってるとか？」

『誰かが蓋を閉め忘れたからこの事件が起きたかもしれへんってか？　お盆も近いし、あり得そうな話やなあ。あるいは交差点のど真ん中にあるのは、《この門をくぐる者は一切の希望を捨てよ》とか書かれてるもんかもしれへんで』

それはダンテの神曲に出てる一説で、登場するのは地獄への『門』だ。

「了解したマスター。けど、それを見てきたら、銀座で暴れている野獣共を操っているのが誰なのか分かるのかい？」

『無理やろなあ？』

「それじゃ俺は一体何しに行くのさ……」

『短慮はあかんよ。真実ってのは、小さな手掛かり一つひとつを積み重ねて、迫っていくものなんやから。うちがあんたに期待するのは、そんな小さな手掛かりを丁寧に拾い集めることや』

「確かに、そうだね」

『ってことで、早速行動を始めてなあ、アヴェンジャーの兄ちゃん。まずは、この電話を切ったら、機動隊のお人からデジタル無線機を一台借りるんや。以降はそれで連絡を取り合うことにしよ。チャンネルは一〇《ひとまる》、コードは＊＊＊や。うち、あんたがそこから離れるのをじっと見つめて待っとるから。寸刻も目を離さないで、じっとじいっと心を込めてぬるい目で見守っとるから』

「りょ、了解――通信終わり」

伊丹は肩を竦めると、第一機動隊の原田隊長を振り返った。

「和田倉門異常なし！」

「内堀通り北側入り口の封鎖を完了しました！」

今、皇居外苑には五万もの人々がいる。

その彼らを守っているのは、警視庁第一機動隊の第四中隊と、第三機動隊の第一中隊であった。

機動隊員の士気は、旺盛にして意気軒昂。隊員達はゴブリン共――否、害獣の甲、乙、丙共め、来るなら来やがれといった心境である。

しかしながら、第一機動隊隊長の原田警視正は、交番前に立って受話器を耳に当てている男に胡乱げな目を向けていた。

原田の中で伊丹という男への印象は、ＳＡＴ時代の合同訓練で散々掻き回した上、自分達をコケにしてくれた悪党《やつ》というものでしかなかったからだ。

いや、今でもコケにされているような気がしてしまう。

警察も自衛隊も、規律で括られた世界だ。そんな場所で長く働いていると、隊員達は独特の気配を身に纏うようになる。俗に言う、国家の犬的な匂いとでも言うべきか。とはいえそれはある種、共通した価値観や使命感を抱いていることを示すものでもある。

ところが、この男に関してはそれがない。

しかもそれは、公安連中のように匂いの発生源を体内の奥深くに隠しているとか、捜査関係者のように変装で覆い尽くしているというのとも訳が違う。匂いの発生源そのものが全く欠けているとしか思えないのだ。

もし、立川の訓練場で面識を得ていなかったら、そこらへんに山ほどいる、ちゃらんぽらんに生きている人間の一人としか思わなかったに違いない。

もちろん、警察にだってこの手の組織に染まりきっていない人間は大勢いる。食べていくために警察官という職業を選んだと口にする使命感の欠片もないような連中がそれだ。

とはいえ、その手の人間には、重要な仕事が任されることはほとんどない。価値観を共有しない、組織の一員になりきれないような人間は、信用されないからだ。実際、この類いの警察官が手柄を立てたとか、大きな仕事を成し遂げて見せた例を、原田は知らない。

ところが、この男は違っていた。

この男は、誰からも命令を受けず、何も指示されていないにもかかわらず、大勢の民間人と警察官達をこの皇居外苑へ誘導するという難事を成し遂げてしまったのだ。

確かにやり方は自分勝手で、周囲に対する配慮に欠けていた。

おかげで第一機動隊や第三機動隊はめちゃめちゃに掻き回されてしまった。

民間人を守るためという大義名分はあっても、皇居という場所は格別な配慮が暗に求められている。原田自身も「皇居外苑よりは、目の前にある日比谷公園のほうがよいのでは?」と何度も薦めたほどだ。しかしこの男は頑として耳を貸さなかったのである。そして結果からすれば、それは正しかったのだ。

お堀と城壁は怪異達の侵入を頑なに拒む。機動隊が出入り口を塞ぐだけで、これだけ大勢の人々を収容できる安全地帯を構築できたのだ。

全てはこの男の英断のおかげと言えよう。

それが悔しいのだ。

こんなちゃらんぽらんそうな奴に、誰もが躊躇う危険な選択と決断が出来てしまうのは何故かと思う。その理由は一体何なのか。原田はそれを探していた。

「お前、恐くないのか?」

「何がです?」

「下手をすれば、あとでとんでもない批難を浴びるかもしれないんだぞ?」

「いや、後々のことなんて深く考えてませんよ。どれだけ立場が悪くなったって、たかだか懲戒免職になるくらいでしょ? このまま犠牲者がいっぱい出続けるよりずっとマシですって。ただ、同人誌即売会が中止になっちゃうのは残念ですけどね。やっぱり中止になっちゃいますかねえ」

問うたら、こんな答えが返ってきてしまった。

それは韜晦《とうかい》としか思えない回答だった。きっと深い何かがあるのを隠しているのだ。でなければ、人生に対して不真面目過ぎるのだ。

そんな男に、連絡を取りたいと言って、皇居外苑交番に電話が入った。

交番に繋がる電話は、もちろん警視庁の専用回線だ。にもかかわらず、外部からの連絡が入ってきたのなら、それは警察の上のほうの意思が働いているということだ。

尋ねてみたら、発信元は内閣危機管理対策室だという。しかも原田に対しても、この伊丹という男に最大限の便宜を図れという命令付きだった。

「どうだった？」

電話を終えた伊丹は、さらっと答えた。

「銀座の奥深くを偵察してこいという命令です。敵は何者で、何が狙いでこんな騒ぎを起こしたのか、それが知りたいそうです」

警察と自衛隊。いくら同じように日本を守るのが仕事とはいえ、他組織に対しては命令内容は漏らさないものだ。なのにあっさりと答えた伊丹の態度を、原田は意外に思った。

「貴様が単独で？　そんな姿でか？」

「私服のほうがいろいろと都合がよいようで」

「あー、なるほどな。自衛隊の諸事情は分かるつもりだ。今、戦闘服を着た自衛官を現場に送り込めば、後々うるさく叩かれる可能性が高い」

原田は、伊丹の肩を労うように叩いた。

「苦労するな。しかしそんな装備で大丈夫か？」

「『大丈夫だ、問題ない』と答えたいところですが、是非無線機を貸してください」

「あ、ああ……」

これから命を賭して困難に臨もうとしている者の頼みだ。原田としても否とは言えなかった。

「ただ、職務質問に注意しろ。腰のそれ、銃砲刀剣類所持等取締法違反になるんだからな。あと頼むから、火炎瓶だけは使ってくれるなよ。使うなら俺達の目の届かない所で頼む。もし持っているところを見つけたら、見逃してはおけないからな」

原田が言いたくなるのも当然だろう。機動隊こそが火炎瓶の被害を最も浴びてきたのだから。大火傷を負った隊員も多い。

伊丹は頷きながら、腰のファルカタをシャツの裾で隠そうとした。

もちろん、そんなことでは隠せないので、チェストバッグから購入した同人誌を収めるために用意した紙袋を取り出し、そこに入れる。

「それじゃ行ってきます」

「あ、ああ……気を付けてな」

ちょっと遊びに行ってくるとでも言うような伊丹の軽快な立ち居振る舞いに、原田はそう答えるしかなかったのである。

さて——

伊丹は、原田から無線機を借り受けると、イヤホンマイクを取り付けて耳に装着し、チャンネルを指定された一〇へと合わせ、デジタル暗号を開錠するコードを打ち込んだ。

警察の無線は、現在も使用が困難である。

銀座のあちこちに警察官が残っていて、指令センターに呼び掛け、あるいは指示を待っている状況だからだ。しかし機動隊の使う部隊活動用無線は、周波数が違うこともあって通話が可能であった。

「あーあー、こちらアヴェンジャー。感明《かんめい》、送れ」

『こちらメイガスや。感明良好やで。そっちはどうや？　うちの色っぽい声が美しく聞こえるか？　地獄の戦場で、生きるか死ぬかってギリギリの瞬間に聞こえてくる女神の声や。惚れ惚れするやろ？』

「色っぽいって言うより、漫才師っぽい。思わず笑っちまうかも」

『そかあ。ならその機械の調子は極めて良好やな。実はうち、ヨシオカの漫才師になろうかって思ったことがあったんよ』

「あらまあ」

『ってところで、まずは桜田門に向かってや――』

伊丹は指示されるまま、皇居外苑から桜田門へと向かった。

皇居外苑のあちこちには、避難してきた人々が大勢いる。それぞれ木陰に座って、あるいは立ってスマートフォンや携帯を握りしめ、必死に家人や友人と連絡を取ろうとしているのだ。

「ねぇ、電話に出てよ。お願いだから……」

「これだけメールしてるのに、どうして返信がないのよ⁉」

理由は分かっている。

これだけの人数が同時に電波を発信するからだ。

そのせいで電話はかからないし、メールもなかなか届かない。とはいえ家人に無事を伝えたい、友人や恋人の無事を確かめたいという思いを留めることも難しい。

「今、桜田門を出たよ。どっちに行ったらいい？」

今現在、メイガスは宇宙から伊丹を見下ろしている。

銀座とその周辺一帯を見下ろし、ゴブリンやオークの群れがどう動いているかを監視している。メイガスはそれらと遭遇しないよう道案内してくれるはずだ。

『それじゃ、警視庁の前を通って、霞が関一丁目交差点に向かってな』

警視庁の周囲は、警察官がびっしりと警戒態勢をとっていた。見れば、負傷した機動隊員が担ぎ込まれていく。

伊丹を見つけた警察官は、この先は危険だから皇居外苑に戻れと立ち塞がった。

「原田隊長の指示です」

「原田？」

「第一機動隊の隊長」

言いながら、伊丹はチェストバッグの無線機を見せる。

『一機』と書かれた無線機の威力は絶大で、警察官もそれを見ると誤解して伊丹を通してくれた。とはいえ、この幸運が何度も続くと思ってはいけない。

『都度都度身元照会されたらたまらんで、全く。ゴブリンだけやなく、警察官にも見つからんようにせんとあかんわ』

「何度も同じ嘘は通じないだろうし、武器だって隠し持ってるのが見つかるとマズい。そのあたりよろしく頼むよ」

『任しとき』

警視庁前の横断歩道を渡りながら、有楽町方面へと目を向けてみる。この辺りは幾分静かではあるが、遠くからは機動隊が怪異の群れと激突する音が響いてきていた。

そんな一方で、警視庁玄関前では弁当屋のワゴン車が停まって、大量の弁当箱を下ろしていた。

「灘の旗の弁当か……」

灘の旗は、知る人ぞ知る高級料亭だ。そう言えば、昼の食事を取ってないことを思い出した伊丹は、バッグから黄色い箱に入った固形栄養食品チーズ味を取り出して、もそもそと食べ始めた。

『歩き食べは行儀が悪いで……』

「時間がないからしょうがないよ」

『次の交差点で左折やで。日比谷公園を突っ切って、帝国ホテルに向かってなあ。この帝国ホテルのレストラン、美味いって評判なんで、うちも一度行ってみたいんよ。なんなら今度、うちを食事に誘ってくれてもかまへんで。無料飯《タダ》ならいつでもウェルカムやから』

「俺、妻帯者なんだけど――」

『だからいいんやん？　惚れた腫れたの騒ぎにならんやろ？』

「要するに、飯をたかりたいだけ？」

『そやよ。なあ、ええやろ？　あんたら「特殊な奴ら」って、いろいろと手当が出て懐もあったかいって聞くで。なあなあ、ええやろ？』

とんでもねえ女に担当されてしまった。伊丹はそう思いつつ、先を思いやって深い溜息を吐いたのだった。

＊　　＊

もし観察力に優れた者が、ＪＲの高架線を境にしてその東西を見比べたとしたら、その風景の差異にすぐに気付くだろう。

ＪＲ線の東側、つまり銀座の街並みは、大中小様々なサイズのビルがすし詰めに隙間なく並んでいるのに対し、西側では比較的大きなビルが、隣との距離をある程度とって並んでいるのだと。

つまり銀座側では、ビルの群れが形成するワンブロック（番地）が大きな障壁となっている一方で、日比谷側はビルとビルの隙間が広く、幾らでもすり抜けることが出来るのだ。要するに、日比谷側では道路を幾ら押さえても、地域を支配することにはならないのである。こうした街路構造の地域ごとの変遷は、市街戦をするかもしれない者はよく理解しておく必要がある。

重点配備が発令されて以来、警察官が道路を絶えず巡回しているが、伊丹はビルの隙間や植え込みを抜けることで、彼らの目から逃れ移動することが出来た。

『三歩進んだら、そこにあるビルの窪《くぼ》みに身を隠すんや――』

伊丹は言われるままに、ビルの凹みに身体を押し込む。すると、伊丹の眼前を警察官二人が通り過ぎていった。

そんな彼らの背後を、伊丹は静かに追従した。

『ほい、それでくるっと回って立ち止まる。左、次にまた右や……』

警察官の背後を、間隔が開き過ぎないよう、詰め過ぎないようにする。

彼らが振り返る寸前に伊丹は脇道に身を隠し、彼らが後戻りして通り過ぎると、再び元の道に復帰して進んでいった。

おかげで伊丹は、誰にも見咎められず、ＪＲの高架際《ぎわ》へと至った。

「随分と警戒が厳しいんだねえ」

『当然やん？　ゆるゆるな警戒されたら、うちらが困ってまうで』

「けどさ……。どうやって向こう側に渡る？」

伊丹は目の前に聳える赤煉瓦で出来た高架の周囲を見渡した。この付近には、高架下の通路や地下道はないし、あったとしても、警官隊がピケットラインを敷いている。

『もちろん、乗り越えるんや。決まっとるやろ？』

「これを？」

『言うとくけど、脇道なんかあらへんよ』

「でも線路内に侵入したら、電車の運行を妨げることになったりしない？　俺、オタクだけど撮り鉄じゃないんで、そういうの出来ないんだけど」

『ああ、そっちの心配なら必要ないで。ＪＲなら二時間半前から運行見合わせ中や』

「あ、そうなんだ――」

『登り切ったら、アヴェンジャーはそこでしばらく待機してな。情報収集衛星が地平線に沈むんで、別のに切り替えるさかい。ちぃと間《ま》、通信が途切れるで……』

低高度の軌道をとっている情報収集衛星は、すぐに上空を通り過ぎてしまう。そのため、継続して同じ地域を監視するには、衛星を三個も四個も切り替えながら使う必要があった。特に都心部は高層ビルに囲まれているので、監視の途切れる時間が頻繁に生まれるのだ。

「了解」

通信を終えると、伊丹は高架の側面にある鉄骨の支柱に手を掛けた。これを梯子代わりにして高架へとよじ登るのである。

楽々――とは流石にいかなかったが、日頃鍛えているだけあって伊丹は額に若干の汗を掻く程度で高架上へと達した。

小石を敷き詰めた鉄路の傍らにしゃがんで周囲を警戒する。

耳を澄ませば、街のあちこちから機動隊員が怪異達と激しく戦っている音が聞こえた。時折銃声なんかも混じって聞こえている。周囲を巡回する警官には発砲許可が出ているため、怪異の姿を見つけた警官は躊躇うことなく射撃しているのだ。

『お待たせ〜。よい感じの衛星がないんで、映伝積んだヘリを使っての連絡再開やよ』

「ヘリ映伝？」

『今、あんたの頭上を飛んでるで』

頭上から、自衛隊のＵＨ‐１Ｊの音がする。

空を仰ぐと、実際にＵＨ‐１Ｊが見えた。

「大丈夫なのか？　警視庁や報道関係のヘリが立て続けに何機も墜落しているんだが……」

墜落したヘリがビルに激突した現場を実際に見てきただけに、伊丹としては無闇にヘリを飛ばすことには反対なのだ。それが自分を支援するためだというのなら、なおさらである。

しかしメイガスは全く気にしていないようであった。

『大丈夫大丈夫、機長はベテランの乾河《ほしかわ》一尉やから。民間や警察のパイロットとちゃうから』

警察や報道のパイロットは、空に、自分達に危害を加える『敵』がいることを想定した訓練などしたことがない。そのため、襲撃を受けるとほぼ無防備かつ無抵抗になってしまうのだ。しかし自衛隊のヘリパイは、対空火器、ミサイルによる攻撃を受けた際の訓練を積み重ねている。

もちろん、ワイバーンなんて生き物に襲撃されるなんてことまで想定していないが、咄嗟の際に身体が動くかどうかの違いは大きい。

「そう言ってる間に、ワイバーンが来たぞ」

伊丹が警告の声を発する。

ワイバーンの群れが、四方八方から押し寄せてくる。

すると乾河一尉の操るＵＨ－１Ｊは、突如急反転、道路すれすれにまで高度を下げてビル群の隙間を縫うように飛翔した。ワイバーンに跨がった竜騎兵達は、慌ててそれを追いかけるが、俊敏な動きについて行くことが出来ない。

その曲芸にも似た飛行に、伊丹は思わず感嘆の声を上げる。

「おおっ、大したもんだ」

ワイバーンを振り切ったＵＨ－１Ｊは、そのまま上空高くまで駆け上がって逃れたのである。

第九章　晴海通りの戦い

一六一二時《午後四時十二分》

『奇襲』という言葉がある。

一般には、心構えのない時に、備えのない場所、方角から攻撃を受けることと理解されている。

あるいは背後から、側面から、警戒させない友好的な態度で距離を詰めてきて、一足一刀の間合いに入った途端、不意に凶器を取り出して襲いかかってくる。そんな行動を奇襲と言うのだと普通の人々は理解している。

ところが、奇襲とは何かを真剣に考えてみると、それだけではないことが分かってくる。

例えば、「まさか、こんなやり方をしてくるとは思わなかった」という状況は手段という意味での奇襲であるし、「まさか、こいつが」と思わせるのも、奇襲になる。

つまり、攻撃を受けた側が「まさか」「え!?」と呆気に取られ、しばし思考停止し、冷静な対応が出来なくなる状況を作り上げることの全てが奇襲なのだ。

そしてその意味では、有楽町から日比谷へと繋がる晴海通りを固めていた第四機動隊第二中隊七十名が受けることになった攻撃は、明らかに奇襲であった。

「お、おい……あれって……」

中西昇《なかにしのぼる》巡査が言った。

ゴブリンやオーク達が逃げ去った後の銀座方面——JRの高架を潜って真っ向から近付いてくる集団。それは明らかに人間であった。

日本人百人に彼らの写真を見せ、これは何かと尋ねれば、全員が全員「人間」「外国人」「映画のエキストラ」等々と答えるだろう。

「怪物の中に人間が交ざってるって噂は聞いてたけどさ。マジだったのかよ」

「これって、映画の撮影か何かなんじゃないのか？」

宮川《みやがわ》巡査が呻くように言った。

自分達に真っ向から近付いてくるその集団が、古代〜中世期ローマ軍重装歩兵の軍装に近似した装備に身を固めていたからである。

つまり、鎖帷子《くさりかたびら》に身を包み、その上に皮革ないし金属製の甲冑を身に着けている。足にはカリガと呼ばれる皮革製サンダル。左腕には大楯、右にはピルムという投げ槍を手にしていたのだ。

このような出で立ちに身を固めた人間が、現代の銀座に現れ、隊伍を整え、真っ向から金管軍鼓の音に歩調を合わせて進んでくれば、撮影か何かだと思いたくなっても致し方ない。

「相手が、怪物じゃない、だと？」

中隊長の島田もまた混乱していた。

怪異達の中に人間が交ざっていたという報告は伊丹から聞いている。しかしこれまで目にしてきた相手が怪異ばかりであったため、本気に受け取らなかったのだ。警視庁の対策本部からも特別な命令は下りてきていない。だからそれらと戦うことになるなんて想定すらしていなかったのだ。

「もしかして、銀座で映画のロケかなんかしてて、逃げてきたってことじゃありませんか？」

中隊長付の伝令が思い付きを言った。

「そ、そうかもしれん。映画の小道具にしたってあんな大楯と槍があれば、怪物から身を守ることも出来ただろうからな……」

島田も頷いた。

要するにこの時まで、島田以下機動隊員達には『アレは敵である』という意識はなかった。

ただただ、場にそぐわない、状況にそぐわない衣装を纏った集団がやってきたという認識なのだ。

しかしただ一人、宮川巡査だけが言った。

「やばい、やばい、やばいぞ！　投げ槍が来るぞ！」

「ど、どういうことだよ！」

中西の問いに宮川は答えた。

「ローマ軍は投げ槍を投げ付けて、それから攻めてくるんだ！」

彼が言うや否や、前方の集団はピルムを投擲してきた。

投じられた槍は、放物線を描いて第二中隊の最前列へと降り注ぐ。宮川の警告が功を奏したのか、機動隊員達は呆気に取られつつも、ポリカーボネートの大楯を掲げてこれを防いだ。

楯にはいろいろな種類がある。

原始的なものだと、板木一枚で作られた楯。木枠に革一枚というものもある。

もちろん、そんなものでは頼りにならないから、板に分厚い皮革を何層にも貼り付けて縁を金属で補強したものも作られた。形状も円形、方形、湾曲した方形、楕円、大型、小型等々、様々な形が作られてきた。

だが、それらの楯に共通するのは意外と頼りにならない面があるということだ。弓箭の先端が貫通して、楯を持つ手が傷付いてしまうなんてことは普通に起こっていた。

もしそれらを防ごうとすれば、重くて取り回しがきかないようなものになってしまう。そしてそうなると、一対一の白兵戦となった時の負担となる。扱いに熟達しないと、視野を塞いで思わぬ不覚を取る原因ともなりかねないのだ。

ところが、現代の機動隊が使用するポリカーボネート製の大楯は、それらの欠点を克服していた。粘りの強い透明な材質で、視野を塞がないのだ。

さらには正面から受けた衝撃を撓んで逸らすこととて可能だ。小口径ならばという前提は付くが、銃弾すらも防ぐことが出来るのだ。

当然、上空から降り注いだ投げ槍もまた、この大楯を貫通することはなかった。機動隊の装備の優秀さによってこの攻撃は無効化されたのだ。

だが、それが故に機動隊員達はまだ向かい合っている重装歩兵達を敵とは思えなかった。

誰も傷付いていない、倒れていないという現実は、島田以下、第四機動隊第二中隊全員の意識を切り替えさせることの邪魔となったのである。

「お、おい……」

大昔の重装歩兵の出で立ちをした者達が隊伍を組んで迫ってくる。一糸乱れず、隊列を組んだまま抜剣し、大楯に身のほとんどを隠して距離を詰めてくる。

「待ってくれよ。まさかまさかまさかまさか……」

傍観している間に、彼我の距離は十メートルとなった。

それは九メートルとなり、八メートルに、そして……

ここまで近付くと相手の表情がよく見える。こちらをじっと見据え、キッと眦《まなじり》を決し、楯の上に剣を載せ、剣先をこちらに向けて、憎々しげな表情で迫ってくる。

こんなあからさまな殺意の籠もった視線を浴びれば、勇猛果敢な機動隊員とて背筋が冷たくなってくる。そもそも、機動隊がデモ隊と衝突したのは何年前のことだろうか。それは懐かしく思えるほど昔だ。今ではほとんどの機動隊員が、訓練でしか経験していない。

五メートル、四メートル、三メートル。

相手の構える大楯の表面に刻まれた意匠が、有翼獅子らしいと分かった。

そして二メートル、一メートル。

機動隊員達は、中西は、宮川は、揃って唾を飲み込んだ。

ここまで来ても彼らはまだ心のどこかで、重装歩兵が突然立ち止まり急に笑顔となって、「冗談だよー」とか言って緊張が解かれる瞬間を期待していたのかもしれない。

だが、続いたのは戦意を振り絞る喚声だった。

浴びせられるのは剥き出しの殺意。

さらに続いたのは、振り下ろされた剣刃。

視野いっぱいに広がる大楯の表面。

楯と楯がガツンとぶつかり、力尽くで押しのけ合う激突が起こった。

勢いを受け止めきれず、大きくふらついた瞬間を狙われた。剣刃がライオットシールドの上辺を越えて突き出され、ヘルメットの側面を削る。

ここに来て、ようやく機動隊員達は悟った。

これは戦争なのだ、と。

これは戦闘であり、我々は命の奪い合いを挑まれているのだ、と。

向こう側にいるのは、鉄パイプやら竹竿やらプラカードを振りかざし、自分の主張を世間が受け止めてくれないからと、自分を承認してくれないからと、駄々っ子めいた感情を暴力に変えて挑んでくる連中とは訳が違う。

階級闘争だ戦争だ、などと称し、一方的かつ通り魔的に、無辜《むこ》の市民を傷付けておきながら、いざ逮捕されると人権やらなんやらと権利の主張を始める活動家でもない。

殺し殺される覚悟を持った兵士。殺意の籠もった一撃を放ってくる兵士なのだ。

それらが、機動隊員の体内に鋼鉄の鉄片を埋め込もうと、渾身の力で剣先を突き出してくる。

機動隊員は必死の思いで大楯を上げ、あるいは横に振って殺意を躱した。突き出された剣刃を腕ごと弾き、そして掲げた警棒を思いっきり振り下ろす。

しかしこの攻撃は、相手の大楯に弾かれた。どかんと大きな音がした。

「へえ、この楯って木製なんだ」

戦いの最中だというのに、中西はそんな取り留めもない感想を抱いていた。

ふと気付くと、左膝が痛い。

目くらましのように突き出された楯に気を奪われた隙に、楯の下辺から剣刃が突き出されていたのだ。

見れば鈍色《にびいろ》に光る刀身が、膝の内側を擦るように撫でていた。否、撫でられるなんてものではない。防刃性能のある出動服を着ていなければ、膝の内側を走る動脈をかき切られていたことだろう。

だが――

「そんな鈍《なまく》らが通じるかよ！」

重装歩兵は、平気な顔をしている中西を見て驚きの表情をした。

きっと中西が苦痛に表情を歪めて膝を突くと期待していたのだ。しかし中西の警棒の一閃が、呆気に取られた表情を浮かべる重装歩兵のヘルメットを陥没させた。

重装歩兵は、白目を剥いて崩れるように膝を突き、そして倒れ伏した。

「やった……やったぞ！」

一人斃《たお》した。敵をやっつけ、自分は生き残った。そんな原初の闘争の快感、勝利の達成感に中西は打ち震えていた。

しかし――

ピー。

号笛《ごうてき》の音がした。

すると機動隊の正面に立っていた敵兵が、戦闘を止めて即座に後退る。すぐ後ろにいた新手と入れ替わったのだ。

今まで目の前にいた敵は、隊列の隙間を抜けて後ろへと下がっていった。そして新たな敵が、新鮮な敵意、新鮮な体力を機動隊員にぶつけてきたのである。

＊　　＊

警視庁『銀座害獣騒動事件』対策本部――

警視庁の深奥に設けられた『銀座害獣騒動事件』対策本部。

その正面に置かれた、映画館と見紛うほどの巨大スクリーンには、ＳＩＴ隊による総理大臣の捜索活動の様子が映し出されていた。

警護第一係の車両が、ビルの壁面に衝突して停止している。ボンネットとビルの壁面の合間には、潰れた犬らしき生き物の遺骸があった。

「車内に誰か乗ってるか？　ちっ、よく見えない」

苛立った清河副総監が舌打ちした。

「よく見えん、カメラでちゃんと映せ！」

『ご覧の通り、誰も乗っていないようです』

「そんなことは言われんでも分かる！　近くに首相の私用車はないか？　ないなら、警護官達も首相の私用車に乗って逃げたとも考えられる」

『とりあえず、銀座ニューテーラーの方角に向かってみます。右だ、右に曲がれ』

佐伯の指示で、モニターに映る街の風景が動いていく。

やがてモニターには、付近のビルの側面に激突して停止している黒塗りの車が映された。

「くそっ！」

その車を見た途端、清河が罵った。

『これが総理の乗っていた車ですか？　白ナンバーですけれど』

すると清河が言った。

「首相の私有車だ。本来ならば、公用車で移動すべきところだが、スーツの仕立ては私用とも言える。なので首相は私用車を使われたのだ。ったく、公用車を使っていただけていれば今頃は……」

『ここで事故にあったようですね。しかし周囲にある死体を見ても、ＳＰらしきものは見当たりません。ってことは、全員逃げることが出来たと考えてよいでしょう』

銀座の深奥で今起きている出来事に、皆が息を呑み注目している。

しかしそんな中、本部の片隅では、警備部による銀座解放作戦の立案準備が進められていた。

初動では戦力の少なさから守勢に回ってしまったが、現在機動隊員の動員が着々と進んでいる。

警視庁の全機動隊員が集まれば、こちらから討って出ることも出来るようになるだろう。銀座で起きているこの害獣騒動も収束させることが可能となるのだ。

警視庁警備部長の新見警視監は、そんな目論見の下で、部下達と共にどのような段取りで銀座を解放していくかの検討を進めていた。

「このように銀座に繋がる全ての道路に機動隊員からなる規制線を敷き、そのまま包囲網を絞っていくわけです」

「要するに巻き網漁か？」

新見は土方一課長の説明をそう概括した。

「仰る通りです。問題となるのは、ビルの一棟一棟の内部をどう捜索していくかですね。各機動隊の銃器対策部隊全てを掻き集めて投入するとしても、銀座は一ブロックにつきビルが二十棟前後。全てが十階建てで、フロアごとに部屋が五つあると想定したとして……」

「五十室掛けることの二十棟……そして地番に銀座の名を冠するブロックの数はざっと数えて……二百七十くらいか？　考えるのも嫌になる仕事量だな」

いちいち数えるのが面倒になった部下は、乱暴にも、地図にあるたまたま目にしたブロックの数を全体に当てはめて見積もった。どうせ建物ごとに階数、部屋数、広さに違いがある。例えばデパートとオフィスビルでは造りが全く違うのだから、正確を期したところで然程意味はないのだ。

今は、どれだけの作業が必要かを推測する材料が得られればよい。

「千室が二百七十ブロックかあ」

新見は呆然とした思いで天を仰ぐ。指揮本部の天井が見えた。

「しかしそれらの捜索を未了のまま包囲網を絞りますと、中に隠れている化け物共が包囲網の後ろへと逃げてしまう可能性が……」

「完全に捜索するとして、一ブロックを終えるのに一体何時間かかる？」

「一部屋の捜索に三十分かかったと単純計算して、一人で千室全てを捜索するならば、約五百時間――ですかね」

「十人でなら約五十時間、百人で約五時間」

「一ブロックを三十分で片付けたければ、千人の動員が必要という訳か。日本全国の銃器対策部隊を根こそぎ動員してようやくってところか」

「しかもその計算は、怪異の抵抗を全く考慮していない、ときている」

「怪異が隠れていた場合、身柄の確保にどれだけ時間を要するかな？」

「どうせ人間じゃないんです。見つけたら即射殺でいいでしょ」

「しかし怪我人を発見した場合は、救出活動が必要となるよ」

「救助はもう消防にお任せってわけにはいかないんですか？」

「怪異の駆逐が終わったらすぐにバトンタッチするわけか。よし、それで行こう！」

「あ、でも、民間人が人質に取られていたりしたら厄介ですね」

「奴らに人質を取るという知恵があるかどうかは分からんが、その時こそ、ＳＡＴの出番だろう？」

すると新見部長は立ち上がった。

「分かった。要するに、完璧を狙うのは無理だということだ！　ならば、多少のことは目を瞑って速度を重視すべきだろう。仮に取り零しがあったとしても、まずは銀座の解放を急ぐことを優先しよう。細々とした所の捜索はその後でいい」

「ですが、取り零した怪異に民間人が襲われて犠牲が出る可能性もあります。そうなった時、マスコミからどれだけの批難が浴びせられるか……」

「マスコミだけならまだいいですよ。銀座やその周辺は一等地です。住んでいる人達もそれなりの有力者ばかりですから、どんな筋から苦情が来るか……」

新見はそれらの意見に頷いた。

「君達の心配はもっともだ。しかし完璧を狙い過ぎて時間を浪費すれば、今度は難を逃れて身を隠している民間人が危険だ。みんなこの暑さの中で、水も食糧もなく隠れている。中には、怪我をしている者もいるだろう。それらを救うには、速さこそが重要だ」

「そもそも一部屋三十分と言ったが、何を根拠にその数字をあげた？　どうやって奴らを探す？　部屋を全て調べるというが、天井板を引っぺがしての捜索まで考えてるのか？」

声を上げた捜査員はその昔、犯罪者がビルの屋根裏に隠れた事例を語った。

それらの経験からすると、ビルならばメンテナンス用のハッチ、エレベーターの天井、換気用のダクト等といった所まで探す必要があるという。たった一人の悪党を探すのに、何十人もの警察官が出動して何時間もかけたのだ。

「警察犬や捜索犬を総動員して調べさせてはどうです？」

「警視庁の警察犬保有頭数はたったの三十数頭だぞ！」

「嘱託警察犬を日本全国から動員すれば千頭を超えます」

「今から声を掛けて全てが集まるまで待ってたら日が暮れちまうぞ⁉　しかも、それはトイプードルみたいな小型犬も含めた数だ！」

いずれにしても、一長一短ですな……と部下の一人がまとめに入った。

「このような事態では、どんな結果になっても、欠点や短所を言い立てられて何かしらの批難がされるでしょう。ただ避けるべきは、混乱が長引くこと。混乱は警察の威信が揺らぎます。それは清河副総監も、きっとお望みではないはず」

その場にいた全員が、総理捜索を指揮してスクリーンを食い入るように見つめている清河へと視線を向けた。

「たとえ苦戦することになろうと失敗することになろうと、それは整斉《せいせい》となされなければならん、というわけだな。よし、そのあたりの一長一短は速度を重視したものを第一案、確実を期したものを第二案として提出し、副総監に選んでいただく形にしよう」

「今から二つの作戦案をまとめるんですか？」

土方警備一課長が渋面を作った。

「構想をまとめる程度の時間ならある。どうせ細々としたところには、副総監から駄目出しの修正が入るんだ。今は粗くて構わん」

「かしこまりました。構想程度でよいのなら、直ちに作業に入らせます」

土方一課長は頷いた。

しかし土方率いる警備部の幕僚団が作業に掛かろうと立ち上がった時、それは起こった。

「なにぃ、人間⁉　重装歩兵が攻めてきたとはどういうことだ⁉　どこの国の歩兵だ⁉」

電話での急報を受けた警備二課長の声に、対策本部中が静まり返ったのである。

「ス、スクリーン映像を切り替えろ」

二課長が慌てて言った。

「しかし、正面スクリーンは副総監が作戦指揮に使用中で！」

「副総監に見ていただく必要があるんだ。構わんから、急げ」

言われるままに、係員がマウスをクリックする。

すると正面スクリーンの映像が、晴海通りのものに変わった。

「な、何だこれは⁉」

副総監が思わず立ち上がった。

「怪異の次は、古代ローマの重装歩兵だと⁉」

スクリーンには、最新鋭の装備で身を固めた第四機動隊第二中隊が、古典的装備で身を固めた重装歩兵の大軍と激突している光景が映されていたのである。


会敵して十分。

後に『晴海通りの戦い』と呼称される戦いは、この頃まではほぼ互角といってもよい状況で展開した。

片や大楯を持ち、剣と甲冑に身を固めている。

片や警棒と防刃性能の強固な出動服に身を固めている。

こうなると、機動隊員の警棒は重装歩兵の頭部にでも当たらない限りは致命傷にはならないし、重装歩兵の剣刃も機動隊員の身体に多少触れたところではやっぱり致命傷にはならない。

つまりこの戦いは、鉄の棒でのド突き合い叩き合いに似た様相を呈していた。

そんな中で、勝敗を決める要素があるとしたら、それは体力と数だ。

第四機動隊第二中隊は出動以来一度も休憩を取らずに立ち続けて疲労していた。しかも数は僅か一個中隊約七十名でしかない。

対する敵重装歩兵は、道路横一杯に広がる横隊の隊列を十数列も連ねている。その数はざっと見えた範囲だけで、六百名を超えていた。

しかも適切なタイミングで最前列の兵士が後ろと入れ替わり、体力と戦意の旺盛な兵士が前面に出てくる。何度も何度も入れ替わり、システマチックに、機動隊員に連戦と消耗を強いてくるのである。そのため、戦いが始まって二十分を超えてくると、疲労困憊した機動隊員が一人また一人と膝を突いて倒れ始めた。

防御の動きが鈍くなったところを狙われ、首を剣先で貫かれ、あるいはヘルメット越しに何度も何度も打撃され、昏倒していった。

「お、おい中西！　諦めるな、頑張れ！」

宮川巡査がふらふらになり始めた同僚に声を掛ける。

「宮川、俺、もうダメかも……」

息も絶え絶え、肩を荒く上下させながら、なんとか戦い続けていた中西が動きを止めた。警棒を取り落とし、重い大楯も地に落としてしまう。ついに体力の限界が来たのだ。

動けなくなった隊員は、直ちにサンドバッグと化す。

重装歩兵の繰り出す剣を躱せず、身体で受け止めてしまう。

いくら剣刃を通さない特殊繊維で出来た防具を纏っているとはいえ、衝撃は伝わるし苦痛はあるのだ。しかも抵抗しようにも、腕は重く力は出ない。目は霞み、耳に至ってはまるで蓋でもしたかのように周囲の音を捉えられなくなる。

敵は何度も何度も剣を繰り出してくる。剣先が通らなくとも、さらに突き通そうと渾身の力を込めて突きを繰り返す。それでもダメとなれば、首や顔を狙う。

「あああああ！」

首を刺された中西巡査が、絞るような絶叫と共に膝を突いた。

「お、おい、中西いいいいいいいいいいい！」

宮川巡査が手を伸ばすも、救いの手は間に合わなかった。その時には、敵はすでに中西巡査の遺骸を踏み越え、さらに一歩前進していたのだ。

「くっ！」

「ダメだ、宮川！」

同僚警官が、中西を救いに前に出ようとする宮川を引きずって下がる。今の彼らには、敵が仲間の遺骸を踏み付けていようとも、それを許すしかないのだ。

「中西いいいいいいいいいいい！」

敵は前進し、味方は下がり続ける。そして倒れていくのは機動隊員ばかりであった。

数も少なく、隊員達の体力は尽き果てている。形勢は圧倒的に不利。

そんな状況で、第四機動隊長の永倉は起死回生の策を打った。

「放水、開始！」

放水車の給水がようやく完了したのだ。

強烈な水の奔流が、敵重装歩兵の隊列中央に浴びせられる。

重装歩兵は当初、楯でこれを防げると思ったのか、数名が足を固めて耐えようとした。そして背後の兵士達が後ろから支えに回った。

「Testudo!」

楯を寄せ、全方位に向けて密集する亀甲隊形を取ろうとする者もいた。

しかし放水は、ターゲットを簡単に変えられる。

重装歩兵が足を踏み固めて耐えようとしたら、相手を変えて水を浴びせ倒し、そんな仲間を守ろう助けようと駆け付けた者をまた狙う、というやり方をすればよい。こうして一人、また一人と引き剥がし、押しのけていった。

重装歩兵が作っていた亀甲隊列は、ド真ん中辺りから箸をつけた豆腐がごとく、簡単に崩されてばらばらになっていった。

「よし！　これで奴らも総崩れになるだろう」

永倉はほくそ笑んだ。

しかし重装歩兵の最前列、機動隊と白兵戦を繰り広げている敵は、そのまま戦いを続行していた。背後の味方が総崩れになっても、敵の戦意は全く衰えていないのだ。ただただ前へ、前へ、前へと、前進してくる。その勢いは、背中を守る味方がいようがいまいが全く変わらない。

なんという志気。何という士気。何という戦意。

永倉は敵ながら圧倒される思いだった。

「くっ、こうなったら最前列を狙え！」

放水砲の担当者に告げた。

「し、しかし、そうすると味方まで巻き込んでしまいます」

放水砲を担当する機動隊員は、仲間まで巻き込むわけにはいかないと、筒先を下げることを躊躇っていた。

しかし第四機動隊長の永倉は厳命する。

「構わん、後ろから水でド突かれた程度じゃ人間は死なん。このまま奴らにやられっぱなしのほうが危ないんだ。やれ！」

こうして放水砲の筒先が下げられた。

敵も味方もなく全てを巻き込んだ放水が、戦いの坩堝《るつぼ》と化した最前線へと放たれた。

こうなると、機動隊員も敵重装歩兵も関係なく吹っ飛ばされ、隊列はたちまち崩された。

敵も味方も、もう戦いどころではなくなった。

水に吹っ飛ばされて慌てふためき、仲間と支え合って立ち上がったと思ったら、その相手が敵だったということまで起きていた。

そこへさらにガス弾が降り注ぐ。

催涙ガスが晴海通りで戦う機動隊員と敵重装歩兵とを包み込んでいく。

「た、隊長。何をするんですか⁉」

中隊長の島田が、永倉を振り返る。

せっかく隊員達が、死力を尽くして戦線を維持しているというのに。

せっかく自分が必死になって、隊員の士気を鼓舞して総崩れを防いでいるというのに。これで全てが台なしとなった。何てことをしてくれたのかという抗議の声を上げたのだ。

しかし永倉は島田に命じた。

「謎の武装集団が怯んだ隙を突いて第二中隊は撤収！」

「て、撤収⁉　我々がここから退いたら、誰が国民を守るんですか⁉」

「第六中隊だ。第六中隊を投入する！」

そう。第二中隊の後方にようやく第六中隊が到着したのである。第六中隊は、すでに警備車から降り、第二中隊の後方に規制隊形を取り終えていた。

警視庁が有する第一から第九の各機動隊は、常設の五個中隊、約三百名で構成されている。

しかし有事の際には、所轄の警察署に勤務している警察官を招集して編成する特別機動隊二個中隊が加わって七個中隊に増強される。

現在第四機動隊から現場に派出されているのは四個中隊。そこに新たな一個中隊の戦闘加入は、全体を大いに勇気付けることになった。

「永倉隊長！　水がなくなります」

放水車のタンクはそれほど大きくない。全力で使用できるのは、長くてもせいぜい十分間ほどである。そのため放水できるのも、残り二～三分といったところだ。

しかしその時間を使って、第二中隊の機動隊員達は倒れた仲間を担ぎ上げ、あるいは引きずって待避することに成功していた。

やがて放水が終わり、催涙ガスの霧も晴れていく。

その頃には正体不明の武装集団も、ＪＲの高架下で再集結を終えて再度の前進を始めた。隊伍を整え、足並みを揃えて一歩一歩前進してくる。彼我の距離は先ほどと同じように詰まっていった。

「撃て！」

ここまで来ると、遠慮はしていられない。催涙ガス弾が惜しみなく撃たれた。

しかし重装歩兵の群れの先頭に立つ杖を持った男達が何かを唱え、あるいは手を振ると風向きが一転して機動隊のほうへと流れ始めた。

「何だと⁉」

「風向きが変わっただと⁉　撃ち方やめ！　撃ち方やめ！」

目や鼻を強烈に刺激する霧が流れてくるのを感じて、永倉はガス弾の使用を慌てて止めた。

すると第六中隊の隊長、志村《しむら》が部下に命じる。

「第六中隊！　最前列、拳銃、構え！」

第六中隊の隊員は、普段は所轄の警察でいわゆるお巡りさんとして勤務している。そのため、毎日毎日、専門的に訓練している一〜五中隊の機動隊員に比べれば、練度では劣ることになる。だから彼らには今回拳銃の携行が命じられていた。

機動隊は、普通の任務では小隊長以上でなければ拳銃は携行しない。しかし大楯と警棒だけではゴブリンはまだしもオーク相手には苦戦するかもしれない。そのため第六中隊には最強の戦闘力が与えられたのだ。

「撃て！」

第六中隊長志村の号令で、機動隊員が拳銃を一斉に発射。

ニューナンブから発射された拳銃弾は、重装歩兵達が構える楯を貫通。その威力の大部分を減衰させつつも、敵兵の胸部、腹部の鎧、鎖帷子を貫通し、その皮膚、筋肉へとめり込んだ。

繰り返すが、一発二発の拳銃弾では、戦いに興奮し、アドレナリンの出まくった人間を止めるのは難しい。生命活動の中枢となる心臓、大血管、あるいは神経中枢を破壊しなければまず無理。下手をすると、弾丸が当たっていることに当事者が気付かない例もある。そのため、第六中隊が一斉射撃をしても、敵がバタバタと倒れていくような目に見えた戦果は得られなかった。

たまたま頭に当たった。たまたま心臓に命中したという確率的に希有な割合で、重装歩兵達に被害を与えるに留まったのだ。

これでは戦意に燃える敵を堰き止めることは出来ない。

永倉隊長が舌打ちした。

「拳銃でも無理か、無理なのか!?　銃器対策部隊はどこだ！」

彼らの持っている機関拳銃ならば、敵を薙ぎ払うことも出来る。しかし、各機動隊が保有する銃器対策部隊は、手元にいない。総理救出作戦や警察庁長官、警視総監の捜索に必要だからと、ＳＡＴと共に警視庁に集められているのだ。

「永倉隊長、今、手元にいない部隊のことを思い煩ってもどうにもなりません。今はここにある、使えるものを使いましょう」

志村中隊長はそう言って発砲を続けさせた。

機動隊員はひたすら引き金を絞り続けた。

楯を構えて身を隠す敵に向け、二発、三発、四発五発と、弾倉にある弾丸が尽きるまで打ち続けた。すでに彼我の距離は二〜三メートル。これでようやく、敵の最前列が倒れるに至った。

「前列、後列交代！」

志村の号令で、後列の機動隊員が前に出た。

後ろに下がった機動隊員は、空になった弾倉に弾を込めていく。

「や、薬莢が！」

回転式弾倉から空薬莢を回収する作業は、意外に神経を使う。戦いに震える手で扱って取り落としてしまう者が続出していた。

警察官をしていて、実際に人間に向けて発砲したことのある者がどれほどいるか。それを考えれば、精神的な動揺で手先が震えるのも仕方がないと言えた。

「今は薬莢のことなんて気にするな！　慌てず急いで日頃の訓練通り正確に動作しろ！」

小隊長はとにかく落ち着けと部下に言い続けた。

後列が準備を整える間、最前列となった機動隊員は発砲を続けていた。

敵は犠牲に怯むことなく、一歩一歩着実に突き進んでくる。発砲を繰り返しても、彼我の距離が詰まってくるため、第六中隊もまたジリジリと後退っているのだ。

しかしながら、志村中隊長は檄を飛ばした。

「忘れるな！　こちらにはまだ犠牲は一人も出ておらんのだ。地歩は失っても、武装集団には確実に損害を与えている。つまり、俺達が圧倒的に有利。このまま距離を置いて撃ち続けていれば、いくら奴らとて犠牲の多さに耐えられなくなるはずだ！」

そうしている間に、放水車が水の補給を終えて戻ってくるはず。

そうすれば、戦いは再び有利に転じる。失った地歩を取り戻すのもその時なのだ。

だが、志村が脳裏に描いていた作戦は、彼の予想を超える出来事で中断を余儀なくされることになった。

『第四機動隊は退がれ！　繰り返す。第四機動隊は、祝田橋《いわいだばし》交差点まで後退せよ！』

対策本部の清河副総監から、新たな指令が入った。

「な、何が起きたんですか!?」

『と、東京駅が突破されたのだ！』

東京駅は、内部構造が狭く複雑だ。そのため、小隊や分隊規模の小さな部隊でも、担当する通路を明確にすれば守ることが出来ると考えられていた。

しかしそれが通用したのは、相手がゴブリンやオークの時だけであった。

敵はどこの守りが堅く、どこの守りが薄いかを的確に判断し、弱点となる場所に圧倒的な数を投入してきたのである。

また、駅の構内では放水や催涙弾を使用できなかったことも禍《わざわい》した。機動隊は単純な数の暴力に圧倒されてしまったのだ。

「くっ……」

説明不足の副総監に代わって、土方一課長が補足の状況説明をした。

『すでに武装集団の先頭は日比谷通りに達しそうだ。このままだと、お前達は敵中に取り残されることになるぞ！』

この報せに、第四機動隊長の永倉は歯軋りし、身体を震わせた。

これまで何のためにここを守ってきたのか。

たかが一ブロック分かもしれないが、それを守るために多くの犠牲をはらってきたのは彼らの背後にいる民間人を守るためだ。しかも、敵と味方の中間点には、部下の遺骸が敵のそれと交ざって無数に転がっているのだ。

全員が敵に向かった姿で倒れている。一人として敵に背を向けたりしていない。そんな仲間達、部下達を置き去りにして、どうして退がることなど出来ようか。否、絶対に退くことは出来ないのである。

「くそっ……」

しかしこの場に残れば、さらに犠牲を増やしてしまう可能性もある。背後に回り込まれて、側面から攻め立てられたら、全滅に陥りかねない。

「くそ、くそくそくそくそっ！」

永倉は、感情を、己を、理性の力で強引に捻じ伏せると部下に命じた。

「第四機動隊は後退する！　第一、第二、第三、第四、第六中隊は、現場の規制線を放棄！　祝田橋交差点まで後退せよ！」

こうして第四機動隊が死力を尽くして守っていた防衛線は、彼らの奮闘も空しくＪＲの高架から日比谷壕の線まで下がることになったのである。

しかし、それは言葉で言うほど簡単なことではない。

戦いの中で前進は容易い。目標を指差して、ただ「進め進め」と号令を掛ければよいだけだからだ。ところが、後退となると途端に難しくなる。後退する際、無防備な背中を敵に曝すからだ。

敵から離れるには、敵の足を止めさせる工夫が必要だ。

生き延びたいと浮き足立つ味方から、秩序を失わせないための工夫も必要だ。

そんな難事をもし成し遂げられたら、その指揮官や部隊は超一流と評価されるだろう。

だが、晴海通りの戦いの最終局面を担当しているのは、第四機動隊の中でも最も練度の劣る第六中隊である。

中隊長の志村は、部下達の戦いぶりを見ながら指揮官としての選択を迫られることとなった。

第十章　パニック＆スタンピード

一六一五時《午後四時十五分》

西に傾いた夏の日差しを浴びる座銀ビル。

その屋上には、殺戮を逃れた人々が避難していた。

彼らは怪物に見つからないよう、空を飛び交う翼竜に見つからないよう、身を寄せてじっと息を凝らしていた。

だが、空から降り注ぐ強い太陽の日差しに耐え、あちこちで聞こえる悲鳴と暴力の気配にも必死になって耐えた人々も、警察の呼び声を耳にした途端、理性が途切れてしまったかのように走り出した。

「待って、下がって！」

聡子は懸命になって彼らを止めようとした。しかし皆は静止を振り払い屋上の縁に駆け寄ると、階下に向けて手を振ったのだ。

自分達はここにいます！

警察に助けに来て欲しい！　と。

しかしそれは同時に、自分達の存在を凶悪な殺戮者であるゴブリンやオーク、トロル達に知らせることを意味していた。

銀座の街を埋め尽くし、新たな獲物を探していた怪異使い達は、その声を耳にするとニヤリとほくそ笑む。口笛を吹き鳴らし、鞭で大地を打って、ゴブリンやオークの群れを声のした方角へと差し向けたのである。

銀座の裏道に入ってきた警察は、遊撃放水車が僅かに二台。佐伯ら指揮官及びＳＩＴ隊員が十六名だ。

彼らは遊撃放水車から降りると、まず周囲の怪異を掃討した。バスの特攻で怪異達の群れを蹴散らし、残りの怪異には銃弾をばら撒いてあっという間に片付けてしまったのだ。

そして一隊が遊撃放水車周辺を守り、残りの一隊が救いを求める声に応じて手近なビルに突入したのであった。

しかし、ＳＩＴが突入したビルは、座銀ビルではない。黒塗りの乗用車が玄関脇の壁に激突していたビルであった。

その黒塗りの乗用車こそが、総理の私用車である。

総監からの退却命令を無視して独断専行を決めた佐伯だが、本来の任務であった総理の捜索という枠から大きく外れることは出来なかったのである。

「どうして!?」

「そっちじゃない。こっちだ！」

人々は、どうして自分の差し出した手を掴んでくれないのか、自分を救おうとしてくれないのかと泣き叫び、その不義理と冷酷さを詰った。

しかし警察は神ではない。人だ。人である限り限界があり、手の届く所にいる者しか助けられないのである。ならば、手近な所にいる者から救おうとするのも当然のことと言えた。

ＳＩＴの車から座銀ビルまで、直線距離で約五十メートル。

小学生ならば、十秒前後で走り抜けることの出来る距離だ。しかし今の銀座においては、その僅かな距離が、地獄と天国の隔たりとなっていたのだ。

その隔たりを縮める方法は一つ。こちらから出向くしかない。

「俺は行くぞ！」

「私も！」

男が女が、学生が、老人が、屋上から足場への梯子を下り始めた。みんな警察の保護を受けるために、こちらから行くしかないと考えたのだ。

「待て、ダメだ、行くな！」

聡子と一緒に、山田もまた彼らを止めようとした。

「どうして止めるんだ⁉　あんたも言ってたじゃないか、こんな所で熱中症なんかで死ぬより、一か八かに賭けたほうがいいって！」

「夜になってこそこそと皇居まで逃げるより、今、あそこまで走ったほうが早いだろ⁉」

山田の言葉で危険を冒す気になっていた人々は、今ここを飛び出してあそこにいる警察の元へと走ることのほうが容易いと思ったようだ。

そうなると、もう誰にも止められない。止めようとした山田は、皆から押しのけられて尻餅をついてしまった。

聡子は山田に駆け寄ると、「大丈夫ですか？」と手を伸ばして引き起こした。

「くそっ、奴ら興奮のあまり、この状況で飛び出すことの怖さに気付いてないんだ！」

「やっぱりダメですかねえ？」

「ダメに決まってるだろ！　ここにいますと盛大に報せて猿共を掻き集めておいて、そこに飛び出していくんだぞ！」

その時、座銀ビル屋上塔屋の鉄製ドアが激しく叩かれた。

その音を耳にした皆は、背筋が寒くなる思いがした。いよいよ怪異達がこの屋上へと迫ってきたのだ。

ドン、ガンと鉄の扉が何度も何度も叩かれている。

幸いなのは、ドアの前にコンクリ袋、改装用の資材、足場などを積み上げていたため、ちょっとやそっとでは押し開けないことだ。

「大丈夫じゃ。この程度じゃ、バリケードはビクともせん。だからみんな安心するんじゃ！」

年寄りはそんなことを周囲に言い聞かせ、興奮する人々を落ち着かせようとした。

「そ、そうですよね」

女性や会社員達も、その言葉で落ち着きを取り戻した。

しかしそれも長続きしない。

内側から繰り返される衝撃で、外側に積み上げられたコンクリ袋や資材が崩れ、傾き出したのだ。

それを見て皆が恐慌状態に陥った。

「オ、オークやトロルって、俺達が思ってる以上に力があるんですねぇ」

「感心してる場合じゃないだろ！」

さらに屋上の縁から下を見下ろしていた大学生が報じた。

「や、やばいですよ。奴ら足場を登ってきました」

ゴブリン共は、ビルの内側からでは屋上に上がれないと理解すると、その外壁に張り巡らされた改装工事用の足場に取り付いたのである。

小柄で剽悍なゴブリンには、足場を登ることなど容易であるらしい。座銀ビルの外側には、瞬く間に無数のゴブリンが集まり始めていた。

当然、足場を伝って下りようとしていた人々は、後戻りを始める。

しかし戻るのは、下りる時ほどスムーズにいかない。狭い足場を我先に登ろうとして、先を行く背中が少しでもモタついて見えると、それをもどかしく思った後ろが押しのけようとする。

一つしかない梯子を奪い合って、目の前の足を掴んで引っ張ろうとする。

先を登る者は、後から来る者を蹴落とそうとする。そんな揉み合いの中で足を滑らせ頭から滑落し、それに巻き込まれて一緒に落ちていく者らが続出した。

「は、早く梯子を上げろ！」

「まだ下に人がいる！」

「俺達を見捨てるな！」

屋上の喧噪、怒号と悲鳴、殺気に満ちた空気に、子供は泣き始め、大人達は一層苛立って眉を逆立てる。

そんなところに翼竜が三騎飛来した。

屋上ぎりぎりを掠めるように通過し、そこにいる人々を長槍にかけていく。胸や腹部を刺された人々がその場に倒れ、縁にいた者はそのまま落下していった。

山田は空を警戒して中腰になると、泣き叫ぶ心寧とその母親の手を引いて聡子に駆け寄ってきた。

「婦警さん！」

「女警です！」

「あんた、あのビルまで跳べるな？」

山田の問いに、聡子は振り返る。

銀座のビル群は、土地を有効活用するために隣との隙間が非常に狭い。しかし後背面に関しては、冷暖房の室外機、配管といった様々な機械が設置されることもあるので、三〜四メートルほどの隙間があることも少なくないのだ。とはいえ、高校生女子の走り幅跳びの平均は四〜五メートル。これを跳べないような警察官はいない。

問題があるとすれば、それは高低差だ。

座銀ビルは、隣の建物より一階分高い。だからこその安全地帯だったのだが、今ではそれが禍している。背中側の屋上まで飛ぶということは、約二〜三メートルの落下を意味しているのだ。その衝撃はどれほどになるだろうか。

屋上の縁から、下を覗き込む。

ビルとビルの隙間に穿たれたクレバスは、奈落がごとく見える。その高さが伝えてくる恐怖に、聡子の勇気は急激に萎《しぼ》んでいった。

足を僅かでも滑らせたら、ここに落ちてしまう。そうしたら間違いなく死ぬ。

足から落ちれば、骨折箇所は大腿《だいたい》、骨盤《こつばん》、腰椎《ようつい》に達して、半身不随、頭から落ちれば頭蓋骨陥没、頸椎骨折《けいつい》……。その一瞬に、どれだけの苦痛が我が身に押し寄せてくることになるか。

しかも銀座の今の状況では、助けは来ない。救急車も来ない。病院に運んでもらうことも無理。

結局は死ぬ。しかも死ぬまでの数時間、あるいは数日間をひたすら苦痛に苛まれ続け、そしてやがて死ぬのだ。

「い、行けると思いますけど……」

聡子は泣き叫びたくなる気持ちを押し殺した。

本音では誰か助けてと叫びたく思っているのに、口に出せない。つくづく損な性分であった。

これまでの人生、いつだってそうだった。跳び箱、登り棒、平均台、お化け屋敷に、肝試し。ジェットコースターに、フリーフォール。ちょっと勇気が必要な遊戯、怖い遊びの類いの先頭は、何故か聡子がやらされる。

「こ、こっちには足場がないんですね……」

座銀ビルは、正面と側面の三方向に、改装工事のための足場が組み上げられている。しかしビルの背中側とでも言うべき背面は、作業途中だからか、あるいは何か別の事情があるのか足場が置かれていなかったのである。

聡子がそんなどうでもよいことに気付いて口にしたのは、きっと少しでもいいから危険を冒すのを先延ばしにしたかったからに違いない。

「なんか向こう側のビルのオーナーといろいろトラブってたみたいでなあ。ま、こっち面は表からは見えんし、外装の工事も要らんだろうということになったんだ。そのおかげで、ゴブリン共も来られないんだがな。よし。それじゃ婦警さん、まずはあんたが最初だ。次が心寧ちゃんの母親。そしたら俺が心寧ちゃんを投げる。あんたは母親と一緒に、この子を受け止めるんだ。そうしたら間髪容れずに走れ。あんたは、奴らがこっちに気を取られてる隙にあのビルを下りて、お仲間の所まで後ろを振り返らず一気に走るんだ。出来るな？」

聡子は要求されていることの難易度の高さに絶句した。

「や、山田さんはどうするんです？」

「もちろん俺だって後から追いかけるよ。この子を投げたら、後のことはもう俺の手ではどうにもならんからなあ」

山田はパニック状態に陥っている皆を見回して嘆息した。

皆、理性を手放して、それぞれの頭に咄嗟に浮かんだアイデアに縋り付いて走り回り、叫び回っているのだ。

中には、屋上の縁から足場を伝って登ってくるゴブリンを突き落とそうとして鉄パイプを振り回している者、開きそうになっている扉を何とか塞ぐためにドアの前に集まって懸命に支えている者などがいる。

あるいは、屋上塔屋に登って給水塔と塔屋との隙間に身を隠そうとする者もいた。

しかしそれらは、ダムの決壊を両手で塞ごうとするようなものだ。稼げる時間も僅かしかない。

そんなことは少し冷静に考えれば分かるだろうに、でもそう行動してしまうのが人間という存在の悲しい性なのだろう。

「わ、分かりました……行きます」

いろいろな思いが聡子の脳裏を過ったが、結局これが心寧を助けられる可能性が高い方法だと判断した。そして体育での幅跳びを思い返しながら、屋上の縁から距離を取る。

「お前達、何をしとるんじゃ⁉」

年寄りがやってきた。

「どうして怪物共を防ごうとせんのじゃ⁉」

「隣のビルまで跳びます」

「なんじゃと、儂らを見捨てて行くつもりか⁉　それでも警察官か⁉」

年寄りのエゴまみれの言葉が、かえって聡子の反骨心を煽る。おかげで覚悟が決まった。心の中で盛んに存在感を訴えていた恐怖心が、鳴りを潜めていったのだ。

「ええ、警察官です。だから心寧ちゃんを助けるんですよっ！」

聡子はそう言い切ると、恐怖をかなぐり捨てて駆け出した。

屋上の縁を踏み切って向こう側へと跳ぶ。

制帽が風を受けて吹っ飛んだ。

しまったと思ったけれど、もう取り返しが付かない。

内臓を下から持ち上げる、あの落下時独特の嫌な感触を受けて、隣の屋上に足から落下。砂場への着地と違い、衝撃が吸収されずごろごろと転がってしまった。

「痛たぁ」

コンクリートの上を転がった。おかげで膝を擦り剥いた。いや、膝だけでなく、身体のあちこちを痛めてしまった。しかし何とか辿り着いた。

「来てください！」

聡子は身体に湧き上がる震えを押さえ込んで立ち上がると、両手を振ってこっちは安全だと心寧の母親に告げた。

心寧の母親は、聡子のすぐ後を追いかけるように跳んだ。

どれほど怖くて尻込みするようなことでも、誰かがお手本を見せればやれるという人は結構いるものである。バンジージャンプなんか怖くて出来ないとピーピー鳴いていた聡子の同僚の輝里にしても、お手本を見せたら何だかんだ後に続いた。それと同じように、心寧の母親も踏み切ることに成功した。

とはいえ、心理的には聡子に引きずられるような気分だったのだろう。勇気半分、自棄っぱち半分な気持ちだったかもしれない。聡子と同様、一階分の落下の衝撃に耐えられず、屋上で派手に転げてしまった。

「くうっ……」

心寧の母は、どこかを擦り剥いたのか、膝や足首を抱えて呻いていた。

顔を歪ませ必死になって苦痛に耐えている。しかし頭を打ったわけではなさそうだと思った聡子は、今は母親を捨て置くことにした。

「山田さん！　心寧ちゃんを！」

「分かった！」

返事はすぐさまだった。

山田は心寧を抱え上げた。

日本における五歳女児の平均身長は一メートル十センチ。平均体重は十八・五キロ。

数字だけ見た時、これを投げると考えると、大抵の人間ならばちょっと躊躇ってしまうだろう。

しかし、工事現場で鍛えた『善良な一市民』こと山田にとっては、日頃扱っているコンクリート袋より軽いから大したことはなかった。そんなものをたかだか三～四メートル先に放り投げるなんて、全く全然普通のことなのだ。

だから問題となるのは、投げることではない。ちゃんと受け止めてもらえるかだ。

しかし母親と婦警が二人掛かりなら、まぁなんとかなるだろうと見切りを付けている。

受け止められなかったとしてもしょうがない。彼に出来ることは、二人がミスったとしても、せめて全身で受け止められるようコントロールよく投げることだけなのだ。

「怖いよ！　嫌だよ！」

しかし幼女は、ビルとビルの隙間から見える奈落を嫌がった。抗って、暴れて、叫んだ。

「ダメだ。今行かないと、もっと怖い思いをするんだぞ」

振り返れば、ドアは押し開かれ、僅かに開いた隙間から剣が突き出されている。

屋上の縁からは、ゴブリン共がよじ登ってきていて、パニクった連中が鉄パイプやスコップで突き落としている。しかし、防戦には手の数が全く足りなかった。すでに何頭かのゴブリンが屋上に辿り着き、周囲の人々に飛びかかり、襲いかかっていた。

急がなければならない。怪異共が屋上に溢れ返ってしまう前に。

山田は幼女の説得を諦めた。子供の腕力なんぞたかが知れている、力尽くで投げちまえばいい。

「嫌だよ！　ママ助けて！」

「心寧！　こっちよ！　ママがきっと受け止めるから！　大丈夫だから！」

隣の屋上では、母親と婦警が並んで両手を上げていた。

「行くぞ！」

山田は幼女が暴れるのも顧みず、彼女を下手で投げたのである。

「くっ……」

全ては完璧に行われた。行われたはずだった。助走して勢いも付けて、振り子のように下手で幼女の身体を振ってその最大に加速した瞬間に手を放したはずだ。

しかしそれでも山田の試みは失敗した。

幼女は投じられた瞬間、投げられまいと必死になって彼の腕にしがみ付いたのだ。

こうなってしまうと、放り投げた勢いがそのまま彼の腕を通じて身体に返ってくる。

おかげで前につんのめって、屋上の縁から身体の過半が飛び出してしまう。何とかそこで踏ん張り食い止めたが、危うく屋上から転げ落ちそうになった。

「うわっ！」

落下を堪えた山田は、老人の手伝いによって幼女の身体を引っ張り上げ、後ろに尻餅をついた。

「馬鹿野郎！」

思わず叫んでしまう。

すると幼女は、一層激しく泣き叫んだのである。

「馬鹿はお前のほうじゃ！　一体何をやっとるんじゃ！」

老人が山田から幼女をひったくると抱きしめた。

「よしよし可哀想になあ、恐かったじゃろ！　儂が守ってやるからな」

「糞ジジイ！　お前の力でアレがどうにかなるっていうのか!?」

いよいよ屋上塔屋のドアが開かれた。

中からオークが巨体をこじ入れてくる。屋上の縁からもゴブリン共が次から次へと登ってきた。

「だ、大丈夫じゃ。大丈夫じゃから！」

老人は幼女を抱きかかえると、オークやコブリンに背中を向けてしゃがみ込む。その姿を見た山田は、怒り心頭の勢いで押しのけ、幼女を奪い取った。

「お前のような奴が……！」

「な、何がお前じゃ！」

「死ぬなら勝手に一人で死ね、糞ジジイ！　前途ある子供を巻き込むな！」

「な、なんじゃと！」

「俺がこの世で一番嫌いなのは、最後の最後まで生きようとせず、生きることを放棄しちまう奴だ！　現実から目を背けて、耳を塞いでいれば、苦しみは一瞬だとでも言いたいのかよ、このボケジジイ！　いいか！　俺達に出来ることは、一センチでも一ミリでも、助かる側に近付くように努力することなんだよ！　てめえがそちらに行けそうにないってんなら、この子だけでも向こう側に送り届けようと努力することなんだよっ！」

言いながら、山田は隣のビルを指差した。

「どうしてお前達は、そうやって小さな子供ばかりを優先しようとするんじゃ！　儂ら年寄りは守る価値がないとでも言うのか⁉　命の重さに軽い重いなどないんじゃなかったのか⁉」

「はっ、その歳になってもまだ分かんねえのか⁉　人間の命に重さなんてねえよ！　あるのは、生き方、死に方なんだ！　そして、この娘には、まだ死に方を云々する資格がない。死ぬ権利がないんだよ！」

「し、しかし、儂らに一体何が出来るっていうんじゃ！　この子はここまで怖がっとるんじゃぞ！」

スコップを手にした大学生と中年サラリーマンがやってきた。

大学生は背後から襲いかかってきたゴブリンをスコップで殴り倒すと、山田から幼女を受け取って抱きかかえた。

その脇では、中年サラリーマンが「お先に！」と言って隣の屋上に向かって跳んでいく。

隣のビルが唯一の脱出路だと気付いた者達が、それに続くように次々と跳んでいった。

ここに残っているのは、怪我をして跳べない者、跳ぶことを躊躇う者だけ。要するに、年寄りや脚力に自信のない者、そして勇気に欠ける者ばかりなのである。

もちろん、跳躍に失敗する者もいた。

他人が成功したからと果敢に挑んで失敗し、向こう側のビルの縁にぶら下がってしまった。

とはいえそれも運がいいほうだ。危うく滑落するところを、先に渡った中年サラリーマンに腕を引っ張ってもらって救われていたのだから。運の悪い者はそんな者の傍ら、あと少しと差し伸べた指先がビルの縁に引っかからず、谷間に落下していった。

「わっ、わあああああああああああああああ！」

必死の悲鳴に皆が顔を背けると、大型の果物を割るような音が続いた。

そんな中で、大学生が幼女を諭した。

「僕が心寧ちゃんに魔法をかけてあげるよ。目を瞑ってぎゅっと身体を丸めて百数えるんだ。そうしたらママの所に行けるよ」

「ほ、本当に？」

心寧は声を震わせながら尋ねる。

「もちろんさ。お兄さんは正直者だからね」

「で、でも……心寧、五十までしか数えられないよ」

「おおっと、そうだった。でも、その歳で五十まで数えられたら天才だね！　ならば五十を二回。出来るよね？」

「う……うん」

「五十を二回数え終えるまで、目を開いちゃいけないよ」

心寧は頷くと、全身を震わせながら目を瞑った。そして、「いーち、にー、さーん」と数え始めたのである。

「流石、心理学専攻だな、大学生。大人だけじゃなくって子供の説得も巧いんだな」

「違いますよ。この子は分かってて、欺されたフリをしてくれているんです」

「欺されたフリ？」

「後はお願いします。僕の細腕じゃ、この子を投げるなんて流石に無理なんで……」

言いながら大学生は、心寧の身柄を山田に託す。そしてスコップを振り上げると、老人に襲いかかろうとしたゴブリンの脳天へと振り下ろした。

「グギュ」

叩き潰されるゴブリンを見て、老人は杖を振り上げた。

「来るな！　来るな！」

やたらめったら杖を振り回し、襲いかかってくるゴブリンを威嚇する。

「大学生。お主はどうして逃げんのじゃ？　お主なら、あれくらいの幅は易々と跳べるじゃろうに」

「彼女が向こうに渡るまでの時間を稼ぐためです。それが年長者の役割ってもんでしょ」

言われた瞬間、老人は衝撃を受けたのか目を見開いた。そして、落胆したかのごとく肩を落とし、嘆息し、泣き言のように続けた。

「ちっ……仕方ないのう。年長者の役目などと言われてしもうたら、儂なんか嫌とはとても言えぬではないか。仕方ないのう。仕方ないのう」

老人は果敢に杖を振り回した。

どうやら、山田に言われたお説教めいた罵倒の羅列なんかより、大学生の一言のほうがよっぽど老人の心を捉えたらしい。

「くそお！　こんな所で死にたくなかったのにのう」

ジュラルミンの杖が、ゴブリンの頭に当たってゴブリンがのた打ち回る。そこに大学生の振り下ろすスコップが命中。甲高い音と共に、ゴブリンを絶命させた。

「そのあたりの感覚、僕らには理解しにくいんで教えてくださいよ。お爺さんほど長く生きたんなら、もういいんじゃないのって思ってしまうんです」

「こんな時も勉強か？　流石学究の徒じゃのう。その熱意に免じて、人生の大先輩たる儂が教えてやる。そこにコップの水があるとする。その半分を飲んだ時の残りを見て、まだ半分ある……そう考えるのが、お主達若者じゃ」

「……はあ」

「しかし、儂ぐらいに歳をとってくると、その半分が黄金のごとく感じられるようになる。そのまた残り半分、さらにさらに残り半分にと減っていくわけじゃが、減っていけば減っていくほど、残り少ない僅かなその命が愛おしくて愛おしくてたまらなくなるんじゃよ。最期の一滴なんぞは、きっと至極の甘露じゃろうて……」

老人の振る杖が、二度三度とゴブリンにぶつかると、ポッキリ折れた。

「あ、しもた……」

その隙を突いてゴブリンが飛び掛かってくる。すると、大学生がスコップを振ってそれを追い払ったのである。

一方、二人の後ろでは、山田が、身体を丸めて数を数えている心寧を抱きかかえ、助走を開始した。

幼女の全身が、自分の腕の中で震えているのを感じた山田は、『欺されたフリ』という言葉の意味を悟った。この子はこれから自分に何が起こるか分かっている。分かっていて必死に耐えているのだ。

「さんじゅういち、さんじゅうに……」

そして今度は、幼女も抵抗しなかった。大学生に言い聞かされたように、目をぎゅっと瞑って身体を丸めていた。

山田は助走の勢いを借りて、心寧を屋上の縁から投じた。

胎児の姿勢という背を丸めた幼女の身柄が、放物線を描いて隣のビルへと飛んでいく。

その先には、母親と聡子が、そして隣の屋上へと渡った者達が、バレーボールのレシーバーのごとく並んで待っていた。

二人は絶対に心寧の身体を取り落とすまいと、必死に両手を広げ、構えている。そんな二人の胸の辺りに、心寧の身体は見事に飛んでいった。

幼女を受け止めた二人は、そのズシリとした衝撃を受け止めきれなかったのか、バランスを大きく崩す。慌てて周囲が駆け寄り、尻餅をつきそうな二人を支えた。

心寧の身柄は、間違いなく向こう側に届けられたのだ。

「もういいぞ、大学生！」

大役をやり遂げた満足感と共に振り返る山田。

しかし、その時すでに、老人と大学生は数頭のゴブリンに取り囲まれていた。振り下ろされる剣が、そして槍が、二人に刺さっていたのである。

「痛たぁ……これって無茶苦茶、痛いっすね」

大学生が膝を突くと呻いた。

しかしながらその表情は困ったな、失敗したなという感じだったので、あまり苦痛が酷くないように思えてしまう。

「これが長年頑張って頑張ってきた末の報いなのか？　幾ら何でもあんまりではないか？」

老人のほうはと言えば、そのまま仰向けに倒れ、口から血を吐いて天を仰いでいた。

「儂は、ほんとに、本当に頑張ってきたんじゃよ。成績で一番をとった。立派な業績も挙げた。勲章まで貰ったんじゃ……これで子供の命まで助けたら、天国か極楽にでも行かねば割に合わんじゃろう？　親父、お袋……儂は……俺は……僕はやりましたよ。父さん母さん僕は十分、しっかりやりました。褒めて……くだ……さ……」

山田はスコップを拾い上げた。

ゴブリンの血で汚れたそれは、大学生が使っていたものだ。

山田はそれを振り上げると、肩に乗せ、トントンと首と肩の境目辺りで弾ませる。

座銀ビルの屋上を見渡せば、ゴブリンやオークが人々を追い回していた。さらに屋上塔屋にもよじ登り、給水塔の隙間に隠れた人々を引きずり出そうとしている。中には、逃げた人々を追って隣のビルに飛び移ろうとするゴブリンもいた。

「追わせるかよ！」

山田はそんなゴブリンの胴目掛けて、スコップを横殴りに振った。

柔らかいゴブリンの腹部に、スコップはざっくりと食い込む。そのままゴブリンは、悲鳴を上げ、腸を撒き散らしながらビルの隙間に落下していった。

「行け！」

山田は、向こう側の屋上にいる聡子に向かって叫んだ。

行けと言っておいたのに、あの女性警官は、律儀にも山田が渡ってくるのを待っていたのだ。

しかし、座銀ビルの屋上はオークやゴブリンが溢れ返っており、もう助走の距離も確保できそうにない。そして隣のビルまでの隙間は、助走もなく飛び移れるほど狭くもない。

「なら、俺のすべきことは一つだな」

山田はここが自分の持ち場だとばかりに、隣のビルを背にして立った。

年寄り相手にでかい口を叩いた以上、年寄り以上のことをしてみせねば格好が付かない。何よりも、自分自身の良心に顔向け出来ないのだ。

「来やがれ、貴様ら！　俺の目が黒い内は、向こう側には一頭たりとも通さん！」

善良なる一市民こと山田は、ゴブリン達に向けて、スコップを構えたのだった。

「行けっ！」

山田の声を聞いた瞬間、聡子は走り出した。

行けと言ってもらえて、正直なところ助かったと思っていた。

あのまま屋上に残って、怪物共が飛び移ってくるのを自分が食い止めねばならないのかと思うと、恐くてたまらなかったのだ。だから、振り返って山田がどうなったかを見ることが出来ない。それは多分、罪悪感から目を背けたかったからだろう。

屋上塔屋の鉄扉を潜って、自分が最後であることを確認すると内側から鍵を掛ける。そして階段を飛び下りる勢いで下りていった。

幸いと言うべきか、山田の言う通り、座銀ビルのほうにゴブリンやオークが集まっていたため、裏ビルの中に怪異の姿はないようだ。廊下やオフィスの床、階段の踊り場に人々の骸が転がっているだけだった。

そう言えば、先に行った人々はどうしただろうか？　みんなもう外に逃れただろうか？

そう思いながら一階に辿り着くと、階段脇に逃れた人々の姿があった。七人——いや、心寧を加えると八人が身を潜めていた。

すぐ近くまで警察が迎えに来ているとはいえ、いきなり外へ飛び出すのには勇気が要る。そのため、ビルの玄関脇に身を隠して外の様子を窺っているのだ。

先頭にいるのは中年サラリーマン。

その後ろにいるのは、心寧を抱きかかえた母親。

母親の表情が歪んでいることが気になったが、今や皆がどこかに擦過傷《さっかしょう》、打撲、切り傷を負っている。ならば、顔を顰《しか》めるくらいは当然だろうと聡子は気にしないことにした。

「まずは俺が先に出て安全を確かめる。ゴブリン共がいなかったら合図するから一気に走れ。もちろん奴らに気付かれないよう静かにな！」

中年サラリーマンの合図で、一斉に飛び出すというところまで話が進んでいるらしい。

「私も一緒に先発します。もし怪異がいたら、私が道を開きます」

聡子が特殊警棒を伸ばしながら声を掛ける。すると、不安そうな皆の表情が一瞬和らいだ気がした。

「おお、女警さんか！　その時は頼むよ。それじゃ行くぞ！　今だ！」

中年サラリーマンの合図で、聡子と共に先頭となって道路へ飛び出す。聡子が足を止めてビル周囲の安全を確認。来い来いと手を振る。

すると皆はその誘導に従った。

「警察の車は……」

中年サラリーマンは方向を確かめる。

「あっちの方角です」

聡子はビルに遮られた方角を指す。

遊撃放水車が停まっているのは、上空から街を俯瞰したら銀座特有の長方形をしたブロックの対角線方向なのだ。

「よし」

中年サラリーマンが先陣を切って走り出した。

もちろん、聡子も全員の最後尾となって続く。

その時中年サラリーマンの後ろを走っていた心寧の母親が、小さな悲鳴を上げて転んだ。しかし誰もが我が身が大事。彼女を振り返りもせず、置き去りにしてしまった。

最後尾の聡子は瞬く間に追い付く。そしてこのまま走り去ってしまいたい気持ちを押し殺して足を止めた。

「大丈夫ですか？」

「あ、足が……」

見れば、母親の右足首が真っ赤に腫れていた。

外踝《そとくるぶし》の周囲が腫れ上がり、内出血で紫色になっている。それを見た聡子は、瞬間的に靭帯《じんたい》が断裂していると思った。高校剣道部時代の仲間が、同様の怪我をしたことがあったのだ。そう言えば、ビルを飛び移った時、母親は派手に転んだ。その際に足首を痛めたに違いない。

「走れますか？」

「……」

すると母親は歯を食い縛って悔しそうな表情をして頭を振った。

「お願い出来ますか！」

母親は覚悟を決めた表情をすると、心寧の身柄を差し出した。

「ギイッ」

「グヒッ！」

後方の道から、ゴブリンの一団が姿を見せる。距離にして五十メートルほどか。走って数秒の距離だが、聡子にはまだ頑張ればどうにかなる距離にも思われた。

「あと少しだけ。あと少しだけ辛抱して頑張ってください」

「ダメよ。足手まといになるわ。三人とも捕まっちゃう」

仕方なく、聡子は心寧の身柄を受け取る。

「ママ！　嫌だよ、ママ！　嫌だよ！」

心寧が暴れる。必死になって聡子に抵抗し、母の元へ戻ろうとしていた。

しかし、聡子は立ち上がる。それは、心寧を無理矢理母親から引き剥がすようなものだ。聡子はその行為により、自分の良心や感性といったデリケートな部分を自ら酷く傷付けているように感じていた。

「ギイッ」

しかし、ゴブリン共の気配が迫ってくる。ここで逡巡している暇はない。

聡子は泣き叫ぶ心寧を抱きしめると、歯を食い縛って母親に背を向けた。

「ヤダアアアアアアアアアああああああああああああああああ！」

幼女の悲鳴に似た叫びが、痛く痛く感じられた。


聡子は走った。

母に手を伸ばし続ける心寧の叫びを聞きながら、ただひたすらに走っていた。

進む内に銃撃音がはっきり聞こえるようになってくる。音の大きさからも、距離は近い。警視庁特殊捜査班が、怪異達と戦っているのだろう。

それは聡子達にとって、我々はここまで来ているぞと示している呼び声にも聞こえた。

「あそこまで行けば……」

聡子は完全武装した特殊捜査班に出迎えられることを期待して角を曲がった。

しかしその交差点には、巨大な怪異の集団がいた。身の丈三メートルもある、巨大で毛むくじゃらなトロルだ。この背中がずらっと並んでいるのを見た瞬間、聡子は絶望に駆られてしまった。

警視庁特殊捜査班と遊撃放水車がいるのは、その向こうだった。

先行した中年サラリーマン達も、この怪異達の前で躊躇している。

ここは無理だと諦め、踵を返して逃げていく者もいる。諦めきれずに付近の立ち看板、ビルの玄関などに身を隠して様子を窺っている者もいた。

彼らはこのまま特殊捜査班がトロルを殲滅してくれるのを期待している。しかし、いかに警視庁の精鋭といえども苦戦を強いられていた。機関拳銃は連射が効くと言っても、連続して数多く撃てるだけのこと。対するトロルは巨体で数が多い。一頭を倒すのに十発も二十発も弾丸を打ち込まなければならないから、数の力で圧殺されてしまうのだ。

特殊捜査班は自分達が乗ってきた遊撃放水車に怪異を寄せ付けないのが精一杯のようだ。

「道が塞がれてる。このままじゃどうにもならん」

中年サラリーマンは、元の道に戻ろうと言った。

しかし振り返ると、背後の道もまたゴブリンの群れによって塞がれていた。

「別の道で逃げる。俺は行くぞ！」

とはいえ十字路の内の二つが塞がれているに過ぎない。逃げ道ならばまだ二つもある。聡子もまた、彼らに続こうとした。しかしそこで逡巡した。

ここからさらにどこへ逃げろと？

銀座の街には怪異達がうようよしているのだ。そんな中を行く宛もなく走り続けて本当に助かるのだろうか？　あるいは、もしかすると今、この瞬間だけが母親から託された心寧を助ける唯一かつ最後のチャンスかもしれないのだ。

男達が後に続かない聡子を訝しげに振り返った。

「おい、何をしてる!?」

「女警さん。早くこっち！」

「皆さんは先に逃げてください！」

聡子は奥歯を噛み締め、身体の奥底から湧き上がってくる恐怖感を押し殺す。そして心寧の身体を強く抱きしめると、トロルの群れに向かって進み始めたのである。

第十一章　その男……

佐伯は特殊捜査班を率い、総理の私用車があったビル内に突入すると、その中に籠もっていた人々の救出に成功した。

ビル内には二頭のオークと、六頭のゴブリンがいた。

しかしその程度の怪異は、優秀な火器と高度な訓練を受けた佐伯達には全く障害にならない。ＳＩＴは瞬く間にそれらを制圧排除し、地下の機械室に隠れていたＯＬと買い物客、そして中年男性を確保したのである。

「総理とＳＰは見つかったか？」

佐伯が囁く。すると、部下達は頭を振った。

「屋上から一階まで隈なく捜しましたが、見つかりませんでした」

「ちっ、仕方ない。民間人を助けられただけでもよしとしよう」

隠れていた男女は、震えていて口を開くのも大変そうだったが、佐伯達の顔を見ると皆が安堵した様子だった。

「お名前を言えますか？」

部下が助け出した男女に問いかけていく。

「く、くくく、くろ、黒柳茜《くろやなぎあかね》。この上にある会社の従業員です」

「日野間貴恵《ひのまたかえ》です。近くに買い物に来ていて、騒動に巻き込まれて……」

「金土日葉。ジャーナリストよ。たまたま近くにいてこのビルに逃げ込んだの！」

金土は撮影用のカメラをしっかりと抱きしめていた。

「これで全員ですか？」

「そうよ、これで全員よ！」

すると、佐伯が皆を見渡した。

「よし、脱出するぞ」

佐伯は自ら先頭に立って廊下へと出た。階段を上って地上へと向かう。

ビルの外では銃声が轟いていた。まるで射撃場内のように途切れることがない。

一体どれほどのゴブリンやオーク、トロルが集まってきているのかと思われた。

佐伯は先頭に立って地上階に出ると、まずはビルの玄関前から道路に頭を出して周囲を見渡した。

すると、遊撃放水車の周囲からは、怪異達は完璧に駆逐されていた。ただ、少し離れた所に怪異の群れがあった。佐伯の部下達はそれを寄せ付けまいと銃撃しているらしい。

「よし、行け！」

佐伯は隠れていた人々を誘導し、遊撃放水車の元に走らせた。

「隊長！」

「どうした？　苦戦してるのか？」

「ゴブリンやらオークは何とかなりますが、トロルの奴がやたらと丈夫で……このままでは弾が足りそうもありません！」

見渡せば、ゴブリン、オークの遺骸が辺り一面を埋め尽くしていた。

それだけ見れば、特殊捜査班の側が圧倒的に有利そうに見える。しかし一発や二発の弾が当たったくらいでは倒れないトロルが残り、群れになっていた。

トロルは仲間の流す血の匂いに酔っているようだ。

全個体が激しく興奮して吠え、唸り、威嚇してくる。そしてその中の一頭が激高して棍棒を振り上げ、ＳＩＴの隊員達にそれを振り下ろそうと飛び出してきていた。

今はそれに向かって集中砲火を浴びせ、凌いでいるところであった。

「弾丸の残りは？」

「各員の弾倉が二個！　一頭を倒すのに、おおよそ弾倉一個が必要な計算です」

「引き時だな。せめてもう一棟くらいビルの捜索をしたかったんだが……」

佐伯はトロルの群れを見た。

視界に入るだけでも、ざっと十頭ほどが見える。人垣ならぬトロルの垣根の向こうまで数えれば、二十頭か三十頭になるだろう。

「放水砲はどうだ⁉」

「一号車、二号車共に水が残っていません」

タンク内の水は、ここに辿り着くまでに使い果たしてしまっていた。

「仕方ない。我々はこれより撤収する！　弾の残ってる者は節約しながら撃て！　俺達はその隙に乗車する。いいなっ！」

「了解！」

部下達が銃列を敷くと、トロル目掛けて残った弾丸をばら撒いた。その間に、佐伯の部下達が救出した三名の男女を遊撃放水車へと乗せていく。

運転員が叫んだ。

「隊長、まだ多くの人が残ってます！」

「大丈夫だ！　また戻ってくるから！」

「でも！」

「ここで俺達がやられちまったら、ここにいる人達も助けられなくなっちまうんだぞ！」

佐伯が遊撃放水車の座席を指差す。すると、助け出された三人が座っている。それを見れば、運転手も苦しそうにしながらも頷くしかない。

しかし、その時だった。

周囲を見張っていた放水砲の担当が叫んだ。

「隊長！」

「どうした？」

「トロルの群れの向こうに、女警がいます！」

「何だって!?」

佐伯が放水砲の砲塔へとよじ登り外を覗く。するとトロルの群れの向こうに、制服姿の女性警察官がいた。しかもその女警は、幼い女児を抱きかかえている。トロルにはまだ気付かれていないが、あんな所にいては、きっと無事では済まない。

彼女と彼女が抱える女児の命は、風前の灯火であった。

「ちっ……」

佐伯の決断は早かった。

「弾を寄越せ！　早く！」

佐伯は、遊撃放水車に戻った部下達から弾倉を掻き集めた。都合七本の弾倉が集まる。

「どうするっていうんです!?」

「まさか隊長、ご自分で切り込むだなんて仰るんじゃないでしょうね!?」

「誰がそんなことするかよ！」

部下達の言葉を聞き流した佐伯は、運転員に問いかけた。

「おい君、俺が今、何をして欲しいか分かるな？」

以心伝心したのか、運転員は大きく頷いた。

「は、はい！」

すると佐伯は、弾倉の束を抱え、外に残っている部下に急いで放水車に乗るよう指示をした。

外では四人の部下が残り、トロル達を寄せ付けないよう飛び出してくる個体に銃撃を続けていた。

佐伯は彼らが遊撃放水車に乗り込むと、彼らに弾倉を二本ずつ渡して言った。

「これから遊撃放水車が特攻する。車が止まったら俺達は即座に下車して子供と女警を収容する。そうしたらもう一度放水車に乗って、全力で脱出だ。やることはいつもの訓練と同じく、手早く、正確にだ。気合いを入れろ！」

放水車が前進を開始したのはその直後だった。

「みんなしっかり掴まれ！」

運転員が叫ぶ。すでに一度経験している佐伯達は、それを合図に支柱や椅子にしがみ付いた。

「え、どうしたの!?」

金士だけが、訳も分からず腰を浮かした。しかしそんなこともおかまいなしに、運転員はアクセルを全力で踏み込んだ。

「うあああああああああああああ！」

遊撃放水車のエンジンは、猛烈な咆哮を上げる。そして凄まじい勢いで加速を始めた。

二〇〇八年東京の秋葉原、二〇一六年フランスのニース、二〇一七年スウェーデンの首都ストックホルムで三つの事件が起きている。

この三つの事件に共通していることは、トラックが凶器になったということだ。運転手が意図的に歩行中の人々を次々と撥ね飛ばしたのだ。

特にフランスの事件では、八十四名の人が亡くなり、二百二人が負傷するという痛ましい惨事となった。トラックという大型の輸送機械は、用い方によっては途轍もない破壊力を持つ凶器となるのだ。

そして、遊撃放水車もまた十分にその力を有していた。

というより、そもそも機動隊の車両は、トラックをベースに改造されたものだ。

ボディを鉄板で装甲した車体が、直列六気筒ＤＯＨＣ二十四バルブ・ディーゼルエンジンの三百三十八キロワット、すなわち約四百六十馬力という強力な出力で疾駆する時、それは古代の英雄達が戦場を駆け抜けた際に用いた戦車と化す。

遊撃放水車はその巨体と質量を武器に、全力でトロルの群れに襲いかかったのである。

トロルの身の丈は約三メートル。これは民間大型バスの屋根の高さに匹敵する。

そしてほぼ同じ体躯のヒグマ一個体の体重が三百キロとも四百キロとも言われているから、トロルもおよそ同じ質量と考えていいだろう。

それが二十～三十頭も集まれば、どれほどの力を持つか。

いかに機動隊の遊撃放水車であっても、正面から力比べに挑めば押さえ込まれてしまうに違いない。しかし加速を付けたならばどうか。そう思った運転員は、床に接するほどに全力でアクセルを踏み抜いたのである。

激突の衝撃は凄まじかった。

トロル達は激しく吹き飛ばされ、なぎ倒され、あるいは車輪の下敷きとなった。

十頭以上のトロルが、ボウリングのピンがごとく弾き飛ばされたのだ。

もちろん、遊撃放水車も無事では済まない。

車体前部は大きく凹み、正面を覆っていた外付けの装甲板は衝撃で吹き飛んだ。

それまで閉ざされていた視界が突然開けたかと思えば、内側にあったフロントガラスが大きく割れて、その破片が暴風のように車内に吹き荒れたのである。

しかも、トロルの巨体を踏みにじる際、車体は激しく躍り、大きく揺れた。

上下左右に、前後に、捻れるように、車体が傾き過ぎて転倒するかと思われるほどだ。ハンドルを取られた運転員は、上手くコントロールしきれなくなっていた。

結局、遊撃放水車は勢いに任せて進み、僅かに左に曲がって、ビルの壁面に激突して停止したのである。

全ての騒ぎが終わった時、流石に皆すぐには動けなかった。

ＳＩＴの隊員達は遊撃放水車の床に、あるいは椅子や支柱にしがみ付いていた。腰を浮かせていた金土などは、頭から椅子の下に潜り込んでしまっていた。割れたガラスが落ちる音。どこか車体が破損したのか、ガスが抜けていく音もしている。

そして外に目を向ければ、遊撃放水車の突進を浴びたトロル達もまた、地面に倒れていた。一部の怪異は難を逃れたが、それらもまた呆気に取られたようにその光景を見ていたのである。

そんな中で最初に再起動を果たしたのは佐伯だった。

佐伯は頭を振りながら身を起こすと、周囲を見渡しながら言った。

「みんな、生きてるな⁉」

「はい！」

運転員が、顔面傷だらけ血だらけだというのに、やたらハキハキと答える。

他の者は、呻いたり身を捩ったり咳をしたりすることで、佐伯への答えに代えていた。

「なかなか、思ったようにはいかんな！」

佐伯としては、トロルを薙ぎ払い、そのまま女性警官の所まで道が切り開かれることを期待したのだ。しかしそうはならなかった。

実戦なんて、そういうものだ。いつだって思いもよらぬ方向に事態は動き、都度都度、臨機応変の対処が求められてしまう。

佐伯はとりあえず全員が生きているらしいと確認すると告げた。

「よし、この一号車は遺棄する！　全員で二号車に乗り移るぞ！」

後続の遊撃放水車がゆっくり近付いてくる。

佐伯は下車して、トロル達の遺骸が転がる中に飛び出すと、立ち上がりつつある個体に銃口を向けた。

トロルが弾丸を浴びて倒れていく。

無慈悲なようだが、敵が体勢を整えきる前に戦う。それこそが戦闘の基本なのだ。

部下達も佐伯に続く。

持っていた予備弾を全て佐伯に渡してしまった彼らの役目は、救出した男女三名、遊撃放水車の放水砲の担当者、運転員らのエスコートだ。

彼らは歩けない者に手を貸し、肩を貸し、拳銃を抜いて周囲に向けながら——一号車の突貫で死にきれず、身体を起こそうとするトロルがいるようなら止《とど》めを刺すように銃撃しつつ二号車へと走った。

そんな中で、佐伯は女警を捜す。

「くそっ！」

見れば女警との間には、まだ十頭前後のトロルが残っていた。

たかが十頭、されど十頭だ。それが作る壁は分厚くて高い。今の佐伯達ではとても乗り越えられるものではなかった。

しかしその時、女性警察官が動いた。

少女を抱きかかえたまま、トロルの群れに向かって走り寄ったのだ。

そして十分に近付くと、女児を抱いたまま回転を始めた。

プロレス技に例えるなら、ジャイアントスイングだろうか。公園や体育館などで親子がしているのが時々見られる、ダイナミックな遊びの一つだ。

「ま、まさか……」

彼女が何をしようとしているのか。佐伯達はすぐさま理解した。

「おいっ、受け止めるぞ！」

数度の回転をして十分に速度を得ると、女警は幼女を投じた。

少女はトロルの頭上を越えて飛んだ。そして放物線を描いて、佐伯達の元へと落ちてきたのである。

それを見た佐伯と彼の部下達、そして救出された民間人の女性達までもが、落ちてくる幼女を受け止めようと渾身の力で両手を広げたのだった。

遊撃放水車のエンジンが咆哮を上げながらトロルの群れへと特攻し、十数頭を薙ぎ払って壁に激突した。

＊　＊

それは、聡子に幸いした。トロル達の意識は、多くの仲間を巻き込んだその突進に完全に奪われていたからだ。

おかげで聡子は、ギリギリまで彼らの背中に近付くことが出来た。そこで心寧を投擲。彼女を佐伯らに託すことが出来たのである。

トロル達の頭上を越えて落ちていった幼女が、佐伯達が伸ばした腕の中にすっぽりと収まる。そこでトロルの一頭がようやく振り返り、聡子に気付いた。

「グルッ！」

合図なのか呼び掛けなのか、唸り声一つで、数頭のトロルが聡子に向かって進み始めた。

トロルは巨体故の鈍重さで機敏に動けない。そしてもちろん聡子は、トロルが歩み寄るのを黙って待ってはいない。

「あとは逃げるだけね」

聡子は踵を返して走り出した。

しかし背後には、ゴブリンが溢れていた。

だがふと見れば、ゴブリン達を寄せ付けまいと、逃げたと思っていた中年サラリーマンが奮闘していた。彼は銀座の裏道に置かれた立て看板をぶんぶんと振り回していたのだ。

ランチ千二百円という銀座ならではの値段が書かれた置き看板を投げ付け、違法駐車よけの三角コーンを拾っては投げ、そしてビルの出入り口に設置されたステンレスの支柱を引き抜き、力任せに振り回していた。

ゴブリン達は、狂戦士と向かい合ったかのごとく距離を置こうと後退っていく。

「ど、どうして逃げなかったの!?」

聡子も特殊警棒を抜いて、中年サラリーマンを掩護する。

取り囲まれるよりも先に、ゴブリンの群れに向かって突進すると、緑色の小さな頭蓋をメロンのごとく叩き割り、短刀を握った二の腕を枯れ枝のごとくへし折り、喉に突きを打ち込んだ。

喉を押さえてのた打ち回るゴブリンを見て聡子は、やはりそうかと納得する。冷静になって見れば、ゴブリンはすばしっこさこそあるものの、一頭一頭を相手にしている限り、どうとでもなるのだ。撃たれ弱く、痛がりだ。厄介なのは、群れで押し寄せてくること。そして多少の知恵が回ることなのだ。

「あの心寧って子は、俺の子供とちょうど同じくらいの歳でな。なのに見捨てたら、娘にどの面下げて会いに行くんだって思ってな！」

「今ならば、十分自慢できますよ！」

「そうだよな！　お父さんすごーいって尊敬してもらえるよな！　女房も、貴方見直したわって言ってくれるよな⁉」

「あーー」

それはどうだか——と聡子は続けたくなった。

ある種の人間は、相手のことを一旦毛嫌いすると、その人間が何をしようと全てをネガティブに捉えてしまうのだ。

どれだけ善行を施してもそれを偽善と決め付け、格好付けでしかないと酷評する。

この中年サラリーマンの妻などは、その典型ではないかと思われた。

そんな者が、評価を一八〇度変えることがあるとするならば、相当に大きな、衝撃的な出来事が必要だろう。それこそ、絶体絶命の窮地から救い出してくれるといったほどの。

本人や他人から手柄話を聞いた程度では、まず無理だ。

しかし、そんなことを今指摘して、この男をがっかりさせる必要はない。だから聡子は我ながら偽善的だなあと思いつつも、こう返した。

「きっと奥さんもお嬢さんも、見直してくれますよ」

「だよな！　よし、ちゃんと生きて戻って会いに行くぞ！」

中年サラリーマンは、こうしてフラグらしきものを盛大に立てると、鈍色に輝くステンレス製支柱を振り回し突進したのである。

逃げ損ねたゴブリンの後頭部に、重い支柱がぶつかって甲高い音が上がる。

二頭、三頭と日本猿のようなゴブリンがアスファルトに転がった。

中年サラリーマンの隙を見て、槍を持ったゴブリンが突進してくる。しかし聡子が巧いタイミングで介入し、それを寄せ付けない。

このまま行けば、聡子と中年サラリーマンは、ゴブリンの群れの突破に成功するに違いない。そう思われた。

しかし破綻は早々に訪れた。

日頃運動をろくすっぽしない人間が、力任せに重いステンレス製の支柱をぶん回していて体力が尽きないはずがない。息が切れないはずがない。

渾身の力で支柱を振り回し、その疲労感にほっと溜息を吐いた瞬間を狙われた。ゴブリン数頭が、四方八方から中年サラリーマンに襲いかかったのだ。

聡子は俊敏な動きで二頭まで倒し、さらに三頭目を牽制することに成功する。しかし最後の一頭の繰り出した槍が、中年サラリーマンの右脇腹へと突き刺さった。

「あっ、ぐっ……」

中年サラリーマンは、脇腹を押さえて膝を突いた。

「大丈夫ですか!?」

「む、無理っぽい……かも」

「しっかりしてください！　お嬢さんに会いに行くんでしょう！　さあ、立って！」

聡子は中年サラリーマンの腕を掴んで立ち上がらせようとする。

「……」

しかし中年サラリーマンは、膝を突いたまま無言で聡子の手を振り払った。そして崩れるように地面に突っ伏しつつも、無言で行け行けと手を振ったのである。

周囲にはゴブリン、そしてオークも駆け寄って来ようとしている。

「くっ……」

聡子は目をぎゅっと閉じると、中年サラリーマンをその場に残して逃げた。ゴブリンの群れは、聡子を追うよりも中年サラリーマンに止めを刺すことを選んだらしく、あっという間に群がっていく。

「ごめんなさい！」

聡子はそう叫びながら走った。

聡子を追う怪物達が少なかったのは、中年サラリーマンのおかげかもしれなかった。

聡子はいよいよ一人になった。

ゴブリンは数が多く、オークやトロルには真っ向からは立ち向かえない。そのため、怪物達との接触は可能な限り避けなければならない。

聡子は、地域課警察官として得た銀座の地理知識を生かし、建物に身を隠しながら、あるいは隙を見て走りながら逃げ続けた。

やがて、異様な風体の集団を見つけることになった。

「え!?」

それは人間だったのだ。

大楯を手に、鎧を纏った重装歩兵達。

映画のロケと言われればそのまま信じてしまいそうな軍装の男達が、外堀通りを埋め尽くしている。そして見事な隊列を組んで、高速道路、ＪＲの高架方向に向かっている。

思わずデモか何かかと思ったほどだ。

「……あ、う……」

聡子は行くも出来ず、引くも出来なかった。

まさかと思われる存在の出現に虚を突かれたのだ。

その一方で、重装歩兵の側に聡子に気付いた者がいた。

聡子を指差して何か叫ぶ。すると、鶏冠《けいかん》のような飾りを冑《かぶと》に付けた兵士が、号令のようなものを放った。

双頭犬を引き連れた男が、オークやゴブリンの群れと共に聡子のほうへと向かってくる。

「まずいっ……」

双頭犬を見て思わず蜥蜴女の出現かと思ったが、今度は男だ。間髪容れず、双頭犬が解き放たれ、聡子に向かって走り出す。

流石の聡子も逃げなければと思った。

しかも相手はゴブリン以上に足が速い。全速力で走らねばならなかった。それはこれまでの体力配分を考えたマラソンの走り方ではなく、後先考えない短距離走の全力だ。

たちまち、聡子の息が上がっていった。

背後から、ひたひたと獣の気配が近付いてくる。

右に曲がり、左に曲がり、そうしている内に足が重くなり、胸が破裂しそうなほど心臓が跳ね上がっていった。空気を吸うと、喉や胸が痛い。脇腹も痛い。

もう、ダメ。走れない。

何度も何度も、足が止まりかける。するとたちまち背後の獣の気配が大きくなった。

もう、ダメ。走れない。

身体が、足が——もう……。でも、死にたくないという思いに突き動かされて、足を前に出す。出し続ける。

聡子は体育会系のくせに根性論とか精神論が大嫌いだ。けれど今は、その根性や頑張りに頼るしかなかった。

腿を叩いてでも足を進ませ、熱くて痛い空気を大きく吸って肺を満たす。

やがて、聡子は気付いた。身体が思ったように動いていないことに。

足を前に……そう思って力を入れても、白キロの重りでも付けているかのごとく重いのだ。

足や腕が動いていない。身体そのものが、何かの拘束具で縛られているかのようであった。

「もう……ダメなの？」

聡子は、自分の視線がいつもより低くなっていることに気付いた。いつの間にか、地面に膝を突いていたのだ。

滝のように流れ落ちる汗が、アスファルトに小さな水たまりを作る。

気付けば、座り込んでいた。

やがてすぐそこまで、双頭犬が迫っているのが見えた。

双頭犬が二頭。一頭に頭が二つ。

それぞれが舌を出し、目を血走らせ、牙を剥き出しにして、吠えることなく迫ってくる。

聡子は、泣きたくなった。

誰か助けてくれないかなあ。

これまで一生懸命頑張ってきたのだ。少なくない数の人を助けてきたつもりだ。

もちろん、それは警察官としての仕事である。けれど、恐ろしさや辛さを我慢して、自分に鞭打って頑張ってきたのも確かなのだ。

だったら、今度は、この瞬間くらいは、誰かが自分のために何かをしてくれてもいいではないかと思ってしまう。

「誰か、お願いだから、助けてよお、私のこと、助けてよ……」

このまま終わりたくない。

まだ恋もしていないし、結婚もしていない。子供を産んだり、温かな家庭を築いたり、剣道の大会で優勝して皆に褒められたり、幸せな気分を味わいたいのだ。

なのに、まだ何もしていない。まだ何も得ていない。

「だれか……助けて……よ」

聡子は、絶え絶えな呼吸の中で、願いを口にした。

双頭犬の臭い息が、鼻先にかかるほどに近付いてくる。

聡子の視界いっぱいに、大きく開かれた獣の顎が見えた。ずらりと並ぶ鋭い牙、涎《よだれ》に塗れ醜《みにく》く垂れた舌。

この牙が、聡子を貪《むさぼ》ろうとしている。

この顎が、聡子の肉を食い千切ろうとしている。

もし、こんなものが人生最後の光景だというのなら、随分とやるせない。けれどそれでも、聡子は目を閉じることだけはするまいと決めていた。目を背けたら、その瞬間に終わってしまう気がしたからだ。

「大丈夫、俺にまーかせて！」


突然の声。

背後から迫る気配。瞬間、聡子は思わず首を竦めた。

その頭を掠めるように、横薙ぎにファルカタが一閃された。

そして眼前に広がっていた死の顎が、上下に切り開かれる。聡子の視界に、再び銀座の街並みが広がって見えた。

双頭犬の頭部は、大きく開いた顎の付け根を起点に上下に両断されていた。

そして二閃目では、二頭目の双頭犬の首が二つまとめて刎《は》ねられた。とはいえ、突進の勢いは止まらない。そのまま双頭犬は、鮮血を噴出させながら、聡子の傍らを四～五歩ほど通り過ぎ、その後にようやく倒れたのである。


その男は――オタクであった。

見るからに、聡子が日頃から嫌悪感を抱いているオタクであった。

そのことは、男が身に纏っている可愛らしいキャラの描かれたTシャツが大きく主張していたし、そもそもこの男は昨晩、聡子に猥褻な図画を見せつけた野郎だ。警察官である聡子には、人間の人相を一瞬で記憶する特技がある。だから、間違いないのである。

しかし二頭の獣にファルカタを振り抜いた腕には力が籠もり、大地を踏みしめる両足は揺らぐことがない。

剣道を嗜《たしな》む聡子には、一目で分かる。その残心姿勢の美しさが。

軟弱さなど欠片も見えない美技だ。

全身からは、屈強な戦士の気配が匂い立っている。

キッとした表情は精悍で、思わず見惚れるほどだ。そして何よりも――何よりも彼は、聡子を振り返るとこう言って、微笑みかけてくれた。

「もう大丈夫だ！　よく頑張ったね！」

この瞬間、聡子の身体に電撃が走った。

あ、ヤバイ。

疲労困憊し、絶望していたはずの胸が高鳴り、呼吸がいつまで経っても落ち着かない。

それはいろいろな価値観や行動基準が、一つの感情を土台に変調してしまう――すなわち、ある種の狂気にも似た状態に陥ったことを意味する。

それをある者は愛と呼び、あるいは恋と呼んだりする。

そう、聡子は生涯で最初の恋をした。つまり、一目惚れの初恋をしちゃったのである。

第十二章　霞が関壊滅

一七三二時《午後五時三十二分》

八月の初旬ということもあって、日没まではあと一時間も残っている。

しかし、ビルに囲まれたこの銀座では、ビルが作る稜線に太陽が接し、日没時刻に似た光景が広がりつつあった。

「戦況はどうか？」

銀座四丁目から数寄屋橋まで、自身の騎車を進めた帝国遠征軍最高指揮権者ドミトス・ファ・レルヌム将軍は、戦闘用馬車に立っていては掴むことの出来ない戦況の解説を、竜騎兵の伝令騎士に求めた。

「右翼第四軍団が、城門突破に成功いたしました。敵城水堀まで一気呵成に駒を進めております」

「そうか。他の戦線はどうかね？」

「敵は第四軍団の前進を後背部への危機と見たのでしょうか？　急速に戦線を後退させています。戦線死守の構えを見せた敵部隊も浮き足立ってます」

「ふむ。どうやら敵将は愚劣《ぐれつ》なようだな。突破機動で背後を突かれると勝手に思い込み、引き下がっていくとは。形だけ見て実《じつ》を見ぬ気性なのだろう」

「包囲と突破は、同じ形をしているということですね、閣下？」

「そうだ。不利な瞬間も有利な瞬間も、形の上では同じ場合が多い。いずれが勝ち、負けるかを左右するのは、その決定的瞬間における指揮官と兵士の能力だ。この決定的場面だけは将帥《しょうすい》に勇敢さ、兵士に冷静さが求められる。敵兵は勇敢で規律正しく、装備も優れている。おかげで私は苦戦に陥るかと危惧していたのだが――敵は、残念な将帥に指揮されていたようだ」

「非常に幸運なことです」

「では、この勝利を戦神からの賜り物としてありがたく受け取ることにしよう。全軍、各部隊に命じよ。これを機に総攻撃を開始する！」

レルヌムの命令一下、帝国軍は総攻撃を開始した。

レルヌムは晴海通り、馬場先通り、国会通りを埋め尽くしている歩騎の全てに前進を命じたのだった。

＊　＊

帝国軍の総攻撃が始まった。

しかし、市街戦では数の威力がそのまま通用するわけではない。街路や街区ごとに部隊が細分される上に、正面幅は道の広さによって限定されるからだ。

市街戦では、兵士の数がどれだけ多くとも、正面に立って戦える人数が限られているのだ。

それを超える人員は交代要員になるが、扱いを間違えれば最前列で戦う兵士の行動の自由を束縛する障害となってしまう。

楯を構え、剣を振り、槍を突き出して戦う兵士は、縦横無尽に動き回る。裂帛《れっぱく》の気合いと共に踏み込んで間合いを詰め、横ステップで敵の槍を避け、振り回される剣先は飛び退《の》いて躱す。

その動きのための空間が、個々の兵士には必要なのだ。

すぐ後ろの味方に尻をブロックされ、下がるに下がれず被弾し、隣に味方がいて横に躱せず撃破されるなんていう光景は、戦車ゲームなどでもよく見掛けるものであろう。

部隊行動でも同じことが言える。

部隊が戦術を駆使するには、自由に動ける空間が必要なのだ。

大軍になるほど、その自由は阻害されやすい。規律正しい軍隊ならば、味方と距離をあけ、近付き過ぎないようにするが、都市部での戦いでは相互の情報伝達が制限されるため、その連携も難しい。故に、数の多さが有利とは言いがたくなるのだ。

数にして劣勢だった警視庁の機動隊部隊がこれまで互角に戦うことが出来ていたのも、この市街戦の特性故であった。

機動隊は東京銀座の地形に精通し、通信機器を巧みに使い、放水車やガス筒発射機を利用して敵の戦力に損耗を強いることが出来ていた。

消耗した隊員を適時に休息、交代させていけば、まだまだ十分に戦い続けることが出来るのだ。

しかし後退命令が出た。すると、それまで何とか頑張り続けてきた機動隊員達は、あっという間に浮き足立った。

故に退却が遅れ、敵中に取り残されるという恐怖に駆られ、戦いどころではなくなり総崩れというべき状況に陥った。勇猛果敢でその名を轟かせた機動隊員達が、道路を埋め尽くす敵重装歩兵、あるいは騎兵の津波に呑み込まれていったのである。

そんな中、第四機動隊第六中隊長の志村は、日比谷交差点に踏み留まっていた。

志村は敵の前進をこの位置で食い止めておけば、他中隊の退却を支援できると考えた。いわゆる、殿軍《でんぐん》を買って出たのだ。

幸い、第六中隊の隊員達はしばらくの間、拳銃を使用することで敵を寄せ付けずにいられた。相手が人間ならばこのまま目論見通り敵の前進を阻み、退却の支援に成功するだろう。そう思われたのだ。

しかし敵が突如として怪異の群れを前面に押し立てて嗾《けしか》けてくると、状況は一変する。

トロル、オークの群れは、拳銃弾を一発ずつ撃ち放ったところで止められない。両者の距離は瞬く間に詰められてしまう。巨大な怪異との悲劇的な肉弾戦が始まってしまった。

トロルが巨大な棍棒を振り回すごとに、機動隊員が弾き飛ばされ、転々とアスファルトを転げて倒れた。

オークの突進を止めることも出来ず、機動隊員の列は次々と破られ、あっという間に敵味方入り交じる混戦へと陥っていった。

「警備車突進せよ！」

もちろん第六中隊の志村とて無策でいたわけではない。

晴海通りを前進する敵の隊列に対し、日比谷公園交番前に控えさせておいた警備車――三台のバスを体当たり特攻させた。

上手くいけば、三台のバスで晴海通りの往来を完全に遮断できる。そう目論んだ突撃であった。

機動隊員達の目の前で、身の丈三メートルに達する怪異達がバスの体当たり攻撃を浴びて将棋倒しになった。

「やった！」

「おおっ！」

「今だ。奴らの頭を狙って撃て、顔を狙って撃て！」

後続の断たれた怪異達の突破機動は、瞬く間に包囲殲滅の対象へと転じる。孤立したオークやトロル達は、楯を並べた機動隊員に押し包まれて袋叩きにされていった。

しかしこの作戦も、全てが計画通りとはいかなかった。

バスの勢いが尽きた際、期待通りの場所で道路を塞いでくれなかったのだ。

トロルの巨体を撥ね、踏み越えた時、車体が大きく弾んで一台のバスが横転した。これでは道を塞ぐことは出来ない。

「撃ち放題だ！」

とはいえ、怪異達は三台のバスの隙間からしか出てくることが出来ない。この程度の数ならばまだ戦えると、機動隊員達は勇気を振り絞って迎え撃った。

けれど、乱戦に近い状況では、弾丸の再装填の場と時を得ることが出来ない。弾丸が尽きた瞬間を突いて怪異が棍棒を振り回して突進、何人もの機動隊員が殴り倒されていった。

怪異と機動隊員が、積み重なるように倒れていく。晴海通り日比谷交差点は、文字通り屍山血河《しざんけつが》と化していった。

「今の内に態勢を整え直せ！」

第六中隊の隊員が命懸けで稼いだこの貴重な時間を、第四機動隊長の永倉は無駄にしなかった。

退却してきた第一から第五までの各隊を糾合すると、祝田橋交差点に陣取って規制線を張り直したのである。

もちろん、消耗の激しい者、負傷者はどんどん後送する。それでも百名前後の隊員が健在だ。まだまだ十分に戦えるはずであった。

「よし、志村。もう退がっていいぞ！」

永倉は無線を通じて第六中隊に退却許可を出す。と同時に、第六中隊を支援する攻撃を始めた。

「ガス銃、撃て！」

永倉の命令を受けた機動隊員が十名ばかり前進して、大量の催涙弾を撃ち放ったのである。

続いて二台の放水車を繰り出して、強烈な放水を浴びせた。

催涙弾は白煙をなびかせながら放物線を描いて飛翔し、日比谷交差点で暴れる怪異達の群れの中へと飛び込んでいく。

強烈な刺激臭を伴う白煙が膨らみ、辺りを覆い尽くす。そんなところへ凄まじい水圧の放水まで加わって、怪異達は圧倒された。

目が、鼻が刺激されてのた打ち回るように退いていく。

もちろん第六中隊の隊員もそれに巻き込まれることになったが、その隙を突いて隊員達は怪我をした仲間の腕を取り、あるいは肩を貸しつつ、敵から距離を取ることに成功したのである。

ここから第四機動隊の本隊が陣取る祝田橋交差点までは、距離にして僅か三百五十メートルほどだ。しかもその中間点には、放水車とガス筒発射機を持つ機動隊員が進出してきていて、掩護もしてくれる。あと少し、あと少しだけ頑張れば、安全な所に辿り着ける。志村はそう思っていたし、隊員達も皆そう考えていた。

しかし彼らがほっと息を吐いた瞬間、その注意力の間隙《かんげき》を突くように、突如として日比谷公園から現れた騎兵百が、彼らの側面に襲いかかったのである。

＊　＊

「よし、見事だ！」

レルヌム将軍は、退却していく敵の側面に襲いかかった騎兵部隊の動きを見て賞賛した。

「あの騎兵は誰の隊か？」

「えっと……あの旗印はヘルム・フレ・マイオ。騎兵大隊を指揮しております。年齢は……確か二十歳だったかと」

幕僚の一人が部下の名を諳《そら》んじる。とはいえ流石に年齢までは自信なげだった。

「ほう、若いな。しかしヘルムとは聞かぬ名だ。権門出身でもない者が、たかだか一～二年の軍歴で一体どうして大隊長に任ぜられるのか？」

「あの者は、薔薇騎士団《皇女殿下の遊び場》出身だそうです」

「ああ！　皇女殿下の騎士団ごっこか」

レルヌムは、『ごっこ』を強調して苦笑した。しかし、『ごっこ』といえど、そこでの経験は軍歴に換算されることになっている。そのためヘルムは、同年代の同僚から見れば、かなり先に進んでいるのである。

「その後、彼《か》の者はタラヴィン戦役に従軍。続いてマレンコ戦役では勲一等の戦功を挙げ、閣下より大隊長に任ぜられております。ご記憶にございませんか？」

「全く憶えてないな」

昇進させたレルヌムは、悪びれることもなく口にした。

無理もない。彼の麾下《きか》に置かれた帝国遠征軍には群集団が二個あり、その群集団はそれぞれ四個の軍団と竜騎兵などの補助部隊で構成されている。各軍団は歩兵の大隊が十個、他に騎兵、弓兵、補助兵からなる大隊が、それぞれ数個ずつ配置されている。そのため彼の配下には大隊長など何十名もいるし、異動も激しい。そんな者達の名など、いちいち憶えていることは出来ないのだ。

「しかしながら、実力はあの通りでございます。閣下のご慧眼《けいがん》の賜物かと存じます」

「うむ。よいタイミングの突出を見せてもらった。私も薔薇騎士団出身者に対する偏見を改めることにしよう。よろしい、本日よりヘルムの名を憶えておくことにする」

続いてレルヌムは振り返ると、自分の書記官にそのことを記しておくよう命じた。

レルヌムの個人的奴隷である書記官は、書字板を広げると、真っ白な蝋面にその名を書き刻んでいった。

このようにレルヌムの記憶にその名を刻ませることに成功したヘルムだが、実を言えば彼の今回の戦功は偶然の産物であった。

帝国軍における騎兵の位置付けは、補助部隊である。

戦いの主力は重装歩兵というのが、帝国の伝統だからだ。そのため騎兵の役目は偵察、警戒、敵陣への奇襲、正面決戦時においては迂回機動して側背への襲撃——帝国軍のお家芸ともいえる鉄《かな》床《とこ》戦術の鉄槌役などとなる。

今回の会戦でも、ヘルムを含めた帝国軍の騎兵団は、主力歩兵部隊が進路とする幹線道路ではなく、その傍らの狭隘《きょうあい》な裏道を進路として割り当てられていた。

下達された任務は、敵の城壁《JR高架と高速道路》の廃城門《高架下の通路》を攻撃し、主力の進出を支援すること。

しかし市街戦、特に割り当てられた狭隘な裏道は、騎兵の行動を大幅に制限した。

道幅は狭く、少数の敵が楯を並べて立つだけで、いとも簡単に前進が妨げられる。

高架の下に身を置く敵に対しては、弓箭による曲射攻撃も効果がない。

迂回路もなければ、包囲も出来ない。

選択肢は攻撃か退却かの二つだけ。しかも敵には、水魔法や燻煙魔法の使い手がいて、強力な放水や刺激臭の強い煙攻撃を浴びせてくる。おかげで軍団騎兵部隊は、敵陣突破はおろか前進すらままならなかった。

この状況に苛立ったヘルムは、騎兵団長に様々な献策《けんさく》をした。

「火計《かけい》を用いてはどうでしょうか？」

「偽計で退却して、敵の突出を誘ってみては？」

しかし騎兵団長は、好々爺然《こうこうや》とした笑みを浮かべると、現状のままでも全く問題はないと、ヘルムの献策を却下し続けたのだ。

団長は語った。

「若いの、そう焦りなさんな」

自分達の役目は、あくまでも主力の攻撃を支援する助攻である。我々がこうして無益に見える攻撃を繰り返すだけで、敵は乏しい戦力の一部を割いて防衛しなければならない。それだけで十分に勝利に貢献していると言えるのだと。

若いヘルムが、上へ上へと出世を逸る気持ちはよく理解できる。しかし、その歳で大隊長になったなら、十分ではないか。今は実力と経験を積む時期なのではないか？

しかし、そんなことは若いヘルムにはとても耐えられなかった。

彼には大望がある。軍を上り詰めていき、対等に向き合いたい相手がいる。

そのためには、戦功が必要だった。何としても手柄を立てなくてはならないのだ。

敵が突如後退を開始したのは、ヘルムの忍耐がいよいよ限界に達しようとした時であった。

「敵が後退した！　敵が後退を始めたぞ！」

それに合わせるように、全軍に総攻撃の命令が下った。

「ほれほれ、前進じゃ。前進じゃ！」

ヘルムは意表を突かれて脱力した。そして騎兵団長と共に、敵の後退に引きずられるように前進し、ついに日比谷公園に達することになったのである。

「どうじゃ？　お主が力む必要などどこにもなかったじゃろ？　道なんてものは、待っていれば、ホレ、このように開かれるものなんじゃ」

「はあ……」

勝ち誇ったように言う騎兵団長に、ヘルムは歯切れの悪い返事しか出来なかった。

日比谷公園に辿り着くと、騎兵は左右に展開する自由を得た。

公園といっても、立ち木やらベンチやら馬の足を奪うような障害があちこちに置かれていたが、それでも狭い道路よりはマシなのだ。

早速、騎兵団の先頭を進む前衛隊は、横に広がりをとって正面にある建物群へと向かった。ヘルムもまたそれに続こうとした。しかし出来なかった。

味方部隊が横に広がれば広がるほど、彼の騎兵大隊はそれに押し出されて晴海通りにはみ出ざるを得なかったのだ。

そしてこれが幸いした。

公園から押し出されて晴海通りに出た途端、退却する途中と思しき敵の隊列に遭遇したのである。

そのため、完全な奇襲の横撃を加える形となった。

「攻撃せよ！」

「一兵たりとも逃すな！」

ヘルム隊の横撃を浴びた警視庁第四機動隊第六中隊は、文字通り壊乱壊滅した。

中隊長の志村をはじめとする警視庁第四機動隊第六中隊員は、ヘルム隊の騎士達の槍にかけられ、馬蹄《ばてい》に蹂躙され、たちまち倒れていった。

第六中隊の機動隊員で生き延びることが出来たのは、皇居のお堀に飛び込むことで難を逃れた、ごく少数だけであった。

＊　＊

「志村！」

日比谷公園から突如現れた騎兵隊の顎《あぎと》に、第四機動隊第六中隊は瞬く間に食いつかれ、蹂躙されるように槍先と馬蹄の餌食となっていく。

その光景を間近で見せつけられた永倉は、すぐさま救出に向かわねばと思った。

「第四機動隊、俺に続け！」

「隊長、出てはダメです！　もう、間に合いません！」

しかし、隊長付の伝令が永倉を羽交い締めにして押さえた。

「だ、だが志村が！　第六中隊が！」

「隊長、堪えてください！　我々はここで民間人を守らなければならんのです！」

祝田橋は皇居外苑を縦貫《じゅうかん》する内堀通りの南側入り口だ。ここを抜かれ、敵の乱入を許せば、皇居外苑に避難している民間人が危機的状況に陥ってしまう。

第四機動隊は、何としてもここを守らねばならない。

ところが、である。その時、警視庁の対策本部から通信が入った。スピーカーから漏れ聞こえる慌てふためいた声の主は、清河副総監であった。

『だ、第四機動隊は、直ちに桜田門まで後退せよ。繰り返す、第四機動隊は、桜田門まで後退せよ。警視庁舎を敵から死守するんだ。急げ！』

「ふ、副総監。それでは皇居外苑の民間人はどうなるんですか!?」

『今はそんなものより警視庁だ』

「そ、そんなもの!?　今、そんなものと言いましたか!?」

『司令塔を失ったら、警視庁の全ての機能が麻痺してしまう。首都東京が危機的状況に陥るんだ！分かったら早く戻ってこい！』

「なんてこった……」

副総監の発言に、永倉は愕然としていた。

総指揮官の清河は正気を失ってしまっていると思われた。その言葉の乱暴さが、指揮中枢の混乱ぶりを示している。

しかし、隊長付の伝令が言った。

「いえ、副総監のお言葉は乱暴ではありましたが、決して間違っていません！　警視庁が落城したら、我々は戦えなくなります。それに、警視庁を抜かれたら、その向こうには首相官邸と国会があるんですよ！」

永倉ははっと我に返って警視庁を振り返った。

その先には国会議事堂の特徴的な姿が見えている。それは日本の政治中枢、いや、日本そのものを象徴しているのだ。

「大丈夫です。祝田橋ならば少数でも守り通せます。それにここには第一機動隊もいれば、第三機動隊だっているんです！」

皇居外苑の祝田橋入り口は、第一機動隊の警備車が横に並べられ塞がれていた。

避難してきた民間人を迎え入れられるように、一人か二人通れる程度に細い隙間を作ってあるが、その狭い通路を守るだけならば少人数でも十分なのだ。しかもその内側には放水車もいる。お堀の傍らにあるから水の供給も潤沢だ。

「……」

隊長付伝令のことさら冷静を装う言葉を聞いた永倉は、息を大きく吐いて興奮を抑えた。

「民間人を守らなければならないからという理由で、俺は志村達第六中隊を見捨てた。なのに、今度はここにいる民間人は少人数でも守れるから警視庁に戻れと、貴様はそう言うのか？」

「物事には、優先順位というものが……あるのです」

「……分かった。祝田橋の守りには、第二中隊を残置する。第二中隊はここを守れ。他は私と共に警視庁まで後退する」

そうして第四機動隊は、警視庁のある桜田門へと後退したのである。

＊　＊

祝田橋前に陣取っていた敵方重装歩兵が、防戦を放棄して後退していく。

その動きを見ていたレルヌムは首を傾げた。

「うん？　敵は城の守りを固めるよりも、さらに後退することを選んだのか？」

すると、白馬に跨がる陣営幕僚の若手がそんな理由は分かって当然だと言わんばかりの口調で言った。

「稚拙な企みです。我々の注意を少しでも城から引き離したいのです。献身的だとは思いますが、我々を舐めているとしか思えません……」

自分達が逃げれば、帝国軍も追ってくる。そうすれば、城から帝国軍を少しでも引き離すことが出来る。僅かでも時を稼げると敵は考えているに違いない、そう若手幕僚は推察したらしい。

「今こそ、あの城に総攻撃をかけるべきです。さすれば敵は慌てふためき狼狽し、引き返してくるに違いありません。そこを包囲して叩きのめしてやりましょう！」

しかし、そんな言葉にレルヌムは全く頷りなかった。

「いや、これはもしかすると……」

レルヌムはもう一人の幕僚を振り返った。

陣営隊長である。

この職は、兵士から叩き上げられた古強者《ふるつわもの》が担う。彼らは会戦時において、最高指揮権者の傍らに付き、指揮官の諮問《しもん》に対して豊富な経験に基づいた意見を述べる役目を担っている。

「敵は、この街の住民達をあの城に収容していたのだったな？」

「はい。竜騎兵の偵察報告はそのようになっています」

「その動きを、陣営隊長はどう考える？」

「敵が守りたいと思うものは、すでにあの城にはないのではないかと」

「やはり、敵の王はこの城から逃げたと思うか？」

「はい。そもそも一国の王が自分の居城に民衆を招き入れるはずがありません」

「うむ。弱い者を庇うというのは確かに美談ではあるが、戦時においては愚劣極まりない行為だからな。まともな考えの持ち主ならそうはするまい」

蟹は自分に合わせて穴を掘る。帝国人は誰かを見る際、自分の価値観や考え方で相手を推し量る。

自分ならばそうするし、帝国の権力者達であってもそうするのだから、他国や他民族の権力者もまた当然そのように考えて動く――と発想する。

自分ならば、自分が拠って立つ城に戦いの役に立たない民間人を保護するなんてことはしない。かえって遠くへと追い払う。長期の籠城戦になるかもしれないという時に、戦えないのに貴重な食糧を食《は》む民間人など邪魔でしかないのだ。

なのに敵は、その民衆を城に迎え入れている。ならばこの城には、もうこの国の最高権力者はいないということになる。

避難する民間人を迎え入れるのは、帝国軍の耳目をこの城に集めておくためだろう。そしてその間に最高権力者は逃亡しようというのだ。だからこそ、敵部隊も守備を放棄して城から遠ざかって行こうとしているのである――と推測した。

「全軍に通達せよ。敵の退がっていく方向にこそ、この国の王はいる。後退する敵に跟随《こんずい》し、敵の逃げ込む所、拠って立つ所を襲い、焼き払え。徹底的に蹂躙せよ！」

若手の陣営幕僚が問い掛けた。

「し、しかし、城のほうはどうするのですか？」

この若手将校は、レルヌムの氏族の有力者から、優秀だからという名目で押し付けられた者だった。しかし口から出てくるのがこのような世迷《よま》い言では、参謀としては到底使えない。

「城攻めは後回しでよい。いかな敵とて、城を抱えて逃げることなど出来ぬのだからな」

レルヌムは少しばかり鬱陶しそうな表情で答えた。

「しかしこのまま進めば、我々は弱点となる側背を敵に見せてしまいます」

「心配無用だ！　城に逃れた住民を守る敵が、突如民間人を見捨てて我らの側背を急襲するなんてことはあり得ぬ。もしそんな妄想に駆られている者がいたら、卿《けい》はこう言い聞かせてやるがよい。そのような心配性ではきっと自らの影に怯えて夜も眠れぬだろう、とな。しかし今は、ありもせぬ危機を想像して震えている暇があれば、敵を追って手柄を立てろ！　さあ、各部隊に告げよ、命ぜよ、ラッパを鳴らせ！　進め進め、全てを奪い、焼き尽くせと！」

レルヌムは、そう言って野心に燃える部下達を頸木《くびき》から解き放った。

突撃を伝えるラッパの響きと同時に、帝国軍の兵士達は解き放たれた猟犬のように一斉に飛び出していく。

「突撃命令が出た。行くぞ！」

全軍突撃の命を受けたヘルム隊は、嬉々として突き進んだ。

部下達と馬の首を揃えて風を切るように進み、桜田門警視庁舎前に陣取った第四機動隊に襲いかかった。

「我らも手柄を挙げよ！」

マジーレス率いる竜騎兵も、観察者の立場を捨てて眼下に広がる街へと挑みかかった。

「進め進め！　お宝の山と美しい女が俺達を待ってるぞ！」

ブローロ達歩卒もまた、遅れてたまるかと殺到していく。乱戦の中剣を抜き、次から次へと機動隊員を討ち取っていく。

警視庁の入り口に積み上げられていたバリケードは瞬く間に破られ、内部に帝国兵が乱入していった。

「この扉を破れ！」

閉ざされたドアを力尽くでこじ開け、鉄扉は攻城槌《こうじょうつい》で打ち破った。

抵抗する者は悉く排除、斬り捨てていく。

警視庁はこうして陥落した。

その後、霞が関の官庁街に、殺戮と略奪の嵐が吹き荒れることとなったのである。

一八一二時《午後六時十二分》

東京臨海高速鉄道りんかい線の国際展示場駅周辺には、大きな人集り《ひとだか》が出来ていた。

「ただいま、りんかい線の運行は見合わせとなっております！　運行再開の目途は全く付いておりません！」

駅員が盛んに声を張り上げていた。

ゆりかもめ東京臨海新交通臨海線の国際展示場正門駅前も同様だ。銀座事件が発生してから、首都圏内の交通機関は完全に麻痺しているのだ。

銀座で事件が起き、山手線や京浜東北線、中央線、総武線が止まってしまったとしても、埼京線や池袋、新宿、渋谷を起点とする私鉄ならば運行できると思われるところである。

しかし、これらの私鉄も止まってしまっていた。

『電車の運行そのものには支障はないとしても、辿り着いた先の駅で人間が溢れ返っている状況では、客は降ろせない。だから運行が出来ない』ということであった。

流石にこのまま電車を待つわけにはいかないと、東雲、新木場方面へと徒歩で移動を開始する人々も現れている。そのため、国際展示場を起点にある程度の人の流れが出来つつあった。

タクシー、水上タクシー、水上バスの停車場にも、長い行列が出来ている。

すでに海上保安庁と付近の漁船、釣り船、屋形船などの遊覧船業者は各々の船を、ヨットスクールはディンギーを繰り出して、品川方面へのピストン輸送を引き受けてくれている。だが、一度に運べる数には限界があるため、この状況が解消されるにはもうしばらくの時間を要すると思われた。

また品川方面に辿り着いたとしても、そこからの移動が問題であった。

さらには、品川方面は事件の震源地に近いこともあるため、そもそもこの場から動くこと自体が果たして賢明と言えるのか、同人イベント参加者としても思案のしどころなのだ。

しかし――

「せんぱいぃ――」

そんな人々の群れの中で伊丹梨紗は、一向に既読の付かないメッセージを見て気を揉んでいた。

彼からの最後のメッセージは、新橋でゆりかもめに乗り換えるというもの。時間はお昼十二時をちょっと過ぎた頃のものだった。

梨紗は『大丈夫？』『おーい？』『生きてる？』『返事しろー』等々のメッセージを送った。しかし反応がない。他の知り合いに送ったメッセージにも既読が付かないから、伊丹に何か起きたというより、通信回線全体が不調なのだろう。

「まあ、先輩のことだから大丈夫とは思うけどさあ」

どんなことがあろうとも伊丹という男は生きている。梨紗はそう思っていたし、信じてもいたし、祈ってもいたのである。

第十三章　安全保障会議

東京都下を東西に走るＪＲ中央線に、立川という駅がある。

この駅周辺の地図を見てみると、何より大きな面積を有して目立っているのが陸上自衛隊立川駐屯地だ。

航空隊の滑走路は普段はヘリの離着陸に用いられているが、もちろん固定翼機の発着にも使用可能で時々Ｃ１輸送機が訓練でやってくる。

その周辺には、警視庁の機動隊や消防、海上保安庁ほか、国立・都立の様々な研究機関、医療機関が林立し、裁判所まであったりする。

まるで霞が関、永田町周辺で万が一のことが起きた際に、それらの機能を代替できるようあらかじめ備えられた基地のようだ。あえて言うなら、第二新東京市か。

実際その通りで、この街は首都直下型の大規模震災などによって首都機能が麻痺してしまった時を想定して作られているのだ。

もちろん、それらの機能を災害以外の有事に使ってはならないという法はない。

警視庁本部庁舎陥落、霞が関周辺の官庁機能の麻痺という事態を受けた日本国政府は、安全とは言いがたくなった首相官邸や国会議事堂を放棄し、国家としての中枢機能をこの立川へと移動させたのである。

二〇四五時《午後八時四十五分》

立川・某政府施設内――

『重大テロ発生時における政府の初動措置について』に基づく対策会議――


「風松《かざまつ》の爺さん。早速で申し訳ないんだけどよ、自衛隊に治安出動を命令してくれねえか？」

嘉納太郎《かのうたろう》防衛大臣が、内閣総理大臣臨時代理となった風松に迫る。

嘉納だけではない。地元選挙区に戻って有力者との顔つなぎや懇談をしていた閣僚達も大急ぎで戻ってきて、「さあ、さあ、さあ」と迫った。

笹倉総理によって閣僚に抜擢された彼らには、笹倉総理不在という事態に乗っかって臨時総理になりおおせた風松に対し、忠誠心などありはしない。あるのは大なり小なりの嫉妬心と、この切迫した事態を解決せねばならないという焦燥感だけなのだ。

事件発生からおよそ半日が経過し、日本は警視庁陥落、霞が関壊滅という被害を被《こうむ》った。

当然、あらゆる方面から、政府は一体何をしているのかという囂々たる批難が吹き荒れている。

その矛先はもちろん内閣の一員たる彼らだ。選挙で選ばれる国会議員とは、極論すれば人気商売。そうした感情には敏感であらねばならない。これからの発言と行動が、次回の選挙での当落、そして眼前に迫った次期政権での浮沈に直結する。

「我々はこの問題を見事に解決した」

今は、そう宣言できるだけの処置が必要なのだ。

だが、風松はそんな彼らの視線に含まれた強い期待を心底迷惑だと感じているのか、身を大きく仰け反らしていた。

「しかしだね、笹倉総理が死んだと分かったわけでもないのにさ、私なんかがさ、決めてしまっていいものなのかね？」

皆の視線から逃れようとするかのごとく法制局長官を振り返る。しかし法制局長官はそんな風松の甘えを許してくれるほど優しい男ではなかった。

「笹倉総理の居所も掴めず、連絡も取れないという状況では致し方ないかと。このまま手を拱いて被害の拡大を許すわけにはいきません」

「しかしなあ、敵と言っても、どこの誰とも分からんかったらダメでしょ？　北条《ほうじょう》さんはさあ、どう思う？」

財務大臣の北条重則《しげのり》（内閣総理大臣臨時代理予定者第二位）は党の重鎮である。

笹倉の盟友とも言われ、内閣を支える大黒柱。それだけに他の閣僚ほどには軽率な言葉を口にしないし、閣僚や党所属議員の不始末にも寛容であった。今も風松を責めるような視線は向けていない。だからこの男ならば自分を庇ってくれる。風松はそう思ったようだった。

しかし――

「事件が起きているのは国内、しかも首都東京のど真ん中、銀座だ。ならば、どこの誰がしでかしたことかなど忖度する必要はない。枝葉末節にこだわる議論は後回しにして、治安出動を命じればよいのだ。いや、防衛出動でもいいのではないかとすら私は考えている。敵の用いている武器は、旧式の剣と槍、あるいは見たこともない動物だというが、その組織立った行動は、軍事行動とも解釈できる」

「北条さん、あんたまでそんなことを言うの？　いいの？　そんな軽率な態度でさぁ！」

するといると、嘉納が身を乗り出した。

「軽率も何も自衛隊以外の誰が奴らを駆逐できるってんだよ！　警視庁は壊滅しちまったんだぞ！」

「い、いや。やられたといっても東京の警視庁だけだよ！　全国を見れば、警察官はまだ何十万といるよ。そこから人員を動員すれば、奴らを取り押さえることだって、銀座を取り戻すことだって出来るさ。なあ松平君、出来るよな？」

「そうせよと命じられるなら、私としては可能とお答えするしかありません」

内閣危機管理監として会議に陪席していた松平は、風松の言葉に頷いた。

しかしながらその額には苦汁を呑み込んだような深い皺が刻まれていた。本心では無理だということは分かっているのだ。しかし警察官僚出身者としては、出来ませんとは口が裂けても言えない。

「どうなんだね、警察庁次長？」

国家公安委員長に問われると、警察庁の山南《やまなみ》次長が起立する。

「総理代行のご命令とあらば、我々はそれを実行するのみです。国家公安委員会の勧告に基づいて内閣総理大臣が緊急事態の布告を発すると、総理代行は警察庁長官を直接に指揮監督することが可能となります。そうなれば、日本中から機動隊を掻き集めることも出来ましょう」

「ほら、大丈夫だってさ。警察でもいけるってさ。非常事態なり緊急事態なりを宣言するくらいならいくらでもするからさ。早速、山南君の指揮で、全国から機動隊を掻き集めてちょうだいよ！」

「風松の爺さんよお。あんたそれ、本気で言ってるのか？　今日の昼から今に至るまでに、一体どれほどの警察官が殉職したと思ってるんだ⁉」

「山南次長？」

国家公安委員長が問いかける。

「正しくはただ今集計中ですが、警察庁舎内にいた者、警視庁本部庁舎にいた者、それと銀座周辺の所轄署勤務の巡査ならびに動員された機動隊員等々、行方不明まで含めますと、およそ……三千人強と推定されています」

「聞いたか、風松の爺さん。三千人だ。たった半日で、三千人もの警察官が亡くなってるんだぞ！　あんたは、その上にさらに死体を積み増そうって言うのか⁉　本気なのか⁉」

「本気だよ。私はいつだって本気さ！」

風松は嘉納を睨み返した。

「そもそもだよ！　この事態を招いたのは誰のせいよ⁉　あんた達でしょ？　どうしてこんな事件が起きるって事前に分からなかったのさ？　日本はさあ、北やら西だけじゃなくって、内側にも右や左の過激派、エコテロリスト、ついでに前科持ちの宗教団体とかをいっぱい抱えてるんだから、そういった連中の動向をちゃんと見張ってなきゃダメじゃない。嘉納さん。あんたも防衛大臣でしょ？　情報本部は何か掴んでなかったの？　国家公安委員会はどうよ、公安はちゃんと活動してた？　官房長官さん、内閣情報調査室は、するべきことしてた？　ねえ、誰か教えてよ！　何か兆候らしきものは掴めなかったの？　外務省はどうなのよ⁉　外務次官、教えてよ！」

名指しされた外務次官が、慌てて立ち上がった。

「が、外務省としては、各国からの情報を鋭意分析中としか……」

「ほら、これだよ。あんたらがそういう体たらくだからさ、こんな事件が起きたんじゃないの？　なのにさ、私にばっかり責任取れだなんて言われても困るんだよね！」

「誰もあんたに責任を取れだなんて言ってねえだろ？」

「言ってるよ、言ってるじゃないか？　嘉納さん、あんたこの私にババを引け、ババを引けって迫ってるじゃないか⁉」

「バ、ババだと？　治安出動を命じるのが、ババか⁉」

「ババだよ。ババに決まってるじゃないか！　私はね、地元じゃ温厚な平和主義者ってことになってるのよ。やだよ。大虐殺の首謀者だって全世界のマスコミに叩かれて、歴史の教科書に虐殺者の汚名で掲載されるのはさ。私は絶対に嫌だかんね！」

「だ、大虐殺って一体……一体何のことだよ？」

「だってさ、自衛隊を治安出動させるってことはさ、機関銃でダダダって奴らを蜂の巣にしてしまうってことでしょ？　戦車で踏みにじって砲撃で八つ裂きにするってことでしょ？　爆弾を落として皆殺しにするってことでしょ？　それが虐殺でなくて一体何なのさ⁉」

「ちょっと待て、虐殺ってのは奴らが銀座でやっていることだろ⁉　それを止めるのにどうして遠慮をする必要がある⁉」

「それでもさ、殺すことに違いないでしょ？　殺されたから殺すなんてやり返しの繰り返しでホントにいいの？　相手が、最初言ってたような野獣だけだったらいいよ。けどさ、人間だってことがもう分かっちゃったんでしょ？　しかもさ、一人二人じゃないよね？　百人とか千人とかの単位だよね？　それと戦えって命令することは、それだけの人間を殺せって命令することだよね。そんなの私嫌なんだよ！」

愕然とする嘉納。

「そ、それじゃあ、今この瞬間、銀座に取り残されて救いを待ってる人達はどうなるんだよ？　怪我をして苦しんでる人達は？　あんたそれを何とも思わないのかよ!?」

「ちゃんと思ってるよ！　痛ましいと思ってるよ！　だから私は言ってるの。早く連中を取り押さえて逮捕しろって。早急に取り締まれって！　何とかしろって警察に命じているの！」

するると、北条が思い出したように言った。

「そう言えば、風松さん、あんた法務大臣やってた時も、頑として死刑執行の命令書に署名しなかったな」

「そうだよ。日本って国はさ、法に定められた手続きを法律通りに施行したら新聞に死神って罵られちゃう国だからね。日本国民はさ、何にしたって当事者意識がない。ゴミの清掃とか、治安の維持とか、食糧の確保とか、子供の教育とか福祉とか身の安全の確保とかさ、そういったことは本来、何もかも自分でやらなきゃいけないことなのよ。それを社会で、みんなで役割分担して、上手にやれる誰かに代わってもらうことで世の中回ってるのよ！　なのにそのことを忘れて全部他人事扱い。だから自分に代わって手を汚してくれる人を平気で罵れるし、蔑むことが出来ちゃうわけ。日本国民はさ、いい人ぶって生きてきたから、人殺しって罵られることに、もう耐えられない精神になっちゃってるの。だからさ、私は決めたのよ。絶対に人死にに繋がる命令はしないって！　あんな無責任な奴らのためにさあ、手を汚したり評判を穢したりするようなことだけは、絶対にしてやらないって決めたの！」

「ダメだ、こりゃ。あんたにゃ総理大臣を代行する資格ねぇわ。おい、あんた今すぐ大臣を辞めろ！　そもそも総理の臨時代行なんてものになってるから、事態解決の責任を負わされるんだ。それが嫌だってんなら、今すぐ辞めればいいんだ。そうすれば継承順位第二位の北条さんが代わって決断してくれる。そうだよな⁉」

嘉納は同意を求めるように北条を振り返る。

すると、北条は小さいながらも、はっきりと頷いた。

「そ、そんなこと出来るわけないでしょ？　そもそも辞めるなんて言ったってさ、一体誰に辞任届を出すのさ。笹倉さん死んじゃってるんでしょ？　大臣の任免は臨時代行には出来ない、総理大臣の専権事項じゃん。私が辞めたいって思ったって、どうにもなんないの！」

皆が内閣法制局長を振り返る。

「手続き上は、風松総理代行の仰る通り、大臣の任免は笹倉総理の専権事項です」

「そ、それじゃあ、どうしろって言うんだ？」

「知らないよ。んなこと、私は全く知らないよ！」

嘉納や北条は、子供のように駄々をこねる風松に、絶望の眼差しを向けた。

その他の閣僚達に至っては、自分達の運命を、日本の運命をこんな男が握っているのだと思い知って、恐怖に駆られた表情となっていたのである。

この男をこれ以上、説得しても意味がない。

そう判断した閣僚達は、会議を中断するため休憩を動議した。そして会議室を出るとあちこちに分かれて相談を始めた。

風松総理代行一人だけが会議室に取り残され、自分の席で何もない中空をじいっと見つめながらブツブツと何かを呟いていた。

＊　＊

立川の政府施設に臨時で設けられた官邸の廊下では、各省庁の官僚と閣僚達がぼそぼそと立ち話をしている。この事態にあってそれぞれ自分達に出来ることは何か、どう対処すべきか、誰に頼るべきかなどということを話し合っているのだ。次々と入ってくる同僚の安否情報に動揺し、あるいは安堵し、あるいは泣き崩れる姿がそこかしこで見られた。

そんな人の輪の一つに、陸・海・空の制服組自衛官達の姿がある。

皆胸のリボンが煌びやかな将官や高級幹部達だ。おかげでこうした状況でもすぐに目に付く。防衛大臣の自分に用があって来ているのだと理解した嘉納は、自分から声を掛けた。

「おおっ、こんな所に集まってどうしたんだ？」

「大臣。ご連絡が取れないので直接市ケ谷から参りました……」

「連絡？　ああ、すまん、会議中だったんでスマホのスイッチ切ってたんだ」

嘉納は慌てて懐からスマホを取り出し、スイッチを入れた。

すると、たちまちメールやメッセージの着信音が立て続けに鳴って止まらなくなった。

「おおおお、おいおいおい……どうしたらいいんだこれ？」

壊れてしまったのかと思いきや、メールやメッセージが何十通も入ってきた。

それらは事件発生以来、嘉納防衛大臣と連絡を取ろうとした者達が発信したものだ。それが今になってようやく、しかも一気に届いたのである。

「で、何があった？」

嘉納はスマホをマナーモードにすると、振動の途絶えないそれをそのまま懐に押し込んだ。

「実は……」

もたらされたのは、ロシアから飛来した長距離爆撃機が八丈島付近で領空侵犯したという情報であった。

航空自衛隊はスクランブル発進したが、無線による再三の警告を無視して領空侵犯したため、警告射撃をしなければならなかったという。長距離爆撃機は慌てて進路を変更して領空から去っていった。

ロシアがこのような強引な振る舞いをしたのも、銀座の事件で日本の防衛体制がどのように変化したのかを調べるためだろう。

「航空自衛隊はよくやってくれた。火事場泥棒は切り捨て御免。毅然とした態度を見せることが必要だ。この程度のことじゃ日本は小揺るぎもしないってところを見せつけてやってくれ」

「はっ！」

航空自衛隊の幹部が背筋を伸ばした。すると続けて海上自衛隊の幹部が嘉納に正対した。

「報告いたします。南シナ海では潜水艦の動きが活発になっています。昨日まで海南島の衛星写真に写っていた中国海軍の潜水艦が何隻も姿を消しました」

軍港に浮かんでいる潜水艦は衛星写真に写る。それが姿を消したということは、出港してどこかの海に向かったということだ。長期的に観察を続けていれば、それが普段通りの訓練か、何か事が起きて緊急に出港したのかが分かるようになる。今回姿を消した潜水艦の多くが訓練スケジュールから外れた緊急な出港だと考えられていた。

理由は？　目的は？　ロシア軍機の領空侵犯と同じに違いない。

「衛星写真ってのはホントに便利だな」

「中国海軍も対策として海南島に潜水艦用の地下基地を建設しています。これが完成した場合は、この偵察方法も使えなくなります」

実際には、南シナ海のような浅い海では、潜水艦の航跡は海面に現れるため位置はバレバレなのだが、どこの何という名前の船かが分からないと情報の精度は低下する。そのあたりの情報をどうやって集めるかが、これからのポイントとなる。

ちなみに海上自衛隊はこのような衛星写真を用いた調査手法にどう対処しているか。

海上自衛隊は除籍した潜水艦を全てスクラップにしているわけではない。その内の何隻かを除籍潜水艦と称してそのまま呉や横須賀の桟橋に係留していた。その位置を都度都度動かしていれば、現役の艦がいつ出航したのか、あるいはいつ戻ってきたのか、衛星写真では分からなくなるのだ。実に原始的なやり方であった。

とはいえ潜水艦の動静を見守っているのは偵察衛星ばかりではない。横須賀や呉の桟橋近くに、外来の諜報員あるいは日本人の協力者が、軍事マニアや潜水艦マニアに紛れて堂々とカメラを向けているのだ。そして日本にはそれらの活動を禁じる法がない。おかげで除籍潜水艦を用いた欺騙もそれほどの効果はないのだ。

しかし、しないでいるよりはマシである。また日本の公安も、基地周辺でそうした活動をする諜報員を監視し、彼らがどこの誰と連絡を取り合っているのか、資金の流れ等々も含めてしっかり観察していたりする。近年、駐屯地や基地近くの土地取引が問題視されるようになったのも、そういった情報収集活動に対する監視という目的があったりする。

「対処は？」

潜水艦が来ると分かっているなら、日本としては何をすればよいのかと嘉納は問い掛けた。

「こちらも潜水艦を送り込むべきかと」

統合幕僚監部の高級幹部が補足説明した。

「護衛艦隊の増強も必要です。対潜哨戒機も重点的に飛ばします」

「ならばそうしてくれ。今回の事件じゃ空と海の出番はないだろうが、高みの見物をしている暇はないぞ。外患の対処に、より一層励んでもらいたい。で、陸さん、関東近縁の部隊の準備はどうだ？」

「命令とあらばいつでも動けます。しかし、総理代行が頑なに自衛隊の出動を拒んでいらっしゃると聞きましたが？」

「ああ。あの爺さん、根っからの平和主義者だからな」

嘉納は愚痴がてら風松という政治家について知っていることを語った。

四国出身の風松は、地元の市長を経て国政に転じて衆議院議員となった。

保守党は、一般には右派政治家ばかりだと思われがちだが、実際には一般に言う左派に相当する思想の持ち主も多く含まれているので、一人ひとりがどんな主張をしているのか注意する必要がある。風松もそんな保守党に属する左派政治家の一人であった。

実は日本の政治は国会ではなく、保守党内の派閥間葛藤という形でなされている。

テレビや新聞で報じられる討論の風景は、政権を担う能力もなければ、日本の将来に責任を持つ気もない道化師型議員と、政権担当者との間で阿吽の呼吸で繰り広げられる国民向けの八百長試合、茶番、パンとサーカスのサーカスの部分、いわば見世物なのだ。

しかし、風松は違う。本気で『ボクが考えたよりよい日本』を実現したいと思った。ならば万年野党に籍を置いていては何も出来ない。だから保守党に所属したのだ。

ところが、彼の主張は理想論に走りがちで、国民感情からかけ離れていた。しかも現実味も薄い。そのため議論のネタにはなっても大きな潮流を作ることが出来ず、政治家としての年歴をただ重ねるだけになってしまったのである。『ボクが考えたよりよい日本』は遠のいて行くばかりであった。

ただし、長く保守党に属しているとよいこともある。派閥に貢献してきたという理由で、派閥の領袖が「こいつを大臣にしてやってくれないか？」と、笹倉に頼んでくれたのだ。

おかげで第一次笹倉内閣では法務大臣になれた。

大臣になれたおかげで、ほんの少しだったが理想の政治も実現できた。ここが潮時、そろそろ身の引き時と思ったのもそんな頃だ。それで、選挙に出るのも億劫な歳になったので次は辞退しようと思っている、と領袖に引退を仄めかしたのである。すると「こいつ引退するって言ってるからさ、最後の花道にさ、副総理にでもしてやってくれないか」と、これまた派閥の領袖が笹倉に頼み込んでくれたのだ。それにより内閣改造で臨時代行予定者第一位となれたのだ。

当然、権力を握る準備も、心構えも出来ていない。それでも、こんな事件が起きなければ引退後は地元で『元副総理』『天下の副将軍』と持て囃され、過去の栄光に浸る悠々自適な暮らしが送れただろう。しかし今では、『日本史上最悪の宰相代理』『決断力のない無能』とありとあらゆる種類の罵詈雑言が浴びせられている。「風松を無能の罪で刑務所に送れ」などと法治国家にあるまじき発言が、知性派を気取ったインテリコメンテーターの口から放たれたりもしていた。それだけ国民感情が沸騰しているということなのだが、これでは引退後は人の寄りつかない寂しい人生となるだろう。嘉納も同じ政治家として、他山の石にしなければと思うことしきりであった。

「まあいい、奴のことは俺が何とかする。あんたらはそれまでに出来る全てのことをしておいてくれ。命令があったら、それがよーいドンの号令のつもりで、必要な部隊の移動も今の内にやっとくがいい。訓練とか何とか、理由はこじつけで構わん！」

「だ、大臣……何をなさるおつもりですか？」

「見てろよ。戦いってのは、銃口を突きつけ合ってするもんばっかりじゃないってことを、政治家流の戦いってもんを、この俺が見せてやるからよ！」

嘉納はニヤリと笑い、自衛官達はその凄みに揃って息を呑んだ。

「それと、治安出動の命令が出るまでは、『災害派遣』の名目で出来ることをしておけ。それなら俺の一存で命令できる。都知事には俺から電話を入れておく。知事からの要請という形を取る」

「『災派』……ですか？」

「害獣が暴れているとなれば、災害の一種だろ？　ほれ、かなり昔のことだが、北海道でトドによる漁業被害が出た時、害獣災害という名目で武器使用をした先例があったろ？　あれに倣えばいいんだ。警察、海上保安庁との連携態勢は作れそうか？」

「一応、治安出動の際における治安の維持に関する協定に基づいた、事前連絡会議が——。十分ほど前から始まっています」

陸上自衛隊の将官が、腕時計を見ながらそう答えたのだった。


「陸上自衛隊第一師団から参りました、中野《なかの》です」

「第二部長の竹宮《たけみや》です」

「東部方面総監部から派遣されました連絡幹部の柳田《やなぎだ》です」

「警視庁の伊東です」

「警察庁の警備局付の芹沢《せりざわ》です」

三人の自衛官を警視庁多摩総合庁舎の会議室に迎えた伊東参事官と芹沢局付は、額の汗を拭きながら腰掛けた。

すると中野が口を開いた。

「早速ですが、銀座で今、何が起きているのか？　我々の認識と、そちらの認識に齟齬がないかを確認いたしたく思っています。その上で、治安出動命令が出た際に、警察と自衛隊がどのように役割分担をするか話し合えればと思っています」

すると伊東は言った。

「総理代行は緊急事態を宣言し、我々警察にこの事件の解決を命じられました」

「その通りです。しかし現実的にそれは可能なのでしょうか？　ぶっちゃけて申し上げれば、ちょっとマンパワー的に難しいのではと思いますが。いえ、決して警察官の方々の能力を腐《くさ》してるわけではありません。保有している装備と、人員の数の問題だと我々は考えています」

「いえ、現実はご推測の通りです。警視庁の指揮命令系統は現在、崩壊していると言ってもいい状態でして、再編に手間取っております」

「警視総監を含めて多くの警察官の方々が殉職されたとか。お悔やみ申し上げます」

「私が立川にいたのも、たまたま総監のご指示があったからでして、『万が一の時は任せる』と。私としても総監の遺命に従い、治安の回復と警視庁の再建に粉骨砕身するつもりですが、何分人材と時間が――。幸い、警備部の近藤参事官も立川に派遣されてきましたので、警視庁の機動隊残存部隊を束ねるのは彼に任せています」

「各県警から機動隊の援軍部隊が到着していると聞いておりますが？」

すると、警察庁の芹沢が言った。

「山南次官の指揮で現在、日本中の機動隊が動員されて、東京各地の要点に配備されつつあります。ですが、警視庁陥落以降、守備範囲が大きく広がったため、必要とする人員数も増えて、現在は国会や官邸といった重要施設の守備がやっとです。虎ノ門、汐留、日本橋界隈では怪物の徘徊を許してしまっています。隅田川以東は、橋を押さえているのでなんとか守れていますが……」

「皇居の守りは？　皇居外苑の警備状況は？」

「警視庁第一機動隊、第三機動隊と第四機動隊の残存部隊を糾合してなんとか……」

「皇居は今や敵中に浮かんだ孤島にも似た状況で、大変に危険だ。皇居外苑にいる約五万人の民間人を移送する計画は？　ご動座のご提案は？」

「ご動座については、宮内庁を通じて葉山御用邸へと願い出ています。しかし国民が一人でも皇居外苑に残っている限り、決してここを動かないと仰ったそうです。民間人の移送についても、都心部、湾岸部の帰宅難民を含めた数が膨大であり……皇居に避難した人々についても都と国の関係部局で検討していますが、その警備や整理に人を割く余裕が全くありません」

その時、机の上に置いた中野のスマートフォンに着信振動があった。

表面のスクリーンに『防衛大臣より、災害派遣命令が発せられた』というメッセージが表示される。

それを読んだ中野は、何気ない動作でスマホ画面を伏せる。そして告げた。

「そうですか、分かりました。ではまずは不足した人員を補填する形での協力をいたしましょう。手を付けるべきは、銀座周辺からの住民疎開。避難場所の策定と収容を、各自治体に行ってもらう必要があります」

「し、しかし住民説得や交通整理の人員が圧倒的に不足しており……」

「それについては我々に支援の準備があります。例えば交通整理には警務隊を、住民説得や移送、誘導には、我々の人員とトラックが使えます。こんな事態なんです。お互いに縄張り意識を取っ払って、持ち得る全てを使用する作戦を立てましょう」

＊　＊

「北条さん、俺はやるぜ」

嘉納は煙草を燻《くゆ》らせながらその決意を告げた。

政府施設のベランダに、喫煙者達は屯《たむろ》している。今の時代、喫煙者が気楽に煙草を吸えるのはこのような場所だけになっている。

そんな中、他の閣僚や官僚達は、北条と嘉納の二人から不自然なまでに距離を取っていた。

今、この場で日本の舵取りについて重大な話し合いがなされようとしていることを、皆が察したからである。

嘉納は北条に語り掛けた。

「政局に持ち込んででも、俺は風松を引きずり下ろす。奴に舵取りを任せておいたら、日本が酷いことになっちまう。北条さん、すまねえが尻持ちをしてくれよ」

風松を引きずり下ろすということは、風松の所属する政策グループの聖和会に喧嘩を売ることだ。

嘉納は聖和会の領袖に直談判を挑んでウンと言わせるつもりなのだ。

「別に構わんよ。しかしこれは普段通りの政局というわけにはいかないぞ。速戦即決、短時間で結果を出さなくてはならない」

「分かってる。だからこいつは政局っていうより政戦になる。だが、細かい内容についちゃ、あんたは知らなくていい。俺もイザという時のためにとっておいた隠し球を使うつもりだかんな。あんたは今の内に組閣の準備に入ってくれ」

もし、嘉納の言う通り聖和会の領袖に言うことを聞かせる方法があるのなら、次の内閣を立ち上げることも難しくない。

「ふむ、そうか。それで君自身は閣僚名簿に何か期待するところはあるかね？　欲しいポストはどれがいい？」

「構わん。組閣についちゃ、あんたが好きなようにしてくれ」

「ポストが欲しくないと？」

「風松《きゃつ》に言うことを聞かせようってんだ。俺がポストに拘泥《こうでい》してたら、決まるものも決まらなくなっちまう。あんたは可及的速やかに銀座で起きている騒動を解決すると約束してくれればいい」

「……分かった」

北条が言葉少なに同意の意思を示した、その時である。

中からベランダに通じる窓が勢いよく開かれた。

「大臣！」

制服自衛官が駆け寄ってきた。

「どうした？」

「やっぱりお気付きにならなかったんですね？」

制服自衛官がスマホを握りしめている。どうやら嘉納を呼び出そうとして何度も電話を掛けたらしい。

やたらたくさんのメッセージやメールが着信し、それがうざったく感じられた嘉納はマナーモードにして放置していたのだ。

「すぐに来てください、大臣。敵についての新しい情報が入りました」

「分かった、すぐに行く」

嘉納は煙草の火を灰皿に擦り付けて消すと、制服自衛官の後に続きビル内へと入っていった。

一人残った北条は煙草を大きく吸い、空に向かって煙を吐き出すと、少し遅れてビル内へと戻った。

第十四章　挺身偵察

二二〇九時《午後十時九分》

『もうちょっと右や。右を映してくれへん？』

『了解』

嘉納が政府施設内の地下指揮所に入ると、映画館のように暗くされた会議室正面スクリーンに、どこかのビルの裏路地の様子が映されていた。

暗くて狭いビルとビルの隙間。

そこには、見栄えの観点からも表には設置できないエアコンの室外機が置かれ、ビル壁面には給排水のパイプ等々が縦横に張り巡らされていた。

普段から人が入らない場所だけに、空き缶が転がっていたり、ゴミが積もっていたり、工事関係者が片付け忘れたようなペンキの一斗缶なんかも置かれていた。

そんな缶の中身も、工材を梱包していたビニール袋や、ガラ袋、荒縄等だ。

嘉納は案内されるまま椅子に腰を下ろすと、傍らの自衛官に囁いた。

「こりゃ一体、どこの裏路地だ？」

映像では、男女の会話が流されていた。現場にいる男と、どこか別の所にいる女との会話のようだ。

「うちの隊員が銀座に潜入しているんです。場所は五丁目辺りです」

「銀座五丁目って、事件現場のど真ん中じゃないか？　大丈夫なのか？」

「危険ではありますが、今は情報が必要ですから」

そう言っている間にも、カメラは表通りと路地の往来を塞ぐ鉄の扉の前に達した。

『扉の上にちょっと隙間があるなあ。スマホをその隙間にあてて、外の様子を映してくれへん？』

『ちょっと待っててくれ』

『静かに、そっとやで？　周りは怪異やら敵やらでいっぱいなんやから。女警の姉ちゃんにもちゃんと言い聞かせてな』

『分かってる』

スクリーンの向こうにいる男性は、振り返ると背後にいる女性警官に向けて「しぃー」と告げた。

女性警官は分かったとばかりに頷く。

その後、カメラが扉の上辺から上に押し出された。

すると画面一杯に、銀座の晴海通りの情景が広がった。

道路上には、薪が積み上げられ、炎が上がり、それを取り囲むように兵士達が座り込んでいた。炎には、鍋や薬缶《やかん》などがかけられ、湯気や煙を上げている。

これはどう見ても炊事風景だ。しかも野外での炊事。そんなことがアスファルトの道路、歩道の上でなされている。

あちこちのビルの窓には、兵士達の姿が見えた。

鎧を外して寛《くつろ》いでいる者。剣を研いでいる者。兵士が怪我をしたのか、医師らしき者の治療を受けている光景なんかもあったりする。

口に猿轡《さるぐつわ》を嵌め、力尽くで傷口をこじ開け、体内に潜り込んだ弾丸を取り除くという乱暴な治療風景であった。

それが終わると、ローブを着た男が現れて患者の傷口に手をかざす。何をしているか分からないが、そうすると今まで悲鳴を上げていた患者が安堵したように横たわるのだから、きっと効果があるのだろう。

「こ、これが今の銀座なのか?」

嘉納は呻くように言った。

「どうやら、敵は銀座のビルを宿営地にしてるようですね」

「なんか、連中の装備や持ってる道具とか、妙に時代がかって見えねえか？　応急手当にしたって乱暴極まりないやり方で、目を背けたくなるぞ。しかも手をかざして治療だなんて……」

「全く同感です」

するとスクリーンの向こうにいる男が囁いた。

『メイガス。俺の印象を言っていいか？』

『かまへんで？　こういう、現場にいる者がその場の空気を肌で感じて抱く感想ってのは、すっごく貴重な情報なんやよ』

『俺、こいつらが異世界から来たんじゃないかって気がしてる』

『い、異世界って何？　あんた、何を言うとんの？』

『異世界ファンタジーって分かる？　剣と魔法の世界。ゴブリンとかオークとか、トロルとか、ワイバーンとか……』

『ええと……漫画や小説で流行っとるらしいなあ。うちも呪われた島のアニメとか、魔法使いの学校の物語くらいは見たことあるで。友達ん家で』

『なら、話が早い。これってそういう奴だと思う。こっち側にある、ロシアとか中国からの侵略だとか、国内のテロ組織のしでかしたことだって思ってると、足掬われるかもしんない。こいつらは、俺達にとって未知の世界の住人だ。それがこの『門』から湧いて出てきてるんだ……』

スクリーンの向こうにいる男はそう言うと、スマホのカメラを右側――四丁目の交差点方向へと向けた。するとそこには、巨大な構造物の側面が見えた。

その構造物からは、重装歩兵の隊列、荷を担いだオーク、翼竜などが現れてくる。

それは男が言うように、『門』のようでもあった。そこから出てくる者は、文字通り、ここではないどこかからやって来たのだ。

『いくらあんさんがオタクだからって、そこにあるのが異世界に通じる『門』ってのは、ちぃとばかり突飛過ぎる発想とちゃうか？』

『そうかな？』

『せや。いくらなんでも常識的にあり得へんやろ？　想像力が豊かなのはええけど、毒され過ぎやでホンマ』

『そうかもね。でもさ、常識に照らし合わせるなら、この光景はどう説明するのさ？　少なくとも今日の昼まで、こんなデカ物はなかったろ？　それにさ、こいつらは一体どこからやって来たのさ？　目の前に地下鉄線への階段がちゃんとあるってのにさ、わざわざ交差点のど真ん中にこんなものをおっ立てて、地下から湧いてくるとか言わないよね？　しかもさっきの治療風景見た？　あれはどう見ても魔法だろ？』

嘉納は呻いた。

「ちょっ、ちょっと待ってくれよ……」

男の言う推論は、あまりにも突拍子もないことなのだ。

現代日本人ならば、想像したとしてもあり得ないこととしてイの一番に排除してしまう。しかしこの仮説ならば、日本と日本政府が直面しているこの非常識な事態の説明が出来るのも確かだ。

嘉納は叫んだ。

「おい、その『門』の様子を、もうちょっとしっかり映してくれ！」

『よっしゃ、晴海通りの映像はもう十分やで。次の場所に移動してくれへん？』

『了解』

しかしスクリーンの向こうにいる男は、女性との会話を続けていた。どうやら嘉納の声は届いていないらしい。

「すまん！　誰か現場と話を出来るようにしてくれ。頼む！」

「は、はい」

慌てて自衛官がパソコンを操作し、インカムを使って向こう側と話し始める。防衛大臣のご要望だと囁いていた。

「準備できました。大臣、どうぞ」

「助かった。ありがとよ。――おい、カメラ持ってる人、聞こえるか？　すまねえけどよ、もう一度、『門』の様子を映してくれ！」

＊　＊

『よっしゃ、晴海通りの映像はもう十分やで。次の場所に移動してくれへん？』

「了解」

伊丹はスマホを首にかけたストラップにぶら下げる。そしてビルの隙間の奥へと下がると、その暗がりにしゃがみ込んだ。

すでに陽は落ちて夜だ。街灯に照らされた表通りは明るく、建物内も明るい。

そんな所にいる者が、伊丹のいるビルとビルの隙間に目を向けたとしても、彼を見つけることは困難に違いない。

とはいえ、そうと分かっていても緊張してしまうのだ。

何しろ、ここに屯しているのは、異世界の軍隊だ。辺りを徘徊しているのは、ファンタジー世界のモンスター達なのだ。

ならば、異様なまでに嗅覚が発達している狼男とか、あるいは探知系魔法技術を持つ魔導師がいたっておかしくない。こちらの常識に当てはめて考えるのは危険なのである。

出来ることならば、そろそろ偵察を終えて離脱したいところだ。助け出した女性警官が何かとそわそわして大人しくしてくれないので、皇居外苑に送り届けてしまいたいのである。

しかしその時、イヤホンを通じて男性の声がした。

『――がとよ。――おい、カメラ持ってる人、聞こえるか？　すまねえけどよ、もう一度、『門』の様子を映してくれ！』

突然耳に入ったダミ声に、伊丹は戸惑った。

「こちらアヴェンジャー。メイガス。この回線、混線してない？」

『ちゃうよ。さっきから、政府のお偉いさん達が、あんたの送ってくる映像に注目しとるんやて。それであんたに聞きたいこととか頼みたいことがあるらしいで』

「了解。こちらアヴェンジャーです。今、俺に呼びかけた男性、お話しください」

『おうっ、頼みってのはよ、もう一度、『門』の様子を映して欲しいんだ』

「了解」

伊丹は言われるがまま、再び路地を塞ぐ扉の前に立って、その上辺越しに、スマホを『門』へと向けたのである。

「映ってますか？」

『ああ、だが、これは『門』の側面だな？』

「こちらからだと、映ってるのは『門』の横っ面ですね」

『出来ることなら、『門』の横じゃなく正面を見たい。正面からはっきり映るようにしてくれねえか。『門』を潜ったその向こう側がどうなっているのか見てみたいんだ』

その要望を聞いて、伊丹は背筋に冷や汗が流れるのを感じた。『門』の正面に回るということは敵の核心、敵陣の中枢に乗り込むのと同義だからである。

そんなことをしたら、伊丹とて生きて帰れるかは非常に怪しいのである。

通常の軍事作戦では、攻撃目標の多くが重要な土地であったり、何らかの施設、部隊装備品であったりする。全体の戦況を左右するような重要な土地、あるいは施設、兵器といったものの奪取、破壊のために作戦が行われるのだ。

指揮官は、彼我の戦力差や各種の条件を勘案して、どの程度の被害が出るかまでを予想して決心する。損害のない軍事作戦などあり得ないから、ある程度の被害は覚悟の上だ。もし損害のない戦いがあるとしたら、それは物語の中だけなのだ。

そんな作戦の目標に、『情報』が据えられる時がある。

敵が何者で、どこから来たのか、どのような武器を有しているのか、何が目的か——それらを把握することが作戦目標となり、それを行った場合の損害を想定して作戦計画が立てられるのだ。

しかし、実際に戦う将兵から見れば、こういう考えが頭に浮かぶ。

「それって、本当に自分達の命と引き換えにしてやるに値するの？」と。

そのあたりをどう考えるかはセンスの問題だ。

かつて情報を軽視し、痛い目に遭うどころか敗戦してしまった経験を持つ日本人ならば、重要だと頭では理解しているだろう。けれど実際に代価として差し出すものが自分の命となれば、やはりいろいろ考えてしまうのも止むを得ないのだ。

大方の人間は、物事の価値を自分よりも低く見積もるからだ。

「それって、絶対必要ですか？」

『ああ。銀座で暴れている怪物やら軍隊が異世界から来た、そこにある『門』が異世界に通じてる、っていうあんたの意見は実に興味深い。もし事実だとしたら、えらいことだ。しっかりと確認を取らなきゃ、政府としての姿勢が定まらん』

「つまり、我が政府の意思決定を左右する重大な情報ってことですね？」

『そうだ。あんたに危ない橋を渡らせることになっちまうのは重々承知だ。が、それでもこいつは非常に重要な事柄なんだ。頼む、この通り』

　伊丹はインカム越しの声を聞いて、その向こうにいる男性が実際に頭を下げているように思えた。

しかし伊丹はあっさり返した。

「嫌ですね」

『えっ？』

「お断りします」

『……そうか。なら命令するしかねえぞ』

　インカムの向こうにいる男性は、声に力を込めてそう言い放った。

「命令なら、従います」

『お、お？　なんだそれ？　随分あっさりと前言翻したな』

「貴方が命令権者として、リスクとベネフィットを照らし合わせ、それを必要だと決心され、責任を持ってご命令なさるのであれば、自分は諾々《だくだく》と従うのみです」

『ああ、そういうことか。確かに、俺の言い方が悪かったな。すまん。もちろん、これは命令だ。そして命令したからには、俺は尻持ちはちゃんとするぜ。後になって、そんなことを命令した記憶はないなんてことは、絶対に言わん』

「ならば、了解です」

『……すまねえな、耀司』

すまねえな——短い一言だが、そこには万感の思いが含まれていた。

特に、この声はもしかして……と思いつつも、その相手を死地へと送り出さねばならない重さに耐える響きがあった。

「大丈夫、まーかせて、太郎さん」

だからこそ伊丹は、より一層軽い調子で返事をし、軽やかに立ち上がったのである。

＊　＊

吊り橋効果という言葉がある。

簡単に説明すると、ドキドキするような体験を一緒にした異性に対し、人間は恋愛感情を抱きやすくなるというものだ。

ネット上に転がる怪しい俗説、あるいは単なる都市伝説ではないのかと思うところだが、実は一九七四年にカナダの心理学者であるドナルド・ダットン氏とアーサー・アロン氏によって発表された、ちゃんとエビデンス《実験データ》のある学説であったりする。

戦いの興奮、命を失うかもしれないという緊張が最高潮に達した絶体絶命の瞬間、突然差し伸べられた屈強な男の手。

血も凍る強烈な絶望、その直後に訪れた弛緩を伴う急激な安堵。「大丈夫、俺にまーかせて！」という安心を誘う声と笑顔の温かみは、聡子の魂に深く深く刻まれたのだ。あたかも真っ赤に焼いた鉄で、肌を焼き付けるがごとく。

すなわち、その熱さと衝撃に翻弄された聡子が、ついつい目の前にいる男に恋心を抱いたとしても致し方ない話といえた。っていうか、当人はまだこれを恋心だと理解していない。ただただ強烈な吸引力に支配されているという事実に戸惑って、受け止めるのに必死なだけなのだ。

感情とは、理性と対立するエネルギーの奔流だ。調教をしていない暴れ馬のようなものである。普段から扱い慣れていないと、乗りこなせずにどこまでも引きずられてしまう。

滅多なことで怒らない温厚な人間が、一旦怒り出すともう手が付けられなくなるように。恋心もそれと同じだ。

真面目だった銀行員が、突如として会社や顧客のお金に手を付けたと思ったら、裏には異性が絡んでいたとはよく聞く話だ。恋愛感情とは、普段から扱い慣れていないと、突然沸き起こった瞬間からどう対処してよいか分からず、理性の抑えも利かずに振り回されてしまう。

そう。真面目一徹に過ごしてきた聡子が、恋愛初心者入門編の扉を潜った瞬間、その色めく世界の中で衝動と本能が求めるまま、とにかく目の前の男に引っ付いて離れないという行動を取ったのもそのせいなのだ。

「あの……どしたの？」

昨晩、コンビニでとんでもない猥褻な絵を聡子に見せつけた男が、おずおずと尋ねてくる。

尋ねられ、じいっと見つめられ、聡子はようやく自分が何をしているかに気付いた。なんと、いつの間にか伊丹の服の裾をしっかと握りしめていたのだ。

伊丹の瞳はそんな風に掴まれていては動けないよと語っていた。

「あ、いえ、ごめんなさい……」

聡子は恥ずかしげに伊丹から視線を逃がすと、名残惜しげに手を放した。

手を放したくない。放したくないのだけれど、今は仕方ないから放すのだという気持ちを全身で匂わせながら。そして手を放した瞬間、例えようのない喪失感と苛立ちを感じた。

それは、不当な扱いを受けたり不当に権利を侵害されたりした際に押し寄せてくる、怒りの感情とよく似ていた。

伊丹はそんな聡子の態度に戸惑っているらしい。

「いや、いいんだけどね。あの、俺、何か君の気に障るようなことしたかな？」

聡子の視線、表情、振る舞いをどのように解釈したらよいかと困惑しているようであった。

どうやらこの男、昨夜のことを憶えていないらしい。聡子はこんなにもはっきり憶えているというのに。

コンビニのコピー機の前でのほんの一瞬の邂逅、すれ違う程度のことでしかなかったけれど、毛の先ほどの記憶も残してないだなんて、酷過ぎやしないだろうか？

「そんなことはないですよ。ええ、全く、何もしてません……」

聡子は言いながらも自分の声に驚いていた。

思った以上に低くて太くて力が籠もったこの声は、怒っている時に発せられる声であった。

「や、やっぱり、怒ってるよ、君。あ、もしかしてやっぱり怪我とかしてるんじゃない？」

「いいんです。気にしないでください」

「いや、でもさ」

「大丈夫って言ってるでしょう！」

聡子は言い放つと、腹立ち紛れに背中を向けた。

自分の理不尽な苛立ちを申し訳なく思う一方で、聡子はこの瞬間どこか胸の奥がこそばゆい、満たされる気分を味わっていた。

その理由は分からないけれど、何か悦楽《えつらく》めいた気分だったのだ。

それが何故なのかは、恋愛初心者の聡子に分かるはずもなかった。

目の前にいる男が自分の機嫌を気にしている。自分のことを心配している。少なくとも今この瞬間、相手の頭の中には自分のことだけしかないと実感できるから――要するに小さな子供が好きになった異性をいじめたがる心理と同じなのだが――なんてことは全く理解できず、ただただ、うふふ、くふふともっと意地悪したい気分になっていたのだ。

が――

「――うっさいな！」

突然放たれた伊丹の不機嫌そうな声。

聡子は怯えたように身を竦めた。

「ひっ」

「いや、ゴメン。君に対して言ったたんじゃないんだ。こっちの話」

聡子は肝を冷やす思いをした。

嫌われることへの恐怖感に苛まれたのだ。

そして急に不安になった。

出会ってから自分は伊丹にどんな態度を取っていたか。

命を救ってくれた恩人にお礼は言ったか、感謝の態度を示してきたか、不快にさせるような言動をしていないか――あれこれ思い至り哀しくなった。すると途端に目頭が熱くなってしまったのである。

「頼むからさ、ちょっと黙っててよ――あの、女警さん。本当に大丈夫？」

「だ、大丈夫です。はい。心配要りません」

聡子は慌てて目尻に浮かんだ滴を拭い取ると、表情を取り繕った。とにかく今は伊丹に不快感を与えてはいけないと思ったのだ。

「ならいいけど」

伊丹は聡子から視線を逸らすと、一人で進んでいってしまった。

この男は、出会った時からこうだった。

聡子を見ているようで見ていないところがある。そして独り言を呟いているのだ。よくよく見れば、イヤホンとマイクを装着している。そしてそのコードは、チェストバッグの中へと向かっていた。おそらくスマートフォンか無線へと繋がっていて、誰かと交信しているのだ。

この人、一体何者なのだろうか。男の名が「伊丹」だということは先程聞いたが、それ以外は何も知らない。

本来は出会った直後から考察すべきであったことを、聡子はようやく考え始めた。

伊丹は、路地と表通りを仕切る薄い扉の前まで進むと、その表面に耳を押し当てている。その向こうにローマ兵もどきがうじゃうじゃいるというのに、何をするつもりなのか。

しばらくそうしていると、再び路地の奥へと戻って周囲を見渡す。

そして放置されていた一斗缶を見つけると、中に手を突っ込んでビニール袋を引っ張り出した。

一斗缶は随分長いこと放置されていたようで、ビニール袋には雨水が若干溜まっていた。

他に入っていたのは荒縄、ナイロンのテープ類、割れたガラス破片等々――要するにゴミばかりだ。しばらくそんなことをしていると、伊丹は中からお目当てのものを見つけたようだ。

それはガラ袋。麻布色の化学繊維で出来た袋だ。

これを取り出すと、伊丹は中に詰まっていたコンクリの破片を捨てる。そしてガラス片を使って袋の底に穴を開けて、貫頭衣《かんとうい》がごとく頭からすっぽり被って首と腕を通したのである。

腹回りの余った布は、荒縄をベルト代わりに使って絞った。

さらに手にしていたファルカタをビニール袋で分厚く巻いて、それを腰に差す。

ようやく聡子にも理解できた。

伊丹は外にいる連中に変装しようとしているのだ。

変装をした伊丹は、再び扉へと向かった。

表通りとの境はステンレス製の扉で塞がれている。見ると、関係者以外が入り込めないよう南京錠が下りていた。

「型の古いシリンダー錠か。これなら……」

伊丹はその錠をいじくってしばらく観察していた。そして振り返ると周囲を見渡し、聡子に視線を向ける。

「な、何ですか?」

じっと見据えられて聡子の胸が高鳴る。

「ちょっとゴメンよ。目を閉じて」

言うが早いかすっと手が伸びてきたので、聡子は言われるがまま瞼を閉じてしまった。

伊丹は聡子の髪からヘアピンを一本引き抜いた。

「あっ……」

お気に入りのアクセント付きヘアピンだったが、伊丹はこれを無理矢理引き裂いて、パキッと二本の針金にしてしまった。そして南京錠の鍵穴に差し入れたのである。

「むぅ」

聡子は少しだけ不愉快な気分になった。期待外れだったからだ。

そして気付く。ちょっと待って、目を閉じてって言われた瞬間、わたしは一体何を期待したって言うの!?

出会ったばっかりの男の人相手に一体何をやってんのわたし！

全身を駆け巡る羞恥心に、全身がかあああああっと熱くなっていく。

どうやら暑さにやられて頭がおかしくなってしまったらしい。聡子は、自分が変調を来《きた》していることに気付くと混乱し、頬を風船のように大きく膨らませた。

ふと伊丹を見る。

中腰で開錠作業をしている伊丹のチェストバッグの中身がちらりと覗けた。

見えたのは、一機と書かれた部隊指揮用の無線機だ。

「あ……一機」

これは第一機動隊の無線機？　ってことはこの人、警察官なのだ。

ならば聡子の同僚で、年格好から見て頼れる先輩だ。もしかすると上官かもしれない。上官だったら嬉しいなと聡子は思った。

そんな人がこんな所にいるのは、きっと何か秘密の命令が与えられているからに違いない。となれば、この男の所属はＳＡＴ？　それともＳＩＴ？

いずれにしても、警視庁の精鋭中の精鋭だ。先ほどの見事な立ち回りも当然といえた。

事件発生以来、聡子は孤立無援の戦いを強いられてきただけに、この邂逅がなおさらに嬉しく感じられた。

それに伊丹は、もうどこの誰とも分からない人ではない。

この人と一緒にいられるなら安心なのだ。

もし何かの任務で行動しているのなら、是非協力したい。いや、協力しろと命令して欲しいとすら思った。そうすれば、自分が有能で役に立つ女だと示すことが出来るからだ。上手く行けば、伊丹という男に高く評価してもらえる。好感度も跳ね上がる。そうしたら嫌われないし、ずっと一緒にいられるに違いない。そう思ったのだ。

とまあ、聡子が何やら誤解と妄想に満ちたことを考えている一方、伊丹である。

数分ほど時を戻し、伊丹が自分の服の裾をしっかりと握る女性警官に問いかけた頃まで遡る——

「あの……どしたの？」

「あ、いえ、ごめんなさい……」

聡子は恥ずかしげに伊丹から顔を逸らすと、名残惜しげに手を放した。

「いや、いいんだけどね……」

聡子が何か不満そうな表情をしているので伊丹は気にした。

「……あの、俺、何か君の気に障るようなことしたかな？」

「そんなことはないですよ。ええ、全く、何もしてません……」

「や、やっぱり、怒ってるよ、君。あ、もしかしてやっぱり怪我とかしてるんじゃない？」

「いいんです。気にしないでください」

「いや、でもさ」

「大丈夫って言ってるでしょう！」

女性警官は怒気を孕んだ声を上げると伊丹に背を向けてしまった。

するとその時、メイガスが突然話しかけてきた。

『あー、この女警さん、もしかしてあんたに惚れたんとちゃう？』

「はぁ？　まさか？」

『あんさんに向ける表情を見てみい。瞳が潤んどる。しかも唇まで軽く開いて。これって心をあんさんに開いとるってことやで。それが分からんのなら、あんた相当のニブちんやで！』

「うっさいな！」

「ひっ」

怯えた表情を見せる聡子を伊丹は慌てて宥める。

「いや、ゴメン。君に対して言ったんじゃないんだ。こっちの話」

『やっぱりや。あんさんの感情に敏感になるっちゅうのは、好きって気持ちが生まれてきてるからやで。いやぁ、うち乙女に恋心が芽生える瞬間っちゅうの生まれて初めて見たわ。しかもうちだけやなくって、日本政府のお偉いさん達が勢揃いして見とる前やで、わっはっはー』

なんと悲惨な公開処刑だろうか。

伊丹は流石に聡子のことが可哀想な気分になった。

「頼むからさ、ちょっと黙っててよ——あの、女警さん。本当に大丈夫？」

『りょーかい。しばし口にチャックやね？』

聡子とのやりとりを済ませると、伊丹は扉に耳を押し当てて外の様子を窺った。

伊丹の場合は、目で見るよりも、耳のほうが精度が高い。

銀座の晴海通りには、大勢の兵士が行き交っていた。

歩調を合わせて行進し、あるいは互いに会話をし、ある場所では整列した兵士達に隊長が演説していたりする。

どこかで誰かが街路樹に斧を打ち込んでいる。切り倒して薪にしようとしているのだろう。煮炊きする什器がぶつかり合う音も聞こえる。傷付いた剣や武具を玄能《げんのう》で叩いて修理する音も響いていた。

誰かが拷問されているとしか思えないような叫び声も、どこかから聞こえていた。

場所を扉の間近に限っても、兵士の金属製の装具がぶつかる音が近付いてきて、目の前を通り過ぎ遠ざかっていく。それだけ往来が忙しないのだ。

伊丹はこれから交差点中央に鎮座する『門』を撮影しなければならない。そのためには、この大勢の兵士達に紛れ込む必要がある。

どうやって？

それが問題だ。

伊丹は最も安直かつ簡単な方法――連中と同じような姿に変装することを考えた。

幸い、外をうろつき回っている兵士達の一部は、鎧を脱いだ粗末な貫頭衣姿で寛いでいる。これならばなんとか擬装できる。そのために使えそうなものはないかと周囲を見渡した。

今、着ているTシャツを泥で汚すという方法も考えたのだが、幸いなことに一斗缶の中にあったもので装いを整えることが出来た。

続いてどうやって晴海通りに出るかだが――伊丹は外に通じる扉の南京錠を調べた。

「型の古いシリンダー錠か。これなら……」

伊丹ならば、二分程度で開けることが可能だろう。問題はそのための道具だ……

伊丹は再び周囲を見渡す。

そして聡子の顔をまじまじと見つめた。流石警察官だけあって、ショートの髪が乱れないようヘアピンでぴちっと留めていた。

「ちょっとゴメンよ。目を閉じて」

伊丹は素早く手を伸ばし、彼女の髪からヘアピンを一本引き抜いた。

「あっ……」

松葉状のヘアピンを二股に引き裂き、パキッと二本の針金にする。そして南京錠の鍵穴に差し入れた。

南京錠に代表されるシリンダー錠の開け方は、どれも同じだ。鍵を刺して回転させる。すると開錠される。これをピッキングで開くなら、針金やピン等を差し込んで、錠の内釜に回転モーメントをかける。

そしてその間に、もう一つのピンで回転を妨げている縦型のシリンダーを押し上げる。

内釜と外釜とを縦貫しているシリンダー内のピン全てを、適切な高さまで押し上げることが出来れば錠は開かれるのだ。

この作業を素早く済ませるコツは、実は内釜に回転モーメントをかける左手の使い方にある。

力尽くで回そうとすると、力が入るので作業をかえって難航させてしまう。しかし慣れてきた上級者は、加える力を必要最低限に抑えることが出来る。その際に小刻みに振動させるとなおよい。

これで錠はいとも簡単に開かれる。

実際、二分もかからずに南京錠は開かれた。

伊丹はノブに手を掛け、外へと通じる扉を押し開こうとした。

「ちょ、ちょっと待ってください」

だがその時、聡子が伊丹の手を握った。

「なに？」

「向こうには奴らが大勢います。そんな中、出て行くって言うんですか？」

伊丹は聡子に少し黙るよう求めると、路地奥へと戻った。奥に入ってしまえば、多少話し込んだところで表通りの兵士に気取られることはない。

「俺はこれから敵陣の様子を偵察しないといけないんだ。目標物をこいつで撮影して、それを上へと送る。それが任務だ」

伊丹は言いながら、ストラップで首に吊ったスマホを軽く振った。

肝心な時に電池切れにならないよう、ちゃんとモバイルバッテリーとも接続してある。同人誌即売会向けの用意だったが、しっかりと役に立っていた。

「任務!?　やっぱりそうでしたか。ならば、わたしにも是非協力させてください」

「協力？」

「わたしだって警察官なんです。この状況を何とかしたいという気持ちもあります。伊丹さんが命を賭して命令を遂行すると仰るなら、お手伝いしたいです」

「いや、でも……」

「お願いですから、私をここで一人ぼっちにしないでください。こんな所に一人きりにされたらわたし、きっと耐えられません。多分泣いちゃうと思います。声を上げて、子供みたいにびーびー泣いちゃいますよ」

「え、そんなあ、泣くだなんて言われても」

「伊丹さんのせいですからね」

「ゑ？」

「わたしがこんな弱虫になったのは、伊丹さんのせいです。わたしが弱りきったところを狙って助けた伊丹さんのせいで、わたしの中で虚勢を張ってた部分が、ポッキリ折れちゃいました。弱虫なわたしの素が出てきてしまったんです。だから、置いてきぼりにしないでください」

「ど、どうしてそうなるの？」

『だから、言っとるやん。全ては恋心故やって。あんさんもホント罪深い男やなあ』

メイガスの揶揄するような声が、かえって伊丹の決断を促した。

「あ——もう、仕方ない」

伊丹はガシガシと頭を掻くと、聡子を同行させることにした。

とはいえ聡子にまで伊丹と同じような格好はさせられない。女性だし。そもそも服装の擬装に使えるガラ袋も残っていない。

そこで伊丹は荒縄を手にした。

「両手を揃えて出して」

「えっ⁉　い、伊丹さんってそういう趣味なんですか？　コンビニで見かけた時はこの変態オタク野郎って思いましたけど、そんな趣味まであったら変態の二乗。もう完璧な変質者じゃないですか？　そういう上官、わたし困ります。嫌じゃないけど……困ります」

そんな訳の分からないことを言って顔を背けつつも、聡子は両手を揃えて差し出した。

非常に従順な態度であり、もし伊丹が制服を脱げと命じたらすっくと立ち上がって、「下着もですね？」とか返してきそうなほどだった。しかし今、伊丹の関心事はそちらにはない。ないったらないのである。

「コンビニって何？　俺達初対面だったと思うけど」

問いながら、伊丹は聡子の両手首を束ねるように縛った。

「キーワードは、昨晩、コンビニ、コピー機の前……です」

「ああっ！　あの時の酔っ払いに絡まれてた女子高生」

「女子高生じゃありません。女警ですよ。れっきとした二十一歳の成人女性です！」

「だよねえ」

伊丹は改めて制服姿の聡子を見直した。女子高生と言われたのが気に障ったのか憤然とした表情をしている。

頬と耳朶を赤らめているのは暑さ故だろう。伊丹はそう解釈することにした。

さて、銀座の晴海通りである。

そこは大勢の帝国軍兵士が行き交っていた。

隊列を組んで進んでいる一隊があれば、路肩で食事を作るため材料を包丁で刻んでいる者もいる。火を熾してその面倒を見ている者もいた。

そんな中に、主人の面倒を見るために、焚き火にかけられた薬缶から、湯を銅の壺へと酌み取っている中年男性の姿があった。

その中年男性は、頭の禿げた鎧も着ていない貫頭衣姿の小男であった。そして奴隷であることを示すように、主人の名の入った名札を首から胸に提げていた。

そんな奴隷の姿を見ても、兵士達は別段気にする様子はなかった。

身分のある貴族出身の軍人は、身の回りの世話や書記をさせるための奴隷を連れているものだし、他にも愛人を伴って戦陣に赴く例もある。そうなれば、ご婦人の世話をする侍女や女奴隷だって同行しているわけで、軍人以外の者が帝国軍の宿営地内にいるなんてことは、不思議でもなんでもないのだ。

それを捕まえてとやかく言うほうがお偉いさんに睨まれる。しかもこの中年奴隷の主人は最高指揮権者レルヌムだ。となると、奴隷身分と言っても扱いには相当に気を遣う必要があるのだ。とはいえ、たかが奴隷に丁寧に接するのも帝国の軍人、そして自由市民の沽券に関わる。そうなると一番の方法は無視となる。あたかも見えていないかのごとく扱う。それが最良なのだ。

奴隷男性は、壺を抱えると足早に進んだ。

その時、不意に建物の隙間から現れた伊丹が、聡子を引き連れて素早く奴隷の後ろに続いた。そして奴隷の後ろに付かず離れず、歩調を合わせて追従した。

道中、何人かの兵士とすれ違う。するとその都度、兵士達は伊丹達へと視線を向けた。見慣れぬ服装の女が気になるのだ。もちろん、先頭を歩く奴隷のほうも見る。しかしレルヌムの奴隷を見ても異常は見られない。目を伏せて、普段通りせかせかと足早に進むだけだ。

女は服装から察するに、この世界の人間だ。しかし手首を荒縄で縛られ、繋がれている。つまりレルヌムの奴隷が女を引き連れているのだ。

なるほど——と、兵士達はここで思考を停止させて関心を失った。結果、伊丹達は誰何《すいか》されたり止められたりすることなく進むことが出来たのである。

こうした軍の宿営地では、外と内を隔てる警戒線の通過は、厳重に警戒される。しかし一旦内側に入った者については、余程のことがない限り怪しんだりはされない。もちろん『余程』には様々な要素があるから一概に語ることは出来ないのだが、この『余程』に抵触しない限り、外部者が怪しまれずに歩き回ることは存外に簡単なのである。

伊丹はツイてると感じた。

道路に出た瞬間、近くにいた兵士に追従するか、鎧を纏っていない中年男性に追従するか迷ったのだが、禿げ頭の中年男性を選んだのが正解だったのだ。

中年男性は晴海通りを横断しながらも四丁目交差点へと近付いていった。

このまま進んでくれれば『門』の克明な映像を撮ることが出来るはずだ。

「いよいよだ」

伊丹は手の中にあるスマホを、交差点の中央に鎮座している『門』へと向けた。

このままだ。このまま進めば、『門』の側面から正面へと回り込むことが出来る。あと少し、あと少しだ。

しかし、そこで突然中年男性は進路を変えた。

脇道へと入ったのだ。

「くそっ……」

伊丹は舌打ちしつつ、逡巡した。

ここで一気に突っ走って『門』を撮影するという選択肢がある。

しかし、それは無謀な特攻だ。確かに今ならば不意を突いて『門』に肉迫し、内部の様子を撮影することも出来る。しかし、その後はどうなる？　周囲の兵士達に取り囲まれて八つ裂きにされるに決まっている。そんなことは嫌だったし、聡子まで巻き添えにしてしまう。それは不本意なのだ。

結局、伊丹は中年男性の後ろを追従することを選んだ。

中年男性は、そのまま裏道を進んだ。

裏道に入ると、雰囲気が変わった。

「ここは……」

表通りは装備が統一化された、おそらくは正規の兵士が屯していた。

それに対して裏通りでは、ゴブリンやオーク、トロルなどが集まっていた。怪異ばかりではない。それらを使役する怪異使いの姿もあった。

それらは雑多な種族からなる亜人種達であった。

あちこちに集まって、身に着けた略奪品――金ピカ銀ピカの腕時計を三個も四個もじゃらじゃらと着けていたり、重くないかと尋ねたくなるほどの首飾りをぶら下げていたり――を誇らしげに見せびらかし合っていた。

その姿を見ただけで、伊丹はますますこの連中が『門』を越えて異世界からやってきたという思いを強くした。

「見えてるか？」

伊丹は胸にぶら下げたスマホのカメラが、あちこちに向くよう身体を捻りながら囁く。

『もちろん。見えとるで……』

「どうよ？　いかにもファンタジーだろ」

伊丹の誇らしげな言い方に対するメイガスの口調は、どこか悔しげだ。

『これがその実、クーカススタジオの映画かなんかの撮影風景って説なら賛成するで』

「メイガスは、映画の撮影でこれだけ大量の人死にが出るって言うのか？」

『せやな。現実を受け容れなあかんのは、うちのほうかもしれへん……』

「Aou gnon bcholi!!!」

その時である。道路に屯して座り込むゴブリンを、中年男性が怒鳴り付けたのだ。

「Santi our vrrjy!」

お前は一体何様だという視線をゴブリン数頭から返されていたが、しばらく睨み合っていると不承不承といった感じで、ゴブリンが腰を上げて道を開いた。

その時、中年男性はチラリと背後を見て、伊丹達の姿を確認する。しかしその時にはすでに、伊丹や聡子の後ろには木材を抱えた兵士や、荷物を抱えさせられたオークなどが長い行列を作っていた。そのため自分に付かず離れずついて回る伊丹と目が合っても、さして気にならなかったようであった。


その後、禿げ頭の中年男性は建物に入った。

その建物からは、兵士や雑役の奴隷らしき男達が列を作りトランペットやハープといった楽器を運び出していた。

「ここは……？」

「川野楽器ですね」

流石、近くの交番で勤務しているお巡りさん。聡子は地図を見ることもなく、この建物が何なのかを語った。

「一旦、中に入りましょう。真っ直ぐ抜けると中央通りに出られますよ」

中央通りに出れば、そこはもう『門』の正面だ。

「そうなんだ……。よしっ」

伊丹も意気込んで中年男性の後に続いた。

裏の入り口には、警備のためか楯と剣を提げた亜人の兵士が、二人で挟むように立っていた。

「ライオンまるかよ」

一人は男性で、いかにも獰猛な肉食動物といった感じの獅子顔だった。

対するもう一人は女性で、肉感的な爬虫類系だった。

二人は禿げ頭の中年男性をちらりと見ただけで素通りを許した。

しかし伊丹がすんなりと通してもらえるかは分からない。とはいえ、ここで回れ右をしてどこかに行くのも怪しまれてしまう。それに、ここから別の所に行くとしても、同様の危険は常に付いて回る。今ここを乗り切るしかないのだ。

伊丹は怪しまれないように、なるべく笑顔を作ると中年男性の後に続いた。

すると、獅子顔の亜人兵が手を挙げて伊丹達を止めた。

「Hiick exspeccta!」

こうしている間にも中年男性は建物内に入り、エスカレーターを上がって行ってしまう。

その間、獅子顔の兵士は、伊丹を見ていた。

爬虫類系の女兵士は聡子のことをジロジロと見ている。すると聡子がこの女兵士を見知っていたのか、小さく呟いた。

「あっ、こいつあの時の蜥蜴女だ……」

「Eryoooohoui hohoho!!」

蜥蜴女は聡子を見ると、囃し立てるように嗤った。その言葉は全く理解できなかったが、「こいつ捕まってやがんの。捕虜になってやがんの！」といった意味だろうことは、声色やら表情やら全身の動きから不思議と分かった。

「Foohewm!」

蜥蜴女は突然真顔になると、平手打ちを一閃。

聡子は頬を押さえて転げ倒れた。

さらに加撃しようとするところを、伊丹と獅子頭の兵が割って入る。すると蜥蜴女も平静を取り戻したのか、肩を竦めながら一歩下がった。

伊丹が聡子を立ち上がらせると、獅子頭の亜人兵が聡子の手首を縛る綱の点検を始めた。結び目を引っ張ってみたり、綱にきちんと張力がかかっているかを確かめていく。そしてちょっと緩んでいたのか、ぎゅっと手首を縛り上げた。

「Vossu camu vadowoo perri huccui」

伊丹を見て、クイッと首を傾げた。

それが通ってよいぞという合図だということはすぐに理解できた。

伊丹は軽く頷くと、聡子と共にビル内へと入った。

「このままビルを表まで通り抜ければ……」

しかしその時、伊丹の背中に蜥蜴女の警告が投げかけられた。

「Hewu, expeccta!」

その鋭い声の響きに、伊丹はギクリと身を緊張させて立ち止まった。いよいよ、怪しまれたのかもしれない。

伊丹は危険の気配と緊張で背筋に冷たいものが走るのを感じながら振り返った。

すると獅子顔の兵士が、エスカレーターを指差しながら言った。

「Ruiyunwn!」

どうやらこれを使って上に行けと言っているらしい。

「どうします？　今なら表通りまで一気に駆け抜けられますけど」

聡子が小さく囁いた。伊丹が走ると言うなら、付いて行くと言っているのだ。

しかしその時、新たな若い男性が入ってきた。

その男性は、聡子と同じように荒縄で手首を縛った女性を連れている。女性は日本人のようで、捕らえられて泣きじゃくったのか、目を真っ赤に腫らしていた。

若い男は、伊丹と、伊丹が連れた聡子を見て戸惑いの表情を浮かべていた。

あんたら誰？　何？　どうして？　と表情で語っている。

するとそこへ蜥蜴女が割って入った。蜥蜴女は、伊丹と若い男から綱をひったくるとエスカレーターに乗り、聡子ともう一人の女性を引っ張って上がっていってしまう。

「Opoo hyumi Nywurn」

若い男は呆気に取られた表情をしていた。

伊丹はそんな男に愛想よい笑みを返すと、肩を竦めてエスカレーターへと向かった。

＊　＊

「楽器はもっと丁寧に運びなさい！　ここにある品物は貴方達なんかより、ずうっと繊細で貴重なんです。傷を一つでも付けたらただじゃおきませんからねっ！　鞭打ちや死刑を覚悟なさいっ！」

グローリアが強い口調で奴隷を叱り付けている。

鞭打ちや死刑という言葉が耳に入ると、奴隷や亜人傭兵達は怯えたように動きを止めた。

見れば何人かの奴隷の背中や腕には、瘡蓋《かさぶた》やミミズ腫れといった打擲《ちょうちゃく》の痕が深々と刻まれていた。そのせいで亜人傭兵も、グローリアの言葉が冗談や警告ではないことを悟ったらしく、全員がフルートやビオラといった楽器を生まれたての赤ん坊がごとく大切に抱え直すと、ゆっくりとした足取りで運び始めた。

「ほんと、どいつもこいつも気の利かないグズばっかりなんだから」

そんな風に荒ぶるグローリアを背後から見ていた禿げ頭の中年男性は、小さく嘆息。そして声を掛けた。

「お嬢様。香茶の支度が出来ましたよ」

「ありがとう、カステロ」

どうやらこの中年の奴隷はカステロというらしい。

グローリアは礼を告げながら、傍らの椅子へと腰掛けた。楽器店の多くは商談用の椅子とテーブルが置かれている。

そこにカステロは銅製のカップを置いた。

「そう、お嘆きなさいますな。亜人傭兵達が手伝ってくれているではありませんか？」

香り立つ茶を軽く啜ったグローリアは肩を竦める。

「見張っていなければ何をしでかすか分からない粗野な者ばかりです。そもそもこうした仕事は兵士の役割でしょう？」

「ですが、将軍閣下はまだ略奪をご許可なさっておりません」

「これは略奪ではありません。貴重な文化財、財産の保護です。そんなことより、先ほど頼んだ現地人はまだ到着しませんか？」

「先ほど兵士に伝えましたので、もう少ししたら参ることでしょう」

「それにしても遅いですね。軍人たるもの、何事もキビキビとしなければならないというのに」

「みんな戦いの初日を終えたばかりで疲れているのです。最前線では、未だに戦っている者もおります。物事には優先順位というものがあるのです」

「このわたくしの頼みは、優先順位が低いというのですか？　メヌィーケ一門の姫であり伯爵家の息女にして、将軍閣下の愛人であるこのわたくしの頼み事が、他のことよりも軽いと言うのですか？」

「いえいえ、決してそのようなことは申しません。しかし、運よく生き残った現地人を見つけて連れてこいと言われても、なかなか思うように捗らないのです。何しろ帝国軍は敵地に入ると、目に入る現地人を片っ端から殺めてしまいますから。たとえ生き残りがいたとしても、きっと怯えて息を潜めて隠れているのです」

「そうでしたね。実に野蛮な戦い方です」

グローリアは嘆息した。

「合理的なのです。これが帝国軍の必勝ドクトリンなのです。致し方ありません」

「昼間に兵士達が捕らえた女達はどうかしら？　ほら、何とかっていう兵士が連れてきて将軍閣下に宛がおうとしたじゃありませんか？」

「兵卒のブローロですね」

「そう、そのブローロが連れていた現地の女達はどうしてますか？　あの女達ならば、ここにある楽器の使い方を知っているかもしれません」

「将軍閣下が捨てろとお命じになりました。今頃は生きているかどうかも分かりません」

ガレリーが、エスカレーターを上がってきたのはそんな時であった。

「姫さんいるか～い？」

蜥蜴顔の女傭兵が、グローリアに声を掛ける。

「なんですか、ガレリー、相変わらず騒々しいですね」

「問題が発生したよ」

「問題とは一体何です？」

「ご注文が被っちまったみたいだ」

ガレリーはそう言うと、綱を力尽くで引っ張った。

すると、エスカレーターを降りようとしていた聡子と、若い日本人女性が、つんのめるようにガレリーとグローリアの間に転げたのである。

「まあ、二人も？」

グローリアはカステロを振り返る。

するとカステロは言い訳のように答えた。

「度々催促いたしましたので、それぞれ別の命令と受け取られたのでしょう」

「ご注文は一人だったろ、どうする？　片方どっかに捨ててくるかい？　捨てるならそっちの生意気な女を下げ渡して欲しいんだけど」

ガレリーは、言いながら聡子を指差した。

「まあ、待ちなさい。捨てるのは役に立たないと分かってからにしましょう」

グローリアは言いながら立ち上がる。

聡子と若い日本人女性に歩み寄ると、二人を立ち上がらせて手首を締め付ける綱を弛めようとした。しかし綱はかっちり固く縛られていて、グローリアの細指では解《ほど》けそうもなかった。

「もう、誰よこんなに固く縛ったのは！」

「力任せに引っ張ったから、結び目が固くなったかも」

「もうっ！　ちょっとカステロ、二人の綱を解いてあげて！」

「かしこまりました。お嬢様」

カステロが二人の綱を解き始めた。

「ガレリーはもう結構。下がってくださいな」

「ちょっと、それだけ？　せっかく連れて来てやったのに、お礼の言葉もお駄賃もないってわけ？」

「貴女には感謝していますよ。けど、貴女がこの女を探して捕まえてきたってわけじゃないんでしょう？」

「そりゃそうだけどさあ……」

ガレリーはばつが悪そうに、続いてエスカレーターで上がってきた伊丹と、もう一人の日本人女性を連れてきた男を振り返った。

「お嬢様、綱を解き終えました」

「それはよかったわ。では、こちらの二人には、褒美を取らせてあげてちょうだい」

「かしこまりました」

カステロが一礼すると退場する。自分にお駄賃がないと分かったガレリーは、頬を膨らませた。

グローリアは未練がましく立っているガレリーを無視し、両手を広げて問いかける。

「それじゃ早速、ここにある楽器の名前と使い方を教えてちょうだい」

＊　　＊

突如問われた聡子と若い日本人女性は、戸惑い顔で互いに顔を見合わせるばかりであった。

聡子が救いを求めるようにちらりと伊丹を振り返る。しかし伊丹としても、何と言えばよいのか分からなかった。何しろ、目の前にいる高貴そうな出で立ちの女性が、何を喋っているのか、全く理解できなかったからだ。

するとその時、伊丹のイヤホンに声が入った。

『君。何か紙とペンを探せ。そして……』

どういう意味だと思ったが、こういう時の指図は理解するよりもそのまま従ったほうが早い。伊丹は慌てて周囲を見渡すと、ショーケースの傍らに置かれたメモ紙とボールペンを手に取り、紙面にぐちゃぐちゃと何やら分からないものを書いた。

そしてそれをグローリアに見せる。

「Qwiid esta hooco?」

グローリアは、訳が分からないと眉根を寄せながら首を傾げた。

伊丹は今度は、聡子に紙面を見せる。

「何ですか、これ？」

聡子も訝しげだ。しかしその瞬間、グローリアは「Ooh!」と声を上げた。何か閃いたようだ。

「Namu de suka Kore?」

伊丹は頷く。

「ナンデスカ、コレ？」

伊丹は再度頷く。

するとグローリアは、テーブルを指差して聡子に尋ねた。

「ナンデスカ、コレ？」

「テーブルですけど」

「テーブルデスケド？」

聡子もここに来て、ようやく伊丹がしたことの趣旨を理解した。

「違います！　これはテーブルです。テーブル！」

テーブルで一つの単語だと示すよう、慌てて連呼する。

「テーブル？」

日本人と帝国人との間で、初の意思疎通がなされた瞬間であった。

＊　＊

この時、立川の政府施設内の地下指揮所からは、嘉納ら政治家達の姿は消えていた。

このまま現場を眺めていたって出来ることは何もない。その間になすべきことがあると言って、嘉納らは退出してしまったのだ。

「敵の正体がはっきりしたら報せてくれ。今は俺達にしか出来ないことをする」

そう言って出て行った政治家に代わり指揮所に詰めたのは、官僚や学者達であった。みんな銀座に現れた敵の真相に迫りたいと集まってきていた。

正面スクリーンには、伊丹が首に提げたスマホが収めた映像がリアルタイムで流れている。もちろん、聡子とグローリアのやりとりもだ。

『ナンデスカ、コレ？』

『これは、ヴァイオリンです』

グローリアはヴァイオリンを手に取ると、ピンと張られた四本の弦を指で爪弾いた。

しかしこのままでは四つの音しか出ない。これではメロディにならない。どうやって扱えばいいのか教えろと言わんばかりにグローリアは、ヴァイオリンを聡子に突き付けた。

それが使い方を教えろという意味だと理解は出来たのだが、当然ながら聡子には弾けない。するとそれまで傍観するだけだった日本人女性が手を伸ばした。四本の弦を軽く調律すると弓を手に取ったのだ。

幸い弓も店内展示用だったようで、軽く松ヤニが塗られている。日本人女性は、肩と顎でヴァイオリンを挟むと、弦に弓を乗せた。

その光景をスクリーン越しに見ていた学者達の一人が呟く。

「へぇ、アナって、ヴァイオリンが弾けるんだ」

簡単な演奏が始まった。

「物部アナって誰？」

「知らないんですか？　この女性、テレビ旭光の物部さおりアナウンサーですよ。報道バラエティの街頭取材とかで出演しているんだけどねえ」

「いや、名前までは知りませんって。河方《かわかた》さんこそよく知ってますね？」

「ま、ボクはテレビをよく見るほうなんで」

「実際は女性しか見ていなそうですね？」

「はいはい。そんなことより主題に戻りましょう。この貴人女性が使っている言語は、こちら側世界にあるどの国の言葉とも違うように思われますが、言語学者の皆さんのご意見をいただきたいと思います」

官僚達が身を乗り出しながら問いかけた。

「意見って言われても、少なくとも我々の知る言葉ではないですね」

「それはつまり、異世界の言葉ということですか？」

「いや、流石にこれだけで判断を下すのは時期尚早でしょう」

「けれど、判断材料の一つにはなりますね？」

すると女性の学者が手を挙げた。

「あのー、私聞いていて、印欧祖語の系譜を引いているなって思う部分があったんですが」

「あ、それ、俺も思った」

「しかし全てにおいてではない。やりとりの中に、ちょっと似た雰囲気の言葉、文脈が紛れ込んでいたというだけだ」

「いずれにせよ、資料が少な過ぎますよ。印欧語族に似ているのも、単なる偶然かもしれない。私は聴いていて、なんかバルト・フィン諸語に似た響きを感じましたもん」

「しかし、もし関係があるようならば、言語解析の手掛かりになりますよ。彼らとの意思疎通が出来るようになるかもしれない」

「その通りです。けれど、そのためにもっと多くのサンプルが必要だ」

「サンプルか。そう言えば、警察では彼らの身柄を確保しているのですか？」

突然話を振られた危機管理監の松平は慌てた。

「いや、事件発生の初期には害獣を数頭押さえたようですが、警視庁の陥落でそれらがどうなったか、全く以て不明です」

「死骸なら幾つか集まってますが、それらはゴブリンやオーク、トロルばかりですからねえ。言葉を喋るかどうかも怪しいし」

「困りました。比較研究するには、サンプルは多いほどいいのですが……」

「今、この撮影をしている自衛官に捕まえてもらったらどうです？」

「いや、それは流石に難しいでしょう」

「でも彼って、自衛隊の特殊部隊の隊員なんでしょ？　軽い、軽い」

「いや、無理ですって。映画や特撮のヒーローじゃないんですから」

松平も言った。

「やはりそこまでの無理は彼にさせられません。サンプル確保ならば、三キロ圏内重点配備中の警察官に命じれば済むことです。犯人の身柄を確保せよと命じましょう」

ただでさえ、事件発生以来、警察はやられっぱなしだ。これ以上、自衛官に活躍されたら警察出身の松平としても立つ瀬がない。

幸いだったのは、敵中奥深くに潜入した自衛官に、女性警官が同行していることだろう。同行に至った経緯はともかく、彼女がいるおかげで、少なくとも自衛隊だけが活躍したと言われずに済むのだから。

＊　＊

「グローリア。ここにいたのか？　捜し回ってしまったぞ」

川野楽器三階のフロアに、レルヌムがやってきた。

「将軍閣下、ようやくお戻りになりましたのね。お帰りなさいませ！」

「聞いてくれ。今日は素晴らしい一日だったんだ。先人の名句を借用して言うなら、『来た、見た、勝った』だ！」

「まあっ、おめでとうございます」

グローリアは勝利を称えるようにレルヌムに歩み寄ると、その頬に接吻した。

「それで、お前のほうは、今日は何をしていたのだ？」

「素晴らしい文化財が見つかったと聞いて、その保護をしておりました。貴重な文化財の価値も分からない亜人傭兵共にメチャメチャにされる寸前だったのです。大切に保管しなくては」

「文化財の保護か？」

「はい。素晴らしい楽器の数々です」

言いながらグローリアは、ヴァイオリンの演奏を終えたさおり達を振り返った。

「その、女達は何だ？」

「紹介しましょう。この女達はここにある楽器を見事に弾いてみせるのです。名前は——そう言えば、名前を聞いてなかったですね？」

グローリアは、まず自分に手尖《てさき》を向けて「グローリア」と名乗る。そして聡子に手尖を向け、『ナンデスカ、コレ』と問いかけた。

「サトコ。……オキタサトコ」

「オキタサトコというのが名のようですわね。お前は——『ナンデスカコレ？』」

「サオリ。モノノベサオリデス」

一連のやりとりを見ていたレルヌムは肩を落とした。

「つまり、この女達はこの世界の原住民ということか？」

「そうですよ」

「またか……カステロ？」

「はい、また、でございます。もちろん、わたくしも散々ご注意申し上げたのですが、お嬢様は奴隷の言葉に耳を貸してくださる方ではございませんので」

「そうだな。いいか、グローリア。もし兵士が戦いの最中、略奪やら暴行に夢中になってしまったら、戦いはどうなる？　軍律や部隊の秩序はどうなると思う？」

「さあ、どうなるでしょう？」

「崩壊だ。軍隊は崩壊し、戦いには破れ、戦場は味方の死体で埋まってしまう。その中に、お前自身の死体が含まれるのかもしれないのだぞ」

「まあ、恐い！」

「恐いだろう？　そんなことになるのを防ぐためにも、私は兵士達を厳しく戒めている。許可があるまで略奪は禁止だとな。財宝にも目をくれるな。どれだけ麗しい女がいても、捕まえようとするなとな。言うことを聞かない者は罰するとまで言った」

するとグローリアは、傍らに立っているガレリーを振り返った。

「ですが、彼女達獣兵使いは略奪しているではありませんか？」

爬虫類系亜人女性のガレリーは、首や手首、指などに、略奪品としか思えない金銀宝石類を着けていた。

「この者らは兵士ではない。単なる雇われ者に過ぎない。部隊の尻を追いかけて回る商人共と同じだ。だから私も、彼らには給料も支給していない。それに略奪していると言っても、身に着けることが出来るものに限って目零ししているに過ぎん」

ついでに言うと、獣兵使いは略奪物の半分を将軍に上納することが義務付けられている。帝国の将軍達は、これによって巨額の財を築くのだ。

「わたくしも兵士ではありませんよ」

「だが、私の指示に従うという約束をしただろう？　だから戦場への帯同を許可したんだ。兵士達に不平不満を抱かせるようなことはしないでくれ」

「わたくしの一体何が、兵士達に不平不満を抱かせるというのです？」

「率先して略奪しているではないか？　兵士達が指をくわえて見ている前で、高価な芸術品を奪い、現地の女をこうやって虜にしている。しかもそれを兵士に手伝わせようとすらしたそうだな！」

「人聞きの悪いことを仰らないでください。これは保護です。貴重な文化財を守ろうとしているだけです」

レルヌムは天井を仰ぐと神々に祈った。

「ああ、話が通じないとはこのことか。天界におわす神々よ、どうかこの女に聞き分けというものを授けてください」

しかし神々はどうやら多忙のようであった。

あるいは『門』を超えたこの世界からの呼びかけは、神々に聞こえないのか、そもそも神であってもどうにもならないことなのかもしれない。

「とにかく！　楽器の運び出しは取り止めだ。カステロ、表にいる連中に、楽器を元に戻すよう伝えるんだ。いいな」

「かしこまりました。旦那様」

カステロは、回れ右して外へと向かった。

「待ってください。貴重な楽器を、このまま無知な間抜け共に破壊されるに任せておけというのですか⁉　それこそが犯罪です。芸術に対する冒涜ですよ」

「ここにあるものがそんなに大切なら、建物ごと封鎖しておけばよいではないか？」

「それでは、楽器を楽しめません。せっかく楽器の弾き方を知る女を見つけたというのに」

「その女達もどっかに捨ててきてくれ」

「ダメです。ここを封鎖すると言うのなら、せめてこの二人だけでも連れて行きます」

グローリアとレルヌムの意思が、しばしぶつかり合った。

折れたのは、レルヌムであった。

「ちっ、仕方ない。ここにいる二人だけだぞ！　二人だけなら特別に許可してやる。ただし、食い物の面倒や躾はお前がするんだ。いいな！」

レルヌムは忌々しそうに吐き捨てると、建物から出て行った。

するとグローリアは満面の笑みを浮かべる。そして戸惑い顔のさおりと聡子の腕を抱きしめると、そのままレルヌムの後に続いたのであった。

＊　＊

お姫様に腕を抱きしめられた聡子は、悲鳴のごとく叫んだ。

「い、伊丹さん。わたし、なんだかこのお姫様に気に入られちゃったみたいです！」

青年貴族を先頭に、一行は川野楽器のビルを出る。さおりと聡子は貴族のご令嬢に腕を取られて引きずられていった。

見れば、すでにビルの前の荷車に積まれていた楽器を、元に戻す作業が始まっていた。

作業をする奴隷やら亜人傭兵達は、うんざりした顔付きをしていた。

一行は銀座の中央通りに出ると、向かいにあるビルに向かおうとしている。伊丹としてはこのまこの女性について行けば、どさくさに紛れて『門』の正面を撮影できそうなのでラッキーだった。

『そのままや、そのままズームアップやで』

伊丹は顔を正面に向けたまま、スマホを胸元に構えて『門』へと向けていた。

『良い感じや、ええで、ええで。よしっ、これで任務完了や。いつ脱出してくれてもええよ』

「けど、このままだと女警さん達が連れて行かれちゃうんだけど」

『見た感じ、粗末に扱われる様子がないから、ほっといてもいいんじゃない？』

「流石にそういうわけにはいかないでしょ。仲間は決して置き去りにしない。それが俺達のモットーだ」

するとその時、またしても知らない男の声がイヤホンに飛び込んできた。

『待ってくれ、アヴェンジャー』

「こちらアヴェンジャー。貴方はどなたですか？」

『私は内閣危機管理監の松平だ。元警視総監でもある。女性警察官は、このまま敵中に潜入させたい。もちろん、物部さおりさんの身柄についても警察が責任を持つ。彼女らの身が危険に曝される時は、我々が責任を持って救出作戦を行う。だからこのまま成り行きに任せて欲しい。君達の前にいる男女は、おそらく敵の中枢に近い立場にいる。重要な情報が手に入るに違いない』

「非常に危険だと思うんですが」

『確かにそうだ。しかし彼女も同じく公僕だ』

「民間人はどうするんですか？」

『状況からして、今は様子を見たい。救出を強行するのは危険だ。今は手を出すことなく様子を見て欲しい』

「女警さんは、連絡方法を持ってるんですか？」

『大丈夫だ。彼女は警察無線を所持している。それに警察専用のPフォンの反応もある。彼女の置かれている状況は、今の君と同じくリアルタイムでモニター出来る』

「それならばよいんですが……」

『アヴェンジャー。君は我々が必要とする情報を十分に収集してくれた。これより先の情報収集は警察が引き継ぐので、帰還して欲しい。以上だ』

「……ってことだけど、メイガス、ホントにいいの？」

『ちぃと待って……うん、たった今、作戦室長から離脱命令が出たで』

「了解」

しかし伊丹は、その場でくるりと回れ右するようなことはしなかった。

偉そうな男性と、聡子とさおりの腕を掴みその後に続くお姫様っぽい女性、爬虫類系亜人女性達の後に、そのまま続いたのだ。

すると正面の建物から禿げ頭の中年男性がやって来て、伊丹と若い男に小さな麻袋を放り投げた。

「Surri mre Astuyoopw!」

若い男はそれを受け取ると、中身も見ずに回れ右して去って行った。伊丹も受け取ったが、意味が分からないと肩を竦め返した。

「Surri mre Astuyoopw! Surri! Surri!」

すると中年男性は、いきり立って手を振った。どうやら「とっととどこかに立ち去れ」と言っているらしい。

仕方ない。伊丹は麻袋を懐に押し込んで回れ右をした。そして再び『門』の前を横切ったのである。

つい先ほどまで、近付くことに慎重を要した『門』の前を、今ではこうして堂々と平気で歩けている。それが何とも不思議であった。

『門』からは、絶えず何かが現れる。兵隊の隊列、荷車の列、そして次に現れたのはお祭りの山車に似た車だ。

それには、木材で出来たクレーンのアームに似たものが載っていた。

『これは……』

その映像を見たメイガスが、呻くような声を上げた。

『これは投石機やなあ』

「投石機？」

『続いて出てきたのは、スコーピオンだな』

この声は、作戦室長の竜崎だ。

スコーピオンはバリスタとも言って、据え置き式の大型弩砲《ボウガン》のこと。これが一台や二台でなく、何台も出てくるのだ。

「こんなものが運び込まれてくるってことは……」

『攻城戦に使うつもりだろうな』

「攻城戦って、どこの城を？」

『もちろん、江戸城やろ？　それともウチも知らんような城がその近くにあるんか？』

『夜明けと共に、攻城戦が開始されるわけか。一刻も早く備えを固めさせないといかんな……』

竜崎の呟きが漏れ聞こえて来る中、伊丹は一度だけ立ち止まる。

すると、メイガスが言った。

『気にしたらあかんで。彼女には彼女の任務があるんやから』

振り返ると、聡子と物部さおりが越久百貨店の建物に連れ込まれて行くところであった。

余章　非常呼集

D＋1　○二一○時《午前二時十分》

東部方面混成団・第三一普通科連隊——

「非常呼集！」

号笛の音と、指揮官達の声が夜の帳を破った。

事態発生から半日。この時が来るのを予想して自ら参集していた即応予備自衛官達の反応は早い。たちまちベッドから飛び起きると、戦闘服を纏い、半長靴を履き、弾嚢、水筒を取り付けた弾帯、サスペンダーを装着。武器庫前の廊下に整列していった。

中隊員が一斉に動き、集まったため、廊下には人の往来する隙間はほとんど残っていない。人いきれで体感気温が確実に二度は上がっていた。

すると、中隊長室から完全武装を整えた中隊長が出てきて皆に声を上げた。

「これから武器搬出するが、その前に俺から一言。諸君！　銀座で今、何が起きているかあえて説明するまでもないな。君達もそれを知ったから日常生活を中断して急遽駆け付けてくれた。自転車で、タクシーで、あるいは遠路はるばる歩いて駆け付けてくれた者達もいる。俺はそんな諸君の心意気を大変心強く思っている。そしてそんな我々第三一普通科連隊が先陣を承った。どの部隊よりも早く、一番乗りの一番槍だ！」

「おおっ！」

「ただし、名目は災害派遣だ。何やらゴタゴタ感があってモヤモヤするが、上の上の上のほうにも都合があるんだから、理解してやれ。おかげでお隣の部隊は、ホンちゃんの治安出動の号令を今か今かと歯軋りしながら待ってる。しかしその間にも、どんどん犠牲者は出ている。警察も酷い目に遭ったらしい。だから我々にお鉢が回ってきたというわけだ。我々の主任務は、銀座周辺地域に住まう人々の疎開を支援、避難誘導とその警護だ。銀座では害獣以外の『何か』が組織的に暴れてるっていう報告や報道もなされているが、んなこたあ、我々には関係がない。我々の任務はあくまでも『害獣』による『災害』への対処だ。ただし問題は場所だ。首都東京だ。周囲どの方角を見ても、ビルや民家がある。諸君はこれから手にする六四小銃の諸元については当然記憶していると思うが、発射された弾丸は目の届かない所まで飛んでいって、必ずどこかに落ちる。そこには、確実に民家やマンション、アパート、ビル、があって、生活している人々がいる。それが東京という場所だ。そんな人達に俺達の撃った弾が当たりましたなんてことは絶対に避けたい。死んでも避けたい。だから武器の管理、銃の取り扱いについては、慎重を期して欲しい。弾丸を装填する時、安全装置に触れる時、引き金に指を掛ける時、そして撃つ時、その全てにおいて心を配ってくれ。特別難しいことは求めない。要するに、訓練通りやれということだ。分かるな!?」

「はいっ!」

「では桑原《くわばら》先任、後は任せる。実施!」

「実施します!」

桑原陸曹長が、若手中隊長に敬礼で応えると振り返った。

「第一小隊から。武器搬出!」

「武器搬出!」

隊員達は整然と武器庫内に入り、銃架から自分の六四式小銃と銃剣、弾倉を取り出していく。

格納時は弛められている消炎制退器が、各々の隊員達の手で締め付けられる。

また銃剣には、グラインダーを用いて刃が付けられていった。

実は銃剣には、訓練時は刃が付いていない。手で触っても傷一つ付かないつるりとした模造刀のような状態なのだ。だが、それに今、刃が刻まれようとしていた。

鉄が削られる甲高い音と火花を見ながら、若い自衛官達はこれから起こることが普段の訓練ではないのだという事実を、緊張という形で実感していったのである。

D＋1　〇三四五時《午前三時四十五分》

北海道・室蘭港――

北海道の暗い国道を、特大型トレーラーが長い車列を作って進んで行く。

車列の先頭は、高機動車。その後ろに、八二式指揮通信車。さらに民間の特大型トレーラーが何両も続いている。それらの荷台には、七四式戦車が積み込まれていた。最後尾には自衛隊の高機動車やトラックがいる。

「潮崎《しおざき》、東京に送るのは七四式戦車だけでいいのか？」

指揮通信車には第二師団長の奈良尾《ならお》陸将と、第十一旅団長の長谷部《はせべ》陸将補が同乗している。この二人の同行は、これから東京へと送り出すそれぞれの部下達の見送りも兼ねていた。

「千歳基地じゃあ、昨日からF一五がスクランブルでひっきりなしだ。そんな中、北海道の守りを手薄にするわけにはいかんだろ？　そもそもだ、我々が今やってるのは緊急時の対応訓練だ。有事の際の手順を実際に試してみて、マニュアルが有効かどうかの確認をしているに過ぎん。東京？銀座？　お前らは一体何の話をしてるんだ？」

潮崎はしらばっくれるように言った。

「ならば師団長たるお前が自ら出向かなくてもよいのではないのか？」

「そうですよ、潮崎さん。流石にマズいと思います」

要するに二人とも、指揮は部下に任せろと言っているのだ。

「今回、中央は東部方面を増強する戦車を俺達北方の各師団旅団に薄く広く割り当ててきた。おかげで派遣する部隊は、師団旅団三つから抽出した小部隊の集成、言わば烏合の衆になっちまった。ならば、頭にそれなりに貫目《かんめ》のある者が就かねば、統率がいい加減になりかねん」

「しかしそれなら、上に立つのは私か部下だって別にいいじゃないですか？」

長谷部陸将補が言うと、奈良尾陸将も頷いた。

「そうだぞ、潮崎。長谷部どころか、一佐クラスで構わんはずだ」

「いや、ダメだ。それだと子飼いの隊員を使い潰されかねない。狭間の奴は普通科上がりで戦車のことをよく知らんから、奴に直接意見できる者がいないといかんのだ。それなら指揮幕僚課程《CGS》で同期だった俺が一番だろ？」

「意見ならこちらにいても出来るだろ？」

「そうです。わざわざ潮崎師団長自ら東京に出向かれずとも」

「うるさいな。こっちに引っ込んでたら、部隊を指揮できないじゃないか⁉」

「部隊の指揮？　潮崎……まさかお前、それが本音かあ？」

「頼みますから、向こうに行っても大人しくしててくださいよ～」

「知らん。俺は必要なことを必要に応じて行う。それだけだ」

「だから、それが心配なんですって」

窓の外を見ると、室蘭の工場地帯が広がっていた。そして桟橋には、大型高速フェリー『ナッチャンＷｏｒｌｄ』が、舷を接して戦車の受け入れ体制を整え終えていたのである。

＊　＊

D＋1　○四四三時《午前四時四十三分》

皇居外苑前――

本日は日曜日。これから日の出を迎える東京上空は快晴であった。

ここ数日酷暑が続いている。今日もきっと暑くなるだろう。

しかし早朝のこの時間だけは、まだ日差しが弱いこともあり、大気に若干の清涼感が含まれている。そして銀座、有楽町、日比谷周辺は、都心とは思えない静けさに包まれていた。

この時間ならば当然だろうと思われるところである。しかしながら皇居外苑の周囲は人気《ひとけ》で満ち満ちている。大勢の兵士が堀の縁に整列し、皇居外苑を取り囲んでいるのだ。

だがそれでも静かだった。

刀槍《とうそう》甲冑に身を包んだ兵士が、あたかも人形のように、咳払い一つせず、静かに並んでいる。弓を手にした兵士達は、前後の隊列を乱すことなく静かに所定の位置へと進む。伝令の兵士らしき一人が、足早に隊列の隙間を駈けていく。その動作による金属の触れ合う音が、僅かに聞こえてくるばかりであった。

「うむ、味方の配置は完了したようだな」

そんな様子を上空から見下ろしたマジーレスと竜騎兵達は、敵と味方とを見下ろす優越感に浸っていた。

しかし唯一癇に障るのは、彼らの頭上には、騎士の一人が『トンボ』と命名した敵の飛行装置が飛び回っていることだ。トンボとは、木材を用いて作ったおもちゃの名前。羽に繋がる軸の部分を手で挟み、回転させることで飛び上がる。その飛行装置の一部がそのおもちゃとよく似ていたのが命名の由来だ。

竜騎士達はトンボが槍の届く距離まで下りてくると一斉に襲いかかる。

そうして昨日以来、何機もの飛行装置を叩き落として来た。初めての邂逅から数騎の竜騎兵を失ったが、それでもマジーレス達は見敵必戦とばかりに襲撃し続けた。そうすることでこの空域での圧倒的優勢を確保したのだ。

ところがだ。しばらくすると、敵は竜騎士の手の届かない高みへと逃げるようになった。今ではこちらが昇っていくことを好まない空の高みから、悠々と自分達を見下ろしている。

いや、あれくらいの高さなら無理をすれば上がって行けないことはない。ただ飛ぶだけならば、幾らでも向かうことは出来る。

しかし格闘戦は難しい。

ただ飛ぶのと違って、竜騎士が空で格闘戦をするには、翼竜が空気中で静止する必要がある。そして翼竜が羽ばたきだけで空中に静止するには、ある程度の空気の濃さが必要だ。

どうやら敵はそれを見抜いたらしい。以来、高みを飛ぶようになった。頭上から、下りてきて攻撃してくるのでもなく、ただひたすら睥睨し続けている。それが妙に苛つくのだ。

「ちっ、あのトンボめ」

するとジャマンスカが言った。

「奴らは我々を恐れているのです。遠巻きにして見ていることしか出来ない卑怯者のことなど気になさらなくてもよいかと思います」

「放っておけと？」

「我々がこうして城攻めをしようとしても、奴らに出来るのは指をくわえて見ていることだけです」

「下りてきたら相手してやればいいというわけか？」

「そうです」

伝令士のバラッキーノが報告した。

「隊長。敵の配置、確認終えました」

「よし、それをすぐにトラスクルム代将閣下にお届けしろ」

書字板を手にしたバラッキーノに、マジーレスは命じた。

するとバラッキーノは簡単な敬礼をすると、すぐに大地に向かって高度を下げていった。マジーレスはもう一度、空を見上げる。

トンボは、こちらの様子を窺うように同じ高度を旋回し続けていた。

D＋1　〇五一三時《午前五時十三分》

後に『銀座事件』と呼称される一連の騒動は、一般においてはそれ自体で一つの戦い、一つの会戦と捉えられている。ゴブリンやオークといった怪異の侵入に始まり、彼らが銀座から撃退されたと政府が宣言するまでの七日間がそれにあたる。

しかし、政府関係者とマスコミは『帝国』と日本との間で繰り広げられた戦いを、数次に分けて捉えていた。

まずは、帝国軍と日本側の最初の接触となる『晴海通りの戦い』。

全ての事件の嚆矢《こうし》となったこの戦いでは、機動隊員の多数が犠牲となり、警視庁、警察庁、そしてその周辺に位置する官庁街まで悉く蹂躙される大敗北であった。

そして後に『二重橋の戦い』と呼ばれる壮絶な戦いが始まることになるのだが、その前哨戦とも言える『皇居外苑攻防戦』は、事件発生の翌朝、午前五時十三分に開始された。

トラスクルム代将が右手を大きく掲げる。

すると、皇居を取り囲む堀の外に勢揃いした帝国側弓箭兵が、次に活躍するのは自分達だとばかりに、渾身の力を込めて弓を引き絞り、上体を大きく反らし天空に矢を向けた。

「Attriry!」

トラスクルムが右手を振り下ろすと、弓箭兵の矢が、水鳥の大群が水面から飛び立ったような音と共に、天空へと駆け上がっていった。

皇居外苑を取り囲む土塀と堀の向こうがどうなっているのかは、彼ら弓兵には全く見えない。

しかし壁の向こうに敵がいるということは、上空の竜騎兵が教えてくれる。だから土塀と堀を越えた向こう側へと、矢を送り届ければよい。

大空を無数の矢が覆い尽くす。すると、日差しが遮られて一瞬大地が薄暗くなった。

ほぼ同じくして、投石機から赤々と炎を捲《ま》いた大壺が轟音と共に発射され、日の出後の青空に白煙の筋を無数に描いていった。

それらは放物線を描くと、皇居外苑へと降り注いでいった。

芝生や木々に矢が次々と突き刺さり、油の詰まった壺は大地に叩き付けられるとその破片と炎を周囲に撒き散らして炎上することになった。

幸いだったのは、この攻撃は事前に予告されていたことだ。

伊丹の偵察によって、敵の攻撃準備が着々と進んでいることが明らかになると、立川に逃れた日本政府は、これを皇居外苑の機動隊に伝え、避難民や臨時の治療所を移動させたのである。

皇居外苑を埋め尽くしていた避難民の多くは、まだ夜中の内に内堀通りの西へと身を寄せて、それらの攻撃から逃れていた。

燃え上がる炎、土砂降りの雨のように降り注ぐ矢が大地に突き立つのを見て、皆が不安になり、敵より少しでも遠くへ逃れたいとさらに皇居寄りに密集した。

これらの攻撃を身体で浴びていたと想像すると、誰もが身の毛がよだつ思いに震えた。

「ただ今、敵方の攻撃が始まりました！」

そんな中で、テレビ局のスタッフ達は一斉にカメラを向け、アナウンスを始めた。

カメラが向けたレンズの向こうでは、頭上から降り注ぐ矢を、機動隊員達が楯を掲げて防いでいた。

また白煙を引いた大壺が次々着弾。破片と共に紅蓮の炎を周囲に飛び散らせた。

機動隊の放水車がやってきて即座に消火していくが、機動隊の車両に飛来した大壺が直撃し火炎に包まれてしまう。

「機動隊のバスが炎に包まれました！」

「機動隊員は無事なのでしょうか？」

それを間近で見ると、流石に冷静さを保てないのか、各局のレポーターの声もいささか上擦っていた。

「皇居外苑に避難した人々は、外苑通りの西側へと避難して今のところ無事です！」

「この攻撃は、皇居外苑だけでなく二の丸へと向けても行われている模様です。同時多発的に全ての箇所で攻撃が始まりました」

「全面的攻撃です。敵による総攻撃が始まりました！」

テレビ局の放送スタッフは、中継車を通じてこの様子を日本全国へと向けて送った。

カメラを抱えた金土は、顔の広さを利用して他のテレビ局の取材スタッフに無理を言ってカメラの三脚を借りていた。

カメラを据えると、自らマイクを取ってその前に立ったのだ。

背景は交番と二重橋。そこにすし詰め状態となっている避難民達であった。

「テレビ旭光報道部の金土日葉です。午前五時十三分、正体不明の敵による攻撃が始まりました。猛烈な炎が巻き上がり、空が一瞬暗くなるほどの大量の矢が降り注いでいます。このような状況にあっても、皇居外苑に避難した我々の安全は、確保されているとはとても言えません。敵の攻撃があるかもしれないから外苑通りの西側へと移動なさいと我々が指示されたのは、昨夜遅くのことでした。しかしこのような攻撃があると分かっていたのなら、昨夜の間に我々を皇居内へと誘導することも出来たはず。しかし混乱する警視庁には、それが出来ていません。政府は今、一体何をしているのでしょうか？　政府の……対応の遅れが目立ちます」

＊　＊

「おい、こいつがそうだっていうのか？」

佐伯警視は、その男の風体を見て思わず眉根を寄せた。

彼が事前に得ていた情報から思い描いた人物像と、目の前にいる男の装いやら弛緩した表情やらが全く合致しなかったからだ。

すると、第四機動隊第二中隊の宮川が告げる。

「はい、間違いありません。この人が、自衛隊の伊丹三等陸尉です」

「ホントにこいつが大勢の民間人を皇居に誘導し、あちこちで孤立していた被災者を救出して、敵陣奥深くをその目で覗き込んできて、敵の総攻撃の兆候を察知した猛者だっていうのか？」

「えっと……はい、一応そのはず……です、けど……」

繰り返し問われると、宮川巡査も流石に自信が持てなくなったようで歯切れが悪くなった。

伊丹のその時の寝姿は、それほどまでにだらしない姿だったのだ。

具体的には、腹を剥き出しにした姿で寝転がり、譫言《うわごと》なのか寝言なのかを呟きつつ、腹をポリポリと掻いていたりする。とても頼もしいとは思えないのだ。

しかし当の佐伯だって、警視庁のエリート警視とは思えない状態になっている。具体的にはスヤスヤと眠る幼女を抱きかかえていたりするのだ。

宮川がどうしてと問うように、幼女を見て、佐伯を見る。それがあたかもいかがわしい行為を批難する視線に思えたようで、佐伯は慌て始めた。

「し、仕方ないだろう!?　この子は目の前で親を失って、ショックを受けているんだ。誰かが抱いててやらなきゃ不安がって眠れないんだ！」

「他の誰か、例えば女性警官に頼むとか？」

「他に手が空いてる奴がいないんだから、しょうがないだろ!?　女性警官だって民間人への応対で忙しいんだぞ！　それならお前がこの子の面倒を見てくれるのか？」

「で、出来ません。本官は、これより直ちに中隊に戻らねばなりません」

敵の攻撃は始まっている。機動隊員は配置についていて手一杯なのだ。

佐伯の部下達も、指揮本部の手伝いに駆り出されて忙しく働いている。そのため指揮官だった佐伯だけが暇していた。

もちろん、佐伯とて警視庁の警視だ。階級を振りかざして現場に介入することも出来る。しかしそれをやると、指揮系統を混乱させることになる。そのためあえて出しゃばらずにいるのだ。

「と、とにかくこいつを起こせ。起こしてくれ！」

「はい」

宮川は伊丹の肩に手を掛け揺すった。

「伊丹さん、起きてください。起きてください」

ほどなくして、伊丹は半覚醒した。

「なに……何、何よ？　あんた誰ぇ？」

「警察です」

「ここは警察じゃないよ～」

「よくもまあ、そんな古いネタを。しかしお前さん、よくぞこんな状況で眠ってられるな。自衛官ってのは随分と神経が太いんだな？」

「ああ、警察の人って機動隊の人達か？　頼みますよ～。もう少し寝かせておいてください。そもそも日本人って頑張り過ぎなんですよ～。正常な判断力や注意力を維持するためにも、一定時間の睡眠は義務ってことにすべきだと思いませんかあ？」

それを聞いて、佐伯は思わず舌打ちした。

言いたいことはよく分かるが、この危機的状況でたっぷり睡眠を取るなんて贅沢は誰にも許されていないのである。

「いいから起きろ！　お前さんに手伝ってもらいたいことがある」

無理矢理起こされた伊丹は目を擦りながら、佐伯と共に皇居内の皇宮警察へと向かうことになった。

「なんで俺なんです？」

佐伯は憮然とした表情のまま答えた。

「もちろん、門を開かせるためだ」

「政府の意思は、すでに昨夜の内に定まっていたはずですよね？」

「ああ。風松総理代行は、皇居坂下門、西の丸大手門を開放して、皇居外苑に逃れた避難民を受け容れ、半蔵門から西へと逃がせと指示してきた。総理代行は頑なに自衛隊の治安出動を拒んでるが、別に民間人の犠牲者を出したいわけじゃない。必要な措置は行えと命じてきている」

「なのに未だに門が開かないと？」

「現場が強く抵抗しているんだ。ま、理解できなくもないがな。大抵の人間は、上から指示されたことに従うのが当然だと思い込んでいるが、組織の中にいるのはあくまでも人間だ。様々な価値観や思いを、そして違う視点を持ってる。人間って奴は、指示や命令を受け止め、下に伝える際、自分の想いや立場、利害損得を混ぜ込んだ対応をする。そのため、ある種の命令は、砂漠に落ちた水滴がごとく蒸発して消え去ったり、なかったことにされたり、手続きや官僚主義の壁にぶつかって跳ね返されたりするんだ」

「何故です？」

「そりゃ、みんなが自分に与えられた職分だけは守りたい、これまで一生懸命整えてきたものだけは破壊されたくないと思ってるからだ。例えば、映画かなんかにありそうなシチュエーションだが、異常気象で世界が極零下に包まれようとしている中、図書館司書がこれまで丹精込めて丁寧に扱い整理してきた稀覯《きこう》本を、凍死しかけた国民を救うために火にくべろと命じられたらどうする？　あるいは天災や戦災が予想される中、動物が逃げ出したら危険だから動物を安楽死させろと、これまで動物達を可愛がり、手厚く保護し育ててきた動物園の獣医が命じられたらどうする？　職務に熱心な図書館司書ほど、大慌てで本の隠匿に走るだろうし、真剣に働いてきた獣医ほど動物を逃がそう、生かそうとするに違いない。特に伝統と格式、不文律等々でガチガチとなっている組織においては、その傾向が強いんだ。奴らの任務は、『形のない』もの、まさに伝統や格式、不文律を守ることにある。何年、何十年、何百年と守り伝えられてきた『それ』を守ることが、奴らの存在意義だ。それらこそが、図書館司書の稀覯本であり、獣医にとっての動物達の命に相当するんだ。従って、皇居の守りを担当する者にとっては、『門』を開いて避難民を受け容れろと言われても、『はい、分かりました』とは簡単には返事できないんだ。そんな奴らに自分達の仕事を諦めさせるには、大きなきっかけが必要だ。奴らのこだわりを捨てさせる大きな衝撃がな」

「それが俺達なんですか？」

「そうだ。警視庁の俺と自衛隊のお前とでカチコミに行く。警視庁の俺だけだと奴らも舐めてくるだろうが、余所様の防衛省がいれば抵抗は続けられまい。遠い後ろから命令しても現場が動かないんなら、俺達が『門』をこじ開けるんだ」


そうして二人は、皇宮警察警備部長の執務室に乗り込んだ。

「では、何としてもダメだと言うんですか？　あんたらは政府の決定を無視するというのか？」

佐伯が息巻いて警備部長の机を叩く勢いで迫った。

すると皇宮警察の警備部長は、額に流れる汗を拭きつつ立ち上がった。

「ダ、ダメと言っているわけではない！　ただ、何かと手続きがあって、今すぐは無理だと言ってるんだよ！　何事にも規則の遵守は必要だろ⁉」

「今は規則とか手続き云々を言っている場合ではないでしょう！」

佐伯が怒鳴ると、担当者も激高した。

「規則や手続きを守らせることが、私の職務なんだよ！」

伊丹は佐伯のあまりの勢いに息を呑んだ。

警察官って、こんな怒鳴り合いをするのかと思ったりもした。

とはいえ、二人のがなり合いを眺めていても事態は進展しない。伊丹はとりあえず二人を落ち着かせる意味もこめて声を掛けた。

「佐伯さん。落ち着いてください、心寧ちゃんがびっくりしてます」

見れば心寧は、目を瞬かせていた。ここにきて驚いたり泣いたりしないのは、多少なりとも修羅場を経験し、性根が据わってきているからかもしれない。

「そうだな。こいつらがここまで頑なら仕方ない。これから俺達が行って、大手門を勝手に開けることにする。それでいいんだな！」

「そ、そんなことは許されないぞ！　絶対に許されないぞ！」

「許される許されないの問題じゃない。これは、やるかやらないかの問題なんだ！　この子を見ろ！」

佐伯は心寧を振り返った。

「この娘は、とある女性警官が命懸けで助け、守り、俺達に託した子だ。その女性警官は怪物共に取り囲まれるのも承知で我々の元へとやってきた。そして自分の命を投げ捨ててこの子を助けたんだ。俺達は力及ばず、その女性警官まで助けることが出来なかった。きっと彼女は……、皇居外苑に命からがら逃れてきた避難民だってそうだ。彼らを助けるために大勢の警察官が体を張って戦った。そして大勢の警察官が倒れていったんだ。俺達には彼らの遺志と命が託されているんだぞ。なのに、なのに貴様は！　その命のバトンをここで潰えさせようというのか!?」

「わ、我々は、我々は……」

それでも警備部長は眦を逆立てて、頭を振り続けていた。

「あー、この様子じゃ、説得するのは無理かもしれませんね」

「そうだな。機動隊員の手を借りて門をこじ開けよう」

「ちょっと、それだけはやめてくれ！」

警備部長は泣きそうな顔をして伊丹と佐伯を止めようとした。

すると、その時である。不意に担当者のデスクに置かれた電話が鳴った。

警備部長は、どうしたものかと戸惑い、伊丹と佐伯を見る。

「どうぞ」

佐伯が嘆息しつつ、電話に出ろと促した。

「す、すまん」

警備部長は慌てた様子で受話器を取り上げて耳に当てた。

その途端である。

「は、はいっ！」

いきなり警備部長が直立不動になった。

「ど、どうしたんですか？」

「さあ」

その姿には、伊丹も佐伯も驚きを隠せなかった。

「は、はいっ！　はいっ！　はいっ！　間違いなく、ご聖断承りましたっ！」

警備部長はコチコチの人形のような動作で受話器を置いた。

「国民の安全と生命を最優先とせよ——というお言葉です」

警備部長は全身を震えさせつつ、泣きそうな顔で語った。

「まさか？」

伊丹は西の方角を振り返る。

「——です」

警備部長は大きく頷いた。

どうやら伊丹と佐伯が怒鳴り込むよりも、もっと効果的で大きな衝撃があったようだ。警備部長は、机の引き出しを開けると、中から鍵束を取り出す。

「行きます。大手門を開けますよ」

今までの態度が嘘であるかのように、警備部長が率先して突き進んでいく。

伊丹と佐伯は呆気に取られつつもその後に続いた。

こうして皇居への門が開かれ、皇居外苑に集まった五万の人々が移動を開始したのである。

＊　＊

西暦二〇××年八月某日——

銀座に異世界へ通じる『門』が現れ、中からゴブリン、オーク、トロル、ワイバーンといった怪異を引き連れた軍勢が現れた。

後に『銀座事件』と呼ばれるこの出来事は、こうして激動の一日目を終えた。そして今まさに二日目が始まろうとしていたのである。

「銀座編」開幕!!
累計630万部(電子含む)突破!
ゲート SEASON1～2
大好評発売中!
漫画
最新20巻
12月16日刊行!
※地域によって流通が遅れる可能性があります。
SEASON1　陸自編
単行本
●本編1～5／外伝1～4／外伝+
●定価:本体1,870円(10%税込)
文庫
●本編1～5〈各上・下〉／
外伝1～4〈各上・下〉／外伝+〈上・下〉
●各定価:本体660円(10%税込)
漫画
漫画:竿尾悟
●1～19(以下、続刊)
●各定価:本体770円(10%税込)
SEASON2　海自編
単行本
●本編1～5
●定価:本体1,870円(10%税込)
文庫
●本編1～3〈各上・下〉
●各定価:本体660円(10%税込)

大ヒット
異世界×自衛隊
ファンタジー
ゲート0《ゼロ》
GATE:ZERO
自衛隊
銀座にて、
斯く戦えり
〈前編〉
柳内たくみ
Yanai Takumi
ゲート始まりの物語
「銀座事件」が小説化!
20XX年、8月某日――東京銀座に突如『門(ゲート)』が現れた。中からなだれ込んできたのは、醜悪な怪異と謎の軍勢。彼らは奇声と雄叫びを上げながら、人々を殺戮しはじめる。この事態に、政府も警察もマスコミも、誰もがなすすべもなく混乱するばかりだった。ただ、一人を除いて――これは、たまたま現場に居合わせたオタク自衛官が、たまたま人々を救い出し、たまたま英雄になっちゃうまでを描いた、7日間の壮絶な物語――
ゲート0
自衛隊
銀座にて、
斯く戦えり
〈前編〉
GATE:ZERO
柳内たくみ
首都東京に、突如開かれた『門』。
中から現れた怪異達が、人々の殺戮を開始した――
銀座崩壊!
その時、日本を救ったのは、
一人のオタク自衛官だった?
630万部!
大ヒットファンタジー『ゲート』始まりの物語が甦る!
アルファポリス
●ISBN978-4-434-29725-0 ●定価:1,870円(10%税込) ●Illustration:Daisuke Izuka

月が導く異世界道中
Tsukiga Michibiku Isekai Dochu
あずみ圭
Azumi Kei
1~17
8.5
シリーズ累計200万部突破の超人気作!(電子含む)
TVアニメ第2期制作決定!!
月が導く異世界道中
あずみ圭
薄幸系男子の成り上がりファンタジー、開幕!
なんでだろう 親の都合で異世界へ
読者賞受賞作!
待望の書籍化!
異世界へと召喚された平凡な高校生、深澄真。彼は女神に「顔が不細工」と罵られ、問答無用で最果ての荒野に飛ばされてしまう。人の温もりを求めて彷徨う真だが、仲間になった美女達は、元竜と元蜘蛛!? とことん不運、されどチートな真の異世界珍道中が始まった!
月が導く異世界道中
1
あずみ圭
木野コトラ
とことん不運、されどチート!!
2期までに
原作シリーズもチェック!
●各定価：1320円（10%税込）
●illustration：マツモトミツアキ
1~17巻好評発売中!!
漫画：木野コトラ
●各定価：748円（10%税込）●B6判
コミックス1~9巻好評発売中!!

この作品に対する皆様のご意見・ご感想をお待ちしております。
おハガキ・お手紙は以下の宛先にお送りください。

【宛先】
〒150-6008 東京都渋谷区恵比寿 4-20-3 恵比寿ｶﾞｰﾃﾞﾝﾌﾟﾚｲｽﾀﾜｰ 8F
（株）アルファポリス　書籍感想係

メールフォームでのご意見・ご感想は右のＱＲコードから、
あるいは以下のワードで検索をかけてください。

アルファポリス　書籍の感想　検索

ご感想はこちらから

ゲート０ -zero- 自衛隊《じえいたい》 銀座《ぎんざ》にて、斯《か》く戦《たたか》えり〈前編〉

柳内《やない》たくみ

2021年 12月 31日初版発行

編　集－太田鉄平
発行者－梶本雄介
発行所－株式会社アルファポリス
〒150-6008東京都渋谷区恵比寿4-20-3恵比寿ｶﾞｰﾃﾞﾝﾌﾟﾚｲｽﾀﾜｰ8F
TEL 03-6277-1601（営業） TEL 03-6277-1602（編集）
URL https://www.alphapolis.co.jp/
発売元－株式会社星雲社（共同出版社・流通責任出版社）
〒112-0005東京都文京区水道1-3-30
TEL 03-3868-3275
装丁イラスト－Daisuke Izuka
装丁・本文デザイン－ansyyqdesign
印刷－中央精版印刷株式会社

価格はカバーに表示されてあります。
落丁乱丁の場合はアルファポリスまでご連絡ください。
送料は小社負担でお取り替えします。

ISBN978-4-434-29725-0 C0093